가무음악략사

歌舞音樂略史

A History of Traditional Japanese Music and Dance

지은이 **고나카무라 기요노리**(小中村清矩, 1822~1895)는 일본의 국학자이며 일본사학자. 호는 야스무로(陽春盧). 메이지 정부 최고관청인 태정관(太政官) 제도국(制度局)에 출사했으며, 태정관 산하 수사관(修史館) 업무도 겸직하여 일본의 고문헌을 집대성해서 편찬한『古事類苑』편찬에도 중심적인 역할을 하는 등 메이지정부의 국사편찬사업에 깊게 관여하였다. 1880년에 도쿄대학 교수로 부임해서 고전강습과(古典講習科)를 설치하여 미증유의 국학 교수를 시작했다. 1884년에 도쿄대학이 제국대학으로 개편되자 문과대학 교수로 발령 받는다. 1888년에는 문학박사 학위 취득과 함께 궁내성(宮內省) 산하 제실제도취조국(帝室制度取調局)도 겸근함. 1890년에는 칙선에 의해 귀족원(貴族院) 의원이 됨.

옮긴이 **서정완**(徐禎完)은「能樂における改作と變遷」(노가쿠의 개작과 변천)이라는 박사논문으로 일본 쓰구바대학(筑波大學)을 졸업. 바로 이어서 호세이대학(法政大學) 문학부 연구원이라는 신분으로 동 대학 노가쿠연구소(能樂研究所)에서 연구를 계속한 후, 1992년에 한림대학교 일본학과에 부임함. 교수. 주 전공 영역은 노(能)의 변천사, 예능사. 특히 노(能) 변천사에 대한 실증적 연구와 동아시아 예능을 포함한 고대 예능의 전개와 노에 이르기까지의 과정, 근대 식민지에서 노(能)는 무엇이었는가에 대한 역사적 접근 등에 관심을 가지고 있다.

가무음악략사 歌舞音樂略史

1판 1쇄 인쇄 2011년 10월 15일 **1판 1쇄 발행** 2011년 10월 25일

지은이 고나카무라 기요노리 **옮긴이** 서정완 **펴낸이** 박성모 **펴낸곳** 소명출판
등록 제13-522호 **주소** 137-878 서울시 서초구 서초동 1621-18 (란빌딩 1층)
대표전화 (02) 585-7840 **팩시밀리** (02) 585-7848
이메일 somyong@korea.com **홈페이지** www.somyong.co.kr

ISBN 978-89-5626-620-6 93830   값 21,000원   ⓒ 2011, 한국연구재단

이 번역도서는 2004년 정부재원(교육인적자원부 학술연구조성사업비)으로 한국연구재단의 지원에 의하여 연구되었음.

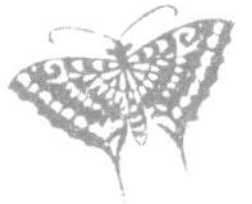

고나카무라 기요노리 지음 | 서정완 옮김

가무음악략사

歌舞音樂略史

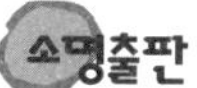

소명출판

1. 기본방침
   ① 원저는 1888년에 간행된 책이라 문단과 인용 등이 지금의 책과는 많이 다르다. 되도록 원저에 따르되, 가독성을 위해서 역자의 판단에 따라 적절히 조정하였다.
   ② 그 과정에서 인용으로 간주되는 부분은 〈 〉로 표시했으며, 〈 〉 안에 다시 인용이 있을 시에는 " "로 표기하였다.
   ③ 가독성을 위해서 한자는 줄이도록 노력하였으나, 시대와 분야의 특성상 일본어 고유명사나 전문용어가 많아서 한자를 배제할 수는 없으며 경우에 따라서는 한자를 제시해야 의미가 제대로 전달되는 부분도 있기 때문에 결과적으로 사안별로 판단하였다.

2. 지명
   일본어 음을 한글로 표기하는 것을 원칙으로 하되, 초출인 경우와 역자가 필요하다고 판단한 곳에는 괄호 안에 한자를 병기하였다.
   예) 사쿠라이(櫻井)

3. 인명
   일본어 음을 한글로 표기하는 것을 원칙으로 하되, 초출인 경우와 역자가 필요하다고 판단한 경우에는 괄호 안에 한자를 병기하였다. 이 경우 한글 표기는 성과 이름 사이는 한 칸 띄우나 한자는 그대로 붙여 썼다.
   예) 고나카무라 기요노리(小中村淸矩)

4. 학교명
   학교명은 지명 등 고유명사로 인정할 수 있는 부분은 일본어 음을 한글로 표현하고 '대학' '학교'처럼 한글로 처리할 수 있는 부분은 한글 음으로 표기했다.
   예) 도쿄대학, 도쿄(東京)제국대학

5. 관청명
   관청명 및 그에 준하는 명칭은 한글 한자음을 한글로 표기하고 초출 및 역자가 필요하다고 판단한 경우에는 괄호 안에 한자를 병기했다.
   예) 아악료(雅樂寮), 문부성(文部省), 태정관(太政官), 치부성(治部省)

6. 관직명
   관직명은 한글 한자음을 한글로 표기하고 초출 및 역자가 필요하다고 판단한 경우에는 괄호 안에 한자를 표기하였다. 단 '大納言', '中納言', '少納言'의 경우는 가령 '櫻町中納言'처럼 지명과 관위를 합쳐서 특정인을 지칭하는 경우가 많아서 각각 '다이나곤', '주나곤', '쇼나곤'으로 표기했다.
   예) 두(頭), 조(助), 대윤(大允), 소윤(少允), 대속(大屬), 소속(少屬), 사부(使部), 직정(直丁), 다이나곤(大納言)

7. 천황명
   일본어 음을 한글로 표기하고 그 뒤에 괄호 안에 한자를 표기하였다. '천황'은 한글로 표기하였다.
   예) 메이지(明治) 천황, 수이고(推古) 천황

8. 연호
   일본어 음을 한글로 표기하는 것을 원칙으로 하되, 초출인 경우와 역자가 필요하다고 판단한 경우에는 괄호 안에 한자를 병기하였다. 그리고 괄호 안에 서기도 병기하는 것을 원칙으로 하였다.
   예) 게이오(慶應) 16년(1881), 게이오 16년(1881)

9. 서명
   일서의 경우, 서명은 『日本書紀』, 『續日本紀』, 『源氏物語』처럼 한자로 표기하였다. 이유는 일본어 음으로 표기하면 『日本三代實錄』을 『니혼산다이지쓰로쿠(日本三代實錄)』로 표기해야 하는데, 이럴 경우 오히려 가독성이 현저하게 떨어지기 때문이다. 한편 『日本書紀』나 『源氏物語』 등은 '일본서기'와 '겐지모노가타리'라는 음이 국내에 이미 정착되어 되어 있어서 『일본서기』나 『겐지모노가타리』로 표기할 수도 있으나, 거꾸로 『六百番歌合』, 『昔昔物語』, 『四條河原名題改帳』, 『江家次第』처럼 국내에서 인지도가 낮은 대부분의 서명의 경우는 '육백번가합', '석석물어', '사조하원명제개장', '강가차제'처럼 원제목을 추적할 수 없을 뿐 아니라 어떤 부류의 책인지 짐작도 할 수 없는 무의미한 소리의 나열이 되기 때문이다.

10. 악명(樂名)

'高麗樂', '新羅樂', '百濟樂', '唐樂', '雅樂', '散樂', '伎樂'처럼 한국과 일본에서 공통으로 인식할 수 있는 악명은 '고구려악', '신라악', '백제악', '당악', '아악', '산악', '기악' 등 한글로 표기하는 것을 원칙으로 하였다. 단 역자의 판단에 따라서 한자를 병기하거나 한자로 표기할 수도 있다. 이들을 군이 '고마가쿠', '시라기가쿠', '구다라가쿠', '도가쿠', '가가쿠'처럼 일본 원음으로 표기할 필요성을 느끼지 못하였고 오히려 혼란을 야기할 수도 있다는 판단에서다.

단 일본 고유의 악명인 경우, 예를 들자면 '能', '能樂', '猿樂', '淨瑠璃', '歌舞伎', '神樂' 등은 '노', '노가쿠', '사루가쿠', '조루리', '가부키', '가구라'처럼 일본어 원음을 한글로 표기하였다. 단 초출과 역자가 필요하다고 판단한 경우에는 '사루가쿠(猿樂)'처럼 괄호 안에 한자를 병기하였다.

그리고 '高麗樂'의 경우, 일본에서 고구려를 '고마(高麗)'라고 하는데서 오는 표기이기 때문에 한글로 옮길 때 '고구려악'으로 표기하였다.

11. 아악의 곡명

아악의 구체적인 곡명은 한자의 한글 음을 한글로 표기하고 ' '로 땄다. 그리고 초출과 역자가 필요하다고 판단한 경우는 괄호 안에 한자를 병기하였다. 단 '二ノ舞'의 경우는 일본어이기 때문에 예외로 '니노마이(二ノ舞)'로 옮겼다.

　　예) '만세악(萬歲樂)', '지구(地久)', '하전(賀殿)', '연희악(延喜樂)', '습취악(拾翠樂)'

12. 노와 가부키 등의 곡명

아악의 경우와는 달리, 노 또는 가부키의 곡명은 대부분이 일본 고유의 선행문학에서 취재한 것들이기 때문에 한글 한자음보다는 원음을 한글로 표기하고 한자를 병기하였다. 단 역자 판단에 따라서 괄호 및 한자를 생략할 수 있다.

　　예) '다카사고(高砂)', '가네히라(兼平)', '가이도쿠다리(海道下リ)'

13. 악기명

① 악기명은 일본 고유의 것으로 판단되는 경우는 일본어 음을 한글로 표기하고 괄호 안에 한자를 병기하는 것을 원칙으로 하였다. '야마토부에(和笛)', '야마토고토(和琴)', '샤쿠하치(尺八)', '샤미센(三味線)' 등이 이에 해당한다. '고마부에(高麗笛)'처럼 한반도에서 건너간 것일지라도 일본에서 고유명사로 자리를 잡았다고 생각되는 것도 이에 준하였다.

② 한글과 공통으로 사용할 수 있는 경우는 한글표기를 원칙으로 하되, 필요에 따라서 괄호 안에 한자를 병기하였다. '쟁(箏)', '생(笙)', '필률(篳篥)', 비파(琵琶) 등이 이에 해당되고, '신라금'과 같은 우리 고유의 경우도 이에 준한다.

③ '琴'처럼 해당 '금'이 '신라금'인지 '가야금'인지 또는 '야마토고토(和琴)'인지 아니면 대금인지 확인할 수 없는 경우에는 '금(琴)'처럼 한글 한자음으로 표기하고 뒤에 한자를 병기하였다. 그러나 '笛'의 경우는 '적'으로 표기하면 낯설기 때문에 일반명사 '피리'로 옮겨도 무방한 경우는 '피리(笛)' 또는 '피리'로 표기하였다.

　　【참고】 '琴'은 일본어로 'こと'라 표기하고 '고토'라 읽는다. 이 '금(琴)'을 예를 들면 '거문고' 등으로 번역할 수 있으나, '금(琴)'으로 통일하였다. 그 이유는 일본 고대의 '금(琴)'이 우리의 거문고하고 동일한 것인지도 확인할 수 없고, 원저에 나오는 '야마토고토(和琴)'와의 구별도 현실적으로 어렵기 때문이다. 게다가 신라금(新羅琴), 백제금(百濟琴) 등도 거명되기 때문이다.

④ '鼓'의 경우가 어려웠다. 이 한자 자체는 '북'이라는 뜻이나 실질적으로는 악기가 세분화되어 있기 때문이다. 결국 '북'으로 번역하지 않았다. 문맥을 신중히 검토해서 '쓰즈미', '오쓰즈미', '다이코' 등으로 옮겼으며 필요에 따라 괄호 안에 한자를 병기하였다.

14. 사원 및 신사명
   사원의 명칭은 고유명사로 인정, 일본어 원음을 한글로 표기하고 초출 및 역자의 판단에 의해서 괄호
   안에 한자를 표기한다.
       예) 젠도지(善導寺), 고후쿠지(興福寺), 도다이지(東大寺), 사이다이지(西大寺), 가스가다이샤(春日大社),
          쇼소인(正倉院)
   단, '香取神宮'의 '神宮'처럼 한글화가 가능한 부분이 있는 경우는 다음과 같이 표기한다.
       예) 가토리(香取)신궁, 메이지 신궁

15. 궁궐내의 건물명
   기본적으로 일본어 원음을 한글로 표기하고 뒤에 한자를 병기하였다.
       예) 기노덴(紀の殿), 히쇼덴(避暑殿), 이와야도노덴(窟殿), 다이쿄쿠덴(大極殿), 다이안덴(大安殿), 부도쿠
          덴(武德殿), 세이료덴(淸凉殿), 운메이덴(溫明殿), 조네이덴(常寧殿), 조쿄덴(承香殿), 부라쿠덴(豊樂
          殿), 이치조인(一條院), 조토몬인(上東門院), 쓰치미카도(土御門), 쓰치미카도도노(土御門殿), 세이와
          인(淸和院), 교쇼덴(校書殿), 도쇼구(東照宮), 로쿠온인(鹿苑院), 세이쇼도(淸暑堂)

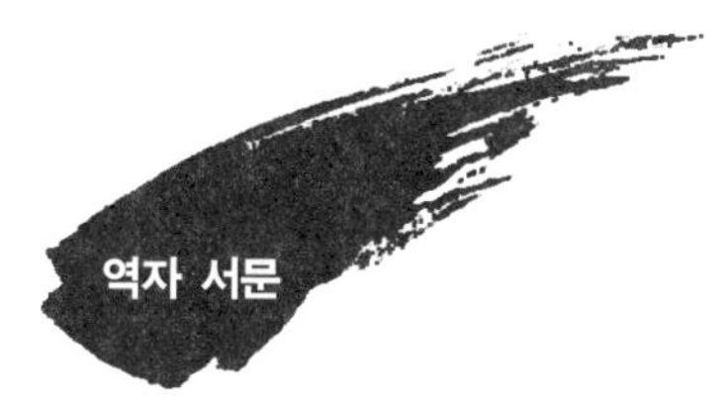

『歌舞音樂略史』의 저자 고나카무라 기요노리(小中村清矩, 1821~1895)는 도쿠가와 막부 말에서 메이지시대 초에 걸쳐서 활동한 역사학자이자 국학자이며, 호는 야스무로(陽春廬)이다. 소년기에 부모와 사별해서 입양한 이모 집에서 상업에 종사하고 있었으나 학문에 대한 뜻을 포기할 수 없어서 『令義解』를 비롯한 고대 율령제도에 관한 서적을 탐독하였으며 일본의 고전문학까지 섭렵하였다. 스승인 모토오리 우치토오(本居 內遠)의 배려로 『群書類從』을 편찬한 화학강담소(和學講談所)에서 『令義解』를 강의하게 되면서 본격적으로 연구자의 길로 들어서게 된다. 메이지 2년(1869)에 대학 중조교(中助敎)로 임명되었으며, 태정관(太政官)의 관제(官制) 개편작업에도 참여하였으며, 시게노 야스스구(重野安繹)와 구메 구니타케(久米邦武) 등이 중심이 되어 수행한 일본의 수사(修史) 편찬 작업에도 깊게 관여했다. 그 후 종5위 훈6등 문학박사의 영작(榮爵)을 받는다. 메이지 15년(1882)부터 도쿄제국대학 교수로 재직하였으며, 메이지 23년(1890)에는 칙명을 받아 귀족원 의원이 된다. 일본의 고문서를 집

대성한 일종의 고문서 백과사전이라 할 수 있는『古事類苑』편찬 작업에 참가했으며,『令義解講義』,『官制沿革史』,『陽春廬雜考』등을 남겼다.

　1888년에 간행된『歌舞音樂略史』는 약 40년 후인 1928년에「고나카무라 박사가 자손에게 남기는 글」을 추가해서 이와나미서점(岩波書店)을 통해서 복간되었다.『歌舞音樂略史』는 일본의 예능·연희의 역사를 통사적으로 서술한 저작인데, 서명은 '약사(略史)'이지만 실제로는 '전사(全史)'에 가까운 내용을 담고 있다. 간행된 지 120년이 넘는 동안 각 예능·연희에 대한 연구에 질적으로도 양적으로도 많은 진척이 있었기에,『歌舞音樂略史』가 서술하는 내용 중에는 이미 수정되거나 부정된 부분도 적지 않으며, 고나카무라 또한 당시 일본의 이데올로기적 영향에서 벗어나지 못하는 한계는 분명히 있다. 그럼에도 불구하고 메이지유신 후 20여 년만인 1800년대 후반에 당시에는 연구대상으로도 학문분류로도 존재하지 않는 영역인 예능·연희에 대해서 처음으로 근대적 학문체계로 통시적 프레임을 설정했다는 점에 대해서 평가하지 않을 수 없다. 자세한 내용은 권말 해제로 넘기겠으나,『歌舞音樂略史』는 고대부터 에도시대까지를 대상으로 일본에서 전승되고 전개된 예능·연희에 대한 근원을 고찰한 예능사(藝能史)·연희사(演戲史)이기 때문에 이른바 고전문학의 영역에 속하지만, 메이지시대에 일본이 근대국가를 건설하고 제국을 지향하면서 이른바 '역사 만들기'와 '국격(國格) 만들기'를 추진하였다는 점을 간과해서는 안 된다. 이때 학문을 동원하였기에『歌舞音樂略史』연구를 통해서 예능·연희를 어떤 식으로 제국의 문화로 자리매김하였는가를 추적해서 근대의 사상사 연구, 역사 연구 또한 가능하다는 점을 지적하고 싶다. 근대일본이 인문학을 중심으로 한 학문에 대한 동원력과 집중력을 알 수 있다는 점에서도 우리에게 유익한 작업이 되리라 믿는다.

　오늘날의 연구 풍토는 노(能)면 노, 가부키(歌舞伎)면 가부키처럼, 각각의 장르 내에서의 연구만 진행되다보니 세밀한 연구는 가능하나, 전체를 조감하는 통사적 연구에는 매우 취약하다. 그러다보니, 각각의 장르의 교섭이라든지 한반도와 일본열도 사이에 예능사적으로 어떠한 교섭과 교류가 있었는가를 규명하는 연구에 대해서는 단편적인 지적만 이루어질 뿐, 전체적인 흐름을 보지 못한다는 한계가 있다. 『歌舞音樂略史』의 번역연구는 이러한 기존의 한계를 극복하기 위해서 일본열도 내에서 전개된 가무와 음악을 보다 총체적이고 종합적으로 바라보는 시점을 확립하기 위한 하나의 출발점이 되리라 믿는다. 왜냐하면 오늘날 일본 예능·연희의 기본 프레임이 이 『歌舞音樂略史』에 있기 때문이며, 오늘날 연구성과와 『歌舞音樂略史』의 편차가 바로 연구사이기 때문이다. 아울러 고대 동북아시아 전체를 조망하는 예능·연희의 전개와 교섭사 연구를 위한 기초적 틀을 확립하고, 그를 위한 1888년 당시의 일본의 중심적 연구 성과를 검토, 파악하는 의미도 있다. 특히 고대 일본열도에서의 아악의 형성과정과 그 통제와 교습을 위한 제도적 장치 등등의 사안은 당시 일본의 문제로 끝나는 것이 아니라, 신라, 백제, 고구려의 예능·연희의 실상과 수준을 가늠하는 중요한 간접 자료가 되기 때문에 삼국시대의 예능·연희 관련 자료가 빈약한 우리로서는 삼국의 예능사·연희사를 보다 정밀하게 정리하기 위해서도 필요한 과정이라 생각한다. 그런 의미에서 이 『歌舞音樂略史』는 일본학 연구자는 물론이고, 사학, 국문학 등의 한국학 연구자, 나아가서는 동아시아학 연구자에게 필요한 자료가 되었으면 하고 바란다. 환언하자면 이 『歌舞音樂略史』의 번역연구 및 한글판 간행은 하나의 완성된 연구 성과를 세상에 내놓는다는 의미가 아니라, 동아시아 예능·연희 연구를 위한 발전적 비판을 담기 위한 그릇을 내놓는다는 데에 간행의 의미를 두고자 한다. 많은 발전적 비판을 수렴해서 각주를 일신하는 개정판을 내놓을 수 있는 날이 오기를 기대해본다.

　마지막으로 이 『歌舞音樂略史』를 간행할 수 있도록 기회를 준 한국연구재단에 감사의 말씀을 드리며, 소명출판에도 사의를 표한다. 그리

고 늦은 원고와 잦은 수정에도 불구하고 역자의 요구를 수용해주고 기
다려준 소명출판 윤종욱 대리님께도 사의를 표하고 싶다.

2011년 9월 29일
서정완

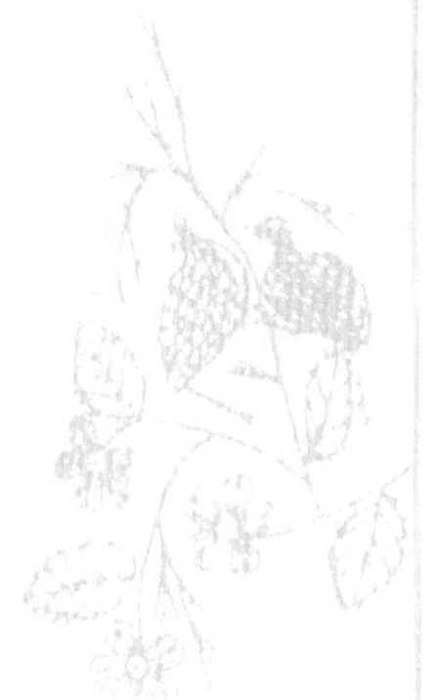

고나카무라 박사가 자손에게 남기는 글

　　지난 메이지 25년(1892) 10월쯤이었을까? 고나카무라 박사께서 쓰셨다면서 한 권의 책을 보여주시기에 이런 훌륭한 책에는 박사님의 전기도 함께 들어가는 것이 좋겠다고 말씀드렸다. 그러자 이듬해 1월에 박사께서 글을 보내주셨다. 그때 주신 글을 바탕으로 박사님의 전기를 정리하였는데, 이를 본 고하라(小原) 씨가 이 전기를 「東洋學藝雜誌」에 실어서 많은 사람들에게 알리는 것이 좋겠다고 권하기에 거절하기도 무엇하여 동의하였다.[1]

나카무라 아키카(中村秋香)[2]

1　〈고나카무라 박사가 자손에게 남기는 글〉은 1888년에 간행된 원본 『歌舞音樂略史』에는 실려 있지 않다. 이 글은 1928년에 이와나미(岩波)에서 문고판으로 간행하면서 수록한 것으로 보이며, 1888년판 『歌舞音樂略史』가 간행된 지 5년 후에 쓴 글이다.

2　1841. 9. 29 ~ 1910. 1. 29. 시즈오카(靜岡) 출생. 일본 국문학자, 시인, 가인(歌人). 부

나는 젊었을 때부터 문학으로 뜻을 세우고자 마음을 먹었으나, 현실은 생업에 쫓기어 여유가 없어서 조금씩 시간이 나고 기회가 있을 때마다 일본과 중국의 서적을 보는 것을 유일한 낙으로 삼고 있었다. 그러나 서른이 되던 해 무렵부터 특별히 뜻하는 바가 있어, 욕심을 내어 오로지 학문의 길을 걷기로 결심하였다. 그러나 세상 사람들을 따라서 한학(漢學)을 공부하더라도 제대로 하지 못하면 쓸모없는 유학(儒學)쟁이가 되어 인생을 쓸쓸하게 보내는 것도 좋지 않아서 일찍부터 탐독한 『令義解』[3]와 『公事根源』[4] 등의 고대 법제를 연구하면서 많은 사람들이 종사하지 않는 분야에서 진력하기로 하였다.

그러나 이러한 나의 배움은 『古事記』 『日本書紀』 『萬葉集』 등을 연구하고 『古今和歌集』 『源氏物語』를 강의하는 '和學者'[5] 또는 '국학자(國學者)'라 불리는 이들이 하는 이른바 세상에서 인정받는 배움과는 달랐

친은 시즈오카 번사(藩士). 에도시대 말기의 국학자인 마쓰기 나오히데(松木直秀, 琴園) 문하생이었으며, 도즈카 세이사이(戶塚精齋)로부터 한학(漢學)을 배움. 1873년 교부성(敎部省), 1879년에 문부성(文部省), 1890년에는 도쿄여자사범학교, 그 다음해에는 제일고등중학교에 봉직. 1897년에 다카사키 마사가제(高崎正風)의 추천으로 궁내성(宮內省) 산하의 오우타도코로(御歌所) 직원으로 있었다.

3   833년에 준나(淳和) 천황의 명에 의해서 찬집(撰集)한 영(令)에 관한 해설서.

4   무로마치 시대에 이치조 가네요시(一條兼良)가 쓴 책. 내용은 궁궐에 대대로 내려오는 관직, 의식, 의복 등에 관한 기원과 유래 그리고 공식행사의 의례와 행동에 대한 규범을 적은 것이다.

5   화학(和學)은 한학(漢學)에 대해서 '화(和)' 즉 일본 고래의 문학, 언어, 역사 등을 연구하는 학문과 그 체계를 말한다. 후에는 양학(洋學)에 대해서도 쓰이나, 처음에는 한학에 대한 것이었으며, 그 다음 단계에 이른바 '우리나라'라는 근대국가적인 내셔널리즘이 발아하여, 국학(國學)이라는 명칭을 사용하게 된다. 예를 들어 도쿄대학의 학제개편의 역사를 통해서 '和'에서 '國'으로 이양하는 근대 이데올로기의 전개과정을 엿볼 수 있다. '和漢文學科'였던 것이 메이지 18년(1885)에 '和文學科'와 '漢文學科'로 각각 분리 독립하게 되고, 그로부터 4년 후인 메이지 22년(1889)에 국문학과로 명칭을 변경하게 된다. 이것은 메이지 20년경부터 시작된 국수주의 기운에 영향을 받은 것이 분명하며, 그로부터 14년 후인 메이지 34년(1901)에 국문학과에서 국사학과가 독립하게 된다.

기 때문에 스스로가 뜻을 둔 길만을 바라보고 세상을 살아가는 것이 어려운 일이라는 현실에 부딪히게 되었다. 그래서 먼저 고학(古學)부터 배우겠다고 마음을 먹고 와카(和歌)[6]와 가론서(歌論書)는 물론이고 모노가타리(物語)까지 섭렵하는 사이에 스승 모토오리 우치토오(本居內遠)[7] 옹과의 인연으로 기노덴(紀の殿)[8]에 초청받아서 황국학(皇國學)을 가르치는 고학관(古學館)[9]의 책임자가 되었다. 그리고 게이오(慶應)[10] 첫해인 1865년에는 하야시(林) 대학장의 명을 받아 화학강담소(和學講談所)[11]에서 『令義解』 강의를 시작하면서 내가 세운 뜻을 이루는 계기를 열었다.

한편 메이지(明治) 시대를 맞이한 지 2년째인 1869년에 대학교 중조교(中助敎)[12]로 임명되어 많은 학생에게 『大寶令』[13]을 가르쳤다. 아울러 태정관(太政官)[14] 제도국(制度局)의 불음을 받아서 다이호(大寶)[15] 시대의 제

---

[6] 5·7·5·7·7의 31음절로 구성된 일본의 단가. 헤이안 시대까지 거슬러 올라가며, 『古今和歌集』 『新古今和歌集』 등이 대표적이다.

[7] 1792~1855. 에도 후기의 국학자. 모토오리 오히라(本居大平)에 사사해서 국학을 배우고 후에 양자가 되었다. 고증을 중시하는 학풍을 이룩했으며, 『紀伊國續風土記』 등의 편찬 작업에 종사하였다. 저서에 『古學本敎大意』 등이 있다.

[8] 에도 있는 기슈(紀州) 도쿠가와(德川)의 저택.

[9] 일본어 음은 '고가쿠칸', 고학관(古學館)은 에도(江戶)에 있었던 번(藩)이 운영하던 교육기관, 학교.

[10] 1865년 4월 7일부터 1868년 9월 8일까지의 연호. 메이지(明治) 바로 앞 연호.

[11] 일본어 음은 '와가쿠코단쇼'. 1793년에 하나와 호기이치(塙保己一)가 막부(幕府) 공인 하에 창설한 和學의 교습 및 문헌사료 수집과 정리를 행하는 학문 기관. 『群書類從』 등을 편찬하였다. 1868년에 폐지됨. 와가쿠쇼(和學所)라고도 함.

[12] 메이지 시대의 관직에는 소조교(少助敎), 중조교(中助敎), 대조교(大助敎)라는 것이 있었는데, 각각 종7위, 정7위, 종6위의 관직이었다.

[13] 大寶律令. 8세기 초에 일본에서 제정된 율령. 당나라의 영휘률령(永徽律令)을 참고하였으며, 율(律)과 영(令)이 제대로 갖추어진 일본에서 가장 오래된 본격적인 율령임.

[14] 일본어 음은 '다이죠칸'. 율령제 하에서의 국정의 최고기관. 한편 메이지 정부 초기의 최고관청명이기도 하다. 게이오 4년(1868) 1월에 설치되었으며, 메이지 2년(1869)에 2官 6省, 1871년에 3院 8省이 되었으며, 85년에 내각제 발족과 함께 폐지되었다. 일반적으로 고대 율령제 하에서의 太政官과 구별하기 위해서 관습적으로

도를 참고로 현 정부조직을 두 개의 관(官)과 여덟 개의 성(省)으로 된 새 관제로 개편하는 회의에 참석하게 되어, 처음으로 본업인 학문을 현실에 직접 적용하는 기회를 가졌다. 게이오 3년인 1867년과 4년인 1868년에는 신기권대사(神祇權大史)에서 대사(大史)로 승진하여 종7위를 하사받았으며, 관국폐사(官國弊社)[16]를 새로이 정하는 일 그리고 같은 해의 다이죠에(大嘗會)를 준비하는 일을 맡는 영예를 안았다.

게이오 5년[17] 이후, 교부성(敎部省)의 대록(大錄)[18]과 내무성(內務省) 사사국(社寺局)의 황실 담당을 맡게 되어 게이오 11년인 1875년까지 주로 신기(神祇)와 관련한 옛 문헌 조사를 담당하고 공문의 문안을 작성하는 일을 맡았다. 그리고 태정관의 수사관(修史館)[19]도 겸직하여 국사편찬사업에도 관여하였다.

그러다가 1876년인 게이오 12년 봄부터 문부성(文部省)에서 『古事類苑』[20] 편찬 작업이 시작되자, 아예 그곳으로 자리를 옮겨 『古事類苑』의 체재를 확립하고 완간까지의 계획을 수립해서 상신 후, 직접 이 사업에

‘다죠칸’이라고 부르기도 한다.

15 701년 3월 21일부터 704년 5월 10일까지의 연호. 일본어 음은 ‘다이호’. 몬무(文武) 천황 시대.

16 주로 천황과 그 친족 그리고 공신(功臣)을 모시는 황실존숭(皇室尊崇)의 신사인 관폐사(官弊社, 간페이샤)하고 주로 국토경영에 공적이 많은 신을 모시는 국폐사(國弊社, 고쿠헤이샤) 두 가지를 일컫는 말. 모두 제2차 세계대전 이후 폐지되었다.

17 게이오(慶應)시대는 게이오 4년에 끝나 메이지시대로 바뀐다. 따라서 여기서 말하는 게이오 5년은 메이지 2년 즉 1869년이다.

18 다이사칸(たいさかん). 관직 이름. 교부성(敎部省) 내의 사무직.

19 메이지 정부는 메이지 2년(1869)에 육국사(六國史)를 승계하는 정사편찬사업을 시작하겠다는 성명을 발표하였고 1876년에 그 첫 권인 『明治史要』가 수사국(修史局)에 의해서 간행되었다. 그러나 1877년에 재정난으로 수사국이 폐지되고 그 대신에 태정관(太政官) 아래에 수사관(修史館)이 설치되었다.

20 메이지 시대에 편찬된 일종의 백과사전. 일본에 전하는 사서를 포함한 모든 문헌을 대상으로 정리, 편집하였다. 1879년에 문부성에 의해 편찬사업이 시작된 후 東京學士院, 皇典講究所, 神宮司廳으로 사업이 인계되어 1907년에 전 1,000권으로 완결됨.

종사하였다. 그러다가 1880년인 게이오 15년 봄에 도쿄대학 교수로 부임하여 정7위를 하사받았는데, 여기서는 고전강습과(古典講習科)를 설치하려는 가토(加藤) 총리의 계획 추진을 맡게 되어 교수법 및 교원 조직안 등을 입안해서 그 해 9월에 고전강습과를 설치하기에 이르렀다. 미증유의 국학을 교수하는 교육을 시작한 것이다.

1881년인 게이오 16년에는 참사원(參事院) 어용(御用) 담당을 겸직하도록 명받아 옛 제도와 법령의 조사를 수행하였다. 종6위로 승진했다. 또한 그 해 5월에 궁내성(宮內省)의 명을 받아『大政紀要』의 편집을 맡게 되었으며, 그 해 겨울에 편집을 마쳤다.

1884년인 게이오 19년 봄에는 도쿄대학이 제국대학으로 개편되어 학제도 바뀌어 문과대학 교수로 임명되었다. 그래서 그동안 맡았던 교과서에 사용할 제도연혁사 편찬을 그만두고 학생을 상대로 강의에 진력하여 유용한 인재배출을 위한 훈도(薰陶)에 종사하게 되었다. 한편 1886년인 게이오 21년에는 문학박사 학위를 받았으며 그 해 겨울부터 궁내성 산하 제실제도취조국(帝室制度取調局) 겸근을 명받아 수차례 의견서를 상신하였다. 1888년인 게이오 23년에는 훈6등 훈장을 수여받고 정6위에 올라, 그 해 겨울에 국회가 열렸을 때 생각지도 않게 귀족원(貴族院)[21] 의원으로 명한다는 칙명을 받았다. 그 영광스러움은 헤아릴 수 없었다.

1889년인 게이오 24년 봄에 대학교수직에서 물러날 때도, 오랜 세월 동안 관직에 종사한 점을 인정받아, 게다가 연로자에 대한 규정에 따라서 '奏任二等上級俸'에 해당되는 연금을 살아있는 한 지급한다는 명을 받았다. 종5위에 올랐으며, 귀족원 의원직만 맡게 되었지만 그때까지도 대학 강사 촉탁을 받아서 후진양성에 종사하였다. 그리고 당시 황전강구소(皇典講究所)[22]가 이어받은『古事類苑』편찬사업에도 계속 관여하였다.

---

21 구 헌법 하에서 제국의회(帝國議會)의 한 원(院). 메이지 23년(1860)에 설치되고 1947년에 폐지.

22 일본어 음은 '고텐고큐죠'. 1882년에서 설치, 1946년에 폐지된 신도(神道)의 연구

이렇게 해서 메이지 초부터 꾸준히 배우며 연구한 고대 법제에 관한 업적을 때로는 천하를 다스리는 정치의 참조용으로 제공하였으며, 때로는 관찬(官撰)의 편저에, 그리고 학생을 위한 강의에 제공할 수 있는 기회를 얻어 젊은 시절부터 다른 사람들과는 다른 학문적 성과로 입신하고자 한 뜻을 이루었으며, '종5위 훈6등 문학박사'라는 영작(榮爵)을 받기에 이른 것은 실로 예상치 못한 영광이며 성대(聖代)의 은혜가 망극할 따름이다.

또한 세상에는 학자의 자식들이 학자가 아닌 경우가 많아, 부친이 사망하면 유서와 저술 원고마저 팔아 치워버리는 경우까지 있다. 그러나 본인의 양자 요시카타(義象)[23]는 학업에 정진하여 이미 제일고등중학교 교수이며 종7위의 관위를 하사받아, 이미 세상에 존재를 인정받는 사람이 되었다. 그러니 수천 권에 이르는 오랜 세월을 함께 한 내 장서를 그대로 보전하여 장차 집안의 명성을 더욱 빛낼 것으로 기대된다.

올해 칠순이라는 많은 나이에 이르렀으며, 그 사이 생각지도 못한 삶을 누리게 된 데에는 하늘이 내리신 은혜를 크게 입어 이토록 명이 긴 덕이다. 이런 넘치는 영광을 이룰 수 있었다고, 마음으로부터 감사하며 자손들에게 이 글을 남기고자 한다.

> 바라던 일을 하나하나 이루었더니 어느 샌가 생각지도 못한 나이가 되어 있었노라

이 졸고는 세상에 널리 알릴만한 것이 못 되지만, 나이도 거의 비슷하고 친교 깊은 나카무라 아키카의 부탁을 받아서, 메이지 26년(1893) 1월 초에 붓을 들어 72세의 늙은이 고나카무라 기요노리가 적었다.

및 교육기관. 내무성의 위탁을 받아 신사에 종사하는 자를 양성하였으며『古事類苑』『延喜式』의 편찬사업을 담당하였다. 고쿠가쿠인대학(國學院大學)의 설립 및 경영도 하였으나, 제2차 세계대전 패전 후, GHQ의 압박을 받아 해산하였다.

23 양자가 되기 전 이름은 이케베 요시카타(池邊義象).

서문

일본의 음악과 가무는 멀리는 신대(神代)에 시작되었으며, 그 후에는 당나라에서 그리고 한반도에서 전래하였다. 또한 천축의 범패(梵唄)의 영향도 받았다. 이들이 후에 갈라져서 오늘날 말하는 고악(古樂)이 있고, 아악(雅樂)이 있으며, 그리고 속악(俗樂)이 있는 것이다. 속악은 중세의 이른바 이마요(今樣)를 말하며, 에이쿄쿠(郢曲)라고도 한다. 오늘날 말하는 사루가쿠(猿樂), 조루리(淨瑠璃) 같은 것들이 모두 이 속악에 속한다. 아악은 당나라와 한반도에서 전래하였으며 악부(樂部)기 오늘날까지 남아있으며 거기서 지금도 아악이 전승되고 있다. 그리고 고악 즉 가구라(神樂)의 곡들은 아직도 신대의 옛 모습을 남기고 있다. 오호! 우리 일본의 음악과 가무를 보아라! 국체(國體)의 견고함과 풍속의 순박함을 알 수 있지 않는가! 요제(堯帝)의 함지(咸池), 순제(舜帝)의 대소(大韶), 탕왕(湯王)의 대호(大護), 그리고 진·한(秦·漢) 시대의 음악과 가무는 이미 소멸하여 전하지 않는다. 수·당(隋·唐)의 여러 악(樂)과 송·원(宋·元)의 음악과 가무도 전하지 않는다. 오로지 일본만이 수천 년을 이어온 옛 모습을 간직하고 있는 것이다. 물론 속악의 경우처럼 시간의 흐름 앞에서 변천을 겪은 시기도 있었으나, 곡절(曲節)의 변화는 크지 않았으며 소리의 변화 또한 크지 않았다. 게다가 이들 옛 곡이 모두 소멸하는 일도 없었을 뿐더러 때로는 새로운 곡이 만들어져서 예로부터 전하는 곡과 함께 연주되는 경우도 있었다. 이에 관한 상세한 내용은 고나카무라 선생의 『歌舞音樂略史』에 설명되어 있다. 고나카무라 선생은 국전(國典)에 박식하며, 고금(古今)을 꿰뚫고 계시다. 이처럼 문헌을 가다듬고 교정(校訂)하는 두 능력을 함께 지니고 계셨기에 이번 『歌舞音樂略史』를 간행할 수 있었던 것이다. 선학인 아라이 하쿠세키(新井白石)나 오규 소라이(荻生徂來), 다자이 슌다이(太宰春臺) 등의 여러 선생들이 그간 저작을 통해서 옛 가무와 음악이 어떻게 오늘날에 이르렀는가에 대해서 대략은 밝히고 있다. 그러나 아악에 관해서는 상세하나 속악에 관해서는 제대로 언급하지 않고 있어서 이를 안타깝게 생각하신 고나카무라 선생이 속악의 근원을 상세하게 추적하기 위해서 아직 알려지지 않은 민간의 곡을 조사하고 옛 자료를 모아 연구하신 것이다. 선학의 성과를 버리는 일 없이, 선행연구에서 수용할 점이 있으면 그 내용을 기록하여 참조하였다. 본인은 일전에 『風俗歌舞之考』[1]를 집필해서 세상에 내놓은 적이 있다. 공직에 몸담고 있었으나 공무를 소홀히 하면서 붓은 매우 바쁘게 움직였으나, 그럼에도 오류가 매우 많았다. 고나카무라 선생은 그럼에도 졸고를 계속 채록하시어 증거를 통해서 억설을 수정함으로써 소인의 안타까운 마음을 풀어주셨다. 이렇게 해서 드디어 『歌舞

---

1   『風俗歌舞源流考』를 말함. 『風俗歌舞源流考』의 첫 장인 「猿樂田樂ノ源流」는 「東京學士會員雜誌」 제3편 제10권(1881년 12월)에 게재되었으며, 둘째 장인 「各種ノ風俗歌舞」는 같은 잡지 제4편(1883년 3월)에 게재되었다. 그리고 「猿樂田樂ノ源流」는 1882년 1월 12일부터 20일 사이에 東京日日新聞에 8회에 걸쳐서 다시 연재되기도 하였다.

音樂略史』가 완성되자 소인에게 이 서문을 부탁하신 것이다. 먼저 당나라와 한반도의 악에 대해서 말하자면, 이들 나라에서는 악이 이미 사라졌지만 일본에는 남아 있다. 즉 이들 악은 우리 일본의 악인 것이다. 이런 해석이 어찌 불가하겠는가? 오늘날 우리 일본과 해외 여러 나라는 서로 교류하고 있으며, 우리에게 전해지는 이들 해외 여러 나라의 음악은 날로 늘고 있다. 우리는 이들 악 중에서 아름다고 좋은 것들을 취해서 배우고 있다. 즉 고대에 당나라와 한반도에서 흥한 악도 그 이후 이들 나라에서는 사라졌지만 우리는 아직 보존하고 있다. 즉 이는 온 누리의 아름다운 음악이 오로지 우리 일본에서만 울려 퍼지고 있다는 뜻이다. 우리 일본이 온 누리에서 가장 커다란 악부(樂部)인 셈이다. 이 또한 어찌 아니겠는가! 세월이 흘러 고나카무라 선생의 『歌舞音樂略史』의 후속편을 내놓을 자는 과연 누구인가.

메이지 21년(1888) 무자년 1월 하순
사쓰마(薩摩)에서 시게노 야스쓰구[2] 씀

---

2 重野安繹. 1827~1910. 가고시마(鹿兒島) 출생. 역사학자, 한학자. 부친은 사쓰마(薩摩) 번(藩) 번사(藩士). 시마즈 히사미쓰의 명을 받고 『皇朝世鑑』 편찬을 했으며, 메이지유신 후에는 상경하여 修史局, 修史館에서 수사(修史) 사업에 종사한다. 메이지 12년(1879), 東京學士會院 회원으로 당선되었으며, 14년(1881)에는 編修副長官이 되었고, 이듬해부터 『大日本編年史』 편찬을 하였다. 사료(史料)에 의한 실증을 중시하고 고증사학을 추진하였다. 메이지 19년(1886)에 臨時修史局 설치에 따라서 編修長이 된다. 22년(1889)에는 사학회(史學會)를 창설하여 초대 회장으로 취임. 이듬해, 貴族院勅選議員이 되었다. 세이카도문고(靜嘉堂文庫) 창설에 진력하였다.

PREFACE

Shakespere Tells us That

The man that hath no music in himself,

Nor is not mov'd with concord of sweet sounds,

Is fit for treasons, stratagems, and spoils.

Indeed the Western world may be said to have ever confessed the spell of music, from the days when the notes of Orpheus, golden lyre drew after them not only the birds and beasts, but the very trees and rocks, down to our own time when almost royal honours are paid to the genius of a Wagner. It has even been averred that music is an universal language, inasmuch as it speaks straight to the heart of all men at all times and in all countries. Nevertheless, it must be admitted that the universal language of music has branched off into many separate dialects.

Japanese music is not the least attractive of these. It is therefore a fit matter for congratulation that the history of Japanese music should have fallen into hands so skilful as those of the celebrated scholar to whom we owe the present work, — a work which is indeed a mine of information, not concerning music only but likewise concerning the kindred arts of dancing and the drama. Mr. Konakamura has rightly judged that the history of these kindred arts cannot be separated from that of the music with which they have ever been inextricably bound up. The result of his labours in a work which will be the despair of future investigators, leaving to them, as it would seen to do, nothing further to discover.

B. H. Chamberlain,[1]
31st December 1887.

---

[1] Basil Hall Chamberlain, 1850∼1935. 영국. 1873년부터 1911년까지 일본에 체류한 일본연구자. 일본문화사전인 『日本事物誌(Things Japanese)』 간행. 메이지 6년(1873) 5월 9일 일본 입국, 같은 해 8월 15일부터 개인 영어교사. 메이지 7년 9월 1일부터 海軍兵學寮에서 영학(英學) 교사를 역임한 후, 도쿄제국대학 문과대학 교사가 되어, 후의 문학부 국어학연구실의 기초를 세웠다. 메이지 24년(1881) 3월 7일, 외국인으로서 처음으로 도쿄제국대학 명예교사가 되었다. 메이지 25년 이후, 여러 차례 영국, 유럽과 일본을 왕복했으나, 마지막에는 스위스 제네바에 정착, 쇼와 10년(1935) 2월 15일에 사망. '王堂', '챔벌레인(チェンバレン)'을 칭했으며, 와카(和歌)에 정통했으며, 일본어, 아이누어, 류큐어(琉球語)에 대한 연구업적과 일본문화에 대한 소개 등을 일본아시아협회, 런던일본협회, 영국인류학회 등에 발표하였다. 또한 일본어 로마字化 운동을 적극적으로 추진, 문부성에 건의서를 제출하였다. 참고로 '일본어 로마字化'는 일본어 음을 알파벳으로 표기하는 것을 말한다.

『가무음악략사(歌舞音樂略史)』 서(序) 번역문

셰익스피어는 "사람으로서 음악을 이해하는 마음이 없고, 또한 우미한 곡조에 감동하지 않는 자는 그 성품 분명히 신의를 배신하고 거짓만을 일삼는 자가 될 것"이라고 말하였다. 실로 서양에서 음악이 갖는 덕의 힘을 칭송하는 일은 가령 오르페우스(고대 희랍의 伶人)가 금슬(琴瑟)을 연주하면 영혼이 없는 금수목석(禽獸木石)까지도 경청했다고 하는 고대부터 시작해서, 한 필부인 바그너(지금의 독일의 음악가)가 거의 제왕에 가까운 성예(聲譽)를 얻은 요즘 세상에 이르기까지 한 번도 그친 적이 없다. 그러므로 음악이라는 것은 시간의 고금을 막론하고, 장소의 동서를 막론하고, 바로 만인의 마음과 귀에 와 닿는 것이기에 이 세계의 공통어라고 단언하는 자도 있을 정도이다. 게다가 이 공통어인 음악이 또한 다양하고 이질적인 국풍토음(國風土音)으로 변용하고 분화하여 갈라진 것은 틀림없다. 그 중에서 일본의 음악처럼, 사람의 마음을 기쁘게 하는 힘, 결코 소소하지 않다. 고명한 학자이신 고나카무라 옹이 지금 그 뛰어난 능력으로 일본음악사를 집대성하게 된 것은 크게 축하할 일임을 우리는 안다. 이 저서는 음악은 물론이고, 음악과 관련되는 무용과 희곡, 예술까지 빠뜨림 없이 거론하고 있다. 바로 이 책이야말로 앞에서 언급한 내용에 대해서 우리가 지식을 채굴할 수 있는 광맥이 아닌가 생각한다. 특히 고나카무라 옹이 무용, 희곡, 예술은 예로부터 음악과 밀접한 관련이 있기에 양자의 역사를 따로 떼어놓고 생각해서는 안 된다고 지적한 점은 매우 뛰어난 탁견이라 생각한다.

　생각건대 이 저작은 고나카무라 옹의 참으로 오랜 노력의 결과에 의한 것이며 매우 충실한 내용으로 가득 차 있다. 후세의 연구자는 아마도 더 이상 발견하고 지적할 여지가 없음을 알고 실망낙담할지도 모르겠다.

1887년 12월 31일

王堂 챔벌레인

『가무음악략사(歌舞音樂略史)』

상권

『가무음악략사』 상권

문학박사 고나카무라 기요노리(小中村清矩)

일본에서 가무와 음악에 관해서 서술한 서적은 예로부터 적지 않다. 그러나 당악,[1] 에이쿄쿠(郢曲),[2] 덴가쿠(田樂),[3] 사루가쿠(猿樂)[4]를 비롯해서

---

[1]　唐樂. 일본어로는 '도가쿠(とうがく)'이며, 원래는 중국 당나라 시대의 음악을 뜻하나, 여기서는 일본 아악에서 외래의 악무(樂舞) 두 양식 중 하나를 뜻한다. 악(樂)인 관현(管絃)과 무(舞)인 부가쿠(舞樂)의 두 가지 연출이 존재한다. 일본 아악에서 좌방(左方)은 당악이며, 우방(右方)은 고구려악이다.

[2]　'郢曲'이란 '비속한 음악을 비유적으로 이르는 말'이나, 여기서 말하는 일본어 '郢曲'은 '에이쿄쿠'라고 읽으며, 로에이(朗詠)를 뜻한다. 로에이는 한시(漢詩)에 가락을 붙여서 아악 풍으로 편곡한 것이며, 사이바라(催馬樂)는 지방의 민요에서 비롯되었으나, 로에이는 교양이 있는 상류귀족층에서 시작되었다. 로에이는 한시를 세 부분으로 나누어, 각각의 첫 구를 독창하고, 쓰케도코로(付所)부터 모두가 제창하는 형식을 취한다.

[3]　일본 연희의 하나. 헤이안 시대부터 그 존재를 확인할 수 있으며, 이름에서 알 수 있듯이 초기 형태는 농경의례에서 피리와 북을 치면서 노래 부르고 춤을 춘 데서 시작된 것으로 간주되나, 후에 덴가쿠호시(田樂法師)라는 전문직이 생길 정도로 성행하였다. 여기에는 곡예적인 요소가 많이 가미되어 있으며, 이는 산악(散樂)과

근세의 산겐(三絃),[5] 쓰쿠시고토(筑紫箏),[6] 가부키(歌舞伎),[7] 조루리(淨瑠璃),[8] 고우타이(小謠)[9] 등에 이르기까지, 지금까지의 대부분의 서적은 각각의 분야에서 대표적인 사람을 중심으로 서술하여 후진들에게 편의를 제공

의 교섭을 의미한다. 가마쿠라(鎌倉) 시대, 남북조 시대에 걸쳐서는 사루가쿠(猿樂)와 마찬가지로 가무극(歌舞劇)인 노(能)까지 연기하게 되었다. 제아미(世阿彌)의 노가쿠 이론서를 보면 한때는 사루가쿠의 노보다 덴가쿠의 노가 성행했으며 연희도 완성도도 높았다는 것을 알 수 있다. 그러나 결국 제아미가 주도하는 사루가쿠의 노와의 경쟁에서 패해한 덴가쿠의 노는 쇠퇴하여, 오늘날에는 일부 사원을 중심으로 곡예적인 다이내믹한 연희가 일부 전하고 있을 뿐이다.『榮華物語』등에 당시 덴가쿠의 모습을 추측할 수 있는 기사가 전한다.

4 '사루가쿠'라는 말에는 다양한 의미와 용례가 있다. 하나는 오늘날의 노의 옛날 명칭으로서의 뜻이고, 또 하나는 헤이안 시대의 연희로서 골계(滑稽)를 기본으로 하는 우스꽝스러운 흉내 내기, 모사 등을 뜻하며 넓은 뜻으로는 주술사(呪術師)나 덴가쿠(田樂)까지도 포함한다. 여기서는 어느 쪽을 지칭하는지 분명하지는 않으나, 덴가쿠에 이어서 사루가쿠를 나열하고, 그 다음에 근세로 넘어가는 것으로 봐서, 가무극(歌舞劇)으로서의 덴가쿠, 사루가쿠를 즉 노(能)를 지칭하는 것으로 판단된다.

5 여기서 말하는 산겐(三弦, 三絃)은 일본 아악에서 사용하는 현악기 세 가지(琴, 琵琶, 箏)가 아니라 샤미센(三味線)을 말한다.

6 지금의 규슈(九州) 구루메시(久留米市)인 쓰쿠시(筑紫)의 젠도지(善導寺)의 승려 겐준(賢順)이 무로마치(室町) 시대 말에 대성한 쟁(箏) 반주가 주된 악곡.

7 노(能), 가부키(歌舞伎), 닌교조루리(人形淨瑠璃)를 일본 3대 고전극이라 한다. 가부키는 에도(江戶) 시대의 서민문화로 성립한 연극이며, 1600년경에 교토(京都)에서 이즈모(出雲)의 오쿠니(お國)가 '가부키춤'을 춘 것이 시작이라고 전한다. '歌舞伎'라는 한자는 메이지 시대에 들어서 붙여진 것이고 그 전에는 '歌舞妓', 'かぶき' 등으로 표기했었다. 조닌(町人) 문화가 꽃핀 겐로쿠(元祿) 이후에 명작자, 명배우의 출현에 의해서 본격적인 연극으로 발전하였다. 참고로 원전에서는 '歌舞妓'로 표기하고 있다.

8 원래는 비파(琵琶)의 반주를 배경으로 하는 가타리(語り, narration, story telling)인 조루리부시(淨瑠璃節)에 류큐(琉球, 오키나와沖繩)에서 전래한 샤미센 반주와 인형극이 통합하여 에도 시대 초기에 닌교조루리(人形淨瑠璃)가 성립하였다. 1684년경 다케모도 기다유(竹本義太夫)가 오사카 도톤보리(道頓堀)에 진출해서 다케모도座을 출범시켰으며 전속 작곡자로 치카마쓰몬자에몽(近松門左衛門)을 두어 대작을 연이어 발표하여 조루리를 크게 발전시켰다.

9 노(能)의 대사인 요쿄쿠(謠曲) 중에서 짧은 구절을 발췌해서 무반주로 부르는 것을 고우타이라고 한다.

하기 위한 것에 그치고 있으며, 각 연희[10]의 기원과 연혁까지 함께 검토하여 그 개요에 대해서 언급하는 서적이 아직까지도 없다는 사실은 이 시대의 문제이자 과제가 아닌가 생각한다. 본인은 가무음악의 길을 알지 못하며, 또한 고금의 서적을 검토하고 음미할 능력도 없으나, 근자에 생각하는 바가 있어서 좁은 소견임을 두려워하지 않고 이『歌舞音樂略史』를 집필하게 되었다. 후세에 학문이 깊고 성품이 훌륭한 군자가 나타나서 가무음악의 역사를 집대성한 저서를 이 세상에 내놓을 때 참고의 자료라도 된다면 커다란 기쁨이라 생각한다.

---

10   원전에서는 일본어로 '藝'라고 되어 있다. 즉 '게이(藝)'인데 여기서 이 말은 일본어 '게이노(藝能)'를 뜻한다. 그러나 '예능'으로 번역하지 않고 '연희(演戱)'로 하였다. 그 이유는 한국어 '예능'은 일본어 '게이노'에 상응하는 개념, 의미범주의 용어로서 사용되지 않기 때문이다.

제1장 고대의 가무와 음악

　태고에 아마테라스오미카미(天照大神)가 사연이 있어 아마노이와야(天石窟)에 은둔하자, 800만에 이르는 수많은 신들이 슬퍼하며 그 문 앞에서 모든 정성을 다해 기도하였다. 그때 아메노우즈메노미코토(天ノ鈿女ノ命)[1]라는 여신이 아메노카구야마(天ノ香山)[2]의 아메노히카게(天ノ日蔭)[3]로 머리를 장식하고, 아메노마사키(天眞拆)[4]로 다스키[5]를 걸고, 가는 대나무

1　『古事記』에는 '天宇受賣命'로 표기. '우즈'는 머리장식이고 '메'는 여자. 즉 머리장식을 한 무녀(巫女)라는 뜻.

2　아메노카구야마(天香具山). 지금의 나라현(奈良縣) 가시하라시(橿原市)에 있는 표고 152m의 낮은 산. 구릉에 가까움. 우네비야마(畝傍山), 미미나시야마(耳成山)와 함께 야마토 지방의 대표적인 세 산이라는 뜻으로 야마토산잔(大和三山)이라고 불린다.

3　석송(石松). 비교적 햇살이 잘 들어오는 산기슭 등에 많이 자생하는 상록 다년초. '히카게노가즈라(日陰の蔓)'라고 하며 『萬葉集』에는 '히카게'라는 이름으로 노래로 불리고 있다. 여름에 곧게 선 가지 끝에 연누런색 원기둥 모양의 홀씨주머니가 열린다. 학명은 Lycopodium clavatum L. var. nipponicum Nakai.

잎으로 다구사[6]를 만들어 쇠로 만든 방울이 달린 창을 들고, 안이 비어
있는 커다란 그릇(槽)을 놓고 땅을 밟아 울리며 가무(歌舞)를 했다는 이
야기가 있는데, 이것이 바로 가무의 기원이다.[7] 『古事記』『日本書紀』『古語拾
遺』 ○ '歌舞'라는 두 글자는 『古語拾遺』에서 가지고 왔다.

이 이야기는 다카아마가하라(高天ノ原)[8]에서 일어난 일로, 일본열도에서의 일
은 아니나, 조정에서 오랜 동안 시행하고 있는 미카구라(御神樂) 제사는 이 아메
노우즈메노미코토의 고사(故事)를 기초로 한 것이기에 이에 대해서는 가구라 편에
서 자세히 설명하겠다 예로부터 여러 서적에서 이 고사(故事)를 일본의 가무와 음
악의 기원으로 삼고 있어 본고에서도 여기에 따르고자 한다.

또한 아메노와카히코(天稚彦)[9]가 죽었을 때 아메노와카히코의 친족들
이 모여서 상장(喪葬)을 치루며 여덟 번의 낮과 밤을 지새우며 '놀았다'[10]

---

4   새머루. 학명은 Vitis flexuosa.
5   襷. 일본 옷의 소매를 어깨나 팔에 올려 매어 두기 위한 끈.
6   手草. 대나무 나뭇잎을 다발로 묶어서 춤을 출 때 손에 쥐는 것.
7   『古事記』의 해당 본문 후속 부분에서 "天宇受賣者爲ㇾ樂, 亦, 八百萬神諸咲"이다.
    일본연희사 즉 日本藝能史에서는 여기서 말하는 '爲ㇾ樂' 즉 "악을 하다"고 해석되
    는 이 부분을 가무(歌舞)로 보고 예능, 연희의 원형으로 보고 있다. 한편 이 신화는
    가구라(神樂)의 기원설로도 인용되곤 한다.
8   여러 신(神)들이 기거하는 천상계(天上界). 아메노카구야마(天香具山)에서 제사
    를 올린다. 다카아마가하라가 천상에 있다는 이야기는 에도 시대에 국학자 모토오
    리 노리나가(本居宣長)에 의해서 확산된 것으로 보인다.
9   天若日子. 이름에 들어간 '와카히코'는 젊은 남자라는 뜻. 葦原中國를 평정하기 위
    해서 파견된 아메노호히가 3년이 지나도 돌아오지 않아서 추가로 파견된 것이 아
    메노와카히코이다. 그러나 아메노와카히코는 적국의 시타테루히메와의 사랑에
    빠져서 8년이 지나도 다카아마가하라로 돌아오지 않았다. 사명을 잊고 반역한 죄
    로 결국에는 사망한다는 반역적이고 비극적인 신이었기에 민간에 뿌리를 내려서
    헤이안 시대의 『우쓰보모노가타리(宇津保物語)』『사고로모모노가타리(狹衣物
    語)』 등에서는 '天若御子'라는 표기로, 또한 무로마치(室町) 시대의 『오또기조시(御
    伽草子)』에서는 '天稚彦'라는 표기로 등장하여, 미남의 청년으로 묘사되고 있다.

고 하는 말은 관현과 가무를 했다는 뜻이다. 『古事記』『日本書紀』

　　고대에 관현과 가무를 '놀이(遊)'라고 한 예로는 『續日本紀』 15권에 황태자 고켄(孝謙) 천황 가 고세치마이(五節舞)[11]를 추는 것을 보시고 다이죠(太上) 천황 겐조(元正) 천황 이 조서(詔書)에서 "오늘 보여준 기예(技藝)를 보아하니, 단순히 시가(詩歌), 관현(管絃), 무(舞)는 즐기기(遊)만 하는 오락은 아닌 듯하며, 이 세상 사람들에게 군신과 부자지간의 도리를 가르치고 이끌어주는 것이라 생각됩니다"[12]라고 한 예가 있다. 옛날에 모노가타리(物語) 등에서 관현을 '御遊'라고 하는 점까지 포함해서 이 '놀이(遊)'라는 것의 실체에 대해서 생각해봐야 한다. 그리고 옛날에 장의(葬儀)에서 음악을 사용한 예로는 『日本書紀』에 인교(允恭) 천황이 서거했을 때 신라의 왕이 악인(樂人) 80명을 보낸 예가 있다. 이들 악인은 나니와즈(難波津)에 상륙 후, 교토로 향하였는데 그 도중에 어떤 악인은 곡(哭)을 하고 어떤 악인은 노래하며 춤을 추어 빈궁(殯宮)에 참회(參會)했다는 기록이 있다.[13]

10　『古事記』 본문은 다음과 같다.
　　　乃於二其處一作二喪屋一而, 河鴈爲二岐佐理持一, 自レ岐下三字以レ音. 鷺爲二掃持一, 翠鳥爲二御食人一, 雀爲二碓女一, 雉爲二哭女一, 如此行定而, 日八日夜八夜以, 遊也.
　　이 부분에 대해서 죽어서 시체를 매장할 때까지 안치하는 喪屋에서 사자(死者)의 재생을 위한 주술(呪術)이 행하여졌다고 보는 견해도 있으며, 장의(葬儀)에 다양한 종류의 새가 언급되는 것은 고대에는 새가 영혼을 부르고 운반하는 역할을 했기 때문이라고 해석되고 있다. 중국대륙과 한반도에서의 예를 참조하여, 장의에서 새 모습으로 분장하고 가무를 한 관습의 반영이라고도 해석되고 있다.
11　헤이안 시대의 다섯 개의 세치에(節會) 즉 정월 초하루, 아오우마(白馬, 정월 7일), 도카(踏歌, 남자 踏歌는 정월 14일 또는 15일, 여자 踏歌는 정월 16일), 단고(端午, 5월 5일), 도요노아카리(豊明, 新嘗祭, 大嘗祭 다음날)인 고세치(五節) 때에 오우타(大歌)를 수반해서 연주하는 소녀의 춤. 중세에 단절되나 근대에 개정하여 복원.
12　今日行ひ賜ふ態(わざ)を見そなはせば、直(ただ)に遊とのみには在らずして、天下の人に君子祖子の理を教へ賜ひ趣け賜とに有るらしとなも思しめす。
13　『日本書紀』 인교(允恭) 42년(453)의 기사를 말한다.
　　　天皇崩. 時年若干. 於是, 新羅王聞二天皇既崩一, 而驚愁之, 貢二上調船八十艘,

또한 텐무(天武) 천황이 서거했을 때 미야쓰코(造)[14] 등이 망자를 애도하는 가무를 바쳤으며, 지토(持統) 천황의 빈궁에서 악관(樂官)들이 악을 연주하고 다테후시(楯節) 춤을 추었다는 기록이 확인되는데 이들은 모두 천황의 장송(葬送)[15]에 관한 일이며, 친왕, 대신(大臣) 및 귀현(貴顯)들이 상장(喪葬)에서 북을 치고 음악을 연주한 기록도 『日本書紀』 이후의 사서(史書)와 『喪葬令』을 통해서 확인된다. 그런데 상장에서 음악을 연주하는 것은 무엇 때문인가? 모토오리 노리나가(本居宣長)[16]의 해석에 의하면 먼저 사람이 죽는 것은 아마테라스오미카미가 아마노이와야에 은둔해서 세상이 암흑으로 뒤덮이는 것과 비슷하기 때문에 그때의 고사를 모사하여 노래 부르고 춤을 추어 그 사람이 다시 이 세상으로 돌아오도록 기도한다는 뜻에서 시작되었다고 한다. 오늘날의 상식과는 많이 어긋나는 해석이기는 하나, 태고에 아직 인지(人智)가 열리기 전의 풍속으로는 그럴 수 있다고 생각된다. 생각건대 『後漢書』에 일본 관련 기사를 적으면서 〈그 죽음은 십여 일간 행하는 상제 동안 머무르게 되는데 그 동안 가인(家人)들은 곡읍(哭泣)을 하고 술과 음식을 권하지 않으며, 이런 경우에 노래를 부르고 춤을 추며 악을 연주한다〉[17]고 기술하고 있는 것은 일찍이 외국 사람들도 이 풍속을 전해

及種種樂人八十一. 是泊二對馬一而大哭. 到二筑紫一亦大哭. 泊二于難波津一, 則皆素服之. 悉捧二御調一, 且張二種種樂器一, 自二難波一至二于京一, 或哭泣, 或儛歌. 遂參二會於殯宮一也.

인교(允恭) 천황 사망에 즈음하여 신라로부터 '다양한 종류의 樂人'이 건너왔다고 전한다.

14 고대 성씨(姓氏)의 하나이며, 조정 또는 지방에서 각종 베민(部民)을 통괄한 도모노이야쓰코(伴造)가 칭한 성(姓). 야마토의 조정이 통치를 위해서 조정에 복종하는 지방호족에 대해서 하사한 지위의 하나.

15 원전에서는 '오미하후리(大御殯)'이라고 표기하고 있으나, '오미하후리'는 '大御葬'이며, '오미하후리의 노래'는 雅樂寮에서 다루는 오우타(大歌)의 하나이며, 천황의 葬送 때 연주하는 노래이다.

16 1730~1801. 에도 중기의 국학자. 상경하여 의학 공부를 하면서 『源氏物語』 등을 연구, 가모노 마부치(賀茂眞淵)에 입문, 30여 년 후에 『古事記傳』을 완성했다. 유불(儒佛)을 버리고 고도(古道)로 회귀해야 한다고 주장.

17 흥미로운 것은 이 설명을 읽고 상기되는 것은 우리나라 장례식이지 일본의 장례식

듣고 알고 있었음을 뜻한다. 위 내용은 『古事記傳』 제13권의 내용에 필자가 가
필한 것이다.

또한 히코호호데미노미코토(彦火火出見尊)는 와타쓰미노미야(海宮)에서
돌아온 후, 이전에 형인 호노스소리노미코토(火闌降命)[18]가 자기를 괴롭
힌 것에 대한 보복으로 시오미치노다마(潮滿瓊)[19]를 사용하여 바닷물을
차게 하여 응징하자, 형은 잘못을 인정하고 사죄했으나 히코호호데미
노미코토는 그래도 분노가 가라앉지 않아 아무 말도 하지 않았다. 그래
서 형은 다후사기(犢鼻)[20]를 입고 붉은 흙(赭)을 얼굴에 바르고 발을 들어
서 고통스러운 모습을 해보이며 앞으로 너를 즐겁게 하는 와자오기(俳
優)[21]로 지내겠다고 서약하였다. 이것이 후세까지 전해 내려오는 하야
히토마이(隼人舞)[22]의 기원이다. 『古事記』 『日本書紀』

이 아니라는 점이다. 여기에 동아시아의 장례문화에 대한 공통분모를 엿볼 수 있
다고 본다. 실제로 '곡(哭)'은 『日本書紀』에 신라가 보낸 장례식 참여자들이 곡을
하면 행렬을 이어갔다는 기록이 있으나, 오늘날 일본에서 '곡'이라는 것은 전하지
않으며, 어휘로서 그냥 슬픔이 아니라 가슴 깊은 곳에서 나는 슬픔 정도로 이해하
고 있을 뿐이다. 즉 곡이라는 신체적 행위와 의례의 한 부분으로서의 역할은 일본
에 뿌리를 내리지 않았다고 보인다. 졸고, 「東アジアの仮面－方相氏の受容を中
心に」(『漢文文化圏の說話世界』, 竹林舍, 2010 수록) 참조.
18   호데리노미코토(火照命)의 별명.
19   해수에 담그면 밀물을 만들 수 있는 능력이 있다는 구슬. 즉 밀물 상태를 만들어서
     해수를 차게 해서 익사시키려 한다는 뜻이다. 한편 시오히루타마(潮涸瓊)는 반대
     로 물에 담그면 썰물을 만들 수 있는 능력이 있는 구슬임.
20   犢鼻褌, 褌(ふんどし). 남자가 음부를 가리기 위해 두르는 폭이 좁고 긴 천. 왜잠방이.
21   '와자오기'는 오늘날 '배우'의 원형으로 간주되고 있으며, 원뜻은 손짓이나 발짓 등
     으로 우스꽝스러운 시늉으로 노래 부르고 춤을 추며, 신이나 사람을 즐겁게 하는
     일 또는 그렇게 하는 사람을 뜻한다. '광대'로 해석할 수도 있다.
22   하야히토(隼人)는 원래가 고대 일본 규슈(九州) 남부에 거주하며 풍속과 습관을
     달리하는 집단으로, 이들은 중앙으로부터 용맹과감하면서도 미개한 집단으로 인
     식되고 있었다. 이들은 때때로 야마토(大和) 정권에 대항하였으나 후에 야마토 정
     권에 복종하게 되는데 이들은 천황을 수호하는 이른바 근위대와 같은 집단으로 성
     장하여 특별한 주술 능력을 지니는 것으로 간주되고 있었다. 이들이 전한 춤을 하

호노스소리노미코토(火闌降命)의 자손들은 오스미(大隅), 사쓰마(薩摩)에 있었
는데 이들을 통틀어서 하야히토(隼人)라고 부른다. 중세까지 이들은 번갈아가며
상경하여 황궁(皇宮) 수호를 맡았다. 隼人司는 하야히토를 관할하는 관사(官舍)를 말
하며, 隼人正은 그 장관을 가리킨다. 또한 구니부리(風俗)²³의 가무를 연습해서 다이
죠사이(大嘗祭)²⁴ 등의 공식행사에 종사했음이 『國史令式』을 통해서 확인된다.

가무와 음악 그리고 와자오기 등은 태고 때부터 이 땅에 존재하였으
며, 후세에 전하는 그 종적은 위에서 살펴본 바와 같다. 한편 가요는
멀리 수사노오노미코토(素盞嗚尊)가 읊은 '야구모다쓰(八雲立)'²⁵의 노래에
서 시작되며, 진무(神武) 천황은 전투 중에 '다타나메테 이나사노야마
노'²⁶라는 어제가(御製歌)로 장졸의 노고를 위로하셨다. 오호구메노미코

야히토마이 또는 하야히토노마이라 한다.

23 말 그대로 '외래', '박래(舶來)'가 아니라 처음부터 일본열도에 자생하여 존재한 가
무(歌舞)를 뜻한다.

24 천황이 즉위 후 처음으로 행하는 니이나메사이(新嘗祭)를 다이죠사이라고 한다.
그 해의 햇곡식(新穀)을 바치며 천황 스스로가 아마테라스오미카미와 天神地祇를
모시는 한 대(代)에 단 한 번 있는 큰 행사.

25 수사노오노미코토(素盞嗚尊)가 오로치를 물리친 후 구시이나다 공주와 신혼살림
을 위해서 새로운 집을 지으며 부른 노래인 "八雲立つ 出雲八重垣 妻籠みに 八重
垣作る その八重垣を"을 와카(和歌)의 시작으로 여기는 설이 있는데 이를 받은 내
용이다. 노래 뜻은 "계속해서 구름이 솟아오르는 이즈모(出雲)의 땅, 아름다운 처
가 거처할 새 집을 짓노라, 이중, 삼중, 사중으로 울타리를 만들어서……" 정도가
될 것이다. 참고로 이즈모(出雲)는 이즈모다이샤(出雲大社)가 있는 지금의 시마네
현(島根縣)이며, '구름(雲)'은 농업에 필요한 비를 뿌리게 하는데, 구시이나다 공주
라는 이름은 奇稲田姫라고 표기한다. 즉 도작(稲作)의 여신으로서의 성격을 엿볼
수 있으며, 이 이야기의 배경에는 도작, 농업과 관련된 생산이 깔려 있다고 볼 수 있
다. 그렇게 본다면 "八雲立つ ……"는 노동가에 가까우며, 다우타(田歌)로 보는 것
이 타당하지 않나, 하는 것이 역자의 견해이다.

26 진무(神武) 천황이 야마토(大和)를 평정하는 과정에서 읊은 구메우타(久米歌)를
두고 하는 대목이다.
　　楯並(たたなめ)て 伊那佐(いなさ)の山(やま)の 木(こ)の間(ま)よも い行(ゆ)き
　　まもらひ 戰(たたか)へば 吾(われ)はや飢(ゑ)ぬ 島(しま)つ鳥(とり) 鵜養(うか

토(大久米命)는 『日本書紀』에서 이 노래를 미치노오미노미코토(道臣命)의 노래라고 하는 것에 대해서는 의문이 생긴다. '오사카노 오호무로야니'[27]라는 노래를 신호로 야소타케루(八十梟帥, 土蜘蛛八十建)[28]를 참살한다는 내용의 이야기가 『古事記』와 『日本書紀』에 있다. 이러한 역대의 가요를 들기 시작하면 이루 헤아릴 수가 없을 정도로 많다. 이들 모든 노래에는 나름대로 가락이 있으며, 작자가 직접 부른 노래들이기 때문에 후에 악부(樂府)에서 이들 노래를 오우타(大歌)라고 칭하게 되어, 조정의 조회 등에서 부르게 되었다. 이에 관해서는 3장에서 다시 언급하겠다.

무릇 모든 세상 사람이 마음속으로 생각하는 바를 그대로 입으로 내어 말하는 것을 다다고토(平語)[29]라고 하며, 이러한 다다고토만으로 생각하는 바를 모두 나타낼 수 없을 때 말에 강약을 넣고 가락을 붙여서 부르는 것을 노래라고 한다. 그래서 예로부터 나라(奈良) 왕조 때까지는 영가(詠歌)는 대개의 경우 '우타이모노'[30]였으나 점차 '우타이'라는 읊고 부르는 행위가 쇠락하고, 그저 종이에 기록

　　　ひ)が伴(とも) 今助(います)けに來(こ)ね.
　　노래 뜻은 "이나사(伊那佐)山의 나무 사이를 지나서 적을 주시하면서 싸웠더니 우리는 배가 고프다. 가마우지를 키우는 제양부(鵜養部) 사람들이여, 지금 바로 우리를 도우러 와주오" 정도가 될 것이다.

27　지금의 나라현(奈良縣) 사쿠라이시(櫻井市) 오사카(忍坂)에서 있었던 일로, 진무(神武) 천황이 오사카(忍坂)로 들어가서 야마토를 평정할 때 이야기. 야소타케루를 치기 위해서 80명의 가시와데(궁중 요리사, 하급관리)를 배치하여 각자에게 검을 들게 해서 아래 노래를 신호로 일제히 공격하도록 했다는 이야기.
　　　忍坂(おさか)の 大室屋(おほむろや)に 人多(さは)に 入り居りとも 人多に 來入り居りとも みつみつし 久米の子等が 頭槌(くぶつつい) 石槌(いしつつい) もち 撃ちてし止(や)まむ.

28　『日本書紀』에 등장하는 인명. 단, '수많은 용맹한 자'라는 의미로 사용되었을 가능성도 있다. 『古事記』에서는 '八十建'이라 표기하며, 후자의 의미로 사용하고 있다.

29　보통 다다고토(ただこと)의 한자표기는 '徒言'이다.

30　謠物. 謠い物. 말에 가락을 붙여 부르는 행위, 그런 것의 총칭으로서 그 반대편에 있는 것이 가타리(語り), 가타리모노(語り物)이다. 소설이라는 개념은 근대 이후에 일본에 들어온 개념이자 양식인데 일본 고유의 것은 모노가타리(物語)이다. 그

하여 사람에게 보여주는 것으로 변해버렸다. 하물며 후세에 이르러서는 가도(歌道)라고 하는 하나의 기예로 발전하다보니, 영가와 가요는 서로 별개의 것이 되어 버렸다. 그러나 지금도 공식적인 가회(歌會)에서는 '히코(披講)'라고 해서 목소리에 강약을 넣어 큰 소리로 시가를 읽는데, 이는 바로 이 행위가 원래 '우타이모노'였던 옛 흔적인 것이다.

이러한 가요를 금(琴)과 피리(笛)에 맞추어 즐기는 것도 아주 오랜 고대부터 있었으나 지금은 그 자세한 내용은 알 수 없다.

야마토고토(和琴)에 관해서는 신대(神代)에 아메노노리고토(天ノ詔琴)라는 명칭이 보인다. 신대가 끝나고 사람이 천황이 되는 이른바 인황(人皇) 시대가 되자, 오키나가타라시히메노미코토(息長足姫命)[31]는 진구(神功) 황후 금(琴)을 연주케 해서 하늘로부터 내려 받은 신탁으로 삼한을 정벌하였다.[32] 오진(應神) 천황은 가라누(枯野)라는 썩어서 못 쓰게 된 선박 목재로 금(琴)을 만들었는데 그 음

런데 모노가타리는, 오늘날 종이와 문자가 발달한 결과, 읽는 대상으로 인식되고 있으나, 사실은 모노(物) 즉 이야기를 읽어주는 행위, 또는 읽어주는 그 자체를 말한다. 그러한 읽어주고 이야기해주는 '모노'를 '가타루(語る)'하는 모노가타리의 대본이 읽는 대상, 읽을거리로서의 '모노가타리'로 변용된 것이라고 역자는 본다. 즉 구전문학에서 기록문학으로의 전개가 개재하고 있는 것이다.

31 원전에서 주석을 단 것처럼 진구(神功) 황후의 이름. '息長足媛命'이라고 표기하는 예도 있다.

32 이른바 '삼한정벌(三韓征伐)'을 말함. 『日本書紀』에 기술되어 있는 4세기에 진구(神功) 황후가 신라에 파병하여 신라를 항복시키고 뒤이어 백제와 고구려도 왜(倭)의 지배하에 두었다는 이야기. 일본의 전전(戰前)의 해석은 조선은 일본의 속국 또는 옛 속국으로 보았으며, 도요토미 히데요시에 의한 임진왜란 또한 이 삼한정벌을 대의명분으로 적극 활용하였다. 메이지 시대에 정한론(征韓論)이 대두했을 때, 이른바 일한동조론(日韓同祖論)의 사상적 배경으로서도 적극 활용되었다. 황국사관(皇國史觀) 하에서 『日本書紀』와 『古事記』의 서술내용에 의문을 가하는 것이 금기시되었기 때문이었다. 전후에는 삼한정벌은 역사적인 사실(史實)이 아니라 신화적인 과장이 많은 이야기며, 진구(神功) 황후 자체가 실재하지 않은 허구였다는 사실이 판명된 상태이다.

이 선명하여 너무 멀리까지 들렸다는 이야기가 일찍부터 고전『古事記』『日本書紀』에 등장한다. 단『御鎭座本記』『本朝事始』이 두 문헌은 위서로 악명이 높다. 『神祇本源』『元々集』및 기타 문헌에서도 야마토고토(和琴)는 아마테라스오미카미가 아마노이와야에 은둔했을 때 가나토미노키코토(金鵄命)가 6개의 활을 한 번에 당겨 쏘았다는 데서 시작되었다고 기술하고 있으나, 이는 중세 이후에 편자에 의해 만들어진 이야기이며, 그보다 앞선 고문서에서는 이러한 설을 확인할 수 없기 때문에 믿을 수 없다. 또한 야마토부에(和笛)는 옛 기록에 아메노토리후에(天鳥笛)라는 이름이 보이는데 마찬가지 경우라 하겠다.『常陸風土記』, 수진(崇神) 천황 시대를 기록한 부분 참조. 또한 마가리노오호에노오지(勾ノ大兄ノ皇子) 안칸(安閑) 천황의 노래에 답해서 읊은 가스가노히메미코(春日皇女)[33]의 노래 중에 "무성하게 자란 젊은 대나무가 있다. 이 대나무의 뿌리에 가까운 굵은 부분은 잘라서 금(琴)을 만들고, 가는 끝부분은 잘라서 피리로 만들어 분다"[34]는 노래가 있다.『日本書紀』이 악기에 대해서도『御鎭座本記』는 아마노이와야에 은둔했을 때 아메노우즈메노미코(天ノ鈿女ノ命)가 아메노카구야마(天ノ香山)에 자란 대나무를 잘라서 그 마디에 구멍을 내어 분 것이 그 시작이라는 내용을 전하고 있으나, 믿을 수 없다. 그 이유는 앞에서 언급한 경우와 마찬가지이다.

오진(應神) 천황이 황태자였을 때 에치젠(越前)[35]에 있는 게히노오카미(氣比の大神)[36]를 참배하고 야마토로 돌아오는 길에 오진(應神) 천황의 모친인 오키나가타라시히메노미코토(息長足比賣命)는 마치자케(待酒)[37]를 바치면서 노래를 읊

---

33 가스가노야마다노히메미코(春日山田皇女). 닌켄(仁賢) 천황의 皇女이며, 안칸(安閑) 천황이 즉위한 해인 534년에 황후가 된다.

34 いくみ竹 吉竹(よだけ) 本辺(もとへ)をば 琴に作り 末辺をば 笛に作り 吹き鳴(な)す.

35 교토 북쪽에 위치한 지금의 후쿠이현(福井縣)의 동부 지역.

36 신사 이름. 지금의 게히신궁(氣比神宮).

37 출타했다가 돌아오는 사람이 무사히 돌아올 것을 기원하면서 만드는 술.『萬葉集』 555번 노래에도 "당신을 위해서 만든 마치자케(君がため釀みし待酒)"라는 예가 있다.

었다.[38] 다케우치노수쿠네(建內宿禰)[39]가 황태자를 대신해서 보낸 답가에서 "어주(御酒)를 만든 사람이 북(鼓)[40]을 맷돌처럼 세워 노래를 부르고 춤을 추며 만들어서 그런지, 정말로 맛이 좋고 마시면 즐겁습니다"『古事記』『日本書紀』라고 읊었다. 여기서 말하는 '북' 즉 '曾能都豆美(그 쓰즈미)'[41]는 『釋日本紀』에 〈그 쓰즈미이다. 『私記』에 "스승께서 설명하시기를, 옛날에는 절구 옆에 쓰즈미를 세워 놓고 (공명작용에 의해서) 울리는 소리로 절굿공이로 노래를 보조했다"는 기록이 있다〉[42]는 주가 있는 점을 보아, '都豆美(쓰즈미)' 오늘날 말하는 다이코(太鼓)를 말하며, 오늘날 쓰즈미라고 하는 것은 '鼓'의 하나이다, 라는 기사가 『古事記傳』에 있다라는 악기가 고대부터 존재했음이 분명하다. 단 문제의 이 기사 앞에 쓰즈미에 관한 언급이 전혀 없는데 갑작스럽게 '이 쓰즈미'이라고 하는 것은 전후가 맞지 않기에 그대로 받아들이기는 어렵다. 혹시 이 '曾能都豆美'의 '都豆美'는 '쓰즈미(鼓)'가 아니라 '스스미(啜實)'로 술에 들어간 열매를 말하는 것이 아닌가 하는 아라키다 히사오이(荒木田久老)[43]의 지적이 있으니『日本紀歌解』, 여기서는 이런

---

[38] 오키나가타라시히메노미코토(息長足比賣命)가 황태자에게 마치자케를 준비해서 읊은 노래는 "이 어주(御酒)는 제가 만든 것이 아닙니다. 어주를 관장하는 신(神)께서 이 세상에 계시는 수쿠나미카미(少御神)가 축복을 위해서 미치도록 춤을 추고, 축복을 위해서 뛰어다니며 춤을 추며 만들어 헌상한 술입니다"인데 이 노래를 받아서 뒤이은 "이 어주(御酒)를 만들었다는 사람 …… "이라는 답가가 돌아온 것이다.

[39] 원전에서는 '다케우치노수쿠네노미코토(建內宿禰)'.

[40] '쓰즈미(鼓, つづみ)'는 사전적으로는 '북' 또는 '장고' 등으로 해석할 수 있는데, 본문의 '쓰즈미'를 '북'으로 해석하는 것은 주저된다. 그 이유는 일본에서는 다이코(太鼓), 쓰즈미(鼓), 오쓰즈미(大鼓)를 구분해서 다루고 있기 때문이다. 이 세 단어 중 다이코(太鼓)가 우리가 말하는 '북'에 해당되는 것이고, 쓰즈미는 우리나라 장고를 아주 작게 만든 모양을 하고 있다. 반면에 오늘날 일본에 전하는 쓰즈미는 채로 치는 것이 아니라 손으로 친다. 오쓰즈미는 쓰즈미를 크게 해놓은 것이다. 이렇듯 '쓰즈미'라는 단어를 비로 '북'으로 해석할 수 없으나, 뒤이은 원전 중의 『古事記傳』인용을 참고해서 '북'으로 해석하겠다.

[41] 일본어 소리는 '소노쓰즈미' 즉 'そのつづみ(その鼓)'이며, 뜻은 '이 쓰즈미(북)'임.

[42] 〈其鼓也, 私記曰, 師說古時曰邊立鼓, 以二其鳴(목판인쇄본은 이 글자가 탈자임, 古本에 의해서 보완했음)聲一助二杵歌一也〉.

[43] 1746~1804. 에도 중기에서 후기에 걸친 국학자이자 와카(和歌) 가인(歌人). 20살에

설의 존재만 소개하고 결론은 후학에 맡기겠다.

『日本書紀』에 보면 인교(允恭) 천황이 새로 지은 궁에서 연회를 열었을 때 천황이 직접 명하여 금을 타게 하자, 황후인 오사카노오호나카쓰히메(忍坂大中姬)가 일어나서 춤을 추었다는 기사가 있다. 또한 오케노미코(弘計王) 겐조(顯宗) 천황 가 어려운 시기를 맞이하여 형인 오케노기미(億計王) 닌켄(仁賢) 천황 와 함께 하리마(播磨)[44]의 오시수미베노미야쓰코호소메(忍海造細目)의 자식으로 위장해서 몸을 숨기고 있던 시절, 순행사(巡行使)인 이요(伊豫)[45]의 구메베(來目部)[46]의 오다테(小楯)[47]가 당도하자 연회가 열렸다.[48] 주연(酒宴)이 한창 무르익었을 무렵 그 자리에 있던 사람들이 차례로 춤을 추었다. 그때 오케노미코가 일어나서 신축한 집의 안전과 번창을 기원하는 기도문을 올린 다음 오다테가 타는 금의 가락에 맞추어 "이나무시로 가와소히야나기"[49]라는 노래를 읊었다. 고대의 가요가 대개의 경우 琴에 맞추어 읊는다는 사실을 알 수 있는 예는 이 예말고도 많다. 그리고 나서 다쓰즈마이(殊舞)[50]를 추어 천황의 후예임을 우렁차게 알리는 상황을

   가모노 마부치(賀茂眞淵) 문하로 들어가서 만요슈(萬葉集) 연구에 일생을 바쳤다.

44   지금의 효고(兵庫)현 남서부. 고베(神戶) 옆.

45   지금의 시코쿠(四國) 에히메(愛媛)현.

46   야마토 정권의 친위대의 하나. 신화, 전설 중에서 활약을 하며, 통솔자는 구메 씨. '久米部'라고도 표기.

47   이 인물에 대한 상세한 이력에 대해서는 확인이 되지 않으나, 『顯宗記』 원년 4월 조에 '磐楯'라는 이름으로도 불린다는 기록이 있다.

48   『日本書紀』에서는 이 연회를 시지미노미야케노오비토(縮見屯倉首)의 니히무로아소비(縱賞新室) 즉 시지미노미야케노오비토의 신축 축하연이라고 명시하고 있다.

49   "강을 따라 자라고 있는 버드나무는 강물의 흐름에 따라 나부끼기도 하고 일어나기도 하나 어떤 경우든 그 뿌리가 없어지는 일은 없다"는 뜻의 노래.
   稻薦(いなむしろ) 川副楊(かわそひやなぎ) 水行けば 靡き起き立ち 其の根は 失せず.

50   고대의 무용. '다쓰즈'는 '入出'의 뜻으로 생각되며, 『顯宗紀訓注』에 일어섰다가 다시 앉는 동작을 하는 무용이라는 설명이 있을 뿐 자세한 내용은 알 수 없다.

상세하게 묘사하는 것을 보면, 당시 가무가 어떤 의미와 역할을 하였는 가를 짐작할 수 있다. 고대 이래 일본에 전하는 고유의 '舞'의 명칭에 대해서는 제3 장에서 자세히 다루겠다.

『釋日本紀』에 〈다쓰즈마이(殊舞)는 『養老私記』에 기록이 있는 데 그 춤의 형 식은 서서 추기도 하고 앉아서 추기도 한다. 지금의 아즈마마이(東舞)가 바로 그 렇다)[51]라고 설명되어 있으며, 또한 『日本書紀』의 본주(本註)에 〈다쓰즈마이는 예로부터 말하기를 서서 추는 춤이라 한다. 서서 추기 때문에 '다쓰쓰'라고 한 다)[52]고 설명되어 있다. 이 내용 또한 『養老私記』에서 따온 것일 것이다. "지금의 아즈마마이가 바로 이것이다"는 설명은 다쓰즈마이의 모습이 아즈마마이(東舞)와 닮았다 는 뜻이지, 다쓰즈마이의 시작, 원형이라는 뜻은 아니다.

즉 겐조(顯宗) 천황[53]이 즉위 첫해(450) 6월에 히쇼덴(避暑殿) 행차에서 악을 연주하였다는 기록 등은 예로부터 조정에서 열리는 유연(遊宴)에 는 언제나 일본에 전승되는 고유의 옛 풍을 연주했음을 말해주고 있으 며, 또한 텐무(天武) 천황 수초(朱鳥) 원년(686) 정월에 이와야도노덴(窟殿) 앞에서 창우(倡優)와 가인(歌人)에게 하사품을 내렸다는 기록이 있는데, 여기서 말하는 창우와 가인도 같은 부류의 기인(伎人)[54]이었을 것이다.

한편 고대에는 남녀가 특정한 시기에 산이나 시중에 모여서 노래를

---

51   殊舞, 『養老私記』云, 舞狀者乍ㄴ立乍ㄴ居而舞, 今東舞是也.
52   殊舞, 古謂二之立出舞一, 立出此云二陀豆々(タツヽ)一, '다쓰쓰'의 '다쓰'는 '서다'는
      뜻으로 보는 것임.
53   450~487년. 23대 천황으로 알려져 있으나, 오늘날 그 실존에 대해서는 부정되고
      있으며, 허구의 천황이다. 즉 이 부분에 대한 이해도 허구에 입각한 내용으로 이해
      해야 한다.
54   '伎人'은 재주를 가진 사람, 기예가 뛰어난 사람 등의 뜻으로서 일본어에서는 '게이
      닌(藝人)' 또는 '게이노샤(藝能者)' 정도가 적당하겠고, 한글에서는 '놀이꾼' 정도가
      후보에 오르나, 딱히 합치하는 어휘가 마땅하지 않아서 '伎人'으로 두었다.

주고받고 놀며 서로 즐기던 풍속이 있었다. 이것을 '우타가키' 또는 '가가이'라고 하며, 한자로는 '歌垣', '嬥歌'로 표기했다. 『萬葉集』 9권에 〈쓰쿠바네(筑波嶺)에 올라 가가이를 하는 날에 읊은 노래〉[55]라는 제목 하에 "독수리가 사는 쓰쿠바산(筑波山)의 '모하키쓰'에서 젊은 남녀가 서로 함께 가자고 권하며 즐기는 가가이(嬥歌)이니, 얼른 유부녀와 정을 통하자. 당신들도 내 아내에게 다가가 사랑을 호소하시오. 이 산을 다스리는 신이 옛날부터 금지하지 않는 행사이니, 오늘만은 사랑스러운 사람도 보지 마소서. 오늘만은 비난하지 마소서"[56]라는 이야기가 있다. 그리고 『古事記』에 오케노미코토(袁祁命)[57] 겐조(顯宗) 천황 가 시비노오미(志毘臣)와 야마토(倭)의 쓰바이치(海石榴市)라는 우타가키에서 가게히메(影媛)[58]에게 사랑을 고백하는 이야기가 있는데, 이들 이야기를 함께 놓고

---

55   "登_筑波嶺_爲_嬥歌會_日作歌", '쓰쿠바네'는 '쓰쿠바산(筑波山)'을 말하며, 지금 의 쓰쿠바시(つくば市)가 있는 이바라기현(茨城縣) 중부에 위치하여 관동평야(關東平野)에 솟은 876m의 산. 난타이잔(男體山)과 뇨타이잔(女體山)의 두 봉우리로 되어 있으며, 후지산(富士山)과 함께 관동지방의 명산으로 인식되어 고대, 중세를 거쳐 문학에서 자주 찬미되었다.

56   『萬葉集』 1759번 노래. 우리나라의 향찰, 이두에 해당하는 만요가나(萬葉仮名)로 표기한 이 노래를 히라가나로 풀어서 쓰면 다음과 같다.

      鷲の住む 筑波の山の 裳羽服津の その津の上に 率ひて 未通女壮士の行き集 ひ かがふ嬥歌に 人妻に 我も交はらむ 我が妻に 人も言問へ この山を うしは く神の 昔より 禁めぬ行事ぞ 今日のみは <u>めぐしもな見そ事も咎むな</u>.

이 노래의 뜻은 본문에 예시한 대로이며, 위 해석은 日本古典文學大系『萬葉集 二』(岩波書店) 계열의 해석이다. 日本古典文學全集『萬葉集 2』(小學館) 계열에서는 밑줄 부분을 '가엾게 생각하지 마소서'라고 해석하고 있다. 한편 '未通女'는 남자를 아직 통하지 않은 처녀, 'をとめ(娘子)'라고 읽는다. 한편 'かがふ'는 '난혼(亂婚, promiscuity, promiscuos sexual relations)'. '모하키쓰(裳羽服津)'는 쓰쿠바산 주변 의 물가로 추정되나 구체적으로 어디인지는 미상.

57   앞의 오케노미코(弘計王)와 동일인물.

58   『日本書紀』에 나오는 일화는 다음과 같다. 부레쓰(武烈) 천황이 태자였을 시절에 가게히메(影媛)를 아내로 맞이하려고 중개인을 보내서 가게히메와 만날 약속을 받아냈다. 그런데 가게히메는 예전에 헤구리노시비(平群の鮪)라는 자와 이미 정을 통한 뒤였다(본문에서는 '姧す' 즉 '범하다, 욕보이다'라는 동사를 사용하고 있

가요에 대해서 생각해볼 필요가 있다.[59] 이 외에 셋쓰(攝津), 히다치(常陸) 등의 『風土記』에 고대 우타가키에 관한 기사가 게재되어 있다. 한편 『續日本紀』의 텐표(天平) 6년(734) 2월의 조에 〈천황이 주작문에 행차하여 가가이를 구경하였다. 남녀 240여 명이 참가했으며, 5품 이상의 풍류 있는 자들도 모두 그 속에 함께 있었다. 운운. 노래의 시작과 마지막 구를 주고받으며 함께 합창하였으며, 나니와부리(難波曲), 야마도베부리(倭部曲), 아사지하라부리(淺茅原曲), 히로세부리(廣瀬曲), 야쓰모사스부리(八裳刺曲)의 소리가 울려 퍼졌다. 천황은 도읍의 남녀가 세로로 줄지어 노래하는 모습을 구경하시며 매우 기뻐하며 가가이에 참여한 남녀에게 신분에 따라 하사품을 내렸다〉[60]는 기사가 있으며, 또한 호키(寶龜) 원년(770) 3월 경신(庚申)의

다). 태자를 두려워했던 가게히메는 쓰바이치(海柘榴市)에서 만나기로 청했고, 태자는 약속장소로 향했다. 약속장소에 도착한 태자는 우타가키의 군중 속으로 들어가서 가게히메에게 구혼했다. 그때 시비(鮪)가 등장해서 두 사람 사이에 끼어들었다. 결국 태자와 시비는 가요(노래)를 주고받으며 대립하게 된다. 노래를 주고받는 과정에서 태자는 예전에 가게히메가 시비와 정을 통한 적이 있다는 사실을 알게 되고 모욕당했다고 느낀다. 태자는 크게 분노하여 그날 밤에 군대를 보내어 시비를 살해하였다. 태자가 시비를 살해하려는 이야기를 듣고 달려든 가게히메는 시비를 막 살해한 장면을 보고 슬퍼하며 노래를 읊는다.

59 원저의 고나카무라 기요노리(小中村淸矩)는 인용 부분에 대해서 착각을 하고 있는 것 같다. 쓰바이치(海柘榴市)라는 지명과 우타가키라는 환경은 공통이지만, 『古事記』에서는 오케노미코토(袁祁命)와 시비노오미(志毘臣)가 오우오(大魚)라는 여인을 둘러싼 대립의 이야기를 싣고 있다. 한편 『日本書紀』는 부레쓰(武烈) 천황하고 헤구리노시비(平群の鮪)가 가게히메(影媛)를 두고 대립하는 이야기를 싣고 있다. 두 이야기는 공히 우타가키에서 한 여인을 놓고 두 남자가 가요(노래)를 주고받으면서 대립하는 모습을 보이고 있다. 고나카무라 기요노리는 이러한 우타가키에서의 가요(노래)의 역할에 대해서 주목해야 할 필요성을 주장하고 싶었던 것이라 생각되나, 두 이야기를 혼입하는 오류를 범하고 있다.

60 원문에는 ‘極レ觀罷’로 되이 있으나, 저자기 인용 한 『續日本紀』의 본문은 ‘極レ歡罷’으로 되어 있다. 내용상 『續日本紀』의 본문이 적절하다는 판단에 의해서 『續日本紀』 본문으로 해석하였다. 〈天皇御二朱雀門一覽二歌垣一男女二百四十餘人, 五品以上有二風流一者, 皆交二雜其中一云云, 以二本末一唱和, 爲二難波曲, 倭部曲, 淺茅原曲, 廣瀬曲, 八裳刺曲之音一, 令二都中士女縱觀一, 極レ觀罷, 賜下奉二歌垣一男女等祿上有レ差.〉

조에는 〈천황이 유기노미야(由義宮)에 행차하였다. 운운. 28일, 후지이(葛井),[61] 후네(船), 쓰(津), 후미(文), 다케후(武生), 구라(藏)의 여섯 성씨의 남녀 230명이 우타가키에 참가하였다. 그들은 파랗게 물들인 가는 삼베로 짠 천으로 만든 옷을 입고, 빨간 긴 끈을 늘어뜨리고 있었다. 남녀가 함께 두 줄로 줄지어 갈라서서 천천히 걸으며 다음과 같은 노래를 불렀다. "남자들이 여인들에게 다가가 땅을 밟으며 노래하는 이 서쪽 도읍은 만세도록 번창하는 도읍이다." 이 우타가키에서는 다음과 같은 노래도 불렀다. 운운. 노래가 바뀔 때마다 소맷자락을 들어 노래에 가락을 붙였다〉[62]는 대목이 있는데 이것은 진짜 우타가키가 아니다. 옛날 우타가키의 모양만을 모방한 것이며, 일종의 풍류를 즐기기 위한 놀이이다. 각 지방에 지금까지도 이들 옛 관습이 전한다고 보는데, 그 이유는 봉오도리(盆踊)를 비롯하여 지금도 이와 비슷한 민속놀이가 남아 있기 때문이다. 『古事記傳』卷四十三의 설에 필자가 가필한 내용임.

도카(踏歌)[63]는 우타가키와 비슷한 형태를 보이면서도 중국의 풍속도 전한다. 단 『伊呂波字類抄』에서 『本朝事始』를 인용하면서 덴무(天武)천황 3년(675) 정월에 〈다이쿄쿠덴(大極殿)에 행차하여 남녀 구별 없이 어두운 밤에 도카를 추도록 하달하였다〉고 기술하고 있으며, 『續日本

---

61 天平寶字 2년(758) 8월 丙寅의 조에 〈船, 葛井, 津, 本是一祖〉라고 하듯이, 백제 계통의 王辰爾를 공통의 조상으로 하는 씨족. 한편 文 및 武生은 백제의 久素王이 보낸 狗孫王仁을 조상으로 하는 씨족.

62 원문에서는 다음과 같이 되어 있다. 〈車駕行二幸由義宮一云云, 辛卯, 六氏男女二百三十名, 供二奉歌垣一, 其服並着二靑摺細布衣一, 垂二紅長紐一, 男女相並, 分レ行徐進, 歌曰, 乎止賣良爾 乎止古多智蘇比 布美奈良須 爾詩乃美夜古波 與呂豆與乃美夜, 其歌垣歌曰云云, 每レ歌曲折擧レ袂爲レ節〉. 그러나 『續日本紀』 본문을 확인하면, 〈車駕幸二由義宮一〉으로 되어 있으며, 이쪽이 의미가 분명하며, '行'은 적절하지 않다. 『續日本紀』에 따라서 해석하였다. 그리고 뒤이어서 신라의 사신 김초정(金初正), 신라의 왕자 김은거(金隱居) 등의 일련의 이야기가 '운운'으로 표기되어 모두 생략되어 있다.

63 일본의 '도카(踏歌)'하고 한국의 '답가(踏歌)'가 동일한 내용의 것인지는 따로 검토가 필요하다.

紀』와 『類聚三代格』 등에 텐표진고(天平神護) 2년(766)에 〈먼저 시정에서 도카가 지나치게 남행하여, 영으로 금지시켰으나 그래도 줄지 아니하였다〉[64]는 기록은 도카라는 명칭만 답습하고 있을 뿐, 그 내용은 일본 고유의 우타가키이다. 『日本書紀』에 지토(持統) 천황 7년(693)과 8년(694) 정월 16일에 〈한인(漢人)들이 도카를 연주하였다〉[65]는 기록이 확인되는 점을 보아, 그 시작은 한인들이 자기들 국속(國俗)을 연주한 것이 일본의 조의(朝儀)로 발전한 것임을 알 수 있다. 『公事根源』 등에 보이는 이른바 정월 15일의 남자 도카(오토코도카, 男踏歌)와 16일의 여자 도카(온나도카, 女踏歌)가 바로 그것이다.

옛날 중국에서 정월 대보름날 도카를 춘 사실에 대해서는 『淵鑑類函』 17이 『朝野僉載』를 인용하며 당나라 명황(明皇) 때인 선천(先天) 2년(713) 정월 15일, 16일, 17일 밤에 안복문(安福門) 밖에 고등(高燈)을 설치하고 소녀들이 그 아래에서 도카를 추었다고 한다. 그렇다면 도카는 당대에 만들어진 것인가? 『舊唐書 禮樂志』에서도 도카(踏歌)와 관련된 기사를 확인할 수 있다.

『續日本紀』 텐표(天平) 2년(730) 정월 신축16일임 에 〈천황이 다이안덴(大安殿)에 행차하여 5위 이상을 불러 모아 도카 연회를 열었다. 해가 질 무렵 황후가 계신 궁으로 향했다. 주전(主典) 이상의 백관(百官)들이 모두 배종(陪從)하여 답가를 연주하며 행렬을 이루어 황후궁으로 향하였다. 천황은 이들을 궁으로 들여보내어 술과 음식을 하사하였다.유우) 이라는 기사가 있다. 또한 텐표(天平) 14년(742) 정월 임술16일 에 〈천황이 다이안덴에 행차하여 군신들을 모아 도카에 이어 연회를 열었다. 술자리가 무르익자 고세치노타마이(五節田舞)를 연주하였다. 그 후엔 어린 소년

---

64 『續日本紀』에서는 해당 연도에 해당 기사를 확인할 수 없었다.
65 〈漢人奏﹇踏歌﹇.〉

소녀들이 도카를 추었다. 그리고 이 연회를 도읍과 지방에 관계없이 도카 연회에 참석한 자들 중 직품이 있는 모든 자, 그리고 도읍에 소재하는 여러 관아에 속한 사생(史生)들에게까지 확대해서 하사품을 베푸셨다. 이에 6위 이하의 사람들은 금(琴)을 타며 "새해를 맞이하는 벽두에 이렇게 노래하고 춤을 추며, 만대에 이르기까지 모시고 싶다"는 노래를 불렀다. 연회가 끝나고 신분에 따라 하사품이 내려졌다〉는 기사를 보면, 그 시작은 국풍(國風)의 노래에 맞추어 춤을 추기 시작한 것이 후에 서토풍(西土風)[66]으로 바뀌어 시를 읊게 되었다는 사실이 『類聚國史』72에 확인된다. 엔랴쿠(延曆) 14년(795) 정월의 도카의 조가 바로 그 증거이다. 그 가사는 『朝野群載』21의 기록에 의하면, 5·7언의 시이며, 대개의 경우 구 마지막 부분에 '만춘악천춘악(萬春樂千春樂)'과 같은 말을 후렴으로 붙여 부르고 있다. 이 '踏歌'라는 두 한자를 '아라레하시리'라고 읽는 이유에 대해서는 『釋日本紀』에 있는 다음 기사를 통해서 설명할 수 있다. 〈『私記』가 말하기를, 근래에 흔히 말하는 '아라레하시리(阿良禮走)'라는 것은 스승의 주장에 의하면 이 노래 마지막에 반드시 '만년아라레(萬年阿良禮)'라는 말을 반복하였는바, 지금은 '만자이라쿠(萬歲樂)'라는 말로 바꾸어 부르고 있다. 이것은 고어 즉 옛말의 흔적인 것이다〉 즉 이러한 설명을 보니, 도카의 시작은 국풍으로 노래를 부르기 시작했을 무렵에 끝 부분에 '만년아라레(萬年阿良禮)'라는 후렴을 붙여서 부르면서부터가 아닌가 생각한다.

도카에 대해서는 그 후 얼마동안 후대에 이어져 전개되기 때문에 여기서는 더 이상 언급하지 않겠다. 그러나 고대의 우타가키의 풍속이 조정에 의해서 크게 변하여 한풍(漢風)의 도카가 된 것이라 생각되기에 여기서 언급한 것이다. 우타

---

66   오늘날 '서토(西土)' 즉 '서쪽'이라 함은 서양을 뜻하나, 당시는 중국 또는 인도 쪽을 가리키는 말이었다.

가키와 도카에 관한 부분은 『洋洋社談』[67] 제51호에 실린 내용을 그대로 가지고 왔다.

67   초야신문사(朝野新聞社)에서 간행.

제2장 외국에서 전래한 가무와 음악

삼한으로부터 조공이 시작된 후,[1] 이들 나라로부터 대를 이어 문학과 기예의 공인들도 조공의 하나로 교대로 일본에 건너왔는데, 악인(樂人) 또한 포함되어 있었다. 역사기록에 처음 나타나는 것은 『日本書紀』 긴메이(欽明) 천황[2] 15년(554) 2월에 백제가 따로 왕명을 내려서 악인시(樂人施) 刊本에는 ‘施’ 字가 없으나 『釋日本紀』에 의해서 보충했음 덕삼근(德三斤), 이덕기마차(李德己麻次), 이덕진노(李德進奴), 대덕진타(對德進陀) 등을 조공으로 바쳤다는 기사이며,[3] 이 기사에는 이 사실뿐만 아니라 이들의 청에 의해

---

1   이 대목은 오늘날의 고대의 조공이 외교적 관례이자 예우 차원의 행위였다는 인식과는 달리, 한반도 삼국이 당시 일본 조정에 일방적으로 조공을 바치는 말하자면 주종관계였다고 보고 있다. 『歌舞音樂略史』가 집필된 시대가 메이지유신을 통해서 근대화에 박차를 가하면서 근대국가로서의 이데올로기로 무장하면서 부국강병을 지향했던 시기임을 감안해야 할 것이다. 제1장 주 32 참조 바람.

2   긴메이(欽明) 천황 13년(552)년에 백제로부터 불상과 경문이 전해져서 일본에 불교가 전래된다.

서 악인들이 교대했다는 서술이 있는 점으로 보아, 이들 악인들이 일본
으로 건너오기 전에 다른 악인들이 이미 와 있었다는 사실을 알 수 있
다.[4] 또한 수이고(推古) 천황 20년(612)에 백제사람 미마지(味麻之)[5]가 귀화
하였는데 이 자는 '吳國'[6]에서 기악무(伎樂舞)를 배웠다고 한다. 그래서
야마토의 사쿠라이(櫻井)[7]에 살게 하며 소년들을 모아 기악무를 배우게

3   『日本書紀』(日本古典文學大系, 岩波書店) 본문은 다음과 같다.
     別奉ㄴ勅, 貢二易博士施德王道良·曆博士固德王保孫·醫博士奈率王有悛陀·
     採藥師施德潘量豊·固德丁有陀·樂人施德三斤·季德己麻次·季德進奴·對
     德進陀一.
     여기서 '施德', '固德', '奈率', '季德', '對德'은 백제의 관위(官位)이며, 이 중 奈率이
     16官品 중 6品位이고, 施德은 8品位, 固德은 9品位, 季德은 10品位, 對德은 11品位
     이다. 三斤, 己麻次, 進奴, 進陀가 이름으로 추정된다. 한편 『日本書紀』(日本古典
     文學大系, 岩波書店)에서는 '季德'으로 되어 있으나, 『歌舞音樂略史』에서는 '李德'
     으로 되어 있다. 『隋書』도 '李德'으로 표기하고 있다. 인명으로 잘못 이해하고 있는
     것 같다.
4   〈皆依ㄴ請代之〉라는 부분을 말한다. 즉 시덕삼근(施德三斤)을 비롯한 악인들은
     모두 미리 선임자 악인들이 교대를 원한다는 청에 의해서 새로 일본으로 부임하기
     위해서 건너왔다는 뜻으로, 이 당시 이미 백제로부터 정기적으로 악인들이 도래하
     여 당시 일본 조정에 소위 말하는 백제악을 교육, 전수하고 있었다는 사실을 알 수
     있다.
5   『歌舞音樂略史』에는 '味麻之'라는 표기와 '味摩之'라는 표기가 혼재하고 있다. 한
     편 '味摩之'라는 인물에 대해서는 미상. 이 '味摩之'를 고유명사(인명)로 보는 설이
     유력하나, 관직명으로 보는 의견도 존재한다.
6   '吳國'에 관해서는 중국대륙으로 보는 설, 중국대륙이 아니라 낙랑군 일대였다는
     설을 비롯한 한반도 주변 설 등, 여러 주장이 있으나, 어느 경우도 모두 가설에 머물
     고 있으며, 확증을 제시하지는 못하고 있다.
7   지금의 나라(奈良) 아스카(飛鳥)의 도유라데라(豊浦寺)가 아닌가 하는 추측이 어
     느 정도 받아들여지고 있는데, 그 근거는 『元興寺緣起』에 있는 "牟久原殿(을) 楷
     井(에) 癸卯(敏達12년)始作二櫻井道場一"라는 기사이다. 여기서 말하는 '櫻井道場'
     가 사쿠라이데라(櫻井寺, 후에 豊浦寺)를 뜻하는 것이 아닌가 하는 해석에 의해서
     이다. 그러나 역자는 도유라데라(豊浦寺)도 완전히 버리는 데까지는 이르지 않았
     지만, 사지(寺趾)만 전해지는 다이칸다이지(大官大寺)를 중심으로 하는 일대를 사
     쿠라이(櫻井)라고 칭하지는 않았나, 하고 보고 있다. 그 이유는 도유라데라(豊浦
     寺)에서 다이칸다이지(大官大寺) 사지까지는 도보로 20분 정도밖에 걸리지 않는
     거리이며, 다이칸다이지(大官大寺) 사지까지를 포함해서 이 일대를 사쿠라이라고

했다. 여기서 진야수제자(眞野首弟子) 이름임, 신한제문(新漢齊文)[8]이라는 두 사람이 이 춤을 배웠다고 한다.[9]

볼 수 있기 때문이다. 그리고 당시 국가통치의 이데올로기로서 불교가 받아들여졌고, 쇼토쿠타이시(聖德太子)에 의해서 기악이 장려되었을 정도라면, 천황이 직접 관리하는 '大寺'라는 이름을 가진 다이칸다이지(大官大寺)에서 기악의 교습이 행하여졌다고 보는 견해에는 충분한 개연성이 확보된다고 본다. 더욱이 다이칸다이지(大官大寺)는 후에 아스카에서 지금의 나라 시내인 平城京으로 옮겨져서 다이안지(大安寺)가 되었는데, 이 다이안지(大安寺)야말로 752년에 아시아의 모든 고승들을 모아서 기악을 비롯한 다양한 樂舞가 화려하고 대규모로 행하여진 東大寺大佛開眼法會와 밀접한 관계가 있는 사원이기 때문이다. 다이안지(大安寺)는 현재는 자그마한 사원으로 전락했지만, 당시는 난다이지(南大寺)라고도 불릴 정도로 거대했으며, 도다이지(東大寺)와 사이다이지(西大寺)보다 더 거대한 가람이었다. 뿐만 아니라, 다이안지(大安寺)에는 중국은 물론 서남아시아의 승려들까지 유학하고 있는 오늘날의 불교대학과도 같은 존재였다는 점을 고려하면, 다이칸다이지(大官大寺) — 다이안지(大安寺)로 이어지는 한 흐름은 결코 무시할 수 없는 존재인 것이다. 게다가 다이칸다이지(大官大寺)의 전신은 구다라다이지(百濟大寺)였다는 점은 더욱 기악과의 관계를 가깝게 하고 있다. 참고로 근래에 사쿠라이시(櫻井市)의 기비이케(吉備池)에서 거대한 폐 사지가 발견되었으며, 한 변이 30m나 되는 불탑의 기단(基壇) 터가 있었는데 여기가 구다라다이지(百濟大寺) 터로 여겨지고 있다. 한편 기악무(伎樂舞)의 교습장소가 사쿠라이인 점은 결코 우연의 일치가 아니라, 당시 아스카라는 지역이 백제와 밀접한 관계가 있었다는 점, 그리고 당시의 호국불교(護國佛敎)는 통치 이데올로기로서 기능하고 있었다는 점까지 함께 고려해야 한다. 불교의 정착과정에는 다분히 조정의 정치적 의도가 개재하고 있었으며, 그러한 선상에서 쇼토쿠타이시(聖德太子)의 기악의 옹호와 기악무의 교습이라는 문제에 접근해야 한다.

8 　『姓氏錄』右京 諸蕃下에 '眞野造'에 대해서 "出自二百濟國肖古王一也"라고 나와 있다. 이 혈통의 인물인가? 한편 '新漢'에 관해서는 『日本書紀』유라쿠(雄略) 천황 7년에 '新漢陶部高貴'라는 이름이 확인된다.

9 　『日本書紀』 본문은 다음과 같다.
又百濟人味摩之歸化曰, 學二于吳一, 得二伎樂儛一. 則安二治櫻井一, 而集二少年一, 令習二伎樂儛一. 於是眞野首弟子新漢齊文二人習之傳二其儛一. 此今大市首・辟田首等祖也.
여기서 눈여겨봐야 할 점은 '伎樂儛', '儛'라는 표현이다. 어디까지나 당시 기악은 가면극이 아니라 가면무(假面舞)였다는 인식을 우선 할 필요가 있다. 이는 열악한 기악 관련 자료를 통해서 기악의 전개과정을 검토할 때 하나의 출발점이 되기 때문이다. 바꾸어 말하면, 오늘날 재생되는 기악은 『敎訓抄』에 크게 의존하고 있으나,

생각건대 『敎訓抄』[10] 텐푸쿠(天福, 1223~1234) 시대에 나온 악가(樂家)에 의한 음악서에서 기악의 구성과 차례에 대해서 서술하면서, 먼저 사자사(師子師),[11] 다음 오공(吳公), 다음 가루라(迦樓羅), 다음 바라문(婆羅門), 다음 곤륜(崑崙), 다음 역사(力士), 다음 대고(大孤), 다음 취호(醉胡), 다음 무덕악(武德樂)[12]이라 서술하

<hr>

『敎訓抄』에 기록된 '妓樂'하고 미마지가 전하고 사쿠라이에서 소년들에게 교습한 기악무(伎樂儛)와 동일하다는 확증은 어디에도 없다는 점에서 기악 연구가 시작되어야 한다고 역자는 생각한다. 왜냐하면 역자는 미마지 시대의 '기악무'라는 명칭은 불교음악인 '기악'을 연주할 때 연희하는 '무' 정도의 일반명사에 가까운 것이었던 것이, 후세에 이르러 '기악(무)'가 전승되지 않게 되자 점차 고유명사화 되었다는 점도 충분히 고려할 만한 가치가 있다고 보기 때문이다.

10 10권으로 된 아악의 서. 고마 치카자네(狛近眞) 저. 각 권에 텐푸쿠(天福) 1年(1233)에 자필로 서사했다는 서명이 있다. 이 당시의 아악 상황을 알 수 있는 일본에서 가장 오래된 종합적인 악서라 할 수 있다. 앞 5권을 〈歌舞口傳〉, 뒤 5권을 〈伶樂口傳〉이라고 부르고 있으며, 1권에서 3권은 악가 고마(狛) 씨 집안이 상속한 곡이 중심이며, 만세악(萬歲樂), 능왕(陵王), 안마(安摩), 옥수후정화(玉樹後庭花) 등의 곡을 들고, 각 곡에 대한 구전과 실제 연주에 관한 설명을 가하고 있다. 4권은 고마 씨 이외의 악가에 전한 곡을 모았으며, 다(多) 씨의 호음주(胡飲酒)를 비롯한 여러 곡과 기(紀) 씨의 기악에 관해 서술하고 있다. 5권에는 고구려악 특집으로서 고구려악 우방무(右方舞)의 거의 전곡을 수록하고 있으며, 6권에는 춤을 수반하지 않는 연주곡만을 수록하고, 7권에는 부가쿠가 불교세계에서 생긴 것이라는 무곡(舞曲) 기원설 등의 구성으로 되어 있다. 이 『敎訓抄』 집필의 목적은 그 내용으로 보아, 후계자 찾기가 어려운 까닭으로 전승이 단절되는 것을 우려했기 때문이라고 보인다.

11 '師子師'는 '師子'의 오타.

12 마지막에 있는 무덕악(武德樂)은 기악이 아니라, 아악의 곡명이며, 무덕악은 현재 당악 중 쌍조의 곡의 하나로 분류되어 있다. 『敎訓抄』에서는 獅子·吳公·金剛· 迦樓羅·婆羅門·崑崙·力士·大孤·醉胡까지의 기악에 이어서 바로 무덕악을 연주하는 것으로 되어 있는데, 이 형식이 미마지 때 이래 그대로 내려오는 형식인지, 아니면 헤이안 시대 이후 또는 가마쿠라 시대 이후에 확립한 형식인지에 대해서는 따로 검토를 해야 한다. 우리는 『敎訓抄』의 기사를 인용할 때 『敎訓抄』는 미마지로부터 약 500년이나 후에 성립한 악서라는 점을 우선 인식해야 하며, 또한 악서이기 때문에 기악 대본으로서가 아니라, 어디까지나 피리(笛) 등의 연주를 위한 절차를 중심으로 기록하고 있는 것이기 때문에 실제 기악 공연과는 다를 수도 있다는 점도 염두에 두어야 한다. 거꾸로 "부가쿠의 상황도 서술하고 있다"는 말이, 무덕악을 지칭한다면, 당시 고마 치카자네는 기악에 이어서 무덕악을 언급하는 이유

고, 부가쿠(舞樂)에 대해서도 언급하고 있다. 또한 『法隆寺資財帳』 텐표(天平) 19
년에 권진, 『西大寺資財帳』 호키(寶龜) 11년, 『大秦廣隆寺資財帳』이 문헌의 시대에
관해서는 구로가와 하루무라(黑川春村)의 『碩鼠漫筆』에 자세한 고찰이 있다 등에 이 구
레가쿠(吳樂)[13]의 가면 및 불구(佛具) 등에 관한 기록이 있으며, 호류지(法隆寺)

를 알지 못했다는 뜻이며, 나아가서 당시 취호(醉胡)에 이어서 무덕악을 연주하지
않았다는 점을 반증하는 결과가 된다. 실제로 『教訓抄』 본문을 면밀하게 검토해보
면, "已上妓樂如此. 有光ニハ八妓樂云. 其故者, 崑崙·力士ヲバ一曲ニスル故ナ
リ. 於武德樂雖入目錄, 自昔不舞之"(해석 : 기악은 이상과 같다. 아리미쓰(有光)
집안에서는 8개의 기악이 있다고 한다. 그 이유는 곤륜과 역사를 한 곡으로 연주하
기 때문이다. 무덕악은 목록에는 있으나 예부터 춤은 없다.)라는 언급이 있다. 즉
아리미쓰(有光) 집안에는 곤륜과 역사를 한 곡으로 취급했기 때문에 '八妓樂'이라
는 것이다. 여기서의 '八妓樂'은 당연히 〈① 獅子 ② 吳公 ③ 金剛 ④ 迦樓羅 ⑤ 婆
羅門 ⑥ 崑崙·力士 ⑦ 大孤 ⑧ 醉胡〉이다. 즉 고마 치카자네는 무덕악은 기악이
아니라는 인식을 가지고 있음을 알 수 있다. 이 기악(伎樂)의 전개와 수용에 대해
서는 졸고, 〈「伎樂」追跡考-東アジア假面劇·藝能研究の一端として〉(第30回 國
際日本文學研究集會會議錄 『表象と表現』, 人間文化研究機構 國文學研究資料
館, 2007) 등을 비롯한 일련의 〈「伎樂」追跡考〉 시리즈를 참조바람.

13 '吳樂'은 '구레가쿠(くれがく)'라고 읽는다. 『職員令』 雅樂寮에 〈伎樂師一人 掌ㄴ
   敎二伎樂生一, 其生以二樂戶一爲之. 腰鼓生准ㄴ此〉, 〈腰鼓師二人 掌ㄴ敎二腰鼓生一〉
   라고 되어 있는데, 『令集解』에서는 〈穴云, 伎樂腰鼓等, 今云二吳樂一是也〉이라고
   나와 있다. 즉 伎樂師는 伎樂生을 교육했으며, 그 伎樂生은 악호에 의해서 운영되
   었으며, 기악과 요고(腰鼓) 등, 지금 말하는 구레가쿠(吳樂)라는 것이다. 이 기사에
   의해서 '伎樂=吳樂'이라고 이해되고 있으며, 실제로 도다이지(東大寺)나 간제온지
   (觀世音寺) 등의 주요 사원의 資財帳을 보면, '吳樂'이라는 단어를 쓰고 있으며, '伎
   樂'이라는 단어는 쓰고 있지 않다. 참고로 미마지가 기악무를 배웠다는 '吳國'과 '吳
   樂'이라는 명칭과 관련한 '吳'의 구체적 위치에 관한 문제와 관련해서, 『日本書紀』
   의 미마지 기사 바로 앞에, 얼굴과 몸에 하얀 반점이 있는 자가 백제국으로부터 건
   너왔다는 이야기를 하면서 다음과 같이 기술하고 있다. 〈仍令ㄴ構二須弥山形及吳
   橋於南庭一. 時人號二其人一曰二路子工一. 亦名芝耆摩呂〉. 여기서 말하는 "시키마
   로(芝耆摩呂)"라는 인물은 백제인 노자공(路子工) 지기마려(芝耆摩呂)이며, 일본
   의 궁 남쪽 정원에 수미산(須彌山) 모형과 오교(吳橋)를 만들었다는 기사이다. 미
   마지의 기악 즉 구레가쿠(吳樂)와 오교(吳橋)를 만들었다는 시키마로 모두 백제에
   서 건너왔다는 기술이 우리로서는 관심이 갈 수밖에 없으나, '吳橋'에 대해서는 일
   반적으로 漢에 대해서 강남지방을 지칭하며, 강남에는 운하가 많아서 다리 모양이
   둥글게 만들어져서 배가 통행하기 쉬운데 그러한 모양의 교각을 세운 것 정도로 해

에는 현재까지도 이들 가면이 전한다. 이 가면과 불구들은 미마지가 전한 기악을 쇼토쿠타이시(聖德太子)가 채택하여, 법회에서 필요한 자산으로 삼았던 것들이다. 또한 『聖德太子傳』에는 〈황태자께서 말씀하시기를, 삼보(三寶)의 공양을 위해서 반드시 외국에서 들여온 번악(蕃樂)을 사용해야 하는데, 이에 대한 학습을 하지 않은 사람, 혹은 학습이 지체된 사람이 있으니, 지금부터는 이러한 기술을 잘 익혀서 업으로 삼는 자들에 대해서는 과역을 면제하여 잘 활용할 것이다, 이에 따르도록 명하였다〉[14]와 같은 기사가 보인다. 이러한 배경에 의해서 악가(樂家)의 문헌에 부가쿠(舞樂)의 시작을 쇼토쿠타이시와 관련지어서 언급하는 것들이 많다. 이것이 사루가쿠(猿樂)의 시작이라 말하는 것은 잘못이라는 지적을 제10장에서 했으니 참조 바란다. 『延喜雅樂式』에 4월 8일, 7월 15일의 법회[15]에서는 기악의 연기자를 '東西二寺'[16]로 나누어 배치한다. 법회가 시작하기 3일 전에 관리들이 악호(樂戶)의 마을에서 연기자를 선발한다. 그 악호는 '大和國城下郡杜屋村'[17]에 있었다는 기록이 있는 점으로 보아, 오래 전에 미마지가 전한 기악을 업으로 삼은 집단이 존재했었다는 사실을 알 수 있다. 그리고 그 후의 전개에 대해서는, 『樂家錄』에 南都[18]의 악인인 고마(狛) 씨[19]에 전승되어, 고후쿠지(興福

석되고 있다. 그러나 '구레(吳)'라는 말이 '구레타케(吳竹)', '구레하토리(吳織)'처럼, 접두어처럼 쓰이고 있다는 점까지 포함해서 보다 심층적인 연구가 필요하리라 생각된다.

[14] 『聖德太子傳曆』에는 다음과 같은 기사라 실려 있다. 〈又百濟味摩之化來. 自曰. 學于吳國得伎樂舞. 卽安置櫻井村. 而集少年令習傳. 今諸寺伎樂舞是也. 太子奏. 勅諸氏貢子弟壯士令習吳鼓. 又下天下令擊鼓習舞. 是今財人之先. 太子縱容謂左右曰. 供養三寶用諸蕃樂. 或不肯學習. 或習而不佳. 而今永業習傳. 宜免課役. 卽令大臣奏免.〉

[15] 원전에서는 '사이에(齊會)'로 되어 있으며, 이는 불교에서는 중승에게 식사를 공양하는 법회를 말한다. 여기서는 편의상 '법회'로 해석하였다.

[16] 도다이지(東大寺)와 사이다이지(西大寺)라는 奈良(나라)의 두 大寺를 말함.

[17] 일본어 원음은 야마토노구니(大和國) 시키노시모노고오리(城下郡) 모리야무라(杜屋村). 지금의 나라시(奈良市) 시키군(磯城郡) 다와라모토쵸(田原本町) 일대로 추정. 이 근방에는 중세의 노(能)를 비롯한 예능민(藝能民)이 집단을 이루어 거주하고 있었던 곳이기도 하며, 고대에 악호가 존재했을 가능성은 높다.

寺)[20] 대웅전에서 4월 8일 신각(申刻)에 기악을 연주하게 된 사연을 적고 있다.

한편 텐무(天武) 천황 12년(683) 정월에 서조(瑞鳥)를 경하하는 조에 고구려, 백제, 신라 삼국의 악을 궁중에서 연주했다는 기록이 보이고, 지토(持統) 천황 7년(693) 정월에 한인(漢人) 등이 도카를 연주했다는 기록을 볼 때, 이때 이미 외국의 악을 조정의 연회에 사용하고 있었음을 짐작할 수 있다.

당나라의 악이 직접 일본열도로 건너왔는지 아니면 삼한을 통해서 건너왔는지에 대해서는 알 수 없다. 그러나 『日本書紀』의 고교쿠(皇極) 천황의 권에 대신(大臣)인 소가 에미시(蘇我蝦夷)[21]가 조묘(祖廟)를 가쓰라기(葛城)의 다카미야(高宮)에 세우고 팔일무(八佾舞)[22]를 추게 했다는 기록이 있는 점을 보면, 당시 조

---

18   지금의 나라 현. 참고로 '北都'는 교토를 말한다.

19   鎌倉(가마쿠라) 시대의 악가(樂家) 집안. 『敎訓抄』를 쓴 고마 치카자네(狛近眞)가 그 대표적인 인물. 『狛氏系圖』에 의하면 시조는 고구려인. '고마'는 '高麗'로 표기되며, 당시 일본에서 '高麗'라 함은 '고구려'를 뜻한다.

20   南都 즉 나라의 7대 사원의 하나. 야마시나데라(山階寺)로 시작해서 후에 아스카로 옮겨서 우마야자카데라(廐坂寺)로 되었다가, 후에 다시 平城京(헤이죠쿄) 천도와 함께 현재 위치로 이전하여 고후쿠지(興福寺)가 된다. 헤이안 시대 이후, 천황의 외척으로 실질적인 권력을 장악한 후지와라(藤原) 씨의 사원으로서 막강한 세력을 가졌었다.

21   ?~645. 수슌(崇峻) 천황을 옹립하고 암살한 소가 우마코(蘇我馬子)의 아들이며, 쇼토쿠타이시(聖德太子)의 아들인 야마시로오에노오(山背大兄王)을 친 이루카(入鹿)의 아버지. 수이고(推古) 천황, 조메이(舒明) 천황, 고교쿠(皇極) 천황 시대의 대신(大臣). 도유라 에미시(豊浦毛人)로도 불림. 수이고(推古) 천황이 사망하자 소가 에미시가 적극 후원하는 조메이(舒明) 천황이 즉위하여 소가(蘇我) 일족의 발언권이 강해졌고, 조메이(舒明) 천황이 사망하자 이번에는 에미시 자신의 비(妃)인 寶(다카라) 황녀를 고교쿠(皇極) 천황으로 옹립하였는데 그때 조묘를 가쓰라기의 다카미야에 세우고 팔일무를 추게 했다는 이야기를 들고 있는 것이다.

    是歲, 蘇我大臣蝦夷, 立二己祖廟於葛城高宮一, 而爲二八佾之舞一. 遂作歌曰, 野麻騰能, 飫斯能毗稜栖鳴, 倭柁羅務騰, 阿庸比陀豆矩梨, 擧始豆矩羅符母.

22   '佾'은 춤을 출 때 늘어선 줄을 말한다. '佾舞'는 무인(舞人)을 여러 줄로 세워 추게

금씩 당나라의 악무(樂舞)를 받아들인 것이 아닌가 하는 짐작이 가능하다. 그러나 『類聚國史』77 音樂部 의 준나(淳和) 천황 때의 텐초(天長) 7년(830) 11월 기사에 후지와라 마나쓰(藤原眞夏)[23]의 전기를 전하면서 〈(후지와라 마나쓰가 서거 사실을 적은 후) 식사(飾飼) 즉 망자를 보내면서 그를 칭송하는 말에는 그 성품이 담겨 있으며, 시간이 흐름에 따라서 육신은 변하나, 음악은 그 깊이를 그대로 잘 나타내고 있다. 다이도(大同, 806~810) 시대 초에 다이죠에를 담당했을 때 대규모 음악공연에 막대한 비용이 들게 된 것은 이 팔일무를 도입하면서부터였다는 지적을 하는 등 많은 공을 세웠다)[24]라고 적고 있는데, 이 내용을 참조하자면, 원래 팔일무는 일본 고풍의 춤인데 '八佾舞'라고 한자로 표기해서 마치 당나라의 춤처럼 꾸며놓은 것이 아닌가 생각된다. 그렇게 보는 까닭은 다이죠사이

하는 춤. '佾舞生'은 궁중이나 文廟에 경사나 제사가 있을 때에 악무(樂舞)를 맡아 춤추던 사람을 말하고, 일명 '佾生'이라고도 한다. 『歌舞音樂略史』는 '八佾'에 '야쓰라(ヤッラ)'라고 토를 달고 있다. '야쓰라(ヤッラ)'의 '야(ヤ)'는 '八'이라는 뜻이고 '쓰라(ッラ)'는 '列'이라는 뜻으로 이해된다. 즉 '야쓰라(ヤッラ)'는 '八列'로 추는 춤이라고 이해할 수 있다. 한편 중국에서는 八佾舞는 8명×8명=64명이 네모반듯한 대형으로 추는 군무(群舞)이며, 이것을 추게 할 수 있는 것은 천자의 특권인데 卿大夫 季子가 팔일무를 한 것을 질책하는 내용이 『論語』(卷二)에 있다.

孔子謂季氏八佾舞於庭是可忍也孰不可忍也三家者以雍徹子曰相維辟公天子穆穆奚取於三家之堂 天下無道諸侯僭天子大夫僭諸侯陪臣僭大夫大夫…….

그리고 이 이야기는 『後漢書』에도 나온다. 한편 조선시대에는 일무(佾舞)가 종묘제례의 중요한 한 부분을 차지했으며, 행사의 중요한 정도에 따라서 八佾舞, 六佾舞, 四佾舞 등으로 구별되었다. 참고로 『日本書紀』 본문은 다음과 같은데, 아래 내용은 소가 에미시가 천하를 장악하기 위한 군사를 일으키기에 앞서 조묘에 성공을 기원하는 장면이었다는 점으로 보아, 『日本書紀』의 '八佾之舞' 또한 단순한 오락을 위한 악무는 아니었다는 사실을 쉽게 짐작할 수 있다.

是歲, 蘇我大臣蝦夷, 立己祖廟於葛城高宮, 而爲八佾之舞. 遂作歌曰, 野麻騰能, 飫斯能毗稜栖鳴, 倭柁羅務騰, 阿庸比陀豆矩梨, 擧始豆矩羅符母.

[23] 후지와라 마나쓰(ふじわらまなつ, 774~830). 803년에 서자. 간무(桓武) 천황 정권 하에서 中衛權少將, 春宮權亮, 春宮亮에 오름. 806년에 從四位下, 809년에 山陰道觀察使, 810년에 參議에 오름. 같은 해에 「藥子の亂(구스코의 난)」에 연좌해서 備中權守으로 좌천당함. 812년에 중앙에 복귀했으며, 823년에 從三位에 오름.

[24] 원문에서는 〈性有飾詞〉로 되어 있으나, 『類聚國史』에서는 〈性有餝詞〉로 되어 있다.

(大嘗祭)의 의례절차를 기록한 『貞觀儀式』에 유키·수키(悠紀主基)[25]를 담당한 관리(國司)가 고유의 풍속가무를 출 때 〈8명으로 열을 맞추어 춤을 춘다〉[26]고 언급하는 내용이 확인되는 점 등 때문이다. 단, 당시에는 이미 당악의 음조로 풍속을 연주했었다고 추정되지만, 팔일무는 그에 준하지 않았다고 생각한다.

[25] '悠紀·主基'는 '유키·수키(ゆき·すき)'라고 읽으며, 천황이 즉위할 때 천황가의 행사인 다이죠사이(大嘗祭) 안에서 행하여지는 '悠紀殿의 儀'와 '主基殿의 儀'에서 부르며, 그 후의 饗宴에서 추는 '悠紀지방의 風俗舞'와 '主基지방의 風俗舞'를 가리 킨다. 이것을 총칭해서 '悠紀·主基'라고도 한다. 이 '悠紀·主基'는 그때그때의 행사를 위해서 새롭게 만들어지며, 기본적으로 다시 재연되는 경우는 없다. '悠紀· 主基'는 기본적으로 서울에서 동북방향을 '悠紀지방', 남서방향을 '主基지방'으로 하고 구체적인 위치는 거북이 등껍질을 이용한 卜占에 의해서 정한다. 지금의 헤이세이(平成) 천황이 즉위할 때는 悠紀지방은 아키타현(秋田縣南秋田郡五城目町)이였으며, 主基지방은 오이타현(大分縣玖磨郡玖珠町)이었다. 이렇게 선정된 두 지역의 경치, 지명을 읊은 단가를 4수씩 만들고 曲을 붙여서 부른다. 또한 후의 饗宴에서는 춤사위를 추가해서 舞로 만들어서 춘다.

[26] 〈舞以二八人一咸列レ之.〉

제3장 다이호(大寶) 이후 내외의 악과 조정의 수용

다이호(大寶, 701~704) 시대의 법제에 의하면 치부성(治部省) 산하에 아악료(雅樂寮)[1]가 있었다. 『職員令』에 다음과 같은 기술이 있다.

아악료 두(頭) 1명, 문무(文武)의 우아한 곡과 올바른 춤인 아악을 담당하고, 남녀 악인 및 음성인(音聲人)[2]의 관리와 교습 그리고 훈련을 담당한다. 조(助) 1명, 대윤(大允) 1명, 소윤(少允) 1명, 대속(大屬) 1명, 소속(少屬) 1명.[3]

---

1   '가가쿠료(ががくりょう)', '우타마이노쓰카사(うたまいのつかさ)' 또는 '우타노쓰카사(うたのつかさ)' 등으로 불림. 궁중악을 관장한 기관이며, 악인의 통제와 가무음악의 교육과 연주를 담당하였다. 관청명은 한글 한자음으로 표기하는 원칙에 따라 '아악료'로 표기하였음.

2   '음성인(音聲人)'의 '音聲'은 '사람의 목소리나 말소리'라는 뜻의 음성 즉 일본어로 '온세(おんせい)'가 아니라 일본 아악에서 관현을 말하는 '온조(おんじょう)'이다. 관현의 악을 '온조가쿠=音聲樂'라 한다. 본문의 '온죠비토=音聲人'는 관현을 담당하는 사람 정도로 이해하면 된다.

東大寺三倉寶物之伎樂面

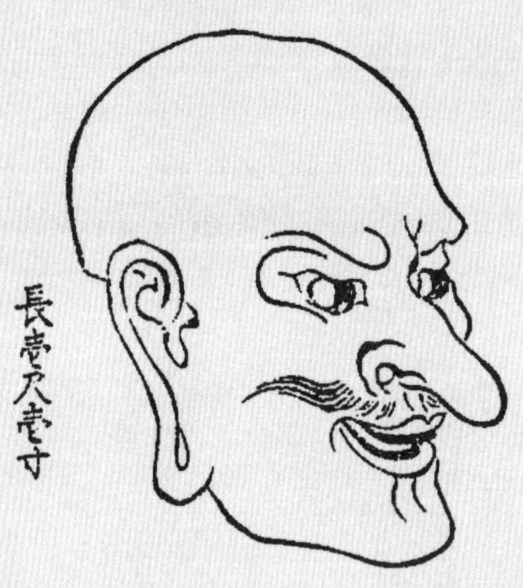

法隆寺寶物
味摩之将來伎樂面之摸之之面

長壹尺二寸

長壹尺四寸五分

가사(歌師) 4명, 가인(歌人)과 가녀(歌女)의 교습을 담당한다. 운운. 가인 30명, 가녀 100명.[4]

무사(舞師) 4명, 여러 춤의 교습을 담당한다. 무생(舞生) 100명, 여러 춤을 배운다.

적사(笛師) 2명, 여러 가지 피리의 교습을 담당한다. 적생(笛生) 6명, 여러 가지 피리를 배운다. 적공(笛工) 8명.

당악사(唐樂師) 12명, 악생 60명.

고려악사(高麗樂師) 4명, 악생 20명.[5]

백제악사(百濟樂師) 4명, 악생 20명.

신라악사(新羅樂師) 4명, 악생 20명.

기악사(伎樂師) 1명, 기악생(伎樂生)에 대한 교육을 담당한다. 기악생은 악호를 통해서 조달하고, 요고생(腰鼓生)도 이에 준한다.

요고사(腰鼓師) 2명, 요고생에 대한 교육을 담당한다. 『義解』에 〈이 요고(腰鼓)는 또한 구레가쿠(吳樂)의 악기로 사용된다고 한다〉라는 설명이 있다.

사부(使部) 20명.[6]

3　당시 관제에 입각해서 여기에 나열된 관위에 대해서 설명하자면 다음과 같다. '頭'의 일본어 원음은 '가미'이며 종5위상, '助'는 '스케'이며 정6위하, '大允'은 '다이죠'이며 정7위하, '少允'은 '쇼죠'이며 종7위상, '大屬'은 '다이사칸'이며 종8위상, '少屬'은 '쇼사칸'이며 종8위하임.

4　'가인(歌人)'은 남자 가수 또는 노래를 잘 부르는 남자, 목소리가 좋은 남자를 말하고 '가녀(歌女)'는 여자 가수 또는 노래를 잘 부르는 여자, 목소리가 좋은 여자를 말한다.

5　'고려악사(高麗樂師)'로 표기되어 있지만 '고구려악사(高句麗樂師)'임. 일본에서는 고구려를 '고마(高麗)'로 표기하는 예가 많음. 그리고 여기에 나열된 모든 항목에 공통되는 이야기이나 '고려악사(高麗樂士)'가 아니라 '고려악(高麗樂)'의 사(師) 즉 고려악의 강사, 스승, 전문가라는 뜻임.

6　'使部'는 일본어로 '시부(しふ)'라 읽으며 '쓰가이베(つかいべ)'라고도 한다. 각 관청의 잡무를 담당하는 하위직이며, 모든 관청에 배치되었다. 원래는 6위 이하의 관리의 자식을 3등급으로 나누어 가장 낮은 급으로 분류된 자들이 임명되었다. 가장

직정(直丁) 2명.[7]

악호(樂戶)

이들 관원들 중 가사와 무사는 고대부터 일본에 전하는 가무를 공식 행사를 대비해서 교습시키고, 가인, 가녀, 무생 등은 이것을 제대로 배워서 조정의 제례와 의례의 자리에서 공연한다. 적사와 적공 등은 일본 고유의 야마토부에(和笛)를 전승하여 앞서 말한 가무에 맞춰 연주한다. 당악사부터 요고사까지는 당나라 및 삼한의 정악과 속악을 모두 교습하여 마찬가지로 공식석상에서 선보인다.

당시 아악료에서 가사와 무사 등이 교습한 가무는 고대 이후 일본에 전하는 것들이라는 조그마한 증거를 들겠다. 일반적으로 예로부터 악부(樂府)에서 가인 등이 노래할 때는 따로 악장(樂章)[8]이 없었다. 그 이유는 신대 이후에 전하는 길고 짧은 노래 중에서 뛰어나고 아름다운 곡을 골라서 관현에 맞추고, 춤에 맞추어 불렀기 때문이다. 그 근거로는 『日本書紀』 신대의 권에 〈아마사카루 히나쓰메노〉[9]라는 시타테루히메(下照比賣)의 노래를 들면서 〈이 두 수의 노래를 지금

높은 등급은 '오토네리(大舍人)'로 임명되고 중간급은 '효에(兵衛)'로 임명되었다. 참고로 『養老令』에 의하면 치부성(治部省)에는 60명이 배치되었다.

7 '直丁'은 일본어로 '지키쵸(じきちょう)'라 읽으며, 각 관청에서 노역을 담당하는 최하위 직위의 하나이다. 형을 집행하고 죄인을 관리하는 부서인 수옥사(囚獄司)를 제외한 모든 관청에 배치되었다. 참고로 『養老令』에 의하면 치부성(治部省)에는 4명이 배치되었다.

8 서양음악에서 말하는 '제1악장'의 '악장'이 아니라 여기서는 아악(雅樂)에서 말하는 '序 破 急'이다. 즉 序는 이른바 모두의 악장을 말하며 느리고 조용하면서 박절(拍節)이 아닌 경우가 대부분이며, 破는 중간 악장이며 느리고 조용하나 박절이 있는 경우가 대부분이며, 急은 마지막 악장이며 빠르고 박절이 있다. 한편 조선 초기에 발생한 나라의 제전이나 연례(宴禮) 같은 공식 행사에서 궁중 음악에 맞추어 부른 시가(詩歌) 형태의 가사를 악장(樂章)이라고 하는데, 이것 또한 궁중 음악과 연계된다는 점에서 흥미롭다.

9 『日本書紀』神代下에 수록된 〈天離る 夷つ女の……〉라는 노래이다. 인용부분은

히나부리(夷曲)라 부른다)[10]고 적고 있는데『古事記』에서는 〈이 노래는 '히나부리(夷振)'이다〉[11]라고 설명하고 있다. 이처럼 고문헌에서 노래를 '~부리(振)'라 표기하는 예로『古事記』의 미야히토부리(宮人振),[12] 아마다부리(天田振)[13]가 있으며,『續日本紀』텐표(天平) 6년(734) 2월의 우타가키의 기사에 이미 앞에서도 들었음 나오는 나니와부리, 야마토베부리, 아사지하라부리, 히로세부리, 야쓰모사스부리,[14] 그리고『古今集』의 오우타도코로(大歌所)[15]의 노래에 오미부리, 미즈

<table>
<tr><td></td><td>"시골 처녀가 얕고 좁은 해협을 건너서 물고기를 잡는 이시카와의 바다여……"의 앞부분이다.</td></tr>
<tr><td>10</td><td>원문에는 〈此兩首ノ歌ハ今號二夷曲一〉로 되어 있으나,『日本書紀』에서는 〈此兩首歌辭, 今號二夷曲一〉으로 되어 있다.</td></tr>
<tr><td>11</td><td>〈此歌者夷振也〉『歌舞音樂略史』는 '夷曲'과 '夷振'에 각각 '히나부리(ヒナブリ)'라는 음을 달고 있으며, 다른 고문헌에서 '~부리'로 되어 있는 예를 들고 있다. '부리(振, ぶり)'는 고대가요 특히 궁중의 아악료(雅樂寮)에 전하는 가곡의 곡명을 뜻하고, 원래는 곡조나 가락을 뜻하는 말이다.</td></tr>
<tr><td>12</td><td>『古事記』하권 인교(允恭) 천황 81번가 〈宮人の足結の小鈴落ちにきと宮人響む里人もゆめ(美夜比登能 阿由比能古須受 淤知爾岐登 美夜比登登余牟 佐斗毘登母由米)〉에 대해서 〈此歌者, 宮人振也〉 즉 〈이 노래는 미야히토부리이다〉라고 평하고 있다. 이처럼 '~振(부리)'는 그 노래 初句(첫 구)를 보고 부르는 명칭임을 알 수 있다.</td></tr>
<tr><td>13</td><td>『古事記』하권 인교(允恭) 천황 82번가 〈天廻む輕の嬢子甚泣かば人知りぬべし波佐の山の鳩の下泣きに泣く(阿麻陀牟 加流乃袁登亮 伊多那加婆 比登斯理奴倍志 波佐能夜麻能 波斗能 斯多那岐爾那久)〉, 83번가 〈天廻む輕嬢子確々にも寄り寝て通れ輕嬢子ども(阿麻陀牟 加流袁登亮 志多多爾母 余理泥弓登富禮 加流袁登亮杼母)〉, 84번가 〈天飛ぶ鳥も使そ鶴が音の聞えむ時は我が名問はさね(阿麻登夫 登理母都加比會 多豆賀泥能 岐許延牟登岐波 和賀那斗波佐泥)〉에 대해서 〈此三歌者, 天田振也〉 즉 〈이 세 노래는 아마다부리이다〉라고 평하고 있다. 이처럼 '~振(부리)'는 그 노래 初句(첫 구)를 보고 부르는 명칭임을 알 수 있고, 굳이 우리말로 옮기자면 '미야히토 가락', '아마다 가락' 정도가 될까.</td></tr>
<tr><td>14</td><td>天皇御二朱雀門一覽二歌垣一. 男女二百卌餘人. 五品已上有二風流一者皆交二雜其中一. 正四位下長田王. 從四位栗栖王. 門部王. 從五位下野中王等爲レ頭. 以二本末一唱和. 爲二難波曲. 倭部曲. 淺茅原曲. 廣瀬曲. 八裳刺曲之音一. 令二都中士女縱觀一. 極レ歡而罷. 賜下奉二歌垣一男女等祿上有レ差.</td></tr>
<tr><td>15</td><td>아악을 관장하는 아악료에서 독립해서 설치된 기구로, 850년에 이 명칭이 처음 확인된다. 민간의 속요(俗謠)에 대한 궁중의 관요(官謠)를 관장하는 곳이라고 이해</td></tr>
</table>

쿠키부리, 시하쓰야마부리 등이 있다.[16] 또한 '歌'라는 명칭이 붙은 것으로는 『日本書紀』의 구메우타(來目歌),[17] 구니시노비우타(思邦歌),[18] 그리고 『古事記』의 가타우타(片歌),[19] 사카호가이노우타(酒樂之歌),[20] 시즈우타(志津歌),[21] 호키우타(本岐歌),[22] 시라게우타(志良宜歌),[23] 요미우타(讀歌),[24] 아마가타리우타(天語歌),[25]

하면 되나, 민간가요도 상당히 수용한 것으로 보인다. 948년에는 우타마이노쓰카사 즉 아악료가 악소(樂所)로 개편되고 우타마이도코로(歌舞所)하고 오우타도코로(大歌所)가 된다.

16 <u>近江</u>より朝立ちくればうねの野に鶴ぞ鳴くなる明けぬこの夜は(近江ぶり), <u>水莖</u>の岡の屋形に妹と我と寝ての朝けの霜の降りはも(水莖ぶり), <u>しはつ山</u>うちいでて見ればかさゆひの島漕ぎかくる棚無し小舟(しはつ山ぶり).

17 진무(神武) 천황 즉위전기 무오년 8월2일 조에 〈菟田の高城に鴫羂張る我が待つや鴫は障らずいすくはり鷹等障り / 菟田(우다)의 高城(다카키)에 도요새 잡는 올무를 치고 내가 기다리고 있었더니 도요새는 안 걸리고 매가 잡혔다 / 于儀能多伽機珥 辭藝和奈破蘆 和餓未菟夜 辭藝破佐夜羅孺 伊殊區波辭 區旎羅佐夜離……是を來目歌と謂ふ / 이것을 '구메우타'라고 한다 / 是謂二來目歌一也〉라는 부분을 언급하고 있는 것이다. 한편 '來目=久米'이며, 『集解』에 의하면 구메우타(來目歌)는 구메마이(久味舞)를 연주할 때에 악사들이 부르는 부분이라고 한다.

18 게이코(景行) 천황 17년 3월 조에 〈愛しきよし 我家の方ゆ 雲居立ち來も / 나의 집이 있는 쪽으로부터 구름이 흘러오는구나 / 波辭枳豫辭 和藝幣能伽多由 區毛位多知區暮. …… 是を思邦歌と謂ふ / 이것을 '구니시노비우타'(고향을 사랑하는 노래)라고 한다 / 是謂二思邦歌一也〉라는 부분을 언급하고 있는 것이다.

19 가타우타. 『古事記』 중권에서 구니시노비우타(思邦歌)의 노래를 듣고 그 노래에 대해서 '此者片歌也'(이것은 가타우타이다)라고 말하고 있는 부분을 언급하고 있는 것이다. 가타우타(片歌)는 구니시노비우타(思邦歌)를 구성하는 노래 한 수를 뜻하며, 여러 수가 한데 모였을 때 구니시노비우타의 노래가 완성된다.

20 사카호가이노우타. 술에 권위를 부여하고 신성시하는 노래인데, 사견으로는 이 노래는 『古事記』가 아니라 『古代歌謠集』 雜歌(琴歌譜)에 19번 노래로 등재되어 있다.

21 시즈우타. 『古事記』 하권의 〈此天皇與二大后一所レ歌之六歌者, 志都歌之歌返也〉라는 부분을 언급하고 있는 것이다.

22 호키우다. 『古事記』 하권의 〈此者本岐歌之歌返也〉라는 부분을 언급하고 있는 것이다.

23 시라게우타. 『古事記』 하권의 〈此者志良宜歌也〉라는 부분을 언급하고 있는 것이다. 『古代歌謠集』 雜歌(琴歌譜)에도 '茲良宜(시라게)'歌로 등재되어 있다.

24 요미우타. 『古事記』 하권의 〈此二歌者, 讀歌也〉라는 부분을 언급하고 있는 것이다. 『記傳』에 의하면 독가(요미우타)는 다른 가곡처럼 詠을 하는 것이 아니라, 책

우키우타(宇岐歌)[26] 등이 있다. 이들 곡들은 옛날에 아악료에서 가락이 같은 노래들을 모아 부르게 된 명칭이다. 이 부분은 『古事記傳』 13, 28 두 권에 서술되어 있는 내용에서 채택한 것이다. 또한 『日本書紀』에 진무(神武) 천황의 〈우다노 다카키니 시기와나하루 운운〉[27]에서 천황의 어제(御製)임을 명시한 뒤에 〈오우타도코로(악부 = 아악료)에서 지금 이 노래를 부르고 출 때 손을 올리는 정도와 목소리의 굵고 가늘기에 차이가 있다. 예로부터 하는 방식이다〉[28]라는 설명을 보아도 『日本書紀』하고 『古事記』에 실린 노래는 예전에 악부에서 실제로 부른 노래임을 알 수 있다. 손을 올리는 정도란 손뼉을 쳐서 가락을 맞추는데 이에는 경중이 있다는 뜻이다.

일본에 옛날부터 전하는 춤의 명칭은 다쓰즈마이(殊儛) 『日本書紀』 겐조(顯宗) 천황의 권에 보이며, 이 춤을 아즈마마이(東舞)의 기원으로 생각한다는 점에 대해서 제1 단에서 이미 언급했음, 다마이(田儛) 『日本書紀』 텐치(天智) 천황의 권과 『續日本紀』 레이기(靈龜) 8년 5월과 텐표(天平) 14년(742) 1월, 『三代實錄』 조간(貞觀) 1년(859) 11월과 간교(元慶) 8년(884) 11월, 『職員令集解』와 『古記別記』, 오하리다마이(小墾田舞) 『日本書紀』 텐무(天武) 천황의 권, 다테후시노마이(楯節舞) 『日本書紀』 지토(持統) 천황의 권, 『續日本紀』 텐표쇼호(天平勝寶) 4년(752) 4월, 『令集解』와 『古記別記』, 하야히토마이(隼人舞) 『日本書紀』 신대(神代)의 권에 그 기원에 대해서 서술하고 있다는 이야기를

을 읽듯이 한다고 하면서, '요무(よむ)'라는 행위 자체가 물건을 셀 때처럼 하나하나 소리를 내어 읽는 것을 말하는 것이라고 한다. 아마도 가락의 고저 등을 수반하지 않고 읽듯이 부르는 노래를 말하는 것 같다.

25 아마가타리우타. 『古事記』 하권의 〈此三歌者, 天語歌也〉라는 부분을 언급하고 있는 것이다. 카미(神)의 이야기를 담은 모노가타리(story telling)같은 내용을 담은 노래.

26 우키우타. 『古事記』 하권의 〈此者宇岐歌也〉라는 부분을 언급하고 있는 것이다. 술잔을 들고 술을 마실 때 부르는 노래. 『古代歌謠集』 雜歌(琴歌譜)에도 '宇吉(우키)'歌로 등재되어 있다.

27 주석 142번 참조. 『日本書紀』 진무(神武) 천황 8월의 기사에 수록되어 있는 노래.

28 〈今樂府奏_此歌_者, 猶有_手量大小, 及音聲巨細_, 此古之遺式也〉 참고로 〈菟田の~〉 노래 말미에 이 노래가 진무(神武) 천황의 어제임을 밝히는 내용은 없다.

제1단에서 이미 했음. 이처럼 무곡(舞曲)의 명칭은 『職員令』는 물론이고, 속풍(俗風)의 가무의 경우는 『續日本紀』 요로(養老) 1년(717) 4월 이후 그 수를 헤아릴 수 없을 정도로 많다, 모로카타노마이(諸縣舞), 쓰쿠시노마이(筑紫舞) 이 두 춤도 국풍(國風)의 춤임. 『續日本紀』 텐표(天平) 3년(731) 5월, 『令集解』, 『古記別記』, 고세치마이(五節舞) 텐무(天武) 천황이 만들었다는 이야기가 『年中行事秘抄』에 『本朝月令』을 인용하는 형식으로 기록되어 있다. 『續日本紀』에 텐표(天平) 15년(743) 5월 연회 자리에서 고켄(孝謙) 천황이 황태자였을 때 몸소 이 춤을 추었다는 내용이 보인다. 후세까지도 11월 니이나메에(新嘗會) 다음날인 도요아카리(豊明)의 세치에(節會)에는 4명의 무희에게 이 춤을 추게 한 사례이다. 구메마이(久米舞) 『續日本紀』 텐표쇼호(天平勝寶) 1년(749) 12월, 『令集解』와 『古記別記』, 기시마이(吉志舞) 『貞觀儀式』 ○이 두 춤은 옛날에는 보통 大嘗會 때 한다. 이에 관해서는 아래에서 들겠다, 야마토마이(倭舞) 『續日本紀』 호키(寶龜)元年, 『令集解』『古記別記』 등이다. 『職員令』 아악료의 『集解古記別記』에 〈지금 아악료에 무곡(舞曲) 등은 왼편에 든 것과 같다〉[29]고 적으면서, 바로 앞에서 든 춤의 대부분을 들고 있는 것을 보면, 당시 아악료의 무사(儛師)들이 이들 춤을 실제로 교습하였음이 분명하다.

『續日本紀』의 쇼무(聖武) 천황 텐표(天平) 3년(731) 6월 을해(乙亥) 조에 〈아악료의 잡악생(雜樂生) 수를 다음과 같이 기록하고 있다. 대당악 39명, 백제악 26명, 고구려악 8명, 신라악 4명, 도라악(度羅樂) 62명〉이다.

도라,[30] 『日本書紀』에는 탐라(耽羅)로 되어 있다. 지금의 조선이 제주(濟州)인. 『懲毖錄圖』, 사이메이(齊明) 천황 7년(661), 처음으로 왕자를 보내서 일본에 공헌

29　〈今有レ寮儛曲等如レ左.〉

30　度羅(どら). 제주도의 옛날 이름이라는 설이 있으나, 제주도에 관해서는 게이타이 (繼體) 천황 2년 12월의 〈南海中耽羅人, 初通二百濟國一〉, 사이메이 천황 7년 5월의 〈耽羅始遣二王子阿波伎等一貢獻〉처럼 『日本書紀』에서는 15번 거명되고 있으나 모두 '耽羅'로 표기하고 있다. 베트남으로 보는 설이 유력하다.

(貢獻)하였다. 『日本書紀』『職員令』 集解의 『古記別記』에 〈娑理儛, 主久太儛, 邪禁女儛, 韓與楚奪女儛, 이 네 춤은 도라의 악〉[31]이라 설명하고 있다.

〈모로카타노마이 8명, 쓰쿠시노마이 20명, 그 대당악생(大唐樂生)이 외국말을 하지 못했기 때문에 해당 외국어로 교습을 할 수 있는 자를 선발한다. 백제, 고구려, 신라의 악생은 해당 언어에 능통한 자를 선발한다. 단, 도라악(度羅樂), 간본(刊本)에서는 이 글자 탈자 모로카타노마이, 쓰쿠시노마이의 학생은 악호에서 데려온다〉라고 되어 있는 것은 슈이 내려진 후의 악생의 연혁인데, 이후의 일에 대해서는 『日本後紀』에 간무(桓武) 천황 엔랴쿠(延曆) 24년(805) 12월에 〈아악의 가녀 50명, 30명으로 감하다〉는 내용이 확인된다. 이 부분을 잘 생각하면, 가녀의 수는 이미 반으로 줄었는데 거기서 다시 30명을 줄인다는 것은 당시 이미 당악이 성하여 일본 고풍의 가무는 점차 쇠하였기 때문이라 생각된다. 『延喜雅樂式』에 가녀 30명이라고 되어 있는 것은 다시 수를 늘린 것인가? 이 『延喜雅樂式』에 가녀의 거주지 넓이를 一町, 구가이덴(公廨田)[32] 一十町이라 적고 있다.

---

31 '娑理儛'는 지금의 인도네시아 발리의 춤으로 보이고, '主久太儛'는 미상. '邪禁女儛' 하고 '韓與ㄴ楚奪ㄴ女儛'도 미상. 그러나 한편으로는 '娑理儛'는 바리공주 이야기를 소재로 한 춤으로 볼 수도 있으며, 그렇게 볼 경우 '邪禁女儛'의 '邪禁女'를 무당으로 보면, 이 '邪禁女儛'는 바리공주 이야기에 등장하는 무당의 춤으로 볼 수 있다. 그리고 '韓與ㄴ楚奪ㄴ女儛'는 『西漢演義』에 의거해서 경극 「패왕별희(覇王別嬉)」에서도 다루는 초나라 패왕 항우(項羽)와 그의 총희 우미인(虞美人)과의 이별과 한신(韓信)과의 이야기를 소재로 한 춤이 아닌가 생각된다. 한신의 계략에 속아서 사면(四面)에서 초가(楚歌)가 들려오는 지경이 되자, 항우는 모든 것이 끝났다고 단념하고 우미인과 마지막 주연을 벌이는데 마지막 순간이 다가온 것을 감지한 우미인은 칼춤을 추고 자결한다. 이 칼춤이 '韓與ㄴ楚奪ㄴ女儛'의 중요한 구성의 일부였을 가능성에 대해서 조심스럽게 제기해 본다.
32 『大寶律令』에 의하면 구가이덴(公廨田)은 시키덴(職田)과 함께 관직의 고저에 따라 지급된 전지(田地)이다. 시키덴은 태정대신(太政大臣), 좌우대신(左右大臣) 등에 지급된 것이며 구가이덴은 사생(史生)이상의 국사(國司)에 지급된 전지이다.

『職員令』에 가인과 가녀의 수가 많은 것은 당시 공봉(供奉)이 많았던 것도 관계가 있지만, 『日本書紀』에 텐무(天武) 천황 14년(685) 9월에 〈이날 천황이 고하기를, 모름지기 모든 가남(歌男)과 가녀, 그리고 피리를 부는 자들은 스스로의 자손들에게 노래와 피리를 배우게 해서 그 기능을 전하여라〉는 기사가 있는 점을 보아, 예로부터 전하는 노래와 피리를 세습의 업으로 중요하게 여겼던 점도 관계가 있을 것이다. 『延喜雅樂式』에 〈모름지기 모든 악의 횡적사(橫笛師) 등은 야마토부에(和笛) 즉 일본 고래의 피리에 대해서 이해하지 못 하고 있었다. 그래서 그들에게 맡겨서 다루게 할 수 없었다〉고 말하고 있는 것을 보면, 이때까지는 아직 야마토부에를 중시하고 있었다고 생각된다.

『類聚國史』에 헤제이(平城) 천황 때인 다이도(大同) 4년(809) 3월자에 다음과 같은 기사가 있다.

아악료의 아악사의 수를 다음과 같이 정한다.
가무사(歌儛師) 4명.
적사(笛師) 2명.
당악사(唐樂師) 12명.
횡적사(橫笛師) 2명.
고려악사(高麗樂師) 4명. 횡적(橫笛), 공후(箜篌), 막목(莫目), 무(儛) 등의 사(師)이다.
백제악사(百濟樂師) 4명. 횡적(橫笛), 공후(箜篌), 막목(莫目), 무(儛) 등의 사(師)이다.
신라악사(新羅樂師) 2명. 금(琴)과 무(儛)의 사(師)이다.
도라악사(度羅樂師) 2명. 고(鼓)와 무(儛)의 사(師)이다.
기악사(伎樂師) 2명.
임읍악사(林邑樂師) 2명.

이처럼 당시의 상황을 알 수 있는데, 이후의 아악료의 연혁에 대해서는 국사에 기록이 전하지 않아서 알 수 없다. 근래에 세상에 모습을 보인

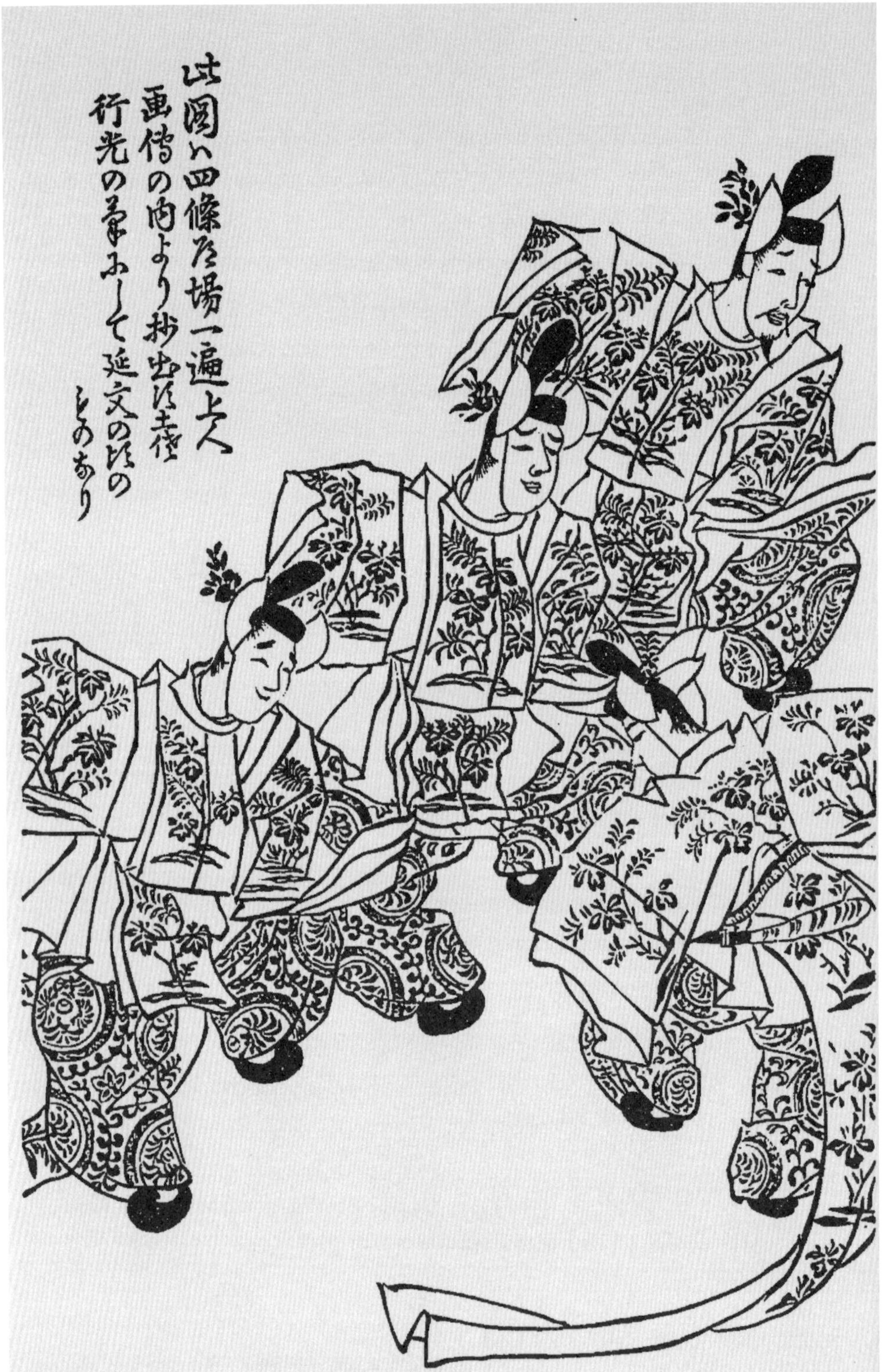

此圖ハ四條道場一遍上人
畫傳の内より抄出ひ主従
行光の筆みして延文の比の
ものあり

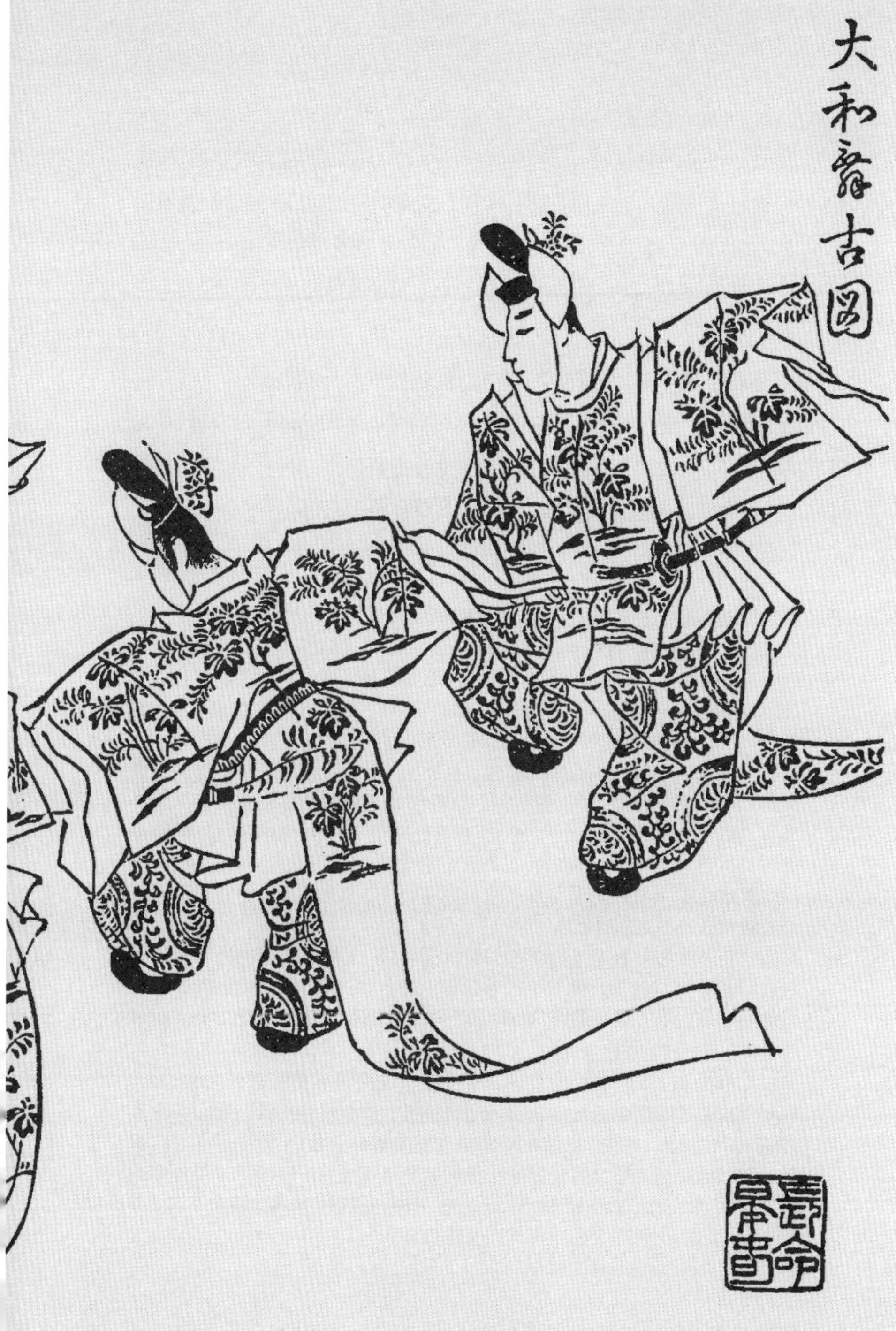

大和舞古図

『類聚三代格』卷四에 가쇼(嘉祥) 1년(848) 9월의 관부(官符)[33]을 실으면서 아악료의 잡색생(雜色生)의 연혁을 적고 있으나, 거기서도 다루고 있지 않다. 『延喜式』에 가인, 가녀에 대한 언급이 있으나, 당시 이미 오우타도코로(大歌所)가 설치되어 일본 고풍의 노래들은 대개의 경우 거기서 관장하였으며, 아악료는 그저 당악만을 취급하는 상황이었다. 오우타도코로에 대해서는 제5장에서 언급할 것임.

『續日本紀』이후의 오국사[34] 및 『弘仁內裡式』『貞觀儀式』『延喜雅樂式』을 보건대, 당시 다이죠(大嘗),[35] 니이나메(新嘗)[36] 등의 커다란 제례와 관(官)과 신사 제례, 정월 초하루의 세치에(節會),[37] 같은 달 7일의 세치에 등의 악에는 반드시 일본 고풍만이 사용되었으며, 단 정월 7일의 세치

---

33 태정관(太政官)이 관할 제관청에 발령한 정식 공문서.

34 五國史『日本書紀』『續日本紀』『日本後紀』『續日本後紀』『日本文德天皇實錄』 『日本三代實錄』을 일본의 고대 율령국가가 편찬한 여섯 개의 정사이고, 이를 육국사(六國史)라 한다. 본문에서는『日本書紀』를 제한『續日本紀』부터『日本三代實錄』까지를 지칭하여 '오국사'라 하고 있는 것임.

35 大嘗祭(다이죠사이), 大嘗會(다이죠에). 천황이 즉위한 후에 처음으로 행하는 新嘗祭(니이나메사이). 그 해에 수확한 신곡(新穀)을 천황가(天皇家)의 祖神으로 모시는 天照大神(아마테라스오미카미)를 비롯한 여러 신에게 바치는 一代에 딱 한 번 행하는 의식. 供物로 사용되는 신곡은 卜定에 의해서 정해진 悠基와 主基 지방에서 봉납하고, 천황은 당일 새로 건립한 悠基殿과 主基殿에서 供物인 신곡을 신에게 바치고 스스로도 먹는다.

36 新嘗祭(니이나메사이), 新嘗會(니이나메에). 大嘗祭(大嘗會)를 행하는 해를 제외하고 매해 음력 11월 卯日에 행하는 천황가의 의식. 그 해의 신곡(新穀)을 신에 바치고 천황 스스로도 맛을 본다. 현재는 양력으로 11월23일을 '근로감사의 날'로 정해서 휴일로 하고 있다.

37 せちえ(세치에). 크게 말하면 '옛날 조정에서 명절 등에 행했던 연회, Court banquet' 정도로 설명할 수 있으나, 조금 세밀하게 설명하면 '계절이 바뀔 때나 하례(賀禮)를 행하는 날인 세치니치(節日)나 기타 중대한 공사(公事)가 있는 날에 五位 또는 六位이상의 諸臣을 모아서 천황이 행한 宴會'를 말한다. 구체적으로는 정월초하루, 하쿠바(白馬), 도카(踏歌), 단고(端午), 스마이(相撲), 조요(重陽), 도요아카리(豊明, 新嘗會) 등과 같은 정례적인 것과 도요아카리(豊明, 大嘗會), 立后, 立太子, 任大臣처럼 임시적인 것이 있다.

에(節會)에서는 여악(女樂)도 함께 한다. 이것은 당악임 정월 16일 도카의 연회에서는 궁녀들이 도카를 추고,[38] 『內裡式』에 〈손님일행(客徒)에게 그 나라의 악을 연주하도록 하는 칙령이 있었다〉라는 등의 기사가 있는 것은 도카는 원래 중국대륙에서 전래되었기 때문이다. 제1장에 언급하였으니 참조 바란다 같은 달 20일의 여악(女樂), 5월 5일의 간샤시키(觀射式),[39] 7월의 스마이시키(相撲式),[40] 9월 9일의 여악 및 정월의 최승왕경회(最勝王經會),[41] 도다이지(東大寺)와 사이다이지(西大寺)의 법회에서는 외국의 악을 동원한다. 여기서는 『貞觀儀式』에서 발췌하여 당시 조정에서 제례와 행사의 악으로 고풍을 사용한 예를 한 둘 들겠다. 조회에 관해서는 정월 초하루에 『豊樂院宴會儀』에 〈술잔이 한 바퀴 돌고, 요시노의 구즈들이 의란문(儀鸞門)[42] 바깥에서 노래와 피리를 연주하고 예물을 헌상한다. 오우타(大歌)가 끝난 후에 소부(掃部)[43] 가 다치우타(立歌)[44]의 자리를 정리하면 치부성 아악료가 악사들을 이끌

---

38 도카(踏歌)에 대한 기록은 『日本書紀』 지토(持統) 천황 7년 정월 丙午에 是日, 漢人等奏_踏歌_라는 기록, 즉 漢氏 지배하에 있는 渡來系 씨족이 도카를 했다는 기록에 의해서 처음 확인된다. 정월 15일에 男踏歌, 16일에 女踏歌를 한다. 본문에서 '宮姬들'이라는 것도 女踏歌이기 때문이다.

39 간샤노기(觀射儀, かんしゃのぎ). 자라이(射禮, じゃらい)라고도 하고, '射禮'를 '샤레이(しゃれい)'라고도 읽는다. 대륙에서 전래된 조정의 연중행사이며. 음력 정월 17일에 建禮門에서 행하여진 사의(射儀). 천황이 참석한 가운데 친왕 이하 정5품 이상의 자들이 모여서 차례로 활을 쏘아서 가장 잘 쏜 사람에게 천황이 하사품을 내리는 헤이안 시대에 성행한 행사. 5월 5일이라고 주장하는 근거는 미상.

40 나라 시대, 헤이안 시대에 매년 7월에 천황이 궁중에서 스마이(相撲)를 관람하는 행사. 스마이노세치(相撲の節).

41 金光明最勝王經의 법회. 텐표쇼호(天平勝寶) 4년(752)의 노다이지에서의 불상 開眼供養 법회 당시 이른바 정교일치였기 때문에 국가체제 유지를 위해서 나라를 수호하는 경전으로서 金光明最勝王經이 중요시 되었다.

42 일본어 음은 기랑몽(ぎらんもん). 부라쿠인(豊樂院, ぶらくいん)에 있는 19개의 문의 하나. 부라쿠인 안에 있는 남쪽 중앙의 두 번째 문이며, 의식을 행할 때 귀족은 동쪽 출입구로, 5위 이상은 동서쪽 출입구로 입장한다.

43 정확하게는 소부료(掃部寮)이며 일본어 음은 '가몬료(かもんりょう)'. 궁중행사가 있을 때 준비를 하고 끝난 후에는 청소를 담당하였고 또 이를 위한 시설관리 및 유지도 담당하였다.

고 노래와 연주에 참여한다)[45]고 나와 있다.

　　요시노(吉野)의 구즈(國栖)[46]는 야마토(大和)의 요시노군(吉野郡) 산속에 있는
한 촌락의 주민들이다. 『日本書紀』 오진(應神) 천황의 권에 〈이 시골사람들은
성품이 매우 순박하다. 산에서 열매를 따 먹으며 개구리를 삶아 먹는데 매우 맛
이 좋다. 이름을 모미(毛瀰)라 한다〉라고 그 풍속을 서술하고 있다. 오진 천황
때부터 기회가 있어서 조정에 들어가서 토풍(土風)의 노래와 피리를 연주하고,
밤, 버섯, 은어 등을 헌상했으나, 후에는 다이죠에와 기타 명절의 연회 자리에
반드시 참석해서 토풍을 연주하게 된 결과, 『延喜宮內省式』에 〈무릇 모든 연회
에서 요시노의 구즈는 예물을 헌상하고 노래와 피리를 연주한다. 그래서 매번
17명으로 그 숫자를 정하였다〉고 구즈들이 참여하는 인원수까지 정하게 된다.
후에 조정이 쇠퇴하자, 진짜 구즈들은 참석하지 않지만, 그래도 정월초하루에
하쿠바(白馬),[47] 도카 등의 연회 자리에는 악인(樂人)들이 구즈들을 대신해서 시
신덴(紫宸殿)[48] 남쪽 계단 아래에서 노래와 피리를 연주하게 된 것을 '구즈의 연

44　일본 아악의 성악곡 중 특히 구니부리노우타마이(國風歌舞)라 불리는 것을 말하
　　며, 가창자와 반주자가 모두 선 채로 노래를 하고 연주를 하는 것을 말한다.

45　〈觸行一周, 吉野國栖, 於儀鸞門外, 奏二歌笛一獻二御贄一, 訖奏二大歌一, 掃部安二立
　　歌坐一, 治部雅樂省寮, 率二工人等一, 參入奏歌.〉

46　よしのくず(요시노구즈). 원래는 大化の改新(다이카의 개신) 이전에 각 지역에 산
　　재하면서 비농경민적인 생활을 하였고, 야마토 정권으로부터 異種族으로 기피되
　　던 집단이었으나, 이들 중에서 특히 지금의 奈良縣인 大和國吉野郡國栖 지방 즉
　　吉野川 상류에 정착한 집단을 말한다. 이들은 궁중의 행사에 참여하여 풍속무와
　　歌笛을 담당했었다. '國栖의 舞'라는 것은 이들 구즈(國栖)들에 의한 가무를 말하
　　고, '國栖의 奏'라 함은 이들 구즈들이 궁중에서 정월 초하루, 하쿠바(白馬), 도카
　　(踏歌), 니이나메(新嘗), 다이죠(大嘗) 등의 행사에 참석하여 천황가에게 예물을
　　바치고 선보인 가무 및 歌笛을 말한다. 헤이안 시대 이후, 구즈(國栖)의 참여가 끊
　　겼기 때문에 조정의 악사들이 이를 대신하게 되었다. 이 구즈 이야기는 후에 노(能
　　樂)에도 수용되어, 『國栖』(작자미상)라는 곡이 만들어졌다.

47　白馬(하쿠바)의 세치에. 천황가의 연중행사의 하나. 정월 7일, 천황이 자신전에서
　　左右馬寮의 관리들이 끄는 백마 21마리를 관람하는 행사.

48　천황의 즉위식이나 세치에 등, 조정의 의식을 행하는 건물 중 가장 격이 높은 건물.

주'라고 부르면서 오늘날에 이르게 된다.

다이죠사이(大嘗祭)에 대해서는 묘일(卯日)의 제례의 조에 〈술시에 다이죠궁에 행차해서 운운 유키(悠紀)를 담당한 관리(國司)가 가인을 데리고 자리에 올라 국풍을 연주한다. 운운. 구즈는 고풍(古風)을 연주하였으며, 다음엔 하야히토(隼人)의 관리가 하야히토 등을 데리고 궁궐 담 바깥에서 들어와서는 북쪽을 향해 풍속가무를 보였다〉는 기록이 보인다. 이것은 유키의 신전에서의 의례이다. 수키의 신전에서의 의례도 이것과 완전히 동일하다. 또한 진일(辰日)과 사일(巳日) 양일에 부라쿠인(豊樂院)[49]에서 유키·수키(悠紀主基)의 연회를 개최할 때에도 이들에 의한 풍속가무 및 야마토마이(和舞)를 공연하는 의례가 있다. 그런데 「午日豊明節會」(도요아카리의 세치에)의 조에는 〈술잔이 한 바퀴 돈 후 요시노의 구즈가 의란문 바깥에서 노래와 피리를 연주하고 예물을 헌상하였다. 반(伴) 씨와 사에키(佐伯) 씨는 무인(舞人)들을 데리고 의란문을 통해서 입장하여 안뜰에서 구메마이를 추었다. 20명이 2열로 추었다. 이들이 퇴장하자 그 다음에는 아베(安倍) 씨가 기시마이를 추었다. 사람 수는 구메마이와 같다. 이들이 퇴장하자 그 다음에는 유키·수키 두 나라를 담당하는 관리가 가인과 가녀를 인솔하여 동문(東門)의 동서 출입구를 통해 입장하여 좌우로 천막을 친 곳에서 풍속악을 추었다. 가무 한 곡이 끝나고 퇴장하자, 그 다음에는 오우타(大歌) 및 고세치마이를 추었다. 이어 치부성 아악료의 관리들이 공인들을 인솔하여 다치우타(立歌)를 불렀고, 이들이 퇴장한 다음 운운 그 다음에는 제복(祭服)을 입은 여인 4명이 무대 북쪽에서 심신을 정화하는 재계(齋戒)를 위한 야마토마이를 헌상한 후에 궁중의 제례를 관장하는 나카토미(中臣) 씨하고 인베(忌部) 씨 그리고 오미(小齊)[50]와 시종(侍從)[51]

---

49   헤이안 시대에 조정에서 개최하는 향연, 연회를 위한 장소로 마련된 건물.
50   다이죠사이 또는 니이나메사이에서 엄격한 재계를 받고 제복을 입고 제례에 봉사하는 사람.

이하, 번상(番上)[52] 이상의 관리들이 좌우로 나뉘어 입장하였다. 조주사
(造酒司)[53]는 따로 떡갈나무를 헌상하고 술을 받아 모두 마셨다. 그리고
떡갈나무를 야마토마이의 머리에 장식하였다〉는 기록이 보인다.

　　유키·수키란 다이죠에 때 반드시 유키의 신전, 수키의 신전이라는 두 신전을
새롭게 조성하고, 귀복(龜卜)으로 유키의 나라(悠紀國), 수키의 나라(主基國)를
정하고, 신에 바치는 예물 및 기타 모든 것을 두 나라에서 나오는 특산물을 사용
하며, 커다란 제례에서는 각 나라 토풍의 가무를 추어야 한다는 점, 본문에서 든
바와 같다. 구메마이는 진무(神武) 천황 때 오구메노미코토(大久米命)의 오사카
(忍坂)의 오무로(大室)라는 쓰치구모(土蜘蛛)[54]를 베는 모습을 묘사한 것이라는
내용이 『令集解』의 『古記』의 別記에 보이며, 기시마이[55]는 옛날 安倍(아베) 씨
의 조상이며, 신라에 원정하여 공을 세웠다. 개선할 때 마침 다이죠에의 날을 맞

51　율령제 하에서 나카쓰카사(中務)에 속하는 관리이며, 주로 천황을 가까이에서 모
　　시고 보좌했다. 일본어 음은 '시쥬(しじゅう)'.

52　율령제 하에서 일정한 당번이 해당하는 날만 등청하는 하급 관리. 매일 등청하는
　　하급관리를 초죠(長上)라 한다. 일본어 음은 '반죠(ばんじょう)'.

53　궁내서(宮內省) 산하의 기관이며 술 뿐 아니라 막걸리와 같은 감주(甘酒), 식초 등
　　도 양조하는 업무를 담당하였다. 일본어 원음은 '미키노쓰카사(みきのつかさ)'.

54　蜘蛛(くも)는 '구모'라고 읽으면 거미란 뜻이고, '土(つち / 쓰지)'는 그 땅, 그 지역
　　이라는 뜻이다. 그래서 '土蜘蛛(つちぐも / 쓰치구모)'는 '토종 거미' 정도의 뜻이
　　되나, 여기서는 신화에 나오는 大和(야마토) 정권에 복종하기를 거부한 변방의 집
　　단을 말한다. 이 쓰치구모도 후에 노(能樂), 長唄(나가우타), 무용극 등의 예능(연
　　희)에 흡수되었다.

55　기시마이(吉志舞)는 진구(神功) 황후가 신라 원정에서 돌아와서 다이죠에를 했을
　　때 아베(安倍) 씨의 조상이 추었다는 춤이라는 설명이 일본에 있다. 그러나 이 춤
　　에 대해서는 『古事記』나 『日本書紀』에서 확인할 수 없다. 뿐 아니라 진구 황후는
　　실재하지 않은 가공의 인물이었으며, 신라 원정도 사실(史實)이 아니라는 것이 오
　　늘날의 설이니, 이 부분은 근본부터 재검토해야 할 필요가 있다. 즉 기시마이의 기
　　원에 대한 재검토가 필요한 것이다. 어쨌든 무인(舞人)은 갑옷을 입고 있었다고 하
　　며 일명 다테후시노마이(楯節舞)라고 한다. 한편 '기시(吉志)'라는 것은 야마토 조
　　정에서 외교와 기록 등을 담당하던 도래인(渡來人)에 대한 경칭이었다.

이하였다. 그래서 이 춤을 추게 했다는 이야기가 『北山抄』 앞머리에 『吏部王記』를 인용하는 꼴로 전하고 있다. 한편 옛날 조정의 의식이 오늘날 전해지는 것을 보더라도, 다이죠에는 특별한 행사이기 때문에 고풍을 잃지 않고 있는 부분이 많지만, 유키·수키 두 나라 관리가 국풍을 보여주는 구메마이,[56] 기시마이 등은 지금은 모두 악가(樂家)들이 담당하게 되었기에 원래 모습은 이미 전하지 않고 아마도 옛 형태의 일부분만을 남기고 있을 뿐이 아닌가 생각된다.

그리고 신도(神道)의 법도에 의해서 행하는 제례인 신제(神祭)의 경우는 가스가마쓰리(春日祭)의 의례에 관해서 〈그때 가미즈카사노스케(神祇副)가 금사(琴師) 이름을 호명한다. 두 사람 함께 대답한다. 그 다음에 적공(笛工) 이름을 부른다. 두 사람 함께 대답한다. 가미즈카사노스케는 금(琴)에 피리 소리를 맞추도록 명한다. "미코토니후에아와세"라고 말한다. 4명이 함께 대답한다. 먼저 피리 한 곡을 연주하고 그 다음에는 금의 가락이 울려 펴지고, 그 다음에는 가인들 목소리가 들린다. 그리고 신관(神官)이 야마토마이를 춘다. 그 다음에 우(祐)[57] 이상 1명, 그 다음에 씨인(氏人)[58] 중 5위 이상 2명, 그 다음에 6위 이하 2명〉 등으로 되어 있는 점을 통해, 그 개략을 파악할 수 있다. 신사와 궁중에서의 의례에 관한 예가 가장 많음. 지금 그 중의 하나를 들어서 전체적 윤곽을 알리고자 한다.

의례에서 행하는 이른바 오우타(大歌)와 다치우타(立歌)는 모두 제1장에서 논한 일본 고풍의 노래로서, 다치우타라 함은 가인과 연주자들이 계단 아래에 서

---

[56] 오늘날 공연되고 있는 구메마이(久米舞)는 에도(江戶) 시대에 재흥된 것이다. 내용은 야마토고토(和琴), 류테키(龍笛), 필률(篳篥)의 연주에 맞추어 여러 명이 구메우타(久米歌)를 부르고 4명의 舞人이 앞에 나가서 구메마이를 추는데 칼을 뽑아서 일제히 적을 베는 동작을 보이는 곳도 있다. 진무(神武) 천황이 야마토 지방 평정을 축하한 것이라는 설도 있다.

[57] 일본어 음은 '스케(すけ)'.

[58] 일본어 음은 '우지비토(うじびと)'.

서 노래를 부르는 데서부터 그 이름이 붙여졌다. 이들 노래의 악기는 야마토고토(和琴)와 야마토부에(和笛)인 점도 의례 등에 관한 문서에 의해서 확인된다. 자세하게는 제1장에 언급하였으니 참조 바란다. 그러나 앞서 지적한『職員令』雅樂寮의 조에 적공(笛工)에 대한 언급만 있고 금사(琴師)에 대해서는 언급이 없는 것은 무슨 까닭에서인가? 생각건대 야마토고토는 고대부터 가업으로 삼는 집안에 전승해야 하는 대상으로 정해져 있어서 널리 악생들에게 교육하지 않았기 때문은 아닌가? 그리고『類聚三代格』를 검토하니 호키(寶龜) 4년(773)에 가미즈카사(神祇官)에 칙명을 내려서 신금생(神琴生) 2명을 두고 신적생(神笛生)이라는 명칭도 같은 책의 엔랴쿠(延曆) 18년(799)의 칙명에 보인다 신금(神琴)을 교습했다는 기록이 있는 점으로 보아, 이러한 야마토고토의 전승은 주로 가미즈카사가 속하는 신부(神部) 안의 신금사(神琴師)에서 따로 교수했던 것으로 보인다.

앞에서 언급한 것처럼 텐무(天武) 천황 때 이미 외국의 악이 조정의 연회에서 사용되었다. 이후『續日本紀』다이호(大寶) 2년(702) 정월 계미의 기사에 〈군신들이 서각(西閣)에서 연회를 열었는데, 五帝太平樂 — 本 및『日本紀略』에는 '五常'으로 되어 있다 을 연주하였다. 천황은 매우 즐거워하며 신분의 높낮이에 따라 상을 하사하였다〉라는 기사가 있다. 이처럼, 외국의 악은 연회 및 사원의 법회 등에서 주로 사용되었으나, 특히 쇼무(聖武) 천황은 불법에 귀의하여 도다이지(東大寺)의 노사나대불상(盧舍那大佛像)의 개안(開眼) 법회 이 행사는 고켄(孝謙) 천황의 텐표쇼호(天平勝寶) 4년(752) 4월에 있었다. ○ 친구 가시와기 탄코(柏木探古)가 말하기를, 도다이지 쇼소인(正倉院)에 이 대불개안대회에 사용한 다양한 부가쿠의 의상이 많이 전한다. 하나도 빠짐없이 의상 안쪽에 텐표쇼호(天平勝寶) 4년 4월 9일이라는 묵서가 있다. 또한 "唐散樂半臂, 雅樂袍, 大歌汗衫" 등으로 적혀있는 것도 있다 를 비롯하여 법회를 열 때는 반드시 당나라와 삼한의 악을 사용토록 하였다. 그러나 그 시작은 일본의 고세치노타마이(五節田舞)의 종류도 함께 사용했었다는 점,『續日本紀』를 보고 알 수 있다. 국민들도 일반적으로 불심이 깊었고, 게다가 무슨 일이든 신기함을 좋아하고 존중하는 마음이 있어, 점점 일본 고유의 부가쿠를 눌러 아래, 위 할 것 없이 모든 사람들이 외국의 악을 즐기게 되었다. 야마시로(山城)에 천도한 후, 특히 사가(嵯峨) 천황은 음악을 즐겼기 때문에 연회나 행차에서는 대개의 경우 악의 연주가 있었음이 사료를 통해서 확인되며, 닌묘(仁明) 천황은 가장 많이 음악을 가까이 해서 이 방면에 정통했기 때문에 스스로 작곡한 악곡도 상당히 있었다. 이러한 까닭으로 당악이 성행하여 귀족 이하, 음률에 능통하고 무곡(舞曲)을 잘하는 자가 차차 나타나기 시작했다. 이렇게 되자 음악을 매우 즐기는 자들이 견당사를 따라 입당하였으며, 후지와라 사다토시(藤原貞敏)[59]는 비파(琵琶)의 신곡을 당나라로부터 수입, 소개하여 명수로서 그 이름을 떨쳤고,『三代實錄』조간(貞觀) 9년(867) 10월 조 요시미네 나가마쓰(良岑長松)[60]처럼 다른 재능은 없으나 금(琴)을 잘 탄다는 것을 인정받아 빙당사(聘唐使)로 발탁되는 영예를 안은 자도 있었다.『三代實錄』간교(元慶) 3년(879) 11월 조.

　　　　『續日本後紀』의 텐초(天長) 10년(833) 4월 병자의 날에 〈좌근위부(左近衛府)[61]

59　헤이안 시대 초의 雅樂 奏者. 807～867. 당나라 雅樂을 일본으로 전했으며, 소위 말하는 國風雅樂의 정비에 노력했다. 838년 7월에 遣唐使 准判官으로서 당으로 건너갔으며, 福州 開元寺의 琵琶의 명수 廉承武로부터「流泉」「啄木」「楊眞藻」등의 秘曲을 전수받았으며, 그 여식과 혼인하였다. 또한 琵琶譜인『琵琶諸調子品』한 권을 스승으로부터 하사받았으며, 琵琶 名器인「玄象」과「靑山」도 하사받았다. 그 다음해에 당나라에서 귀국했으며, 琵琶의 名器는 닌묘(仁明) 천황에게 헌상하였다.

60　제17회 견당사로 당에 파견된 사절의 한 사람.『入唐求法巡禮行記』에 의하면 제17차 견당사의 배는 모두 4척이었으나, 2척은 문제가 발생하고 나머지 2척은 大使와 별도로 출발하게 되는데 이 2차 사절의 船頭를 맡은 자가 良岑長松였다.

61　'近衛府'는 일본어로 '고노에즈카사(このえづかさ)' 또는 '고노에후(このえふ)' 또는 는 '치카기마모리노쓰가사(ちかきまもりのつかさ)'라 읽는다. 좌근위부와 우근위부로 구성되어 있으며, 궁중의 경호를 담당하고 천황이 행차할 때 경비를 담당하는 여섯 위부(衛府)의 하나이다. 헤이산 시대 중엽 무렵부터 조정의 행사에서 부가

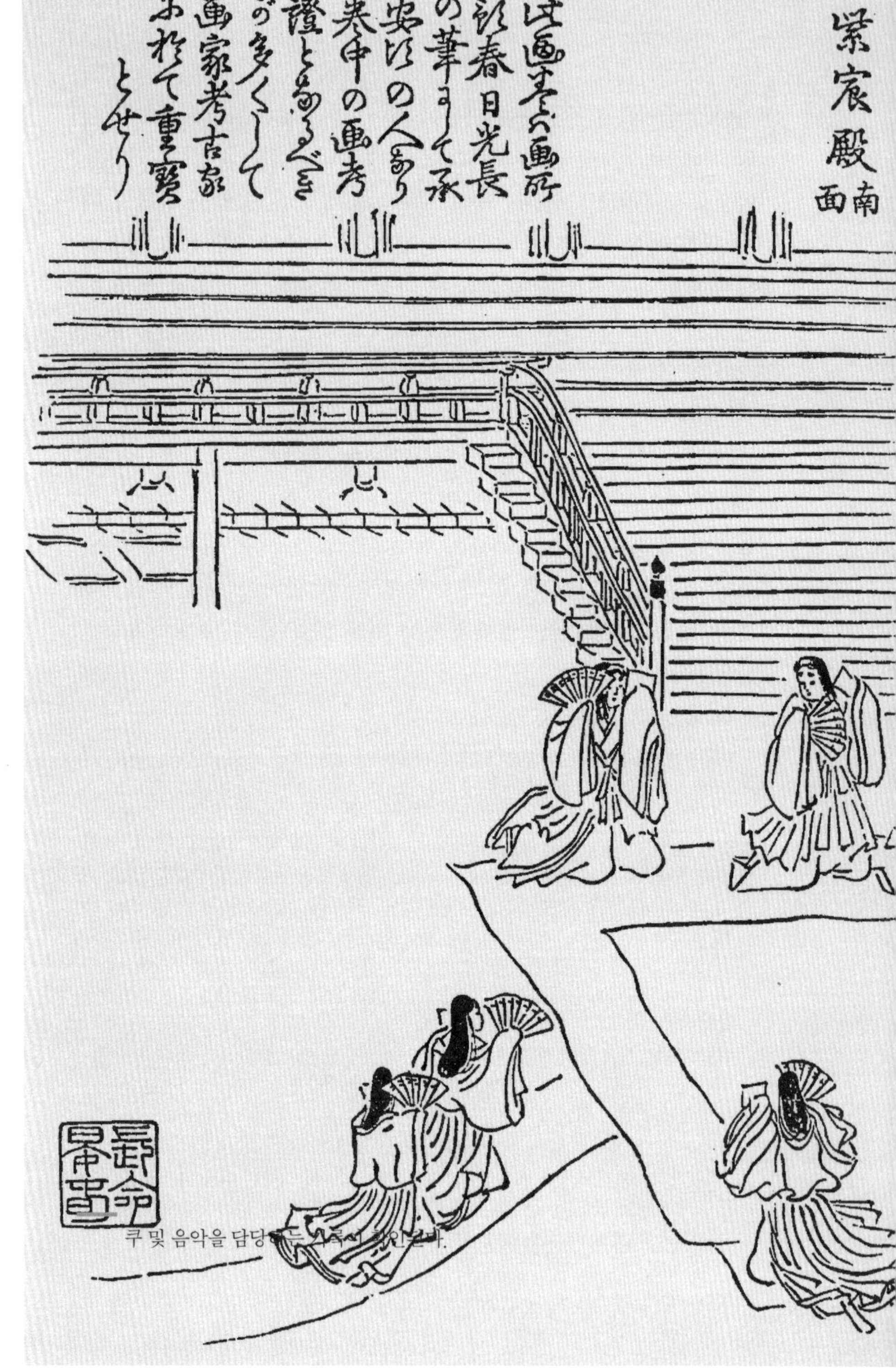

紫宸殿 南面
此圖する其画所
記春日光長
の筆すして承
安信の人あり
類中の画考
證とあるべき
のゞ多く〜て
画家考古家
われて重寳
とせり
쿠 및 음악을 담당하는 기구이기도 하였다.

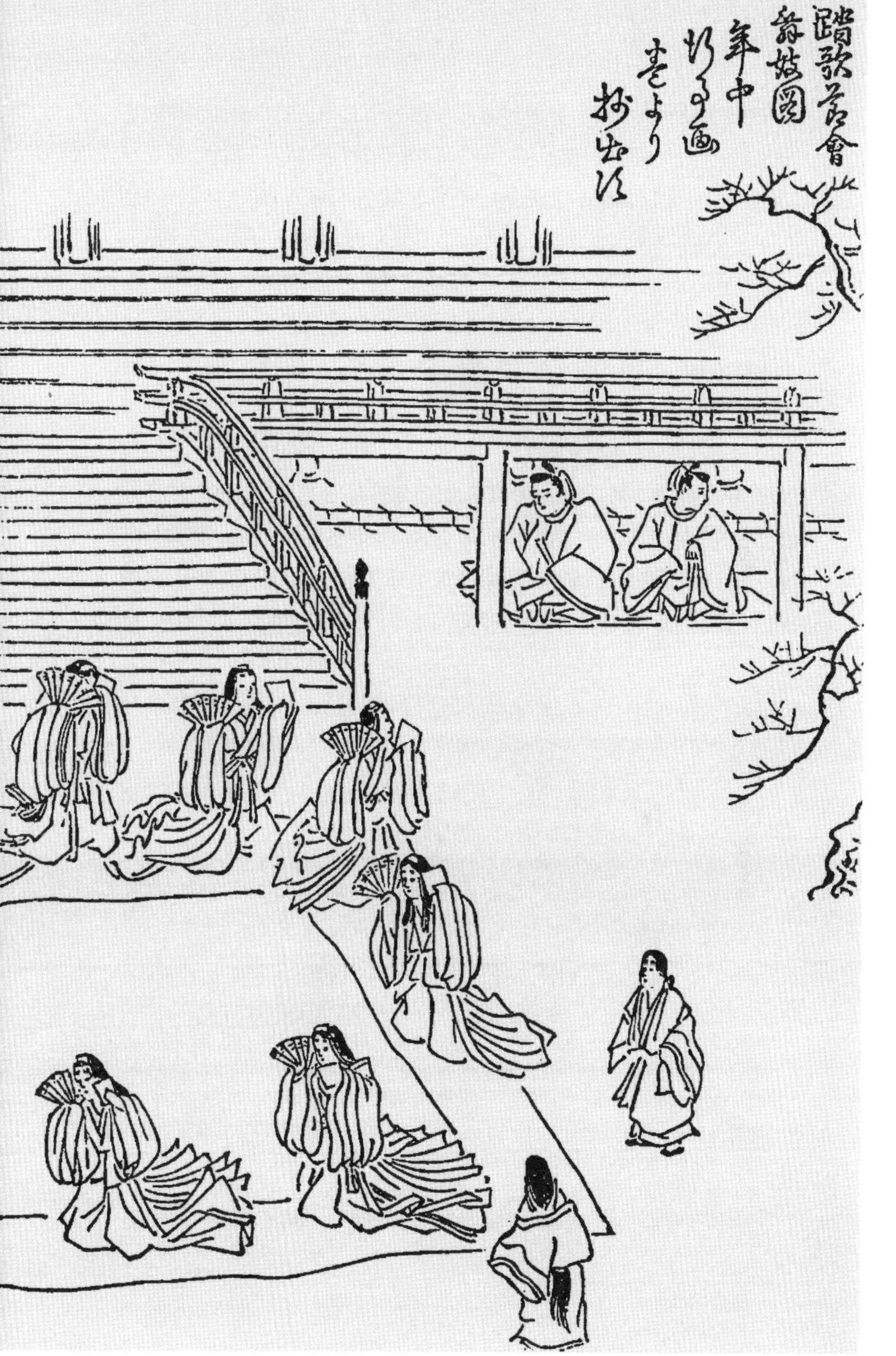

踏歌節會
舞姫図
年中行事画
をより抄出は

가 예물을 올리고 음악을 헌상하였다〉는 기사가 있으며, 무인의 날에는 〈좌위문
(左衛門)[62]과 좌병위(左兵衛)[63]의 두 부(府)가 예물을 올리고 기악(伎樂)을 헌상
하였다〉는 기사, 그리고 『三代實錄』의 조간(貞觀) 3년(861) 4월 을사의 날에는
〈좌우 근위의 악인들을 불러서 북전(北殿)의 동쪽 마당에서 음악을 연주하였다〉
는 기사가 있다. 즉 위부(衛府)의 관리들을 음악에 전담시키고 있는 것이다. 후
세까지 영관(伶官)이 위부의 관에게 명을 내리는 까닭이 여기에 있는 것이다. 이
와 관련해서 헤이안 시대에 어떠한 이유로 무관들이 음악을 맡게 되었는지에 대
해서는 아직 그 해답을 찾지 못했다.

이리하여 엔기(延喜, 901~923) 전후에 이르러서는 일본 고풍인 가구라
(神樂),[64] 아즈마아소비(東遊)[65] 등에도 필률(篳篥)[66]이 더해지고 당악의 대
사를 옮기고, 엄숙한 조회인 정월 초하루와 7일의 행사에서 하던 오우
타와 다치우타도 폐지되어 당악의 다치가쿠(立樂)[67]로 대체되는 일에 관

---

62 左衛門府를 말하며 여섯 위부(衛府)의 하나. 궁궐의 성곽과 문을 경호하며 문의 개
    폐를 담당하고 천황 행차시에도 수행한다. 좌우 두 개의 衛門府가 있었다. 일본어
    음은 '에몽후(えもんふ)'.
63 兵衛府(효에후, ひょうえふ). 좌우 두 개의 좌병위부와 우병위부로 구성되며, 무관
    (武官)들을 관리, 감독하고 천황의 신변경호를 담당한 부서.
64 かぐら(가구라). かむくら(神座 / 가무쿠라)에서 전성된 말이라는 설이 있다. 가구
    라(神樂)에는 크게 조정(궁중)에서 행하여지고 神을 축하하고 공물을 바치는 궁중
    가구라하고 일반 민간에서 마을의 풍년과 건강을 기도하는 민간 가구라의 두 종류
    가 있다.
65 あずまそび(아즈마아소비). 東舞(あずままい / 아즈마마이)라고도 한다. 헤이안
    시대부터 시작된 가무의 하나이며, 처음에는 동쪽지방에서 전개된 민간의 가무였
    으나 후에 조정에서도 하게 되어 궁중악으로서의 형식을 갖추게 되었다. 4명 혹은
    6명으로 진행되는 가무이며, 고마부에(高麗笛), 필률(篳篥), 야마토고토(和琴) 등
    이 사용된다.
66 피리의 일종. 아악의 관악기. 길이 약 18cm의 대나무 관에 자작나무 껍질을 말아놓
    았다. 앞에 7개, 뒤에 2개의 지공(指孔)이 있으며, 세로로 불게 되어 있다. 일본어
    음은 히치리키(ひちりき).
67 아악에서 악사가 모두 일어서서 연주하는 것을 말하며, 반대로 앉아서 하는 것을

해서는 『北山抄』와 『江家次第』 등의 여러 기록을 통해서 알 수 있다.

다이죠에에서는 원래 당악을 사용하지 않았으나, 닌묘(仁明) 천황 즉위 시의 다이죠에와 부라쿠인(豊樂院)에서의 연회 때, 궁전 앞에 모래와 자갈을 모아 수목을 심고 산언덕을 만들어 옥색 비단포를 깔고 부평초열매를 뿌려 바닷가로 삼고, 배를 한가운데 띄워서 어부가 바닷말을 줍는 모습을 재현하며 습취악(拾翠樂)을 연주하였다는 내용이 『體源抄』에 있다. 이는 닌묘 천황이 당악을 특별히 좋아하여 신을 모시는 연회에서도 당악을 사용하도록 했기 때문이다.

다치가쿠(立樂)는 자가쿠(座樂)와 반대되는 명칭이다. 『江家次第』의 정월 초하루에 거행하는 행사의 조에 〈삼헌(三獻)〉을 하고 다치가쿠 담당 악인들이 장락문(長樂門)과 영안문(永安門)[68]을 통해 입장하여 처음에 초시(調子)[69] 쌍조(双調)를 연주하고 그 다음에 음성악(音聲樂)[70]이 참여하고, 대개 춘정악(春庭樂)을 사용한다 치부성 아악료의 악사들이 마당 가운데에 서서 두 곡을 각각 연주하였다. 승명문(承明門) 앞에 서서 춤을 다 추고 퇴장하자, 그 다음엔 음성악이 퇴장하고, 만세악(萬歲樂), 지구(地久), 하전(賀殿), 연희악(延喜樂) 운운) 이라는 내용이 있다. 이상에 의해서 대개의 윤곽을 엿볼 수 있다.

이상에 의해서 조정의 연회에서도 당악의 곡을 기본으로 연주했다는 것을 알 수 있다. 헤이안 이후에는 여기에 일본의 가요인 사이바라(催馬樂)[71]를 더해 '놀이(御遊)'[72]라고 불렸는데 후지와라(藤原) 씨가 대대로 독

이가쿠(居樂, いがく)라 한다. 바로 뒤 원문에서는 '座樂(자가쿠)'라는 말을 사용하고 있으나, 이가쿠(居樂)을 뜻한다.

68 승명문은 남면 정면에 있는 문이고 장락문은 승명문 동쪽에, 영안문은 승명문 서쪽에 위치한 문이다.

69 아악에서 일종의 전주곡.

70 원문에서는 '音聲'으로 표기하고 있으나, 이것은 '音聲樂(온조가쿠, おんじょうがく)'를 말하며, 아악에서의 관현의 악을 말한다. '音聲樂'으로 수정하였다.

71 사이바라. 아악의 가곡의 하나. 나라 시대의 민요를 헤이안 시대에 이르러, 아악의

점한 섭정과 간파쿠(關白)의 시기[73]에는 사탑을 건립하고 공양을 위해서 매우 성대한 악무(樂舞)를 베풀었기에 지존의 상전부터 대신 이하의 귀족, 고관에 이르기까지 모두들 악을 연습하였는데 그 결과 음악의 달인이 꽤 많이 배출된 사실이 『榮花物語』『大鏡』『增鏡』『續世繼』[74] 그리고 그 외에 『枕草子』『源氏物語』 등을 통해서 알 수 있다. 그러다보니 나중에는 음악의 길을 업으로 삼고 대대로 전승하는 집안도 등장하여 악가(樂家)를 이루니, 악가마다 그 전승내용을 잘 보존하고 전승하여 지금에 이르고 있는 것이다. 다음 단에서 언급하겠다. 이상은 다이호(大寶, 701~704) 시대 이후, 일본 고풍과 외국의 음악이 함께 사용된 발자취의 개략이다.

부언하자면 예전에 궁중에는 내교방(內敎坊)[75]이 있었는데 여악을 교습하는 곳이었으며, 주관하는 관리를 별당(別當)[76]이라 하였다.

관현의 영향에 의해서 가곡화하여 조정의 '御遊'에 들어감. 『三代實錄』 조간(貞觀) 1년(859) 10월, 廣井女王 사망의 조에 보이는 기사가 초출. 아시카가(足利) 씨 정권 때 일시 중단되나, 후에 고미즈노(後水尾) 천황 간에이(寬永) 3년(1626)에 니죠죠(二條城) 행차 때 다시 부활하게 된다.

72　ぎょゆう(교유). 궁중에서 천황이나 귀인이 주최하는 관현을 수반한 놀이, 오락.

73　섭정은 천황의 외척이 된 후지와라(藤原) 씨가 어린 천황에 대신해서 실질적인 왕권을 행사하게 되는 것이고, 간파쿠(關白)는 천황을 보좌해서 조정의 중요한 업무를 수행하는 자리인데, 헤이안 시대는 후지와라 씨에 의해서 이들 자리가 대대로 세습되면서 실질적인 왕권을 장악한 시기였다고도 할 수 있다.

74　『榮花物語(에이가모노가타리)』, 『大鏡(오카가미)』, 『增鏡(마스카가미)』, 『續世繼(쇼쿠・요쓰기)』는 모두 일본문학사에서 레키시모노가타리(歷史物語)로 분류되는 작품들로, 후지와라(藤原) 씨의 영화와 그 성쇠를 그리고 있는 작품군이다.

75　ないきょうぼう(나이쿄보). 나라 시대, 헤이안 시대에 궁중에서 무희들을 두고 여악 및 도카를 교습한 기관을 말한다. 참고로 고대 중국에서는 도화가 한창인 3월 3일에 곡수연(曲水宴)에서 도리화(桃李花)를 연주하는 경우가 많았는데, 『樂家錄』에 의하면 이 춤은 '伎女舞'로서 내교방에서 기녀들이 교습한 여자춤이었다고 한다. 단, 이 춤은 지금 전하지 않는다.

76　일본어 원음은 '벳토'. 일반적으로 관청이나 사원에서 장관 또는 승관(僧官)을 말한다.

생각건대 『事物紀源』에 당나라의 『百官志』를 인용하면서 〈부도쿠덴(武德殿) 뒤에 내교방을 둔다〉고 되어 있는 것으로 보아, 이 또한 여악을 교습하는 제도를 받아들인 것으로 보인다.

내교방의 가녀들은 아악료의 가녀들과는 달리, 주로 외국의 악무와 도카를 연습하여 연회 자리에서 선보인다. 『國史儀式』 등의 서적을 보면 정월 7일 하쿠바의 연회 때의 무희, 같은 달 15일의 도카, 같은 달 21일의 내연(內宴)의 여악, 9월 9일의 무희, 번객(蕃客, 외국손님)을 위한 향연에서의 여악 등을 모두 내교방에서 관장한다. 이 하쿠바와 도카는 당나라 고사에서 나온 연회이며, 내연과 9월의 행사에는 문인들이 시(詩)를 헌상하는 예에 따라 당나라의 음악을 사용하는 것일까? 또한 8월의 스마이(相撲)의 연에서는 당악을 사용하는 것이 통례이다. 이는 여악은 아니나, 함께 여기에 열거하였다.

내연은, 『三代實錄』의 조간(貞觀) 2년(860) 정월 21일자에 〈매해 정월 21일 천자께서는 근신들을 모아놓고 연을 열었다. 이 때 문인들을 불러서 시부(詩賦)를 짓게 하였다. 자리를 메운 것은 45명을 넘지 않았다. 내교방은 여악을 연주하였고 친왕 및 귀족과 문인들 그리고 세이료덴(淸凉殿)에 오를 것을 허가받은 이른바 덴죠비토(殿上人) 6위 이상에 대해서 각 신분에 따라 비단을 하사하였다. 그리고 기타 모든 사람에게도 하사하였다〉고 적혀 있는 사실을 통해 대략이나마 그 윤곽을 파악할 수 있다.

한편 번객을 맞이한 향연의 모습은 『三代實錄』의 간교(元慶) 7년(883) 5월 3일자에 부라쿠인(豊樂院)에서 발해의 사신 비정(裴頲) 이하를 향응하는 조에 〈아악료에서 쓰즈미(鼓)와 쇠북(鐘)을 준비하여 이를 맡고, 내교방은 여악을 연주하고, 140명의 기녀가 간본(刊本)에는 30으로 되어 있으나, 고본(古本)에 따른다 번갈아 나아가 춤을 추었다〉는 기록을 통해서 그 일단을 알 수 있으며, 아울러 내교방에 얼마나 많은 기녀가 있었는지도 알 수 있다.

제4장 당과 고구려에서 전래한 악과 일본에서 새로이 만든 악

이 장에서 서술하고자 하는 내용은 전적으로 부가쿠에 관한 것이다. 그러나 여러 악의 기원과 전래 그리고 전고(典故)에 대해서만 언급하며, 율려와 악가(樂家)에 전승되는 내용에 대해서는 이 방면의 전문서적에 양보하기로 하고 자세하게 거론하지 않겠다. 이하, 가구라(神樂), 사이바라(催馬樂), 헤이케비파(平家琵琶), 사루가쿠(猿樂), 조루리(淨瑠璃)에 대해서도 이에 준한다.

오늘날 악가에 전하는 무곡(舞曲)과 음악에는 당나라의 악과 고구려의 악, 그리고 일본에서 새로이 만든 악이 있는데 예로부터 이들을 합쳐서 당악이라 한다. 여기서는 당나라 악과 고구려 악의 구별을 명시하고, 성립에 관한 이야기가 전하는 것만 따로 적겠다. 악명 아래에 일월조(壹越調)는 '壹', 사타조(沙陀調)는 '沙' 일월조의 中임, 평조(平調)는 '平', 대식조(大食調)는 '食' 평조의 中임, 걸식조(乞食調)는 '乞' 대식조의 中임, 성조(性調)는 '性' 상동, 쌍조(雙調)는 '雙', 황종조(黃鐘調)는 '黃', 수조(水調)는 '水' 황종

조의 中임, 반섭조(盤涉調)는 '盤'이라는 표시를 해서 각각에 상당하는 음조를 명시하고 10가지 있는 음조 중에 파생해서 생긴 것이 5개 있기 때문에 원래는 5가지 음조였으나 이것을 세분하였다. 또한 곡의 대·중·소의 표시도 일람할 수 있도록 하였다. 그리고 미처 정리하지 못하여 빠진 부분도 있다. 악 이름 위에 ▼ 표시를 한 것은 『樂家錄』 三十에서 "지금은 단절되었음"이라는 주가 있는 곡이다.

무곡의 기원과 전래를 기록한 것 중에 오래된 것으로 『仁智要錄』 후지와라 모로나가(藤原師長) 작이 있다. 그 다음에 『敎訓抄』 텐푸쿠(天福) 1년 (1233) 고마 치카자네(狛近眞) 저, 『體源抄』 에이쇼(永正, 1504~1521) 때 도요하라 무네아키(豊原統秋) 저, 또한 가까운 것으로는 『樂家錄』 겐로쿠(元祿, 1688~1704) 때 아베 스에히사(安倍季尙) 저, 『新撰樂道類集』 시대 고증 필요함, 우즈마사 마사나(太秦昌名) 편 등의 문헌이 있기에 이들 문헌을 참고로 하여 그 대략을 서술하고자 한다. 이 외에도 중요한 문헌이 있을 것이나, 견문이 미치지 못하기에 어떻게 할 수가 없다.

[당나라에서 전래한 악] 좌방에 속함. 좌우방에 대해서는 다음에 서술하겠다.

【진무(振舞)】 또는 '진모(振鉾)'라고도 한다. 『內裏式』과 『延喜中務式』에는 '염무(厭舞)'라고 표기하고 있다. 이것이 원래 글자이다. 부가쿠가 시작할 때 좌우의 영인이 창(鉾)[1]을 들고 반드시 이 춤을 춘다. 주나라의 무왕(武王)이 은나라의 주(紂)를 칠 때, 목야(牧野)에서 다짐을 하고 신에게 제사를 지낸 보습을 묘사한 것이라 한다. 『敎訓抄』 전래의 자세한 사정에 대해서는 알 수 없음.

---

1   '鉾'는 일본어로 '호코'라 하고 '창'은 보통 '야리(槍)'이나, 여기서는 편의상 '호코'를 '창'으로 해석했다. '호코' 또는 '야리'와 마찬가지로 양날을 세운 검(劍)을 긴 자루에 단 창 같은 무기이며, 끝이 세 갈래로 째어진 것도 있는데 이 경우 삼지창(三枝槍) 등으로 옮길 수 있다. '호코'와 '야리'는 거의 같은 무기이나 '호코'가 일반적으로 '야리'보다 크기가 작으나 이것 또한 반드시 그런 것도 아니다.

▼【황제파진악(皇帝破陣樂)】壹, 大, '무덕태평악(武德太平樂)'이라고도 한다. 당 태종이 작곡했다고 함. 몬무(文武) 천황 때 견당사인 아와타 미치마로(粟田道麻呂)가 이 곡을 전하였으며, 닌묘(仁明) 천황 때에 후지와라 쇼카쓰(藤原諸葛)가 고안을 해서 더욱 발전시켰다고 함. 『敎訓抄』

▼【단란선(團亂旋)】壹, 大, 또는 '단란전(團蘭傳)'이라고도 표기한다. 작자는 미상. 당 현종의 후궁이 만들었다는 이야기도 전한다. 한편으로 피리의 악보(笛譜)에 닌묘(仁明) 천황 시대에 오베노 마나와(大戶眞繩)[2]가 이 곡을 만들었다고 적혀 있는데 이는 사실인가? 이 곡은 황제파진악(皇帝破陣樂)과 함께 전한 곡임. 『敎訓抄』

【춘앵전(春鶯囀)】壹, 大, 일명 '천장보수춘앵전(天長寶壽春鶯囀)' 『樂道類集』에서 『唐會要』을 인용, 또는 '천수악(天壽樂)', '장수악(長壽樂)'이라고도 한다. 당 태종이 제작했다고도 한다. 또한 합관청(合菅靑)[3]이 만들었다고도 한다. '황제파진악(皇帝破陣樂)'과 함께 전래했다고 한다. 『體源抄』 또한 당의 고종이 악공(樂工)인 백명달(白明達)에 명하여 꾀꼬리 소리를 모사해서 만들게 했다는 설이 있다. 『樂家錄』에서 『敎坊記』를 인용 닌묘(仁明) 천황 시대에 오와리 하마누시(尾張濱主)[4]가 115세 때에 이 춤을 추었다는 사실이 역사서에 보인다.

2 　헤이안 시대의 악인이며 피리의 명수였다고 함. 추풍악(秋風樂), 해청악(海靑樂), 일단교(壹團嬌), 감추악(感秋樂), 승화악(承和樂) 등을 작곡했다고 함.
3 　미상.
4 　733~? 헤이안 시대 전기의 악인(樂人). 일본 아악의 형성에 많은 공을 세웠으며, 拾翠樂, 應天樂 등의 舞를 만들었다고 하며, 113세의 고령에도 경쾌하게 춤을 추었다고 전한다.

▼【옥수후정화(玉樹後庭花)】壹, 中. 진나라의 후주(後主)가 만들었음. 『敎訓抄』에서 『杜氏通典』을 인용. 견당사의 직책이 소부(掃部)의 두(頭)[5]인 후지와라 사다토시(藤原貞敏)가 당의 염승무(廉承武)에 사사하여 이 곡을 전하였다. 『體源抄』

【난능왕(蘭陵王)】沙, 中. '나능왕(羅陵王)'이라고도 표기한다. 북제의 난능왕 장공(長恭)이 항상 가면을 쓰고 적과 대적하였다. 이전에 주나라의 사(師)를 금용(金墉)의 성 아래에서 무찔러 용삼군(勇三軍)이라 불렀다. 제나라 사람들은 이를 장하다 칭송하며 춤을 만들어서 그 지휘격자(指麾擊刺)의 모습을 흉내 냈다. 이를 난능왕 입진(入陣)의 곡이라고 한다. 『體源抄』에서 『杜氏通典』을 인용.[6] 어떤 악보에는 이 곡은 임읍국(林邑國)의 승려 불철(佛哲)이 일본으로 전해 도쇼다이지(唐招提寺)에 둔다고 전한다. 『舞曲口傳』

【하전(賀殿)】壹, 中. 작자 미상. 닌묘(仁明) 천황의 조와(承和, 834~848) 때에 견당사 후지와라 사다토시(藤原貞敏)가 비파(琵琶)로 이 곡을 배워 전하였다. 닌묘(仁明) 천황의 가쇼(嘉祥, 848~851) 때에 적사(笛師) 와니베 오타마로(和爾部大田麻呂)가 왕명을 받들어 '가상악(嘉祥樂)'을 만들었다. 다시 왕명을 내려 '가상악'을 파(破)로 하고, '하전'을 급(急)으로 하고, '가릉빈(伽陵頻)'의 급(急)을 미치유키(道行)[7]로 하고, 이들 세 곡을 합쳐서

---

5   소부의 두(頭) 즉 '가미'. 장(長)을 뜻한다.
6   舊唐書音樂志云 : 代面出於北齊, 北齊蘭陵王長恭, 才武而面美, 常著假面以對敵, 嘗擊周師金墉城下, 勇冠三軍, 齊人壯之, 爲此舞以效其指麾擊刺之容, 謂之曰蘭陵王入陣曲.
7   어떤 목적지에 도달하기까지의 가정을 말하는데, 그 사이에 전개되는 서경에 관한 묘사 또는 그 곳에 연이 있고 없고 등의 주제와 연관되는 내용을 전개하는 과정. 수

하나의 악으로 만들었다. 하야시 마쿠라(林眞倉)가 춤을 만들었다고
한다. 『敎訓抄』

【삼대염(三臺鹽)】 平, 中, '천수악(天壽樂)'이라고도 함. 『體源抄』 측천황후 작
이며, 이누가미 고레나리(犬上是成)가 조정에 전하였다고 한다. 『仁智要
錄』 알아보니, 한나라의 때에 '삼대곡(三臺曲)'이 존재했다는 사실이
『事物紀原』에 확인되며, 송나라 태종 때에 백관(百官) 연화 자리에
'삼대곡'을 연희했다는 기록이 『文獻通考』에 보인다. 일본에 전래된
것들 중 많은 것들이 당나라 때의 악이기 때문에 지금 전하는 '삼대'
는 측천황후의 작이라고 보아야 할 것이다. 『樂道類集』

【만세악(萬歲樂)】 平, 中, 수의 양제(煬帝)가 대악령(大樂令)인 백명달을 시
켜서 만들었다. 『樂道類集』에서 『樂府雜錄』을 인용, 『仁智要錄』 전래된 상황에
대해서는 알 수 없다. 일설에 측천황후가 만든 '조가만세악(鳥歌萬歲樂)'
『體源抄』에서 『杜氏通典』을 인용 등이 있으나, 이것은 반섭조이기 때문에
다른 곡임이 분명하다. 『樂道類集』

【이두악(裏頭樂)】 平, 中, 당의 이덕우(李德祐)가 만들다. 舞인가. 또한 한의
명제가 만든 것이라고도 한다. 악인가, ○『敎訓抄』, 『體源抄』 전래의 상세
한 내용에 대해서는 알 수 없음.

【황장(皇麞)】 平, 中, 당의 경용(景龍, 707~710) 시대에 서쪽의 오랑캐가 모

사기교를 구사한 음문인 경우도 많고, 무용으로 표현하는 경우도 있다. 부가쿠(舞
樂)의 경우는 연희자가 무대 위로 올라와서 지정된 위치까지 이동할 때까지의 시
간, 또는 그때 연주하는 음악을 말한다.

반을 일으키자 재상 왕효걸(王孝傑)이 이를 정벌하였다. 황장곡(黃章谷)에서 싸우다가 전사함. 중종이 그의 충을 기리기 위하여 이 곡을 만들었다.『樂道類集』에서『醉鄕日月』을 인용. 전래의 상세한 내용에 대해서는 알 수 없음.

【오상악(五常樂)】平, 中, 일명 '예의악(禮義樂)'이라고 하며 '오성악(五聖樂)'이라고도 한다. 당의 정관(貞觀, 627~649) 시대 말엽에 태종이 악곡의 그림을 제작하였다고 한다. 전래의 상세한 내용에 대해서는 알 수 없음.『敎訓抄』

【희춘악(喜春樂)】黃, 中, 일명 '희심악(喜心樂)'이며 '농전희춘악(弄殿喜春樂)'이라고도 한다. 진나라의 숙흥(肅興) 공의 작이라 한다. 당나라 때 입춘 날에 동궁에서 이 곡을 연주하였다. 그래서 이러한 이름이 붙었다고 한다. 다이안지(大安寺)[8]의 승려 안소(安操)의 작이라고도 하며, 세이와(清和) 천황 때 승려 교코(行敎)[9]가 하치만신(八幡神)을 우사(宇佐)에서 이와시미즈(石清水)로 옮겼을 때 만들었다는 이야기는『敎訓抄』일본에서 처음으로 이 곡을 연주한 사실을 그렇게 전한 것이다.

【적백도이화(赤白桃梨花)】黃, 中, 일본에서 3월에 열리는 곡수(曲水)의 연

8　구다라다이지(百濟大寺).

9　헤이안 시대 다이안지의 승려. 출가 전에 대해서는 미상. 덴안(天安) 2년(858)에 후지와라 요시후사(藤原良房)의 외손인 고레히토(惟仁) 친왕(후에 세이와 천황으로 즉위)이 천황 자리에 즉위하도록 기도하기 위해 규수(九州)의 우사하치만궁(宇佐八幡宮)에 파견될 예정이었다. 그러나 친왕이 천황 자리에 즉위하게 되어, 이번에는 천황을 수호하기 위해서 우사하치만궁에 90일간 머물며 기도했다. 859년의 일이다.

(宴)[10]에서 반드시 이 곡을 춘다. 『貞保親王笛譜』 본기녀(本妓女)의 무(舞)라 한다. 『敎訓抄』 일본에서도 내교방에서 이 곡을 연주한다. 무가 전하지 않으므로 앙궁악(央宮樂)의 무를 사용한다. 『樂道類集』에서 『古記』를 인용.

▼【추풍악(秋風樂)】盤, 中, 작자 미상. 당나라에서 전래되었을 당시에는 지금의 제1첩뿐이었으나, 사가(嵯峨) 천황 때에 칙명을 내려 당시의 오토나(乙魚)가 제2첩과 3첩 부분을 만들었다. 그러한 까닭에 일본 제작곡이라는 설도 있다. 『樂道類集』 『樂家錄』

【윤대(輪臺)】盤, 中, 작자 미상. 당나라의 변방에 룬대현(輪臺縣)이라고 있다. 이 지역의 악인가. 혹은 당나라의 개원(開元, 713~741), 천보(天寶, 742~756) 시대의 작이라는 설도 있다. 『樂道類集』 닌묘(仁明) 천황 때에 요시미네 야스요(良峯安世)가 칙명을 받들어 만들었다는 설은 『樂家錄』에서 『南宮橫笛譜』을 인용 일본에서 처음으로 이 곡을 연주했음을 말하는 것인가.

【청해파(青海波)】盤, 中, '조향악(鳥向樂)'이라고도 한다. 원래 용궁의 악이었던 것을 나로(羅路) 바라문이 배워서 한제(漢帝)가 이것을 전했다고 한다. 이 곡, 예전에는 평조였으나, 조와(承和) 시대에 칙명에 의해서 반섭조로 변경되었으며, 와니베 오타마로(和爾部大田麻呂)가 악을 만들고, 요시미네 야스요(良峯安世)가 무를 만들고, 오노노 다카무라(小野篁)가 시를 만든 것으로 짐작된다. 『敎訓抄』

---

10   이른바 '유상곡수'(流觴曲水).

【채상로(採桑老)】盤, 中, 원래 삼주(三州)의 곡이었다. '삼주가(三州歌)'는 파릉(巴陵) 지방과 3대 강 주변의 여러 상객들이 만들어 불렀다고 한다. 『樂道類集』에서 『杜氏通典』을 인용 일설에 백제에서 채상(採桑)을 하는 노인이 노쇠한 모습을 집어넣었다고도 한다. 『樂家錄』 요메이(用明) 천황 때에 오가 긴모치(大神公持)가 처음으로 전했다고 한다. 『樂家錄』에서 『舊記』을 인용 지금도 텐노지(天王寺)에 전하는 무(舞)이다.

【진왕파진악(秦王破陣樂)】乞, 中, 일명 '신공파진악(神功破陣樂)', 또는 '대정대평악(大定大平樂)', 또는 '칠덕무(七德舞)'라고도 한다. 『樂道類集』 당 태종이 진왕(秦王)이었을 때에 유무주(劉武周)를 정벌하여 공을 세웠다. 군중상(軍中相)과 '진왕파진악(秦王破陣樂)'을 만들었다. 즉위하자, 연회에서는 반드시 이 곡을 연주하였다. 아울러 파진악의 그림을 제작하였다. 악사 120명으로 하여금 갑옷을 입게 하고 창을 들고 '來往疾徐擊刺'의 모양을 연기하게 하였다. 그 후에 위징(魏徵), 우세남(虞世南) 등에 명하여 가사를 바꾸게 하고 '칠덕무'라 명명하였다. 당의 3대 춤의 하나이다. 『體源抄』, 『樂道類集』에서 『唐書樂志』을 인용, 『唐會要』, 『杜氏通典』 전래의 상세한 내용에 대해서는 알 수 없음.

【환성악(還城樂)】乞, 中, 당의 현종이 위후(韋后)를 처형하고 장안성으로 돌아가서 이 곡을 만들었다. 그래서 '환성악'이라 한다. 『樂家錄』에서 『篳篥說』을 인용 일설에 서이(西夷) 사람들이 뱀을 즐겨 먹는다고 한다. 뱀을 찾아 잡으면 춤을 추고 기뻐하였다. 그 모습을 모사하여 이 무(舞)를 만들었다. 그러한 까닭에 견사악(見蛇樂)이라고도 한다. 『教訓抄』

【경배악(傾盃樂)】食, 당나라 정관(貞觀) 원년(627)의 내연(內宴)에서 장손

무기(無忌)가 이 곡을 만들었다. 『樂道類集』에서 『唐書樂志』을 인용, 『醉鄕日月』 일설에 당 선종이 친히 이 곡을 만들었다고도 전한다. 『樂道類集』에서 『樂府雜錄』을 인용. 전래의 상세한 내용에 대해서는 알 수 없음.

【하왕은(賀王恩)】 食, 中. 당 양주의 진종숙(陳宗肅)이 만들었다고도 하며 『樂家錄』에서 「笛說」을 인용, 사가(嵯峨) 천황 때의 오이시 미네요시(大石峯良)가 만들었다고도 한다. 『敎訓抄』

【태평악(太平樂)】 食, 中. 일명 '무장파진악(武將破陣樂)'. 또는 '무창악(武昌樂)', 또는 '건무(巾舞)'라고 하며 '홍문곡(鴻門曲)'이라고도 한다. 초나라의 항장(項莊)과 항백(項伯)이라는 두 사람이 홍문회(鴻門會)에서 춘 검무를 모사한 것이라고 한다. 또한 『唐書』, 『唐會要』 등에 당의 '입부기(立部伎)', '팔부악(八部樂)' 두 개를 '태평악(太平樂)'이라고 하나, 이것은 '오방사자무(五方獅子舞)'라고 하여 사자를 추게 하는 악이기 때문에 이름은 동일하나 악은 다른 것이다. 지금 전하는 것은 이들 세 악을 합쳐 하나의 무곡(舞曲)으로 만든 것이다. 미치유키(道行)는 초코시(朝小子)이다. 파(破)는 '태평악(太平樂)'이다. 급(急)은 '합환염(合歡鹽)'이다. 『敎訓抄』 『體源抄』

【타구악(打毬樂)】 食, 中. 당의 남탁(南卓)이 만들었다고 한다. 『敎訓抄』 또한 황제(黃帝)가 만든 곡이라고도 한다. 옛날 일본의 고사쓰키에(小五月會) 때에 경마 옷차림의 무인(舞人) 40명이 공(毬子)을 긁어서 연주하였다. 전래의 상세한 내용에 대해서는 알 수 없음. 『敎訓抄』

　　당나라로부터 전래된 악은 대충 이상과 같다. 여기부터는 천축과 임읍(林邑) 등에서 전한 악을 적겠다. 이들 곡 중에는 당나라로부터 전래된 것이 많을 것으로 생각되기 때문이다.

▼【보살(菩薩)】壹, 中, 임읍국(林邑國)[11]의 악. 바라문 승려 그리고 불철(佛哲)[12] 등이 일본에 전하였다. 『仁智要錄』『教訓抄』에서 말하기를 〈근래 보살무(菩薩舞)가 단절되었다. 단 다이교도(大行道) 때 일고(一鼓)[13]를 치고 '가모노무나소리노테(鴨のむなそりの手)'[14]는 보살 춤의 것(동작)이다〉라는 내용으로 봐서 이 춤이 단절된 지 오랜 시간이 흘렀음을 알 수 있다.

【가릉빈(迦陵頻)】壹, 中, 천축의 기원정사(祇園精舍)[15] 공양의 날에 가릉빈(迦陵頻) 새 이름임 이 날아와서 춤을 출 때 '묘음천축곡(妙音天竺曲)'을 연주하였는바 이를 이후에 아난(阿難)이 전했다고 한다. 원래 임읍국(林邑國)의 악이었으나, 바라문 승려가 당나라에 전하였고, 이것이 다시 일본에 전한 것이다. 『教訓抄』

---

11   지금의 베트남 지방. Kingdom of Champa.
12   나라 시대에 일본으로 건너온 도래승. 임읍국(林邑國) 출신이며, 당나라 개원(開元, 713~741) 시대에 당나라에 체류하고 있었으나 당시 당에 건너간 일본 승려의 초청으로 726년에 일본으로 건너왔다.
13   일본어 음은 잇코(いっこ). 일본 아악에서 장고를 작게 한 모양의 작은 북 하나를 목에 걸고 한 손으로 북을 잡고 나머지 한 손을 채로 치는 북.
14   『教訓抄』卷第七에 '가모노무나소리고토(鴨胸ソリ事)'라는 항목을 두어 이에 관해서 설명하고 있다. 북 좌우를 누르고 약간 고개를 숙이고 잘게 10척 정도 걸은 뒤 멈춰 선 다음, 몸을 뒤로 젖히면서 가슴을 위로 젖혀서 주저앉듯이 앉는데 그것을 8박자 사이에 하라고 되어 있다. 오리 가슴이 젖혀서 휘듯이 신체적 움직임을 박자에 맞추어서 하라는 지시로 읽힌다. '소리'는 '反る(소루)'의 활용 '反り(소리)'인 것 같다.
15   일본어 음은 기온쇼자(ぎおんしょうじゃ). 석가가 설법을 행한 장소. Jetavana Anathapindadasya-arama.

【호음주(胡飮酒)】 壹, 小, 일명 '연음악(宴飮樂)'으로 어떤 설에 의하면 호국(胡國)의 악이라 한다. 호국 사람들이 술을 마실 때의 모습을 모사하여 무곡으로 만들었다고 한다. 즉 무인(舞人)이 지니는 북채(桴)는 술병(酒杓)이라고 한다. 일설에 닌묘(仁明) 천황의 조와(承和) 시대에 칙명을 받들어 악은 오베 기요가미(大戶淸上)가, 무(舞)는 오베노 마나와(大戶眞繩)가 만들었다고도 한다. 그렇다면 일본에서 개작한 것인가? 『教訓抄』

【안마(安摩)】 沙, 中, 일명 '음양지진곡(陰陽地鎭曲)'. 천축의 악이었던 것을 조와(承和) 시대에 오베 기요가미(大戶淸上)가 칙명으로 그 가락과 가사를 바꾸었다고 한다. 무인(舞人)의 가면은 참새의 모습에서 따왔다고 한다. 『教訓抄』

【니노마이(二ノ舞)】 沙, 小, 안마(安摩)의 쓰가이마이(番舞)[16]로 경우에 따라서는 우방의 쓰가이마이로도 사용한다. 노인은 에미멘(咲面), 노파는 하레멘(腫面)을 착용한다. 『教訓抄』에 '地祇神醉舞之象' 즉 지기(地祇)와 신이 춤에 취한 모양이라 하여, 안마(安摩)와 마찬가지로 지진곡(地鎭曲)이라는 점 말고는 그 외의 자세한 전래를 알 수 없다.

【배려(倍臚)】 平, 中, 일명 '배려파진악(倍臚破陣樂)'. 방패와 검을 들고 춤을 춘다. 호국 사람 반랑(班朗)이 만든바, 임읍국(林邑國)의 악이었던 것을 쇼무(聖武) 천황 때 바라문 승려 보살과 불철(佛哲) 등이 이를 전하였다. 『仁智要錄』 도쇼다이지(唐招提寺) 4월 8일의 배려회(倍臚會)에 이 곡을

16 부가쿠에서 좌방의 춤과 우방의 춤을 하나로 묶어서 이치방(一番)으로 연주하는 것을 말한다. 예를 들면 左方의 万歲樂과 右方의 연희악(延喜樂)을 一番으로 한다는 식이다. 즉 여기서는 니노마이(二ノ舞)하고 안마(安摩)가 세트로 묶인다는 뜻이다.

연주하는 것은 간신(鑑眞)[17] 스님이 전하는 바에 의한 것이라 한다. 『敎訓抄』

【산수파진악(散手破陣樂)】食, 中, 천축의 악이다. 석가 탄생 때에 사자악왕(師子喔王)이 만든 춤이라고 하며, 또한 솔천명신(率川明神)이 신라의 군사를 평정한 환희의 모습을 그린다 『敎訓抄』 는 설도 있으나 믿기 어렵다. 『樂家錄』에 적보(笛譜)를 인용하면서 〈양반자(陽斑子)가 적진을 격파하는 모양이며, 홍양성(興陽聲)이 악을 만들었다. 중천축아라국(中天쓰阿羅國)의 악이다〉는 기사가 보인다. 약간의 근거가 있을 뿐이다.

【발두(拔頭)】乞, 小, 일명 '종비악(宗妃樂)'. 질투에 의해 귀신이 된 당나라 황후가 루에 감금되자 루를 뚫고 나와 추었던 춤의 모습 『體源抄』에서 『杜氏通典』을 인용 을 모사한 것이라고 한다. 『敎訓抄』 또한 맹수가 아버지를 물어뜯자 그 아들이 맹수를 찾아 죽이는 모습이라고도 한다. 원래 임읍(林邑)의 악이었으나 바라문 승려와 불철(佛哲)이 이 곡을 전하였다. 『敎訓抄』 『元亨釋書』

【소합향(蘇合香)】[18] 盤, 大, 천축의 악이다. 옛날 소합향초(蘇合香草)로 병

---

17 당나라 양주(揚州) 강양현(江陽縣) 출생. 14세에 출가, 율종(律宗)과 천태종(天台宗)을 배웠다. 당나라에 건너온 일본의 학승(學僧)의 간청에 의해서 754년에 일본으로 건너 쇼무(聖武) 천황의 환대를 받았다. '鑑眞'이라고 표기하기도 함.

18 이 곡은 간무(桓武) 천황 엔랴쿠(延曆) 시대(782~805)에 견당사 중 舞生인 와니베시마쓰구(和邇部島継)가 전한 것으로 되어 있는데, 그 유래는 천축의 阿育王(아쇼카왕)이 병환으로 쓰러졌을 때 蘇合草라는 약초를 복용해서 쾌유하였다고 한다. 이것을 덕으로 여기고 스스로 악곡을 만들었으며, 신하인 育竭에게 舞를 만들게 했다고 전해진다. 지금도 菖蒲甲라는 蘇合草 모양의 갑옷을 착용하고 舞에 임한다.

환을 치유한 아육왕(阿育王)을 경하하기 위해 곡을 만들고, 육갈(育竭)
이라는 사람이 춤을 만들었다. 즉 소합향초의 잎을 갑옷으로 여긴다
고 한다. 엔랴쿠(延曆) 시대의 견당사 무생(儛生)이었던 와니베 시마쓰
구(和邇部島繼)가 이 춤을 전하였다. 그런데 삿토(颯踏)를 잊어버렸다.
그래서 이 부분을 제외하였다고 한다. 『敎訓抄』

【만추악(萬秋樂)】盤, 大, 여래가 이 세상에 계셨을 시대에 미륵보살이
이 곡을 만들었다. 그래서 '자존만추악(慈尊萬秋樂)'이라 한다. 쇼무(聖
武) 천황 때에 바라문 승려가 이를 전하였다. 『萬秋樂秘記』 파(破)는 니치
조쇼닌(日藏上人)[19]이 만들었다. 『敎訓抄』

【소막자(蘇莫者)】盤, 엔노교자(役行者)[20]가 오미네산(大峰山)에서 피리를
불자, 산신이 나타나 이 춤을 추었다고도 하며, 쇼토쿠타이시(聖德太子)
가 가와치(河內)의 가메세(龜瀨)에서 말 위에 앉아서 샤쿠하치(尺八)[21]를
부르자 산신이 춤을 춘데서 비롯한다고도 전한다. 『敎訓抄』 지금 생각
해보건대 천축의 춤이 아닌가 하는 생각이 든다. 그래서 이 곡을 이
곳에 두었다.

【사자(獅子)】 이것은 원래 기악이었던 것을 법회에서 '보살(菩薩)', '가릉
빈(迦陵頻)' 등과 함께 공연한다. 따라서 사용악기는 피리(笛), 다이코(太

---

19 9세기 초, 일본을 대표하는 슈겐샤(修驗者). 슈겐샤는 험난한 산악에서 수행을 하
    는 자.
20 산악신앙의 수행자. 슈겐도(修驗道)의 시조. 전설적인 인물이며 야마토의 가쓰라
    기산(葛城山)에 살며 수행을 했다고 함.
21 대나무 통으로 만든 구멍이 앞에 4개, 뒤에 1개이며 정식 길이는 1자 8치(54㎝)인
    피리의 일종.

鼓, 북), 징(鉦), 쓰즈미(鼓)뿐이다. 이 피리는 고베(小部) 씨의 가업이라는 내용이 『敎訓抄』에 확인된다. 제11장에서 사자무(獅子舞)에 관한 내용을 참조바람.

[고구려에서 전래한 악] 우방에 속한다.

▼【신조소(新鳥蘇)】壹, 大, 작자와 전래 모두 알 수 없음. 『舞曲口傳』에 下春이라는 자가 전하였다는 기사가 있으나 시대가 분명치 않다.

【고조소(古鳥蘇)】壹, 大, 앞의 曲과 同.

【퇴주독(退走禿)】壹, 大, '퇴숙덕(退宿德)'이라고도 한다. 작자와 전래에 대해서는 모두 미상.

▼【진주독(進走禿)】壹, 大, '진숙덕(進宿德)'이라고도 한다. 앞의 곡과 마찬가지로 미상.

【황인(皇仁)】壹, 準大, '황인정(皇仁庭)'이라고도 한다. 작자 및 전래에 대해서는 앞의 곡과 마찬가지로 미상. 동궁이 성인이 되어 '희춘악(喜春樂)'을 연주하면 이를 받아 이 곡을 연주하였다. 『敎訓抄』

【박모(狛桙)】壹, 中, 고구려에서 일본으로 건너오는 배의 모습과 상황을 묘사한 곡이다. 그래서 일본에서는 연못가 등에서 뱃놀이를 할 때 동부만회(童部蠻繪)의 의상으로 노를 젓는다. 그러한 까닭으로 '사오모치노 마이'(노를 가진 舞)라고도 한다. 『敎訓抄』

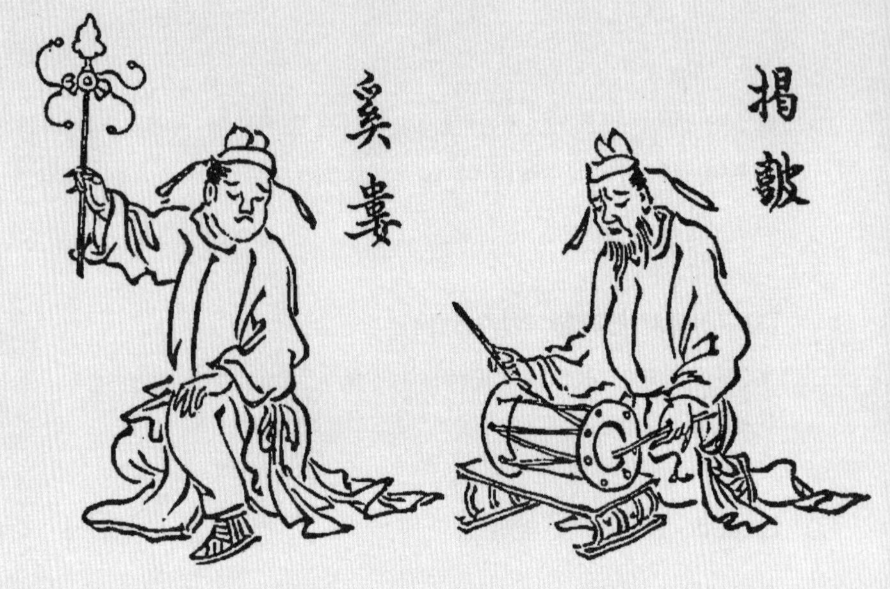

奚婁 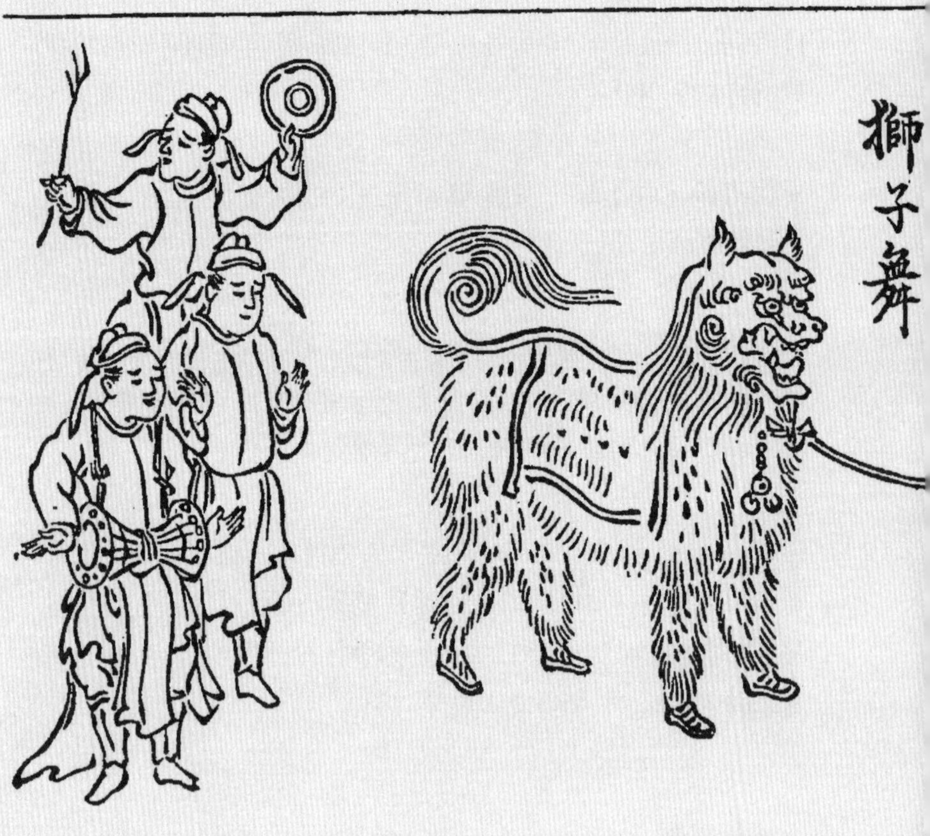
揭皷
獅子舞

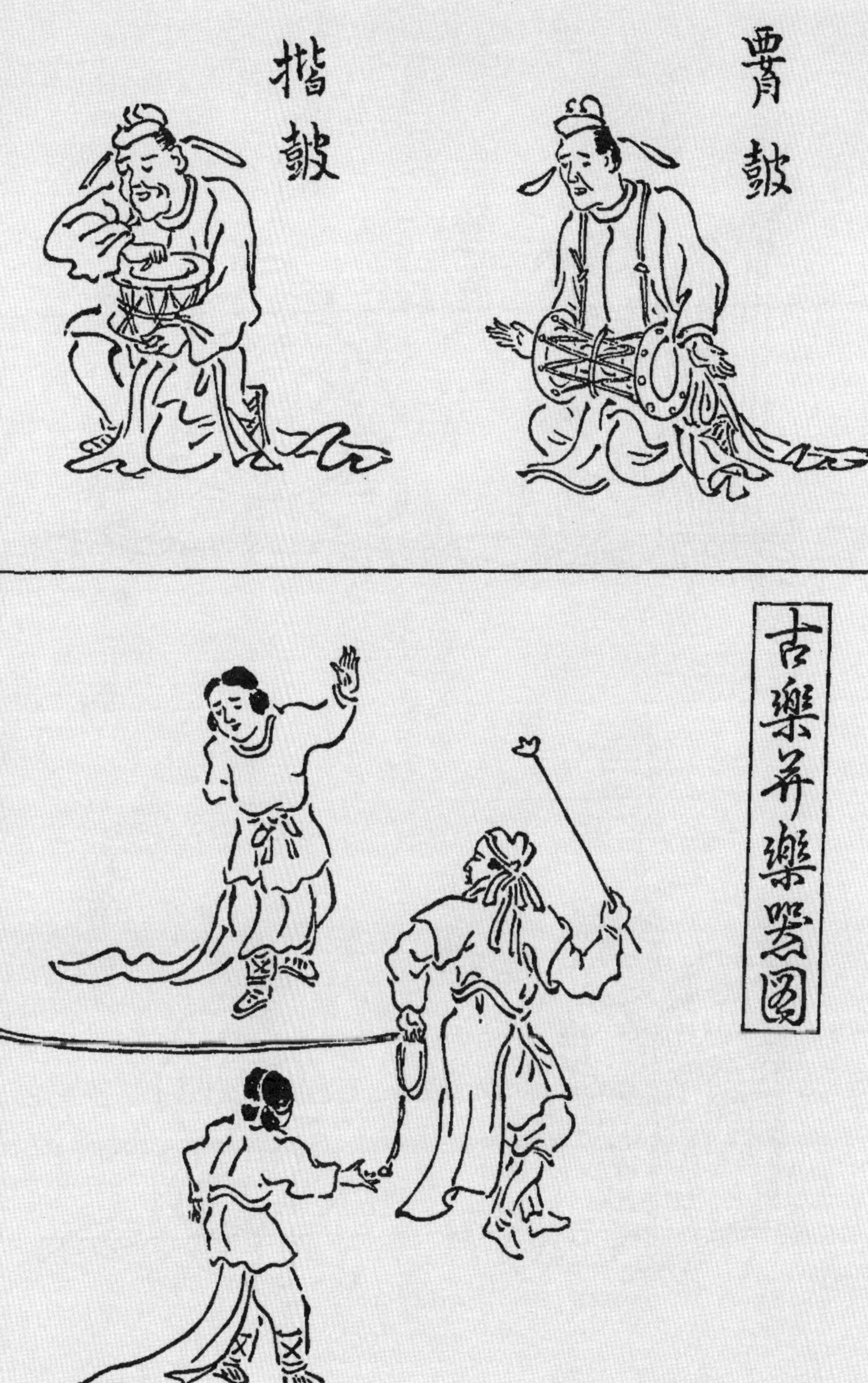
楷鼓
晉鼓
古樂并樂器圖

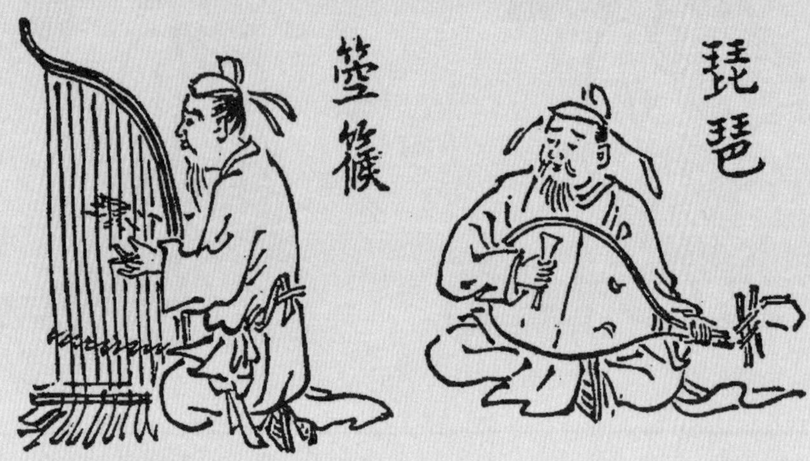

箜篌
琵琶

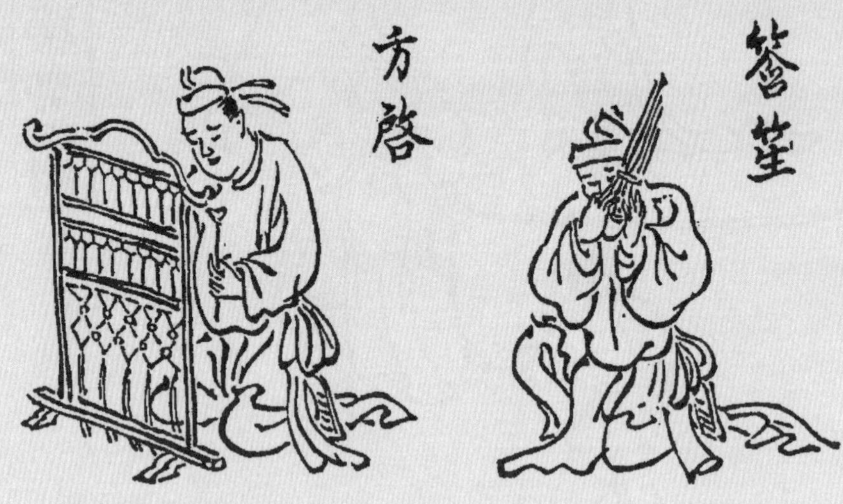

方響
觱篥

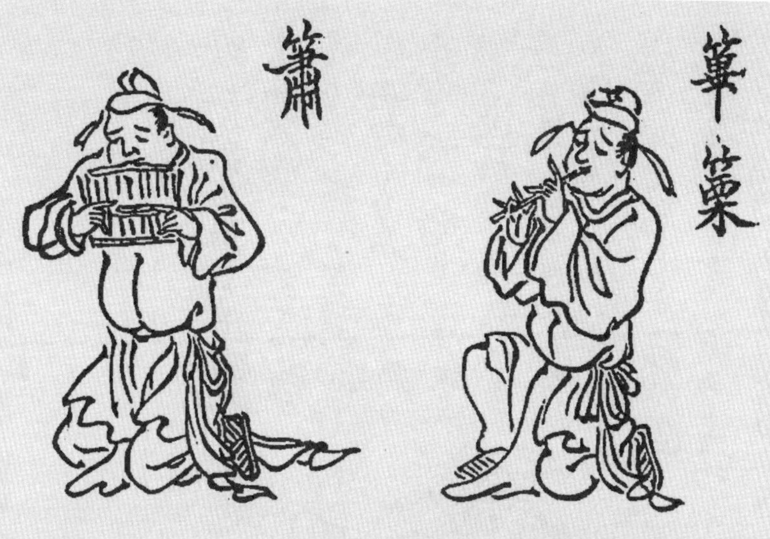
簫
華簫

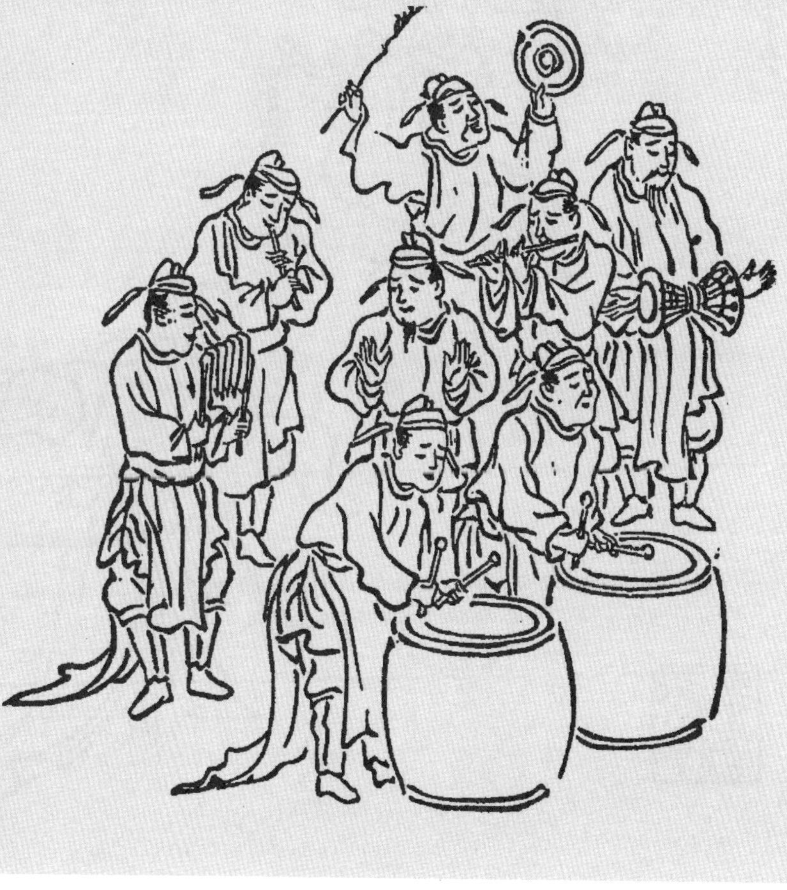

此三葉の画を信西入道
古楽図といへる画巻
より抄出せりはもとを
世ふかくいふふ共其の
中まいや御言入居本
故あるべし筆者詳あら
ざれど信西入道の時代より
古き物と思をる諸の関
あまりあれどもさて其二つ
三つを出せり樂人の圖を舉奉
たる古き樂器のたうきを示さんため

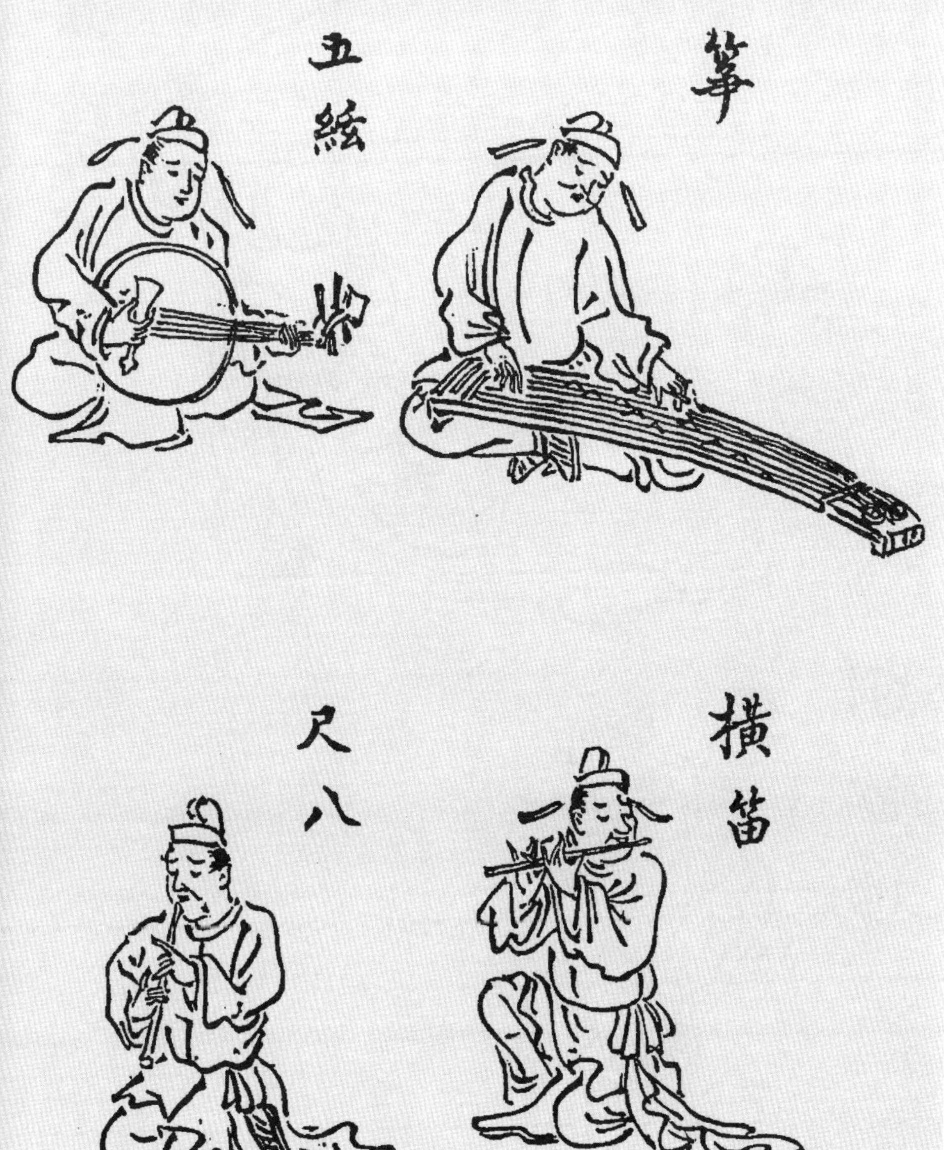

五絃
箏
尺八
横笛

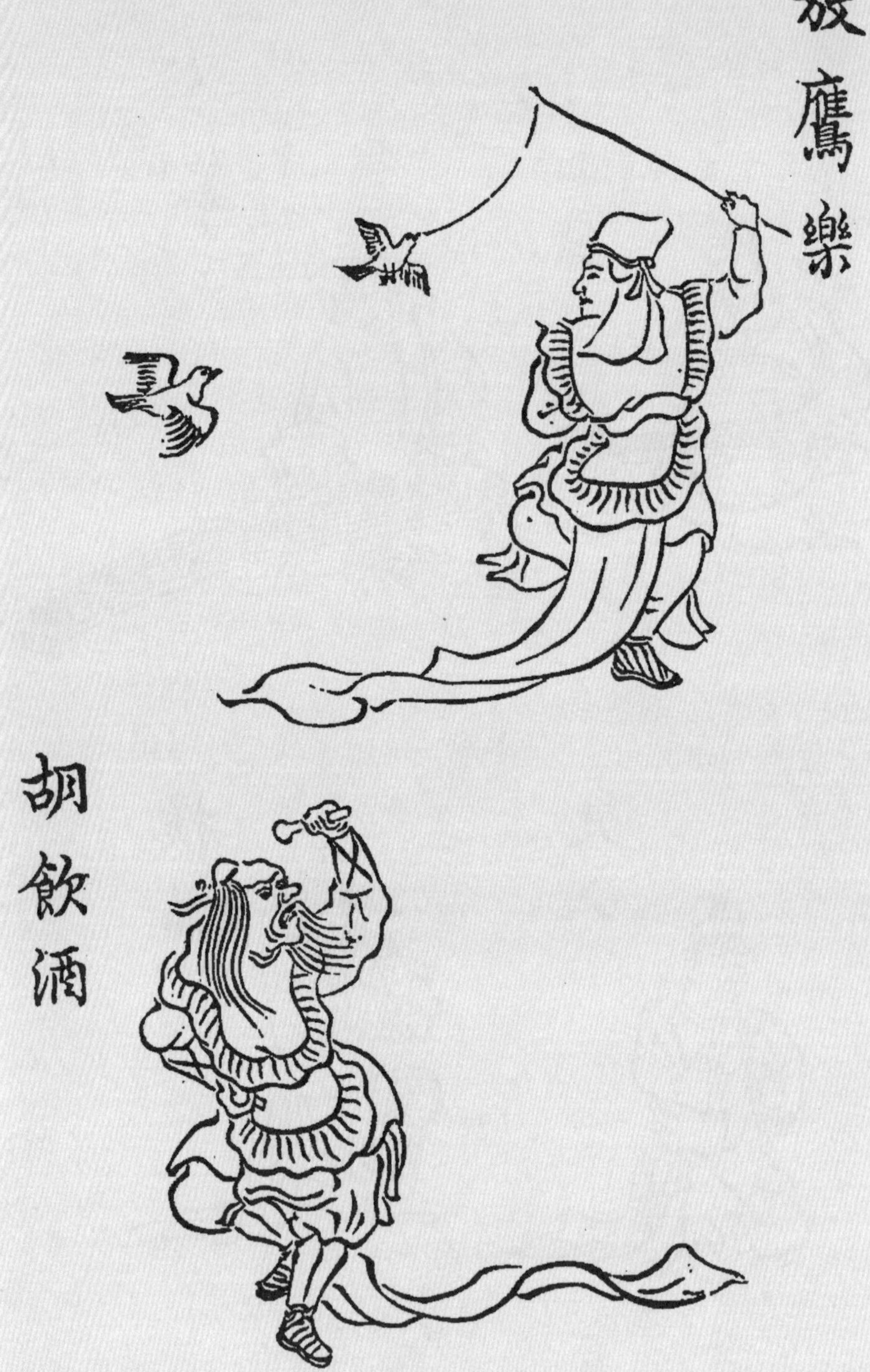
放鷹樂
胡飲酒

【귀덕(貴德)】壹, 『漢書匈奴傳』에 신작(神爵, 기원전 61년~기원전 58년) 시대에 흉노의 일축왕(日逐王) 선현(先賢)이 탄(揮)과 한(漢)에 항복하였다고 한다. 한나라는 일축을 귀덕후(歸德候)로 봉했다고 전한다. 여기서부터 유래된 舞인가? 『敎訓抄』

【신말갈(新靺鞨)】壹, 小, 북호(北胡)의 말갈국(靺鞨國)의 악이다. 시라가와(白河) 천황의 홋쇼지(法勝寺) 공양 때, 칙명을 받아 도시쓰나(俊綱)가 만들었다고 『敎訓抄』 되어 있는 것은 개작을 했다는 뜻인가? '新'이라는 글자가 그런 뜻이 아닌가 생각된다.

【곤륜팔선(崑崙八仙)】壹, 小, 일명 '학무(鶴舞)' 『敎訓抄』, 한나라의 회남왕(淮南王) 유안(劉安)은 선(仙)에 심취하였는데 곤륜산(崑崙山)의 팔선인(八仙人)이 일본에 왔을 때의 상황을 묘사한 춤이라 한다. 『體源抄』에서 『神仙傳』을 인용.

【임하(林下)】平, 小, 『和名抄』에 의하면 린가(臨河)가 만들었다. 작자 및 전래에 대해서 상세히 알 수 없음. 이 춤의 관포(冠袍)에는 모두 쥐(鼠) 모양이 있다. 또한 사이바라의 「오이네즈미(老鼠)」의 노래에 맞으며, 갑자의 날에 추는 것을 보면 쥐와 유서가 깊은 무(舞)로 생각된다.

【소지마리(蘇志摩利)】雙, 中, 일명 '증시무리(曾尸茂利)',[22] 큰 가뭄 때에 기

22　'증시무리'는 '曾尸茂利'를 한글로 읽었을 때 음이고, 일본어 음은 '소시모리'이다. 범례에 적은 규칙에 따라서 여기서도 한글 음으로 표기했으나, 이 대목에서는 '소시모리'라 읽어야 뜻이 통한다. '소시모리'는 '소의 머리' 즉 '우두(牛頭)'라는 뜻이며, 한반도에서 건너간 말이다. 『日本書紀』에 수사노오노미코토가 일본으로 건너

우(祈雨)를 위하여 이 곡을 추었다고 한다. 『敎訓抄』『日本書紀』에 수사노오노미코토(素盞鳴尊)가 비를 견뎌내어 신라국에 내려서 소시모리(曾尸茂利)가 있는 곳에 있었다는 기술과 이 무인(舞人)이 도롱이와 갓(蓑笠)을 착용하는 점을 미루어보아 이것은 수사노오노미코토로 분장한 것인가, 하는 생각이 든다. 『樂道類集』

【납소리(納蘇利)】 壹, 小, 일명 '낙준(落蹲)', 작자 및 전래에 대해서 상세히 알 수 없음.

【능절(綾切)】 壹, 中, 여자 모습의 춤임. 그래서 일명 '애기녀(愛嗜女)'라고도 한다. 『敎訓抄』 이하 네 곡 모두 작자 및 전래 상세히 알 수 없음.

【백빈(白濱)】 雙, 大,

【지구(地久)】 雙, 大,

【장보악(長保樂)】 壹, 中, 일설에 의하면 조호(長保, 999~1003) 시대에 만들어졌다고 함. 『敎訓抄』

【석천(石川)】 壹, 小,

　이 외에 『敎訓抄』에 무무곡(無舞曲) 즉 무(舞)가 없는 곡으로 분류하면서 '도지감취악(都志甘醉樂)', '박용(狛龍)' 등 11곡을 들고 있다.

갈 때 잠시 우두산에서 들렀다는 이야기가 있는데 이 우두산이 지금 춘천에 있는 우두산으로 생각되고 있다.

[일본에서 새로이 만든 악] 좌방에 속한다.

【북정악(北庭樂)】壹, 中, 데이지노인(亭子院) 우다(宇多) 천황 어제(御製)임. 불로문(不老門)의 북정(北庭)에서 이 곡을 만들었음. 『敎訓抄』, 『體源抄』 일설에 당의 현종이 제작하였다고 함. 북정은 원래는 흉노의 이름임. 『敎坊記』의 악곡에 역시 '북정자(北庭子)'가 있다고 한다. 『樂道類集』

【승화악(承和樂)】壹, 中, 일명 '동명악(冬明樂)'. 조와(承和) 시대에 황국(黃菊)의 연(宴)에 칙명을 받들어 미시마(三島)의 무사시(武藏)가 춤을 만들고, 오베 기요가미(大戶淸上)가 악을 만들었다. 즉 연호를 악의 이름으로 하였다. 일설에 의하면 닌묘(仁明) 천황의 어제라 한다. 『敎訓抄』또한 일설에 의하면 조와(承和) 원년에 악소예(樂所預)[23]의 오나카토미 나리후미(大中臣成文)가 만들었다고 한다. 『樂道類集』

▼【춘정악(春庭樂)】雙, 中, 일명 '춘정화(春庭花)', 외종5위하(外從5位下)인 와니베 오타마로(和邇部大田麻呂)가 만들었다. 혹은 엔랴쿠(延曆, 782~805) 시대에 당나라에 파견한 무생(舞生)인 구레(久禮)의 신조(眞藏)가 전했다고도 함. 『敎訓抄』

【앙궁악(央宮樂)】黃, 中, 하야시 마쿠라(林眞愴)가 칙령을 받아서 만들었음. 『敎訓抄』, 『體源抄』

▼【감성악(感城樂)】黃, 中, 작자 미상. 동친왕(童親王)을 대면할 때 이 곡

---

23 '樂所預'는 악소(樂所, 가쿠쇼 또는 가쿠소)의 '아즈카리(預)'라는 관직명. 오나카토미 나리후미의 관위는 종5위상.

을 만들었다고 한다. 그렇다면 이 곡은 사가(嵯峨) 천황 어제인가?

【호접(胡蝶)】高麗, 壹, 小, 엔기(延喜) 6년(906) 8월, 다조(太上) 법황[24]이 어린 이들이 하는 와라베스마이(童相撲)를 관람했을 때, 악은 야마시로노가미(山城守)[25] 후지와라 다다후사(藤原忠房)[26]가, 춤은 아쓰미(敦實) 친왕[27]이 만들었다고 한다. 『體源抄』, 『樂家錄』 ○ 이 악과 다음 '연희악(延喜樂)'은 모두 고구려곡의 일월조로 연주한다. 고마부에(高麗笛)를 사용해서 그러한가. 그래서 무곡(舞曲)도 우방에 속한다.

【연희악(延喜樂)】同上, 日 엔기(延喜) 8년(908)에 악은 후지와라 다다후사(藤原忠房)가 혹은 적사(笛師)인 와니베 미치마로(和邇部道麻呂)라고 한다, 무(舞)는 시키부교(式部卿) 친왕[28]이 만들었다. 연호를 곡 이름으로 하였다. 『敎訓抄』, 『樂家錄』

▼【방응악(放鷹樂)】乞, 고닌(弘仁) 3년(812)에 시작된다. 작자미상. 야외 행차 시 연주된다. 『樂道類集』

---

24 다조 천황, 다조 법황 또는 다이조 천황, 다이조 법황이라 하는데, 이는 특정 천황을 일컫는 말이 아니라, 천황의 자리를 다음 천황에게 양위하고 물러난 천황 또는 법황을 말한다. 법황은 은퇴 후, 불문에 들어간 경우를 말한다.
25 '야마시로'는 지금의 교토 남부 지역. '가미'는 이 지역을 통치하는 관리를 말한다.
26 ?~928. 헤이안 시대 전기의 정신(廷臣).
27 893~967. 우다(宇多) 천황의 8번째 왕자.
28 시키부교 친왕 또한 위의 다조 천황의 경우와 마찬가지로 특정 친왕을 말하는 것이 아니라, 식부성(式部省)의 장이 시키부쿄(式部卿)인데, 이 자리에는 4품 이상의 친왕이 임명되는 것이 관례였다. 본문에서는 당시 시키부쿄에 재임 중이었던 친왕이 작곡했다는 뜻이다.

▼【응천악(應天樂)】黃, 닌묘(仁明) 천황 시대의 다이죠에(大嘗會) 때에 오베 기요가미(大戶淸上)가 만들었다.

▼【청상악(淸上樂)】黃, 中, 오베 기요가미가 견당사로 파견될 때, 이 곡을 만들어 바쳤다. 왕명에 의해 본인 이름을 곡명으로 하였다. 『貞保親王譜』

【장경자(長慶子)】食, 히로마사(博雅) 3위(位)가 만들었다. 모든 퇴출음성의 장면에 이 곡을 연주한다. 『敎訓抄』

옛날에는 무곡(舞曲)이 존재하였으나 후세에 이르러 그 전승이 단절된 곡도 있다. '무덕악(武德樂)', '농창(弄槍)', '경운악(慶雲樂)', '상부련(想夫戀)', '선유하(仙遊霞)', '유화원(柳華苑)', '화풍악(和風樂)', '월전악(越殿樂)' 등이다. 그리고 이 중에는 성악 부분만 전하는 곡도 있다.

무곡의 일부분이 단절된 곡도 있다. 지금 그러한 예를 한, 둘 들자면 '황제(皇帝)' 40박자 중 10박자, '하전(賀殿)'의 파본(破本) 3첩 중 지금 2첩이 전하고, '승화악(承和樂)'의 서(序)는 부가쿠(舞樂)와 함께 단절되었으며, 파본 6첩 중 지금 4첩이 전한다. '능왕(陵王)'의 파본 3첩 중 지금 2첩을 전하는 등이며 이러한 예는 많다.

무(舞)에는 좌방(左方)과 우방(右方)의 구별이 있다. 또한 쓰가이(番) 즉 한 조의 무(舞)라는 것이 있다. 이것은 부가쿠를 공연할 때 먼저 좌방에 당나라 혹은 일본에서 새로 만든 무곡을 연수하고, 앞 설명 참조 바람 그것이 끝난 다음에 이번에는 우방에서 그 곡에 대한 쓰가이(番)로서 고구려의 무곡을 연주한다. 여기까지의 한 조를 이치방(一番)이라 한다.

『和事始』에 악인은 본래 하나이나, 오가 긴모치(大神公持) 때 처음으로 좌우로 춤을 나누었다는 기사가 옛 기록에 보인다고 전한다. 친구인 구리타 히로시

(栗田寬)[29]에 의하면, 이 옛 기록이라는 것은 『吉野樂書』라는 문헌으로 미토(水
戶)의 쇼코칸(彰考館)[30]에 있다고 한다.

쓰가이마이(番舞)의 예는 '황제파진악(皇帝破陣樂)'에 대한 '신조소(新鳥
蘇)', '迦陵頻'에 대한 '호접(胡蝶)', '능왕(陵王)'에 대한 '납소리(納蘇利)', '산
수파진악(散手破陣樂)'에 대한 '귀덕(貴德)'의 경우처럼, 대개의 경우 그 짝
이 정해져 있다.

무(舞)에는 문과 무의 구별이 있다. 『唐六典』 14의 태악령(太樂令)의
조에 〈대개 궁현과 헌현(궁현은 천자의 현이고, 헌현은 태자의 현이라고 함)의
연주에는 두 가지 춤으로써 여러 사람이 악의 형상(容)을 만드는 것이
다. 하나는 문무(文舞)이고 두 번째는 무무(武舞)이다. 궁현의 춤은 8일(八
佾, 가로세로 8줄)이고, 헌현의 춤은 6일(六佾, 가로세로 6줄 혹은 가로 6줄, 세로
8줄)이다. 문무의 제도는 왼쪽에 약(籥, 피리의 일종)을 잡고, 오른쪽에는
적(翟, 꿩털로 만든 춤 도구)을 잡으며, 두 사람은 독(纛, 문무를 인도하는 旗의
일종)을 잡고서 문무를 인도한다. 무무의 제도는 왼쪽에 방패(干)를 잡고
오른쪽은 도끼(戚)를 잡으며, 두 사람은 정(旌, 무무를 인도하는 旗의 일종)을
잡는다. 앞에 위치한 두 사람은 도고(鼗鼓)를 잡고, 두 사람은 탁(鐸)을
잡으며, 네 사람이 금순(金錞)을 담당한다. 두 사람은 요(鐃)를 잡고, 다
음 두 사람은 왼쪽에서 상(相)을 잡고, 두 사람은 오른쪽에서 아(雅)를
잡는다. 이 외에 『文獻通考』와 같은 서적에 문무와 무무에 대해서 기술이 있는데 내용
에 같음과 다름이 있다〉는 기록이 있다는 것은 바로 문무(文舞)와 무무(武舞)

---

29 1835~1899. 이바라키(茨城) 현 미토(水戶) 시 출신, 역사학자.

30 쇼코칸. 지금의 이바라키현(茨城縣) 현청(縣廳) 소재지인 미토시(水戶市)에 있는
    학문연구기관. 미토(水戶) 번주(藩主)인 도쿠가와 미쓰쿠니(德川光圀)가 『大日本
    史』 편찬을 위해서 설립한 편찬국이며, 처음에는 에도에 두었으며, 미쓰쿠니가 사
    망한 뒤에는 미토에도 설치되었으나, 1829년에 미토에 통합되었다. 이른바 미토
    (水戶)학파의 중심이 되었다. 『大日本史』가 완성된 후, 彰考館文庫로서 지금까지
    운영되고 있다.

를 따로 두었기 때문이다. 일본의 악가(樂家)에 전해 내려오는 바에 의하면, '황제파진악(皇帝破陣樂)', '진왕파진악(秦王破陣樂)', '산수파진악(散手破陣樂)', '배려(倍臚)', '파진무장태평악(破陣武將太平樂)' 등을 무무(武舞)로 나누고, '황장(皇麞)', '춘앵전(春鶯囀)', '옥수도리화(玉樹桃李花)', '희춘악(喜春樂)', '만세악(萬歲樂)' 등을 문무(文舞)로 나눈다는 것을 확인할 수 있으나 『樂家錄』『職員令』 雅樂寮의 조에서 '문무의 아곡정무(雅曲正儛)'에 대한 『義解』에서 〈방패와 창이 없는 것을 문이라 하고, 방패와 창이 있는 것을 무라 한다〉고 설명하고 있기 때문에 방패와 창을 사용하지 않는 무를 모두 문무라 볼 수 있다.

와라베마이(童舞)라고 하며 반드시 동자를 동원하는 춤이 있다. '가릉빈(迦陵頻)', '호접(胡蝶)', '오상악(五常樂)', '황장(皇麞)' 등이다. 또한 '하전(賀殿)', '만세악(萬歲樂)', '윤대(輪臺)', '환성악(還城樂)', '능왕(陵王)', '납소리(納蘇利)', '발두(拔頭)', '산수(散手)' 등에서도 때로는 동자를 등장시켜서 춤을 추게 하는 경우도 있다.

옛날에는 '보살(菩薩)', '오상악(五常樂)', '감주(甘州)', '유화원(柳花苑)', '채상로(採桑老)', '윤대(輪臺)', 기타 11곡의 춤에서 영(詠)이라 해서 시처럼 또는 불교어처럼 대사를 무인(舞人)이 읊는 경우가 있었다. 『源氏物語』의 '紅葉賀의 권에 겐지(源氏)가 '청해파(淸海波)'를 추고 영(詠)을 읊는 내용이 보인다. 당시의 모습을 알 수 있다. 또한 '나릉왕(羅陵王)', '안마(安摩)', '니노마이(二之舞)', '환성악(還城樂)' 등에서는 전(囀)이라고 하고, '진무(振舞)'에서는 진사(鎭詞) 또는 수문(壽文)이라 한다. 후세에 모두 단절되었다. 이 '영(詠)', '전(囀)', '수문(壽文)'의 문구는 『敎訓抄』『體源抄』『樂家錄』 등에 실려 있다.

당악기 중에서 오늘날까지 전하여 사용되고 있는 것은 생(笙), 필률(觱篥), 요코부에(橫笛), 쟁(箏),[31] 비파(琵琶), 타이코(太鼓), 갓코(鞨鼓), 쇼코(鉦鼓), 이치노쓰즈미(一鼓), 산노쓰즈미(三鼓), 해루(奚婁), 동발자(銅鈸子), 효

---

31 거문고와 비슷한 13현의 현악기.

시(拍子), 방경(方磬) 등이다. 다이도(大同) 4년(809)의 『官符』『職員令集解』에 보인다. 또한 『日本後紀』의 같은 해의 조에 있다 를 보면, 당시에는 소(簫), 샤쿠하치(尺八), 공후(箜篌),[32] 막목(莫目),[33] 금(琴) 등의 악기에 대한 여러 전문가(師)를 두었고, 또한 『延喜雅樂式』에 완함(阮咸), 단후(簞篌), 신라금 등의 명칭이 보이는 것을 보면 이러한 악기가 사용되었음을 짐작할 수 있다. 지금은 모두 없어져 전하지 않는다.

샤쿠하치(尺八)는 지금 야마토의 호류지(法隆寺)가 소장하고 있는데 오랜 당시의 것이다. 곱자로 재면 1척(尺)하고 4촌(寸) 5분(分)이다.[34] 이것을 바로 당나라의 소척(小尺)으로 환산하면 1척 8촌이다.[35] 당 소척의 1척은 곱자의 8촌 5리를 약간 넘는 수치에 해당한다. 요 근래까지 보화승이 주로 사용한 히토요기리(一節截)[36]라는 이름의 샤쿠하치는 곱자로 1척 8촌인데 이것은 후세에 제작한 것이기 때문이다. 『體源抄』에 지소쿠인도노(知足院殿)[37]의 설에 대한 기사가 있다. 〈샤

---

32   일본어로는 '구고(くご)'이나 일명 '백제금(百濟琴)'이라고도 하고 우리말에도 '공후(箜篌)'가 있기에 '공후'로 번역했다.

33   일본어로는 '마구모(まくも)'이나, 원래가 고구려악의 악기였기에 한글 '막목'으로 번역했다.

34   『漢書』에 '十分爲寸, 十寸爲尺'이라고 한다. 즉 10分은 1寸이고 10寸은 1尺인데, 여기서의 '尺'은 우리가 쓰는 '자'이고 '寸'은 '치', '分'은 '푼'으로 볼 수 있다. 참고로 1척은 30.303cm임.

35   중국 당(唐)나라 때에 정해진 대소(大小) 2종의 자 중 작은 자. 고대 중국에서는 역대 척도(尺度)를 공정(公定)하여 왔으나 시중의 자는 공정척보다 길어지는 경향이 있었다. 수(隋)나라 때에는 그 차이를 무시할 수 없게 되어 공정척과 시중의 자 양쪽을 다 인정하게 되었다. 당나라 때에는 그것이 제도화되어 대소 2종의 공정척을 사용하였다. 그리고 양자는 각각 용도가 정해져 소척은 악기의 조정, 제기(祭器)의 공작, 시각의 측정 등에 사용하고 그 외는 대척을 사용하였다. 당소척(唐小尺)은 곡척(曲尺)으로서 약 8치 8푼(24.5cm)이고, 대척은 9치 7푼(29.4cm)이다. 그후 소척은 점차 사용하지 않게 되고 주로 대척만 사용하였다.

36   보통 '一節切'라고 표기한다. 대나무 마디 하나의 길이로 만들어졌다는 것이 이 '一節切'라는 이름의 유래이다. 보화승의 보화종(普化宗)의 중을 말하며, 머리를 기르고 통 모양의 깊은 삿갓을 쓰고 다녔다. 일본어로 고무소(虛無僧)라고도 한다.

쿠하치에는 두 종류가 있다. 긴 것은 오부에(太笛)와 닮았다. 짧은 것은 그 소리가 필률에 가깝다. 근대에 들어서 음악을 관장하던 관청인 악부를 폐하면서 사용하지 않게 되었다. 호겐(保元) 3년(1158) 정월 23일에 좌근장조(左近將曹)[38] 기요하라 스케마사(淸原助雅)의 아들이 이 뜻을 받들어서 옛 악보를 보고 샤쿠하치를 불었다고 한다.〉 여기서 말하는 오부에하고 닮았다는 샤쿠하치는 호류지가 소장하는 것과 동일한 물건이다.

공후(箜篌)는 『延喜雅樂式』에 단후(箄篌) 1면, 길이 5척, 재료로 쓰이는 실 2량이라고 되어 있으며, 『胡樂圖』에서 그 모양을 확인할 수 있다. 또한 이 『延喜雅樂式』에 단후(箄篌)라는 악기가 있다. 가리야(狩谷) 씨의 『和名抄考證』에서 공후(箜篌)를 다테구고(堅箜篌)라고 하고, 단후(箄篌)를 가구고(臥箜篌)라고 한다. ○ 가시와기 탄코(柏木探古)가 말하기를, 소(簫), 샤쿠하치, 공후(箜篌), 금, 완함(阮咸), 신라금 등의 古樂器가 도다이지(東大寺) 쇼소인(正倉院)에 지금도 존재한다. 공후는 파손된 상태의 것만 있고 완전한 모습을 전하는 것은 없다. 그러나 공후의 특징을 파악하는 데는 족하다. 막목(莫目)에 대해서는 그것이 어떤 악기인지 아직 파악하지 못하였다.

금(琴)은 길이가 3척 7촌, 검게 칠해져 있고 현이 7줄이며, 원래는 5줄이었던 것을 주나라의 문왕(文王)이 2줄을 더했다고 한다. 『夜鶴抄』 모노가타리(物語)에 '琴'에 관해서 많은 언급이 있는데 헤이안 시대부터 단절되고 말았다. 대필률(大篳篥)이라는 악기가 『源氏物語』 末摘花의 귄, 『體源抄』, 『康保3年殿上舞御覽』[39] 등

---

37 후지와라 다다자네(藤原忠實), 1078~1162. 헤이안 시대 후기의 귀족. 후지와리 모로미치(藤原師通)의 아들이며, 일기 『殿曆』이 있다. 『榮花物語』에도 등장한다.

38 765년에 근위부(近衛府) 설치와 함께 생긴 관직명. 일본음은 '사콘노에 쇼소(さこんえのしょうそう)'. 좌근위부(左近衛府)의 4등관이며, 종7위하에 상당. 4~20명이 배치되었으며, 현장 지휘관임.

39 고호(康保) 3년(966)에 궁궐에서 천황이 무(舞)를 관람했다는 뜻이다.

에서 확인되는 점으로 보아, 헤이안 시대 중엽까지는 존속했던 것으로 생각된다.

앞에서 악곡의 창조와 전래에 대해 언급했는데, 당나라에서 전래한 악과 일본에서 제작한 악은 대개의 경우 고닌(弘仁, 810~824) 시대부터 조와(承和, 834~848) 시대에 걸쳐서 개작되거나 새롭게 작곡된 경우가 많다.

악가(樂家)들이 '안마(案摩)', '희춘악(喜春樂)', '호음주(胡飲酒)', '채상로(採桑老)', '발두(拔頭)', '환성악(還城樂)', '보살(菩薩)', '가릉빈(迦陵頻)', '소막자(蘇莫者)', '배려(倍臚)', '나능왕(羅陵王)' 등을 고악(古樂)으로 분류하는 것을 보면 『舞曲口傳』 이들은 나라 왕조 또는 그 이전에 전래한 곡이 아닌가 생각된다. 고구려악의 경우는 그 전래 자체가 상당히 오래되었다고 생각된다. 시대가 바뀜에 따라 만물도 새롭게 변하는 것은 당연한 일이나, 부가쿠 만큼은 악가(樂家) 집안에 옛날 그대로의 모습으로 잘 전승되어, 이 부가쿠의 근원지라 할 수 있는 중국과 조선에서는 일찍이 소멸해버린 1000년 이상 된 무곡(舞曲)과 음조를 오늘날 보고 들을 수 있는 것은 제국의 지난날의 쾌거라 아니할 수 없다.

일본에 전한 당나라의 악에 관해서 아라이 하쿠세키(新井白石)[40]는 이들 악이

---

[40] 1657~1725. 에도(江戶) 시대 중기의 정치가, 유학자, 시인. 지금의 치바현 기미즈시(千葉縣君津市) 번사(藩士)의 아들로 에도에서 태어났으며, 기노시타 준안(木下順庵)에게 주자학을 사사하여 그 추천으로 코후(甲府) 번주(藩主)인 도쿠가와 쓰나토요(德川綱豊) 밑으로 들어갔다. 후에 쓰나토요가 이에노부(家宣)로 개명, 6대 將軍으로 취임, 에도막부를 이끌게 되자, 이에노부를 보좌하였다. 7대 쇼군(將軍) 이에쓰구(家継)에 걸친 7년 동안 막부의 개혁을 주도하였다. 그러나 8대 쇼군 요시무네(吉宗)가 오르자 실각, 공적인 자리에서 은퇴하였다. 학문적으로도 뛰어났으며, 저서에는 고대사에 대해 쓴 『古史通』, 스스로의 성장과정을 그린 『折たく柴の記(오리타쿠시바노키)』, 기독교 금지령 하에서 일본 잠입을 시도하다가 들킨 이탈리아 선교사 시도치를 심문하여 들은 이야기를 정리한 『西洋紀聞』 등을 비롯, 섭관정치(攝關政治)의 흥망과 도요토미(豊臣)의 흥망을 통해서 귀족(문관)의 쇠락과 무가(武家) 발흥의 과정으로 보고 도쿠가와(德川) 막부 성립의 역사적 필연성을 설파한 『讀史余論』, 일본 최초의 세계 지리지인 『采覽異言』 등 다수 있다. 하

모두 당나라 때의 악만은 아니다, 북제, 진, 수 등의 악 그리고 당의 이른바 법부(法部), 호부(胡部) 등의 곡이기 때문에 당악도 모두 후세의 속악이라 할 수 있으며, 이들 악이 서로 교류하여 섞였기에 호부, 이부(夷部) 등의 악을 들자면 이미 3대(代)의 고악(古樂)은 아니라고 말하였다.『進呈案樂對』한편 오규 소라이(荻生徂來)[41]는 일본에 전한 악은 모두 육조(六朝)[42] 이전의 제(制)이며, 수와 당의 제가 아니다. 이른바 주나라와 한나라의 방중(房中)[43]의 유음(遺音)이며, 소무(詔武)[44]의 길은 이미 그곳 대륙에서 소멸하였으며, 이곳 일본에서 전하는 것이 바

쿠세키는 유학의 가르침을 이상으로 여겼으며, 검약을 장려하였으며 조선통신사를 맞이할 때의 비용을 절검하기 위해서 노력하였고, 나가사키(長崎) 무역의 상한선을 설정, 금은의 해외로의 유출을 막는 등의 노력을 한 것으로 되어 있다.

[41] 1666~1728. 에도 중기의 주자학을 바탕으로 '古文辭學'을 주창하였으며, 8대 쇼군의 브레인으로서 활약한 유학자. 도쿠가와 쓰나요시(德川綱吉)의 侍醫를 부친으로 두었으며, 후에 쓰나요시의 학문 상대역도 했으며,『忠臣藏(주신구라)』로 알려진 아코로시(赤穗浪士) 처단 문제를 논의하면서 법에 따라 엄단할 것을 주장한 것으로 유명함. 소라이의 학문은 宋學, 야마가 소코(山鹿素行), 이토 진사이(伊藤仁齊) 등의 복고 학풍에 영향을 받으면서도 이들을 비판, 古文辭學에 의한 六經의 올바른 이해를 통한 새로운 유교체계의 확립을 지향하였다.

[42] 후한(後漢) 멸망부터 수나라의 통일까지 建業·建康(南京)에 도읍을 둔 오(吳), 동진(東晉), 송(宋), 제(齊), 양(梁), 진(陳) 여섯 왕조의 총칭. 단 문학에서는 위진(魏晉)부터 남북조를 거쳐서 수나라에 이르기까지의 칭하는 경우도 있다.

[43] '房中'의 일본에서의 초출은『玉葉』의 겐랴쿠(元曆) 元年(1184) 10월 15일자 기사인 "又自身及房中之輩, 各有ニ感應元夢想等一"이며, 14세기 초의『源平盛衰記』의「經正竹生嶋詣事」에서 확인되는 "件の夜房中の人を出して、雜穢を掃除し"이다. 이들은 모두 '실내' 또는 '방의 안'이라는 의미의 용례이다. 그러나 여기서의 '房中'은 다음에 드는 '房中樂'으로 보는 것이 적당하다고 판단된다. 漢나라 高祖 때에 唐山夫人이 민든 房中樂에 내해서『樂府詩集』에 다음과 같은 기사가 있다.

> 通典曰, 周有ニ房中之樂一, 歌ニ后妃之德一, 秦始皇二十六年, 改曰ニ壽人一, 漢書禮樂志曰, 漢房中祠樂, 高祖唐 山夫人所レ作, 凡樂樂ニ其所レ生, 禮不レ忘ニ其本一, 高祖樂ニ楚聲一, 故房中樂楚聲也, 孝惠二年, 使ニ樂府令夏侯 寬備ニ其簫管一, 更名安世樂.

여기서 말하는 安世樂은 바로『續敎訓抄』에 말하는 "安城樂, 新樂, 中曲, 又作ニ安世樂一, 一名, 房中樂"인데 이 房中樂이 일본으로 건너온 자세한 경위에 대해서는 확인되지 않는다.

[44] 古樂의 이름. 詔는 虞나라의 舜 임금의 樂, 武는 周나라 武王의 樂을 말한다.『論語』

로 그것임에 틀림없다고 말하고 있다.『樂制篇』이 두 설에 대한 가부는 일본 음악사에 깊이 관련되는 부분이 아니기 때문에 잠시 이대로 두고 더 이상 논하지 않겠다.[45]

(八佾)에 다음과 같은 대목이 있다.

子謂ㄴ韶, 盡ㄴ美矣, 又盡ㄴ善也, 謂ㄴ武, 盡ㄴ美矣, 未ㄴ盡ㄴ善也.

여기서 말하는 '韶武의 길'이라는 것은 周, 漢의 房中樂과 함께 이미 소멸하고 사라진 중국의 古樂을 총칭하는 것으로 이해된다.

[45] 이 부분에서 다루고 있는 내용과 관련해서 오늘날 일본 학계에서는 다음과 같이 이해하고 있다. 당악은 남북조, 수, 당(6~9세기)의 중국의 음악을 뜻하는데 당의 음악이 그 주체였다. 당의 음악은 크게 나누면 아악, 속악, 호악(胡樂)의 세 분야로 나뉘어 있었다. 아악은 유교의 예악사상에 기초한 천(天), 지(地), 종묘(宗廟), 공자묘(孔子廟)의 고래의 제악이며, 악기도 악곡도 무(八佾舞)도 궁궐의 예술음악과는 전혀 다른 것이었다. 조선에는 전해졌으며 오늘날까지 전승되고 있으나, 일본에 전승되었다는 사실을 확신할만한 증거는 존재하지 않는다. 일본으로 건너온 당악은 속악과 호악이다. 속악은 중국 한(漢) 이래의 예술음악이며, 호악은 남북조이래에 본격적으로 동류한 서역악(이란, 인도, 중앙아시아의 음악)이며, 인도계 음악이 주류였다. 당 초기에는 雅, 胡, 俗이 정립(鼎立)하였으며, 중기에는 호속의 융합이 진행되었으며, 말기에는 호와 속이 융합하여 신속악(新俗樂)이 되어, 雅와 俗의 대립구조를 형성하였다.(기시베 시게오(岸辺成雄),『唐代音樂の歷史的硏究』樂制篇, 日本の古典藝能2『雅樂王朝の宮廷藝能』, 藝能史硏究會, 平凡社, 1970)

제5장 가구라(神樂), 사이바라(催馬樂), 아즈마아소비(東遊), 풍속가(風俗歌)

고대 이래로 천신지기(天神地祇)를 받드는 춤과 음악을 가미아소비(神あそび)[1] 또는 가구라(神樂)라 한다. 이것은 앞에서 언급한 아마노이와야(天石窟, 天岩屋)의 이야기를 전고(典故)로 삼고 있으며, 노래는 예로부터 전하는 오래된 가요를 사용하고 악기는 야마토고토(和琴)하고 야마토부에(和笛)를 사용한다. 또한 춤도 존재하나 그 자세한 내용에 대해서는 지금으로서는 알 수가 없다.

『古今集』『拾遺集』 등에 가구라의 도리모노(採物)[2]의 노래를 실으면서 가미아

---

[1] 神의 놀이라는 뜻이고, 가구라(神樂)는 神을 즐기게 하는 樂 정도로 해석된다.

[2] 도리모노(採物)는 가구라 등에서 무인(舞人)이 춤을 출 때 손에 드는 물건을 말하며, 執物 혹은 取物로 표기하는 경우도 있다. 도리모노를 들고 춤을 춤으로서 신의 힘을 얻을 수 있다고 간주되며, 때로는 강림한 신이 무인에게 빙의하도록 유도하는 역할을 하기도 한다. 한편 헤이안 시대에 성립한 궁중의 미카구라(御神樂)는 각

소비의 노래라고 표기한 사실에 의해서 그때까지 가미아소비라고 불렀음을 알 수 있다. 가모노 마부치(賀茂眞淵) 『神遊歌考』 '神樂'라는 두 글자로 표기한 예로는 『萬葉集』에 잘게 이는 물결을 말하는 '사자나미(さざなみ)'[3]를 '神樂聲'라 표기한 예가 있다. 이 경우는 도리모노에 관한 조에 관련지어서 이렇게 표기하고 있다. '도리모노'에 대해서는 따로 언급하겠다. 다이도(大同, 806~810) 때의 『古語拾遺』와 조간(貞觀, 859~877) 때의 『儀式』 등에서도 '神樂'라 적고 '가구라'라 읽도록 명시하고 있는 점으로 보아, '神樂'라는 표기를 '가구라'라 읽는 것 또한 상당히 오래된 것임을 알 수 있다.

나라 왕조 이후, 부라쿠인(豊樂院) 공식적인 연회를 여는 곳임 안에 있는 세이쇼도(淸暑堂)에서 임시 제사 때 가구라가 공연되었으며, 이치조인(一條院)[4] 시대부터는 궁중의 나이시도코로(內侍所) 운메이덴(溫明殿)이라고도 함. 신경(神鏡)을 안치하는 곳임 마당에서 격년으로 12월에 반드시 가구라를 공연하도록 정했고, 시라가와인(白河院)의 조호(承保, 1074~1077) 때부터는

종 노래를 읊는 것이 주된 내용으로 되어 있다. 미카구라에서 신의 강림을 의미하는 첫 부분에서 '도리모노의 노래'를 부르는데, 그 대상은 榊, 幣, 杖, 篠, 弓, 劍, 鉾, 杓, 葛 등이다. '도리모노의 노래'의 경우는 실제로 무인이 이들 도리모노를 들고 춤을 추는 것이 아니라 각각의 도리모노에 대해서 노래를 읊는 것이 주된 내용이 된다. 본문에서 『古今集』, 『拾遺集』 등의 칙찬(勅撰)에 의한 와카집(和歌集)을 인용하고 있는데 이 배경에는 '도리모노의 노래'라는 노래로서의 공통점이 있기 때문이다. 즉 舞가 아니라 歌인 것이다.

한편 도리모노의 구체적인 대상물에 대해서 간략하게 설명하면 다음과 같다. 예를 들어 사카키(榊)는 비쭈기나무로 해석이 되나, 신 앞에 바치는 장식용 수목이며, 번영을 상징하는 나무이고, 신이 있는 구역을 뜻하는 나무로 인식되고 있다. 헤이(幣)는 고헤이(御幣), 헤이하쿠(幣帛), 헤이소쿠(幣束)라고도 하는데, 원래 헤이하쿠는 제사 때 봉헌하는 물건의 총칭이었으나 오늘날에는 참배자의 재액을 물리치기 위한 도구로서의 성격이 강하다.

3 '사자나미'는 한자로는 '細波'로 표기하며 뜻은 '잘게 이는 물결'이다. '사자나미'를 '神樂聲'이라고 표기한 것은 잘게 이는 물결 소리가 신을 모시는 가구라의 소리로 연상되었기 때문일 것이다, 라는 이해에 입각하고 있다고 볼 수 있다.

4 이치조(一條) 천황. 재위기간은 986~1011.

매해 공연하게 되었다.

나이시도코로에서 열리는 미카구라(御神樂)[5]가 이치조인(一條院) 때부터 시작
된 유래에 대해서는 『江家次第』, 『中右記』, 『公事根源』 등의 문헌에 의해 확인
되나, 언제부터인지 구체적인 해를 명기하지는 않고 있다. 유일하게 『一代要
記』만 초호(長保) 4년(1002)의 일이라 명시하고 있다. 『塵囊抄』에는 간표(寬平,
889~898) 때부터 시작되었다고 적고 있으나 아마도 이것은 잘못일 것이다. 조
호(承保, 1074~1076) 이후에 매해 공연하게 되었다는 기록은 『中右記』, 『歷代皇
記』, 『皇年代略史』, 『年中行事秘抄』, 『公事根源』 등에 보인다.

미카구라의 차례는 마당 좌우에 모토카타(本方)[6]하고 스에카다(末方)로
나뉘어 자리잡고, 가인(歌人) 선창을 맡은 사람은 샤쿠뵤시[7]를 든다, 야마토고

5 　가구라는 한자 그대로 신(神) 앞에서 행하여지는 음악을 뜻하며, 본문에도 있는 것
　처럼 '가미아소비(神遊び)'라고도 한다. 신이 내린 자리라는 뜻인 가무쿠라(神座)
　라는 말에서 가구라(神樂)로 발전된 것으로 보는 견해가 있으며, 가구라의 기본은
　降神 즉 신내림과 악령을 내쫓고 장수를 기도하는 제사이다. 아마노우즈메(우즈
　메노미코토)가 아마노이와에 앞에서 춘 춤(舞)이 가구라의 기원으로 생각하고 있
　다. 가구라의 기원은 고대까지 거슬러 올라가는데, 이 가구라는 크게 미카구라(御
　神樂)하고 사토카구라(里神樂)로 나누어진다. 미카구라는 궁중(宮中)에서 행하는
　의식(儀式)이며, 구체적으로는 궁중악인 雅樂에서 고대의 가요(歌謠)의 하나인 가
　구라우타(神樂歌)가 연주된다. 폐쇄적인 제의(祭儀)이며 헤이안 시대에 성립되었
　다. 한편 사토카구라는 궁중에서 행하는 미카구라와 반대되는 것이며, 일본 각지
　의 민간 신사(神社)에서 행하는 가구라를 말한다. 일반적으로 오카구라(御神樂)라
　고도 하며, 한사 표기가 같아서 혼란을 일으키는 경우가 많다. 제사임에는 틀림이
　없으나 사토카구라는 예능화(연희화, 놀이화) 즉 오락화가 진행되었다는 특징을
　들 수 있다. 본문에서는 고대까지 거슬러 올라가는 가구라하고 헤이안 시대에 궁
　중에서 행한 미카구라 및 가구라우타와의 구분이 분명하지 않아 보인다. 당시의
　연구 상황을 감안하면 부득이하기는 하나 연구사를 정리하는 과정에서는 짚고 넘
　어가야 할 사항이라고 본다.
6 　가구라를 연주할 때 먼저 부르는 쪽. 뒤에 부르는 쪽이 스에카타(末方).
7 　귀족이 쥐는 홀을 두 개로 쪼갠 모양을 한 목제 악기. 연주를 처음 시작하는 사람이
　들고 전체를 이끌기 위해서 이 악기를 치면서 박자를 조율한다.

토(和琴), 요코부에(橫笛), 필률(篳篥) 등의 담당자들이 줄지어 앉는다. 닌초(人長)[8]라 해서 관포(冠袍)를 입고 옷깃을 끌며 칼을 찬 자 반드시 근위부(近衛府) 소속 관인이 담당하였다가 등장하여 〈우렁찬 목소리로, 이 성스러운 불이여 활활 타오르소서, 바치나이다〉라는 대사를 말한 다음에 자기 이름을 밝히고 이것을 나다이멘(名對面)이라 한다 금(琴), 요코부에(橫笛), 필률(篳篥)을 담당하기 위해서 불러들인 사람들[9]과 가인과 함께 조율을 마친 뒤, 도리모노가구라[10]를 시작한다. 가라카미(韓神)[11]가 끝나자 닌초가 일어나서 춤을 춘다. 술이 한 바퀴 돈 뒤, 세이노(才男)[12]을 불러내어 이

---

8 미카구라에 참여하는 사람 중 가장 높은 사람을 닌초(人長)라고 하며, 그 춤을 '닌초의 무(舞)'라 한다.

9 본문에서는 메시우도(召人)라는 명사로 표기한 것을 풀어서 표기하였다. 궁에서 미카구라를 공연하기 위해서 각 악기별로 뛰어난 담당자를 궁으로 불러들인 사람들이라는 뜻이다.

10 가구라우타(神樂歌)에는 정해진 양식, 수순이 있는데 먼저 阿知女作法이 끝난 후에 도리모노우타(採物歌), 오사이바리(大前張), 코사이바리(小前張), 소카(무歌, 하야우타) 등등의 순서로 진행이 되는데 여기서 말하는 '도리모노가구라'는 '도리모노우타(採物歌)'를 뜻한다. 참고로 도리모노우타의 맨 마지막이 가라카미(韓神)이고 오사이바리의 맨 처음은 미야비토(宮人)라는 곡으로 시작된다.

11 도리모노우타 맨 마지막에 불리는 가구라우타. 한반도에서 건너간 신의 의미로 이해되고 있으나 상세한 부분에 대해서는 미상. 헤이안 시대까지는 궁내성(宮內省)에서 천황가의 수호신으로 모시고 있었으며, 당시에는 음력 2월하고 11월에 가라카미의 마쓰리(韓神祭)를 성대하게 치르고 있었으나 중세 이후에 쇠퇴하여 소멸하였다. '園神'로 표기하고 '소노노카미'라고도 했다.

12 사전적인 설명으로는 "헤이안 시대 초 무렵부터 신사의 제례에서 춤을 추는 舞人을 말한다. '호소오토코(細男)', '사이노'라고도 한다. 그리고 이 춤 자체를 '세이노(사이노)의 마이(舞)'라고도 하고 때로는 그냥 '세이노(사이노)'라고도 한다" 정도로 끝낼 수 있으나, 조금 더 구체적으로 설명하자면 이 춤은 가구라(神樂), 덴가쿠(田樂), 사루가쿠(猿樂=能樂), 부가쿠(舞樂) 등과 함께 가스가와카미야(春日若宮)의 온마쓰리(おん祭)에서 봉납되는 예능(연희)의 하나이다. 정(淨)을 상징하는 백의(淨衣라고 함) 차림의 여섯 명의 舞人이 하얀 천으로 눈 밑으로 얼굴을 가리고, 그 중 두 명이 작은 북을 가슴에 매달고 북을 담당하고, 네 명 중 두 명은 아무것도 들지 않고 춤을 추고, 나머지 두 명은 피리를 담당한다. 춤의 내용은 앞으로 갔다가 뒷걸음질 치는 등의 아주 단조로운 동작의 반복이다. 이 세이노의 유래는 아즈미

에 대해서는 제8장에서 상세하게 논하겠다. 그 다음에 '사이바리의 노래(狹居張歌)'[13]를 시작한다. 소노코마(其駒)[14]가 끝난 다음에 닌초가 일어나서 춤을 춘다. 춤이 끝나자 닌초 및 악기를 담당하기 위해서 불러들인 사람들에게 상을 하사한다. 이날 밤에는 주상께서 운메이덴(溫明殿)[15]으로 건너가셔서 인사를 올린 다음에 음악을 관람하기 위한 자리에 앉으신다.

『古本神樂譜』『江家次第』

오늘날 전하는 가구라우타(神樂歌)가 어느 시대부터 자리를 잡았는지를 검토해보니, 『中右記』의 텐닌(天仁) 원년(1108)의 다이죠에(大嘗會)[16]에

이소라(阿曇磯良)와 관계가 있다. 즉 지금의 규슈(九州) 지방 북부인 쓰쿠시(筑紫)의 해변에서 어떤 노인이 "세이노를 추면 이소라(磯良)라는 자가 바다 속에서 나타나서 옥을 헌상할 겁니다"라고 해서 그렇게 시켰더니 이소라가 바다 속에서 나타났는데 너무 오랜 동안 바다 속에 있어서 굴 등의 조개류가 얼굴이 많이 달라붙어 있어서 추했기 때문에 복면으로 얼굴을 가리고 있었다는 이야기이다. 『續日本紀』의 텐표(天平) 3년(731) 7월의 조에 "쓰쿠시(筑紫)의 구니부리(風俗)가 궁중에 헌상되어, 아악료(雅樂寮)에서 궁중의 부가쿠(舞樂)로 전습하게 되었다"는 기사가 있는데 여기서 말하는 "쓰쿠시(筑紫)의 구니부리(風俗)"에 세이노가 포함이 되는지도 모르겠다.
한편 제아미(世阿弥)의 『風姿花傳』 중에도 가구라, 사카키, 세이노, 아마노우즈메를 내포하는 글이 있다.

    申樂、神代の初まりと言ふは、天照太神、天の岩戸の籠り給ひし時、天下とこやみになりしに、八百萬の神だち、天の香具山に集まり、おん神の御心を取らんとて、神樂を奏し、細男をはじめ給ふ。中にも、あまのうずめのみ子すすみ出で給ひて、さかきの枝にしでを付けて、聲をあげ、ほどろ燒き踏みとどろかし、神がかりすと、謠ひ舞ひかなで給ふ。(밑줄은 인용자, 이하 동.)

13   사이바리(前張)는 궁중의 미카구라(御神樂)에서 중간에 부르는 일련의 곡의 총칭. 구체적으로는 후술하는 오사이바리(大前張)하고 고사이바리(小前張)가 있다.

14   '其駒'는 '그 말'이 아니라 미카구라(御神樂)에서 부르는 가구라우타(神樂歌)의 곡 이름이다. 미카구라 마지막 부분에서 부르는 곡이며 원래는 후조쿠우타(風俗歌)였던 것이 엔기(延喜, 901〜923) 때에 가구라우타에 편입된 것으로 본다.

15   궁궐의 정전(正殿)인 자신전 동북에 위치한 건물이며, 천황 또는 왕권을 상징하는 3종의 신기(神器)의 하나인 신경(神鏡)을 안치하는 건물. '온메이덴'이라고도 함.

16   다이죠사이(大嘗祭) 또는 그 연회를 뜻하며, '오나메마쓰리(大嘗祭)'라고도 한다. 천황이 즉위한 후 첫 번째 신조사이(新嘗祭)를 말하며, '니이나메마쓰리(新嘗祭)'

관한 조에 다음과 같은 기사가 있다. 〈세상에서는 "세이쇼도(淸暑堂)의 미카구라"라 부른다. 이것은 부라쿠인(豊樂院)의 후방(後房) 이름이다. 운운. 옛 『神樂譜』에 조간(貞觀, 859~877) 시대에 가구라가 공연된 날에 가구라우타(神樂歌)가 찬정(撰定)되었다는 기사가 있는데 이 가구라우타는 미카구라를 말하는 것인가? 그때 이소라가사키(磯等前)라는 노래는 금지되어 있어서 부르지 않았다. 운운.〉 이 '조간(貞觀)의 찬정'이 가장 오래된 기록이다. 『政事要略』 28에 '神樂譜云'이라는 문장이 있는데 이 문체가 고아(古雅)한 것을 봐서 이 시대의 것으로 생각된다. 그 다음에 天治本 『神樂譜』에 〈엔기(延喜) 21년(921)에 칙령으로 정해졌음〉이라고 되어 있으나, 구로가와 하루무라(黑川春村)[17]는 이것 또한 오래된 악보이며 지금 전하는 것은 엔유(圓融) 천황, 가잔(花山) 천황 때에 이치죠(一條) 좌대신(左大臣) 마사노부(雅信) 공이 사이바라(催馬樂)를 찬정할 때 같이 한 것이라고 주장하고 있다. 이상은 『碩鼠漫筆』 권11에 보이는 설에 본인 의견을 첨부해서 적은 것이다.

반 노부토모(伴信友)가 말하기로는 이 고본(古本) 기요노리(淸矩) 왈, 天治本을 말함에 실린 노래는 엔기(延喜, 901~923) 때의 칙정(勅定)에 의해서 확정된 내용을 바탕으로, 그 후에 바뀐 내용을 담은 것이라 한다. 결코 나라 시대부터 전해 내려온 것이 아니다. 내 생각에는 옛날 제례에서는 대개의 경우 신(神)에 관한 고사와 이야기를 읊고 또한 칭송하고 또는 그 지방에 전해 내려오는 노래를 읊어 바쳤던 것을 조정에서 시행하는 신제(神祭)에서 가구라(神樂)라는 것을 시작해서 기회가 있을 때마다 신의 어전(御前)에 바치기 위해서 이 궁(宮), 저 신사

라고도 한다. 내용은 천황이 그 해의 신곡(新穀)을 신에게 바치고 스스로도 먹는 의식.

17 1799~1866. 에도(江戶) 시대 후기의 국학자이자 교겐시(狂言師). 에도 출신이며, 교카(狂歌)를 즐기다가 후에 고증학(考證學)을 공부했으며, 고미술에 대해서도 정통했다. 일본의 국어학에 기여한 『音韻考證』을 남겼으며, 양자인 국학자 구로가와 마요리(黑川眞賴)는 후에 도쿄제국대학(東京帝國大學) 교수를 역임했으며, 『古事類苑』 편찬 사업에도 참가하였다.

(神社)에서 하던 제례의 가무(歌舞)를 모두 한데 묶어서 가구라(神樂)라고 부르고 독립시킨 것이 아닌가 생각한다. 『神樂歌考』

이 가구라 보(譜)의 내용은 다음과 같다.

○庭燎(니와비) ○阿知女(아지메) ○榊 幣 杖 篠 弓 劍 鉾 杓(히사고) 葛韓(가라)神 榊 이하를 도리모노(探物)라고 칭하는 이유는 옛날에 닌초(人長)가 이것들을 집어 들어서 춤을 춘 데서 시작하는 것인가? 宮人 木錦志天(유후시데) 難波潟 前張 皆香取 宮人 이하 여기까지를 오사이바리(大前張)라고 한다. ○薦枕 閑夜(시즈야) 磯等前(이소라가사키) ○篠波(사자나미) 殖春(에쓰키) 總角(마게마키) 大宮 湊田 蟋蟀(기리기리스) 薦枕 이하, 여기까지를 고사이바리(小前張)라고 칭한다. ○千歲(센자이) ○早歌(하야우타) ○明星(묘죠) 得錢子(도쿠센코) 木錦作(유후쓰크리) ○朝倉 晝目(히루메) 竈殿(가마도노) 弓立(유타테) ○其駒(소노코마) 千歲 이하, 여기까지를 조카(雜歌)라 칭한다. ○ 이상, 天治本의 『神樂譜』와 『樂家錄』인 『一條院御定目錄』을 참고하여 적은 것이다. 동그라미를 친 것은 『樂家錄』에 '近代目標'라는 제목 하에 오늘날 시행되는 곡목이다.

이들 노래들이 에이쿄쿠(郢曲)처럼 된 점에 대해서는 『郢曲相承次第』에서 다음과 같이 설명하고 있다.

가구라는 여러 신이 만들어 세상에 전하는 것이나, 무인(舞人)인 다노 지제마로(多自然麻呂)[18]가 그 근원을 이루었으며, 그 후에 차차 신분의 고하를 막론하고 가구라를 즐기게 되어, '이 친왕께서 특히 즐겨 하셨고, 그 자손인 마사노부(雅信)[19] 공을 비롯해서 당시의 중간귀족 이하 모두가 뛰어나 있었다. 마사노부

---

18   다(多) 씨는 악가(樂家)의 하나이며, 지제마로(自然麻呂)가 다 씨의 시작으로 알려져 있다. 지금의 구나이쵸(宮內廳)의 雅樂寮의 악관도 다 씨의 계열.

19   미나모토 마사노부(源雅信). 920~993. 우다(宇多) 천황의 아들인 아쓰미(敦實) 친왕의 3남. 모는 후지와라 도키히라(藤原時平)의 여식. 부 아쓰미(敦實) 친왕이 비파(琵琶)의 명수여서인지 〈음악에 아주 뛰어났으며 일대의 명장이다〉는 평까지

공은 이치죠(一條) 또는 다카쓰카사(鷹司)의 좌대신(左大臣)이라 했다. 운운.

여기서 말하는 '이 친왕'은 시키부교(式部卿) 아쓰미(敦實) 친왕[20]을 말한다. 우다(宇多) 천황의 여덟 번째 왕자이며, 음악을 좋아했다는 기록이 많이 남아 있다. 『神樂譜入綾』

위의 내용에서 아지메(阿知女)는 차례를 말하는 것이며, 가곡을 말하는 것이 아니다. 이 차례에 대해서 말하자면 먼저 모토카타에서 박자를 맞추기 위한 금(琴)을 뜯으며 〈아지메 오오오오〉라고 부르면 스에카타도 박자를 맞추기 위한 음을 내면서 〈오케〉라고 부른다. 이어서 스에카타에서 〈아지메오 오오오오〉라고 하면 이번엔 모토카타에서 〈오케〉라고 응한다. 여기까지를 한 절로 친다. 아마도 이 차례는 『古語拾遺』에 아마테라스오미카미(天照大神)가 아마노이와야에서 나온 이야기와 함께 서술되어 있는 〈이때 하늘이 처음으로 개고 서로를 바라보니 모두들 얼굴이 하얗다. 손을 뻗어서 노래를 부르고 춤을 추었다. 함께 말하기를 '아하레' 하늘이 갰다는 뜻임 매우 흥겹도다. 고어에서 사태가 매우 절실한 것을 모두 '아나'라고 한다. 뜻은 모두에게 즐겁다는 뜻. 매우 즐겁도다. 뜻은 손을 뻗어서 춤을 추다. 지금 즐거운 일을 가리키며 '다노시'라고 하는 것은 이 뜻이다. 매우 청명하도다. 대나무 잎 소리임. 오케. 나무 이름임. 그 잎을 흔든다는 뜻임〉라는 내용에 기초한 것이며, 가구라 중에서 가장 오래된 시대의 신의 모습을 담은 것이라 할 수 있다. '아지메'[21]란 아메노우즈메(天宇受賣)를 일컫는

전하는 인물이며, 후세에서는 '로에이의 시조'라는 평까지 들었다.

20 '마사노부 공'의 주석에서도 언급했지만, 미나모토 마사노부(源雅信)의 부(父). 아쓰미 친왕. 893~967. 15살에 친왕 책봉을 받고, 中務卿, 시키부교(式部卿) 등을 거쳐 一品이 되었으나, 950년에 출가하여 승려가 되었으며, 법명을 覺眞이라 했다.

21 가구라의 '아지메(阿知女)'는 이 『歌舞音樂略史』의 설이 시발점이 되어, ① 아메노우즈메 설에 이어서, ② 어의 미상. 정령을 의미하는 것으로 보임. 해상민족 '아즈미'와 관계가 있나?, 그리고 ③ 여신이란 뜻. 아(접두어)+치(靈)+메(여자)라고 분석 등의 다양을 설을 거쳐, 지금은 한반도의 고어로서 "귀한 여성", "여신" 등을 뜻하는

말이며 아(阿)하고 우(宇)가 통하기 때문이다. ○『梁塵愚按抄』, '오오오오'란 우즈
메노미코토(天宇受賣命)가 노는 모습을 『古事記』에서 〈다카아마가하라(高
天原)가 움직이고 800만신이 모두 웃었다〉고 묘사하고 있는데 이 장면
을 옮긴 것으로서 다시 말해서 우즈메노키코토가 웃는 소리인 것이다.
'오케'란 『古語拾遺』에서 말하는 '餓憩(오케)'의 뜻이며, 우즈메노미코토
(天宇受賣命)가 쥐고 있는 물건을 말하나, 이는 동시에 우즈메노미코토(賣
神) 자신을 지칭하는 뜻으로도 해석이 된다. 『入綾』에서 '阿々袁加之'라는 말이
기도 하다고 하나, 채택할 수 없다. 한편 嘉禎本 『神樂譜』에 이 차례를 기록
하면서 〈박자 치는 것을 멈추고 모두 함께 웃는다〉고 적고 있는 점을
보아도 위 고사(故事)에서 취재한 것임을 알 수 있다.

오늘날에는 이 차례를 가구라가 시작할 때만 하지만 天治本 및 嘉禎本 『神樂
譜』을 보면 처음부터 끝까지 한 곡마다 이 차례에 대해서 기재하고 있는데 이는
이 차례가 가구라에서 특별히 중요한 부분이었기 때문이다. 또한 『年中行事秘
抄』의 '진혼제'의 조에 진혼가로서 무당(御巫)이 부르는 노래를 들고 있는데 그
시작과 끝 사이에 〈아지메 오오오오〉라는 말을 적고 그 다음에 〈일, 이, 삼, 사
운운〉이라는 말을 적고 있다. 이것은 우즈메노미코토(鈿女ノ命)의 고사에서 따
온 마쓰리(祭)이기에 이러한 연출이 있는 것이라고 생각해야 할 것이다.

도리모노(探物)를 들고 노래를 부르는 것도 고대부터 내려오는 방식
이겠지만 그 노래는 대개의 경우 31음의 노래였으며 나라 시대 때부터
에도 시대 초에 이르는 시기에 걸친 가락으로 여겨지며, 그 후에도 계
속 교섭을 한 것으로 생각된다.

'아지메'라는 해석이 유력하다. 와즈미 히토시(和角仁)의 〈「阿知女」考〉(『藝能編
纂』, 1976) 등을 참조 바람. 와즈미는 미카구라에는 한반도에서 건너간 '귀화인'이
커다란 영향을 미쳤음을 강조하고 있음.

이 노래의 처음인 사카키(榊)의 모토카타의 〈비쭈기나무의 향이 좋아서 그 향을 따라 이곳을 찾아오니, 많은 사람들이 즐거운 표정으로 모여 있다〉[22] 말미 두 구절은 노래이기 때문에 반복한다 는 노래는 『拾遺集』의 '神樂歌'에 수록되어 있으며, 스에카타의 〈서리가 아무리 내려도 비쭈기나무의 잎은 시들지 않는다. 이런 비쭈기나무와도 같은 밝고 발랄한 무녀(巫女)〉[23]의 노래는 『古今集』의 가미아소비의 노래로도 수록되어 있다. 그 외의 도리모노의 노래에 관해서는 『梁塵愚按抄』이하, 이 노래의 주석 등을 살펴보기 바란다. 그 다음의 미야비토(宮人) 이하의 노래도 마찬가지.

한편 오사이바리(大前張), 고사이바리(小前張)이라고 표시한 미야비토(宮人)[24] 이하의 가곡은 언제부턴가 가구라의 여흥에 사이바라(催馬樂)[25]를 부르고 즐겼던 것이 나중에 하나의 형식으로 자리를 잡게 된 것으로 생각된다. 그래서 天治本, 文治本, 嘉禎本 등의 『神樂譜』에는 '오사이바리'라는 표제 하에 사이바라의 곡이 들어 있다. 이렇듯 미야비토 이하는 사이바라이면서도 매번 가구라에서 부르기 때문에 가구라우타의 악보에 수록해서 가구라의 일부분이 되어 전해 내려오는 것이다. 『神樂入綾』

---

[22] 〈榊葉の香をかくはしみとめくれば、八十氏人ぞまとゐせりける、八十氏人ぞまとゐせりける.〉
『拾遺集』에 577번 노래로 수록되어 있다. 뜻은 〈신나무(사카기, 榊) 향이 너무 좋아서 그 향을 따라 왔더니 많은 성씨의 사람들이 즐겁게 한데 모여 있다〉이다.

[23] 〈霜やたびおけどかれせぬさかき葉の、たちさかゆべき神のきねかも、神のきねかも.〉
『古今集』에 1075번 노래로 수록되어 있다. 뜻은 〈아무리 서리가 내려도 죽지 않고 잘 자라는 신나무처럼 번영할 신들이여〉이다.

[24] 가구라우타(神樂歌)의 오사이바리(大前張)의 첫 번째 노래 이름.

[25] 일본 고대가요의 하나. 헤이안 시대에 민요를 아악(雅樂) 풍으로 편곡해서 부른 노래로, 샤쿠보시(笏拍子), 야마토고토(和琴), 笛, 필률(篳篥), 생(笙), 쟁(箏), 비파(琵琶) 등으로 반주하였다.

미야비토의 노래는 〈미야비토노 / 오호요소고로모 / 히자도호시 本〉,[26] 〈히자도호시기노 / 요로시모 / 오호요소고로모 末〉[27]이며 31음으로 된 노래이다. 특히 이것은 수진(崇神) 천황 때에 아마테라스오미카미의 신령을 왜(倭)의 가사누이(笠縫)마을[28]로 옮겨 모셨을 때의 연회의 노래였다는 사실이 『古語拾遺』에 보이기 때문에 가구라의 노래임에는 틀림이 없으나, 그 외의 곡은 31음이 아닌 것이 많고 특히 하야우타(早歌)라고 해서 모토카타에서 〈아카가리후무나 / 시리나루코〉[29]라 읊으면 스에카타에서 〈와레모메와아리 / 사키나루코〉[30]라고 답해서 서로 주고받는 이러한 민간의 노래도 들어 있다. 하야우타(早歌)라는 것은 모토(本)하고 쓰에(末) 모두 짧게 부르기 때문에 붙여진 이름인가. 교토의 무라사키노(紫野)의 이마미야(今宮) 진화제(鎭花祭)의 노래를 자쿠렌(寂蓮)법사가 썼다는(만들었다는) 이야기가 전해지는데 이 노래는 심히 가구라의 하야우타하고 유사하다. 이 점을 통해서도 하야우타는 항간에서 유행한 노래임을 알 수 있다. 또한 묘죠(明星)의 노래 중에 〈뱌스토쵸세쓰신쵸샤쟈샤쟈게(白衆等聽說晨朝淸淨偈) 운운〉이라는 문구가 있다. 이것은 법화참법(法華懺法)의 六時의 讚의 신조(晨朝)의 게(偈)이기 때문에 『神遊歌考』 가구라하고는 어울리지 않는다는 인상이 강하나, 이것은 옛날에 이와시미즈(石淸水)[31]처럼 불가습합(佛家習合)[32]의 신사에서 행하여진 가구라가 전해 내려오

---

26 〈宮人の / おほよそ衣 / ひざとほし〉 5-7-5로 구성되어 있다.

27 〈ひざとほし / きのよろしも / おほよそごろも〉 5-6-7 음으로 되어 있어서 31음이 되지 않는다.

28 수진(崇神) 천황 때에 아마테라수오미카미(天照大神)하고 야마토오쿠니타마노가미(倭大國魂神)과 함께 모셔져 있었는데, 천황이 신위(神位)를 두려워하여 함께 모시지 않기로 하고 요요스기이리비메노미코토(豊鍬入姫命)에 부탁해서 아마테라스오미카미(天照大神)를 다른 곳으로 모셨는데 바로 그 곳이 야마토(倭)의 가사누이의 마을(笠縫邑)이라고 되어 있다. 지금의 긴테쓰(近鐵) 가시하라(橿原)線에 가사누이 역이 있다.

29 〈あかがり踏むな後(しり)なる子〉 7-5로 구성.

30 〈我も目はあり前(さき)なる子〉 7-5로 구성.

31 이와시미즈 하치만구(岩淸水八幡宮).

32 불교와 신토(神道)가 습합(習合) 즉 두 개의 다른 교의를 절충한 신사(神社)라는 뜻.

는 것인가? 그래서인지 기요스케(清輔)[33]의 『奧義抄下』에 〈가구라는 신대(神代)부터 존재하나 그 노래는 훨씬 후대의 노래이다. 그때그때 사람들이 노래 부르기 시작했기 때문에 운운〉이라고 적고 있다. 그러나 미야비토 이하는 사이바라이며 여흥으로 부른 노래라면 잡박(雜駁)한 노래도 분명히 있었다고 생각한다. 반 노부토모(伴信友)의 『神樂歌考』에는 원래부터 신려(神慮)를 위로하기 위한 것이었기에 촌스럽고 우스운 시골 노래를 채택한 것이라 한다. 이것도 하나의 설로 받아들일 수 있다.

그리고 사이바라를 가구라로 바꾼 것은 그 시작은 알 수가 없으나, 당악이 성행한 고닌(弘仁, 810~824), 조와(承和, 834~848) 이후에 고풍인 야마토고토(和琴)에 점점 외국에서 들어온 피리와 필률(篳篥)을 섞어서 새로운 음으로 바꾸어 도리모노의 노래를 불렀는데, 이 노래도 고풍해서 이때쯤부터 변경되었다고 보아야 한다 이때 당악과 그 가락이 같은 사이바라까지 함께 연주해서 흥을 돋운 것이다. 그렇다면 조와(承和) 이후, 조간(貞觀) 이전에도 이러한 형태의 악이 있었다는 추측이 가능하지 않을까 생각하는 것이다. 조간(貞觀) 때에 이소라가사키(磯等前)는 사연이 있어서 불러지지 않았는데 그 까닭은 앞에서 인용한 『中右記』에서와 같다. 그러나 그 외의 사이바라는 불러졌다고 추정된다.

『體源抄』에 〈가구라는 원래는 평조였다. 나라가 망해서 없어진 망국의 소리가 됨으로써 후에 일월조가 되었다〉[34]고 적고 있으며, 또한 스케타다(資忠)[35]의

---

33 후지와라 기요스케(藤原淸輔). 1104~1177. 헤이안 시대 말기의 귀족, 가인(歌人). 니조(二條) 천황의 총애를 받아서 『續詞花集』을 편찬하였으며, 천황의 명에 의해서 편찬된 『千載和歌集』 이하의 칙찬(勅撰) 와카집(和歌集)에 노래가 실렸다. 가집(家集)에 『淸輔朝臣集』이 있으며, 와카(和歌) 이론서에 『奧義抄』, 『和歌一字抄』가 있다.

34 亡國の音と爲るに依りて、壹越調と成る.

35 오노스케타다(多 資忠). 1046~1100. 호리가와 堀川 천황의 가구라의 사범. 康和 2

말을 인용하면서 〈고대에 가구라는 무조(無調)였다. 그러다가 근래에 모두 일월조가 되었다〉는 내용을 적고 있다. 지금의 시대에 이르러 바뀌었다는 것은 바로 이것을 말한다. 모토오리 노리나가(本居宣長)의 『玉勝間』 11권에서 위 두 예를 들고 있는데 이 설은 아주 설득력이 있다. 앞의 가구라는 모두 평조라는 설은 근거 없는 주장이다. 그리고 '지금의 시대'라는 말은 스케타다(資忠)가 살던 시대를 말하는 것이기 때문에 그때 그렇게 바뀌었다는 이야기인 것이다. 한편 반(伴) 씨는 나이시도코로(內侍所)의 미카구라가 정기적인 행사가 된 이후, 호리가와인(堀河院)[36] 때는 이 가구라의 가락도 한악(漢樂)[37]과 비슷해져서 화려해졌다. 그래서인지 〈漢國[38] 풍의 가락을 미리 정해놓고, 금(琴), 피리(笛), 북(鼓)을 연주하면서 노래를 하기 때문에 노래의 가락도 자연히 漢國 풍의 가락이 되고, 노래가사도 매우 우아하기 때문에 처음 듣는 노래는 무슨 말인지 알아들을 수 없는 것이었다. 이렇게 노래해서는 신(神)이든 사람이든 무엇을 어찌 느끼고 감동하겠는가?〉『神樂歌考』라는 말은 바로 이런 상황을 설명한 것이다.

이세(伊勢), 이와시미즈(岩淸水), 가모(賀茂), 마쓰오(松尾), 히라노(平野), 이나리(稻荷), 가스가(春日), 히요시(日吉), 기부네(貴船), 이마구마노(今熊野), 신구우(新宮) 등의 신사는 예로부터 각각 전해 내려오는 가구라를 연주하

년에 樂道의 다툼에 의해서 야마무라(山村正連)에 살해되어 多 씨의 가구라와 춤이 한때 단절되었다.

36 호리가와(堀河) 천왕이 양위한 후에 사용한 칭호. '원(院)'은 양위하고 퇴위한 천황에게 붙인 칭호였나. 재위기간은 1086~1107년이고 1107년 8월 9일 사망이기 때문에 본문에서 말하는 '호리가와인(堀河院) 때'라는 것은 1107년인 셈이다.

37 '당악(唐樂)'으로 번역할 수도 있었으나, 여기서 '漢樂', '漢國'이라는 말이 집중되어 있어서 원문을 존중, 그대로 두었다.

38 '漢國'은 단어만 보면 '중국' 혹은 '대륙' 정도로 해석할 수 있으나 여기서 말하는 '漢國 풍'은 당악에 대표되는 중국대륙만을 말하는 것이 아니라, 고구려악, 백제악, 신라악까지도 포함하는 대륙으로부터 전래된 외래의 악을 총괄적으로 뜻하는 것으로 보는 것이 타당하다고 판단하여, 굳이 '중국' 혹은 '대륙' 등으로 해석하지 않고 원문 그대로 '漢國'으로 표기하고 이 주를 달게 되었다.

였으며 또는 악인(樂人)들이 신사까지 출장 나가서 연주를 집행하였다.

> 『樂家錄』에 텐쇼(天正, 1573~1592) 때쯤에 다(多) 씨의 적자(嫡子) 중에 사누키노가미(讚岐守) 다다무네(忠宗)라는 자가 이 일에 뛰어나서 좋고 나쁨을 선별해서 좋은 음절을 밝혀서 자손에 전하였다. 현재 악관은 모두 이 다다무네의 자손들로 보인다.

또한 기옹(祇園), 오하라노(大原野), 요시다(吉田), 기타노(北野), 아쓰다(熱田), 구마노(熊野)본궁, 신궁, 나치(那智) 등의 가구라는 가테이(嘉禎) 원년(1235) 12월에 후지와라 요리쓰네(藤原賴經)가 쇼군(將軍) 시절에 무가(武家)의 행사로서 행한 것이라 한다. 이상『樂家錄』 이들은 모두 천황가의 미카구라와 별반 차이가 없었을 것이다. 또한 기쓰끼(杵築) 大社, 가시마(鹿島), 가토리(香取) 신궁(神宮)과 같은 역사가 오래된 신사에는 예로부터 전해 내려오는 가구라가 있으며 매우 뛰어난 것들이다. 이들 외의 여러 신사에서 행하여지는 가구라는 이른바 사토카구라(里神樂)라는 것으로서, 옛날에는 북 또는 도뵤시(銅拍子)[39]를 치며 무녀(巫女)가 춤을 추는 내용이 있었는데, 지금은 점점 보기 힘들어져서, 신기한 것이 되어버렸다. 이러한 일은 도회지에서는 더욱 심각하다.

사이바라(催馬樂)에 관해서는『郢曲秘抄』,『風俗裏書』에 〈사이바라는 원래 길거리와 항간에서 불리던 노래였다. 그러나 그 후에 호사가의 자녀들이 금(琴)을 뜯기 위한 가곡으로 사용하기 위해서 사이바라를 받아들였는데 그때 이후로 내려온 것이다〉와 같은 기술이 있다. 이 설에서 말하는 것처럼 사이바라는 원래는 항간에서 일반 민중이 불렀던 노래였다. 그런데 당악이 유행하는 세상이 되자 당시 사람들의 기호에 맞추

---

39 불교음악, 민속예능(민속연희) 등에서 사용하는 금속제 타악기. 2개가 한 쌍이며, 끈으로 손가락에 끼어 두 개를 쳐서 소리를 낸다. 원래는 아악의 당악에서 사용되었으나 지금은 부가쿠(舞樂)에서 사용될 뿐이다.

기 위해서 악보를 정해놓고 가락에 맞추어 부르게 되었는데, 이것이 매우 세련되어 보였다. 새롭고 신기함을 좋아하는 사람의 마음은 예나 지금이나 변함이 없기에 결국에는 고귀한 신분의 사람들까지 즐기게 된 것이다. 그렇다면 아악료에서 일본 고유의 노래인 오우타(大歌)가 약간 쇠하면서부터 사이바라 풍속의 노래가 크게 변모했다고 보아야 할 것이다. 그리고 『續日本紀』 텐표(天平) 14년(742) 정월에 〈6위 이하는 금(琴)을 뜯으며 노래하기를 "새해의 시작에 즈음하여 이렇게 만대까지 모시고 따르겠습니다"〉라는 노래가 있는데, 이 노래는 지금 『催馬樂譜』[40]의 '여가(呂歌)'에 수록해서 새해를 축하하는 곡으로 삼고 있다. 고닌(光仁) 천황이 아직 즉위하기 전에 〈가쓰라기의 절 앞인가, 도유라(豊浦)의 절 서쪽인가〉[41]라고 아이들이 부른 노래는 천황 등극의 징조라며, 『續日本紀』 31에 싣고 있는데 이 노래도 『催馬樂譜』의 '여가'에 수록해서 가쓰라기(葛城)의 노래로 분류하는 등은 『郢曲秘抄』에서 말하는 이른바 〈매우 오래된 고대부터 전하는 노래들이며 일찍부터 가미우타이(神謠い)[42]를 했었다〉는 하나의 증거라 할 수 있다.

어느 악가(樂家)의 기록에 가구라와 사이바라의 곡은 오우미노 미후네(淡海の三船)[43]가 편찬했다는 설이 있다. 미후네는 겐조(元正) 천황의 요로(養老) 6년(722)에 태어나서 간무(桓武) 천황 엔랴쿠(延曆) 4년(785)에 사망했기 때문에 사이바라를 편찬한 것은 나라 시대 말경이라고 보아야 할 것이다. 생각건대 당시

40　10세기에 만들어진 사이바라의 악보. 아악 풍에 관현(귀족들이 교양으로 즐긴 악기 연주를 주로 한 음악)의 합주로 이루어진 것으로서 연회 자리 등에서 많이 불렀다.

41　〈葛城の寺の前なるや、豊浦の寺の西なるや.〉 '도요우라의 절' 즉 도유라데라(豊浦寺)는 아스카(飛鳥)에 있는 절이며, 수이고(推古) 천황 원년에 도요우라의 궁(宮)을 절로 바꾸었다.

42　신에 바치는 노래, 신을 즐겁게 하고 찬양하는 노래.

43　722～785. 나라 시대 후기의 문인. 텐치(天智) 천황의 증손. 756년에 조정을 비방했다고 해서 금고형에 처하기도 했다.

는 아직 지금 전하는 것처럼 60여 곡으로 고정되지 않았을 것이기 때문에 이 설을 그대로 받아들여서 단정하기는 어렵다.

『三代實錄』3 조간(貞觀) 원년(859) 10월 23일자에 〈상시(尚侍)[44] 從3위 히로이(廣井) 여왕[45]이 사망했다. 히로이(廣井)는 2품 나가노미코(長親王)[46]의 후손이다. 운운. 그녀는 젊을 때에 덕조(德操)를 닦았으며, 행동에 예가 바르고, 노래를 잘 불러 칭찬을 듣고 특히 사이바라의 노래를 매우 잘 하였다. 판본은 이 글자 탈자. 古本에 의거 이 글자를 보충함. 여러 대장부 및 소년의 호사가들이 뒤따라 사이바라를 배웠다. 그녀가 사망하자 당시 사람들이 많이 슬퍼하였다〉는 기사가 있는 점을 통해서도 사이바라가 그 이전부터 널리 유행하고 있었다는 점을 확인할 수 있다. 그런데 지금 전하는 『催馬樂譜』는 어느 시대에 편찬되었는가를 생각해보니, 『催馬樂譜』에 다음과 같은 기사가 있다. 〈좌대신(左大臣) 마사노부(雅信) 공은 이치죠(一條) 또는 다카쓰카사(鷹司)라 한다. 음악에 아주 뛰어난 일대의 명장이다. 『大鏡』에 보인다. 『催馬樂譜』는 그가 펴낸 것이다. 후지와라(藤原) 집안이 사이바라의 원조이다. 또한 『笛譜』의 권말에 어떤 초록을 인용하며, 엔기(延喜, 901~923) 20년에 칙명에 의해서 우콘쇼조(右近小將) 후지와라 타다후사(藤原忠房)가 『催馬樂譜』를 펴냈다고 한다. 운운. 그러나 대부분은 마사노부 공이 만든 것이다. 운운. 가구라의 조에서 『神樂譜』와 마찬가지로 마사노부 공에 의한 작품이라는 설을 참조하기 바람.〉 즉, 『催馬樂譜』는 『神樂譜』와 마찬가지로 엔기(延喜, 901~923) 때쯤에 성립된 것으로 보인다. 모두부터 여기까지 대략 『催馬樂入綾』이 설에 필자의 의견을 가미해서 적었다.

---

44 일본어 음은 '나이시노가미' 또는 '쇼지'라 한다. 내시사(內侍司)의 장관. 종5위 상당의 관직이었으나 나중에는 종3위에 상당. 정원은 2명이며 대개의 경우 섭관가(攝關家) 집안의 여식이 임명되었다.

45 ?~859.

46 ?~715. 아스카 시대 후기부터 나라 시대 초기에 걸친 황족. 텐무(天武) 천황의 아들.

사이바라에는 예로부터 전하는 두 계통이 있다. 하나는 좌대신 마사노부(雅信) 공이 전하는 것인데 이것을 후지와라(藤原) 계통이라 하고, 또 하나는 시키부교(式部卿) 아쓰미(敦實) 친왕이 전하는 것인데 이를 미나모토(源) 계통이라 한다.

사이바라의 고본(古本)은 天治本을 비롯해서 몇 가지가 있으나 율려(律呂)의 서(序)와 곡명에 이동(異同)이 있다. 여기서는 『梁塵愚按抄』에 따라서 곡명을 들고자 한다.

我駒(아가코마) 澤田川(사와다가와) 高砂(다카사고) 夏引(나쓰비키) 貫河(누키가와) 東屋(아즈마야) 走井(하시리이) 飛鳥井(아스카이) 靑柳(아오야기) 伊勢海 庭生 我門 我門乎 大路 大芹 淺水 刺櫛(사시구스) 鷹子 逢路(아후미치) 道口 更衣(고로모가에) 何爲(이카니센) 鷄鳴(도리와나키누) 老鼠(오이네즈미) 隱名(구보노나) 이상을 律歌라 한다. 安名尊(아나타후토) 新年 梅枝(우메가에) 櫻人(사쿠라비토) 葦垣(이시가키) 山城(야마시로) 眞金吹(마가네후쿠) 紀伊國(기이노쿠니) 葛城(가쓰라기) 竹河(타케가와) 河口 此殿者(고노토노와) 此殿西 此殿奧 鷹山 美作(미마사카) 藤生野(후지우노) 妹與我(이모토와레토) 淺綠 靑馬(아오우마) 妹之門(이모가카도) 席田(무시로) 大宮(오미야) 總角(아게마키) 本滋(모토시게키) 蓑山(미노야마) 眉止之女(마유토시메) 酒飮(사케오다우베테) 田中井戶 無力蝦(치카라나키가에루) 難波海(나니와노우메) 鈴之川(스즈카노가와) 石川(이시가와) 奧山 奧々山 我家(와이헨) 이상을 呂歌라 한다.

위의 곡 중 다이죠에(大嘗會) 때 국사(國司)[47]가 제출한 풍속가도 섞여 있다. 31음을 길게 한 것하고 그렇지 않은 것하고 구별이 있다. 남녀 사이를 이야기하거나 외설적인 노래도 있는 것은 원래 항간에서 불리

47　옛날 조정에서 각 지방에 파견된 지방 관리.

던 노래를 받아들인 데도 이유가 있을 것이다.

　사이바라의 뜻에 관해서 『梁塵愚按抄』에 〈사이바라는 옛날에 여러 지방정부에서 공물(貢物)을 대장성(大藏省)에 바쳤을 때 백성들이 흥얼거리며 읊은 노래여서 사이바라(催馬樂)라 불렀다. 말(馬)을 재촉(催)한다고 표기하는 것은 공물을 실은 말을 재촉하는 마음이다〉고 하는 내용이 있으며, 이 이야기는 에이쿄쿠(郢曲) 관련 옛 문헌에서도 보이는 오래된 설이나 그대로 따를 수 없다. 모토오리 노리나가(本居宣長)의 『玉勝間』 7권에서 나가세 마사키(長瀨眞幸)[48]가 말하기를 〈사이바라라는 명칭은 맨 처음에 시작하는 「吾駒(아가코마)」의 노래에 의해서 붙여진 이름이다. 여기서 말하는 노래란 〈이데아가코마 운운〉의 노래인데, 이 노래는 원래 『萬葉集』 12권에 실려 있는 〈이데아가코마 / 하야쿠유키고소 운운〉[49]의 노래이다. 처음 두 구가 말을 재촉하는 내용이어서, 이를 받아서 사이바라(催馬樂)라 명명한 것이다. '樂'이라는 한자는 당나라의 악곡 이름에 따르기 위해서 붙인 것이며, 이 '樂' 자의 음을 따서 '라'라 부르는 것이다. 그런데 이 「吾駒」의 노래를 사이바라의 시작이었기 때문에 이 명칭이 사이바라 여러 곡 전체를 일컫는 총칭이 된 것이라는 이야기가 있는데 이 주장은 좋다. 옛날부터 전하는 설보다 이쪽이 더 좋다. 이외에도 이 명칭에 관한 설이 여럿 있으나 번거롭기에 생각한다.

　생각건대 고닌(弘仁), 조와(承和) 이후, 당악이 성행하였으나 그 내용이 무(舞)와 악(樂)뿐이고 부르고 읊는 노래는 없었기에 내부의 연회에서

48　1765~1835. 구마모토(熊本) 번(藩) 번사(藩士). 모토오리 노리나가 문하의 국학자. 『訂正古訓古事記』(1803)를 남겼으며 지금도 『古事記』 훈독(訓讀)의 교재가 되고 있다.

49　『萬葉集』 제12권 3154번 노래. 〈いで吾が駒早く行きこそ眞土山待つらむ妹を行きて早見む〉 뜻은 〈자, 내 말이여, 빨리 달려다오. 지금쯤 나를 기다리고 있을 연인을 빨리 만나고 싶구나〉.

춤이 없을 때는 당악의 곡과 사이바라의 노래를 바꾸어가며 교대로 연주해서 향연의 흥을 돋우었다. 예를 들자면 '안명존(安名尊)', '조(鳥)'의 파(破), '석전(席田)', '하전(賀殿)'의 급(急) 이상을 呂로 한다 '이세해(伊勢海)', '만세악(萬歲樂)' 이상을 律로 한다 의 순서로 연주하는 경우이다. 이러한 내용은 악가(樂家)에 전하는 문헌이나 여러 집안의 기록을 통해서 확인할 수 있다.

『樂家錄』 5권에 〈옛날에는 놀이를 할 때 샤쿠뵤시(笏拍子)[50]를 치고 산노쓰즈미(三鼓)[51]는 사용하지 않았다. 그러나 지금은 놀이에 샤쿠뵤시를 제외한다. 그 이유는 호리가와인(堀河院)이 음악을 좋아해서 사이바라에서는 샤쿠뵤시를 사용하지 않고 산노쓰즈미를 사용하기 때문이다. 이것 또한 그 시작이라 할 수 있다 운운〉 라는 기사가 있다. 그러나 사이바라에는 샤쿠뵤시와 야마토고토(和琴), 그리고 요코부에(横笛)을 사용한다는 내용의 문헌이 여럿 확인된다.

이후의 난세(亂世)에 사이바라가 한때 단절되었으나 간에이(寬永) 3년(1626)에 니조조(二條城)로 행차하면서 부가쿠(舞樂)를 관람할 때에 요쓰지다이나곤(四辻大納言)[52] 스에쓰구(季繼)[53] 경에 명해서 사이바라를 공연케 했다는 내용이 『樂家錄』에 확인된다.

아즈마아소비(東遊) 또는 아즈마마이(東舞)라고도 한다. 이것은 원래 동국 지방의 풍속가(風俗歌)에 맞추어 추는 춤이라 이렇게 불린다.

---

50 가구라나 사이바라에서 주창자(主唱者)가 박자를 취하기 위해서 사용하는 악기. 홈(笏) 또는 홈을 2개로 나눈 모양을 하고 있으며, 두 손으로 각각 쥐고 두 개를 쳐서 소리를 낸다.

51 아악(雅樂)에서 사용하는 타악기. 헤이안 시대부터 고구려악(高麗樂)에서 사용했으며, 받침이 없고 오른손에 쥔 채로 치는데, 원래는 채 없이 왼손으로 쳐서 소리를 냈다.

52 '大納言'의 일본어 음은 '다이나곤'이며 조정의 최고기관인 태정관(太政官)의 한 직위. 좌대신(左大臣), 우대신(右大臣), 내대신(內大臣) 다음으로 높은 관위.

53 1581〜1639. 요쓰지 쓰에쓰구. 요쓰지는 에도 시대의 아악의 집안이며, 쟁(箏)과 야마토고토(和琴)를 가업으로 한다.

『東遊歌譜』의 첫 번째 노래가 「사가무 相模임 노네 운운」[54]이고, 그 다음이 '스루가우타(駿河歌)' 駿河舞라고도 한다 라는 제목인데 「우토하마니스루가나루 운운」이라는 노래가 있어서 그렇게 부른다고 한다. 『古今集』 오우타도코로(大歌所)의 노래 중에 아즈마우타(東歌)가 있다. 이것도 우타이모노(창, 노래)에 사용된 동국 지방의 노래들이다. 『體源抄』를 비롯해서 악가의 문헌에 〈그 옛날 스루가(駿河)의 나라 우토하마(宇戶濱)에 선녀가 하늘에서 내려와 가무를 보인 모습을 재연하였는데 이것을 스루가마이(駿河舞)라 한다는 이야기가 있는데, 이 이야기는 오래된 『童蒙抄』에도 수록되어 있다. 『後拾遺集』에 〈이요(伊豫)의 미시마묘진(三島明神)에서 아즈마아소비를 하고 읊는 노래〉라는 고토바가키(詞書)[55]와 함께 수록되어 있는 노인(能因)[56] 호시(法師)의 〈우토하마니 / 아마노하고로모 / 무카시기테 / 후리켄소데야 / 교노하후리코〉[57]라는 와카도 이 고사에 의한 것으로 생각되나 아무래도 단고(丹後) 지방에 내렸다는 선녀 이야기 『風土記』에 보인다 에 억지로 끌어다 붙인 것 같아서 믿기 어렵다.

아즈마아소비라는 말이 문헌상에서 확인되는 것은 『三代實錄』 5권의 조간(貞觀) 3년(861) 3월14일에 도다이지(東大寺)의 대불(大佛) 공양 때에 〈당나라, 고구려, 임읍(林邑) 등의 악은 북과 종을 치고 현악기와 관악기로 음악의 소리를 낸다. 먼저 우도네리(內舍人)[58] 20명을 야마토마이(倭舞)에 동원하고, 다음 고노에(近衛)의 건장한 자 20명을 아즈마마이(東舞)에

---

54 원문은 '左加無 相模なり 乃彌 云々'이며, '左加無'에는 'サガム', '乃彌'에는 'ノ ネ'라는 토를 달았음. 구체적 내용 미상.
55 와카 앞에 해당 노래의 배경이나 의미 또는 주제와 관련한 부연설명을 적은 글.
56 988~?. 헤이안 시대 중기의 가인(歌人).
57 〈うとはまに 天の羽衣むかし著てふりけん袖やけふのはふり子〉. 선녀가 입고 하늘을 나는 옷을 입고 우토하마에 내려왔는데 오늘 신사에서 무녀가 소매를 날리는 것을 보고 그때 생각이 났다는 뜻.
58 中務省의 문관. 대도(帶刀)하고 궁중의 숙직, 천황 신변의 경호를 담당한다. 4위 이하, 5위 이상의 자들의 자식들 중에서 선발되었다.

동원하였다)는 것이 그 처음이며, 이 기사는 이른바 당악, 고구려악, 임읍악과 같은 제방악(諸方樂)과 함께 일본의 국풍인 야마토마이(倭舞), 아즈마마이(東舞)를 공연한 것을 말하는 것이다. 다음 기록은 우다(宇多) 천황이 처음으로 11월의 가모(賀茂)의 린지마쓰리(臨時祭)를 시작했을 때 이 아즈마아소비를 하였다는 기록이다. 이와 관련해서는 『年中行事秘抄』에 간표(寬平) 원년(889)의 『御記』를 인용하면서 〈아직 왕위에 오르지 않았을 때, 가모(鴨)의 신이 사람을 빌어 말씀하시기를, 다른 신들은 1년에 두 번의 제사를 받는데 나는 한 번이다. 고닌(弘仁, 810~824) 초부터 제녀(齊女)[59]와 백관의 배행(陪行)을 받았다. 원망하는 것은 아니다. 단지 매우 쓸쓸하다. 그래서 가을에 폐백(幣帛)을 받았으면 한다. 어려운 일이 아니다. 그러나 군주의 덕의의 충분하지 아니하여 운운 그래서 작년부터 말 10필을 준비해서 달리도록 조련하고 또한 아즈마마이를 배우고 근위부(近衛府)의 관리 중 가곡에 뛰어난 자 15명에게 배행시키고 운운. 이하 생략〉라는 기사가 참고가 된다. 그 후 스자쿠(朱雀) 천황의 텐교(天慶) 5년(942) 4월에 마사카도(將門)[60]와 스미토모(純友)[61]의 역모가 평정된 것에 대해서 신에게 감사(賽報)[62]하기 위해서 이와시미즈(石清水)의 린

---

59 신에 봉사하는 처녀. 예를 들면 후지와라(藤原) 씨를 가진 미혼 여성을 선발해서 후지와라 씨의 씨족신을 모신 가스가신사(春日神社)에 봉사시켰다.

60 다이라노 마사카도(平將門). 903?~940. 헤이안 시대 중기의 장수이며, 간무(桓武) 천황의 자손이며 관동지방 일대를 장악하여 國司의 金印을 빼앗은 결과 조정으로부터 적으로 간주되었다. 스스로 '新皇'이라 칭하며 자립을 꾀했으나 결국 토벌되고 말았다.(承平天慶의 난)

61 후지와라 스미토모(藤原純友). ?~941. 헤이안 시대의 중간 귀족. 세토우치(瀬戶內)에서 조정에 대해서 반란을 일으켰는데 관동지방에서 다이라노 마사카도가 일으킨 난과 함께 承平天慶의 난이라 한다. 마사카도의 난은 2개월 만에 평정되었으나 스미토모의 난은 평정까지 2년이나 걸렸다.

62 본문에서는 신이 은혜를 베풀어준 것에 대해서 감사한다는 '賽'와 '報'로 표현하고 있는데, 史料를 확인해보면 텐교(天慶) 3년 1월, 2월, 5월, 8월, 9월, 텐교(天慶) 4년 2월, 5월 등에 역란을 평정할 수 있도록 기원하고 있다. 물론 그 중에는 이와시미즈도 포함된다. 이러한 기원을 받아들여준 신에게 감사한다는 마음으로 린지마쓰리

지마쓰리를 새로 시작하였는데 이때 아즈마아소비를 공연케 하면서부터 가모(賀茂)와 이와시미즈(石淸水) 두 신사에서 거행하는 린지마쓰리의 정기적인 행사가 되었으며 무인(舞人)들이 동원될 때는 궁중에서 시악(試樂)[63]을 하였다. 또한 마쓰리 다음 날에는 가에리다치(還立)의 무(舞)[64]가 있다는 내용이 『江家次第』, 『公事根源』 등에 확인된다. 이후, 이 무(舞)는 신을 모시는 행사에만 거행되는 것이 되었다. 『東遊歌譜』에는 이치노우타(一歌), 니노우타(二歌), 스루가우타(駿河歌), 모토메고우타(求子歌), 加太於呂之 大廣歌라고도 한다 등의 곡이 있으며,[65] 天治本에는 〈엔기(延喜) 20년(920) 11월 10일 칙령에 의해 정함〉이라는 말이 있다.

이와시미즈 린지마쓰리를 처음 시작할 때 〈이노리쿠루 / 야하타노미야노 / 이와시미즈 / 유구수에도오구 / 쓰가에마쓰랑〉[66]라는 노래를 춤에 사용한 사실이 확인되며 『年中行事秘抄』 『公事根源』 또한 『袋草子』에서 들고 있는 노래는 이 노래와는 다름 또한 〈가미노요노 / 야사카노사토도 / 게후요리조 / 기미가치토세와 / 가조에하지무루〉[67]라는 노래는 텐엔(天延) 3년(975) 기옹(祇園) 린지마쓰리 때 사

를 시작한 것으로 이해하면 될 것 같다.

63 試樂이란 궁중에 모인 舞人·樂人들이 모여서 음을 맞추는 등의 예행연습을 말한다. 이와시미즈 린지마쓰리는 한 달 전부터 조음(調音) 등의 연습을 시작하는데 마쓰리 2일 전부터는 청량전에서 연습을 하게 된다. 이를 試樂이라 한다. 그리고 마쓰리 당일에 공연장소인 이와시미즈로 향하는데 이것을 본문에서는 '참향(參向)'이라고 하고 있다.

64 가모(賀茂), 이와시미즈(石淸水) 린지마쓰리(臨時祭)에서 봉사한 하인, 舞人들이 천황 앞에 나서서 가무 놀이를 하는 것을 말한다.

65 『枕草子』의 「舞는」이라는 제목 하에 〈舞는 스루가마이(駿河舞), 모토메고(求子), 매우 재미있다〉는 기사가 있다. '加太於呂之'는 미상.

66 〈祈くる八幡の宮の石淸水ゆく末遠くつかへまつらん〉 뜻은 〈많은 사람들이 기도하러 오는 야하타(八幡)의 이와시미즈, 앞으로 오래오래 받들어 모시려 한다〉 정도로 해석할 수 있다.

67 〈神の代の八坂の里とけふよりぞ、君が千とせはかぞへはじむる〉 뜻은 〈神의 대가 오래오래 이어지는 야사카의 고을에서 오늘부터 님(군주)의 영원한 치세(治

용된 아즈마아소비의 노래『白石樂對』라는 점을 보면, 때로는 필요시에 악곡을 새로 만든 것 같다. 또한 간표(寬平) 3년(891) 11월 24일자『外記日記』에 〈이날 가모묘징(鴨明神)에서 폐백과 말이 헌상되었다. 칙사(勅使)인 우병위감(右兵衛督)[68]인 후지와라 다카쓰네(藤原高經)가 아소비오(遊男) 20명을 데리고 가모의 아래, 위 두 신사를 참배하였다〉는 기사가 있다. 여기서 말하는 '아소비오(遊男)'는 아즈마아소비의 악인(樂人), 무인(舞人)을 가리키는 걸로 생각된다.

『體源抄』에서 인용하는『續敎訓抄』에 〈풍속이란 여러 지방의 고풍을 모른 것이다. 그래서 풍속은 사이바라 안에 많이 있으며, 운운 잡기, 이마요, 동요의 대사는 모두 풍속의 한 흐름이다〉고 설명하고 있는 것처럼, 풍속가(風俗歌)란 원래 여러 지방의 유행가이다. 그 중에서 곡조가 좋은 노래를 신분의 고하 관계없이 많은 사람들이 부르게 된 것이다. 그렇기 때문에 후세의 히나우타(鄙歌)와 마찬가지로 7언으로 된 것이 많다. 다이죠에(大嘗會) 때 유키·수키(悠紀主基) 두 지방에서 봉납되는 노래는 더욱 그러하다. 다이죠에 때에 두 나라가 토풍(土風)의 가무를 공연하는 일에 대해서는『續日本紀』에서 간무(桓武) 천황이 즉위한 해에 처음으로 들고 있으나, 그 전부터 이러한 관행은 있었음이 틀림없다.『古今集』의 오우타도코로(大歌所)의 노래 중에 '오미부리(近江ぶり)', '미즈쿠키부리(水莖ぶり)', '시하쓰야마부리(四極山ぶり)' 이들에 관해서는 이미 언급하였다 등이 있는 것도 그 지역마다의 풍속을 담은 노래이기 때문이며, '부리(振)'라는 것도 '후시' 즉 '곡절(曲節)'이라는 뜻이며, 원래 다른 노래를 어떤 노래 풍으로 부르는 것을 '~부리'라고 한다.

지금 전하는『風俗歌譜』는 가구라, 사이바라, 아즈마아소비와 함께 엔기(延喜, 901~922) 때쯤에 완성된 것인가? 자세한 것은 알 수 없다. 풍

世)를 하나하나 세우렵니다〉 정도로 해석할 수 있다.

68 우효에노가미(右兵衛督). 병위(兵衛)를 감독하고 천황의 신변경호를 담당하는 좌우 兵衛의 하나인 右兵衛의 장관. 從五位上에 상당하는 벼슬.

속가는 「오쓰쿠바(乎津久波)」부터 「가노유쿠(彼乃行)」까지 25곡이 전한다. 단 책에 따라서 이동(異同)이 있다. 『枕草子』의 '노래라는 것은'이라는 조에 〈후조쿠를 자주 부른다〉는 것은 바로 이 『風俗歌譜』에 있는 노래를 자주 부른다는 것이다.

당악이 유행하는 시대가 되면서부터 아악료에서는 당악과 같은 외래악만 주관하고 일본 고풍의 가무에 관해서는 따로 오우타도코로(大歌所)를 설치해서 관장시켰다. 이 오우타도코로가 언제쯤 만들어졌는지에 대해서는 알 수 없으나, 『文德實錄』 2권의 가쇼(嘉祥) 3년(850) 11월 기묘자에 '從四位下治部大輔書主卒'이라 적고 이에 관한 전기를 기록하면서 〈고닌(弘仁) 7년(816) 운운, 야마토고토를 잘 뜯는다. 그래서 오우타도코로의 장관직을 맡게 되어 연회가 있을 때마다 항상 배행한다〉고 서술하고 있기 때문에 고닌(弘仁) 이전에 오우타도코로가 설치되었다고 본다. 그 후로는 고세치마이(五節舞)를 비롯해서 가구라, 사이바라, 풍속가 등은 모두 이 오우타도코로에서 관장하는 행사가 되었다.

일본 고풍의 노래를 오우타(大歌)라고 한다는 이야기, 이미 앞에서 언급했다. 『江家次第』 五節帳壹試의 조에 〈오우타는 기사기마치노로우(后町의 廊)[69] 근처로 옮겨갔다. 오우타─고우타의 노래 소리가 두루 미치도록 크게 소리를 냈다〉는 기술이 있는 점으로 보아 오우타는 고우타(小歌)에 대한 명칭으로 생각된다.

---

[69] '기사기마치(后町)'는 궁중의 常寧殿을 말하고, '기사기마치노로우(后町의 廊)'는 조네이덴(常寧殿)에서 조쿄덴(承香殿)으로 통하는 길을 말한다. 필요에 따라서 마차를 끌 수 있었다.

제6장 로에이(朗詠), 이마요(今樣), 잡기

사이바라 다음에 로에이(朗詠)가 있다. 이것은 '和'(일본열도)와 '漢'(대륙)의 시문 중에서 아취(雅趣)있는 구에 가락을 붙여 낭음(朗吟) 즉 읊는 것을 말하며, 주로 귀현들 사이에서 많이 행하여진 모습이 『源氏物語』와 같은 작품을 통해서 확인된다. 후에는 천황가의 놀이로서도 사이바라와 함께 사용되었음이 제가(諸家)에 전승되는 기록을 통해서 확인할 수 있다.

후지와라 긴토(藤原公任)[1] 경(卿)이 찬집한 『和漢朗詠集』은 로에이 낭음을 위해서 편찬된 것으로 안다. 후지와라 긴토가 편찬했다는 근거에 대해서는 『江談抄』,

---

[1] 966~1041. 헤이안 시대 중기의 歌人. 아버지는 간파쿠다죠다이징(關白太政大臣)인 후지와라 요리타다(藤原賴忠). 어머니는 다이고(醍醐) 천황의 손녀. 와카(和歌), 한시(漢詩), 관현(管弦)에 뛰어난 재능을 보였다. 家集에 『大納言公任集』이 있으며 歌論書에 『新撰髓腦』가 있다.

『十訓抄』에 자세하게 나온다. 이 책에는 한 주제마다 한시는 물론이고 와카까지 싣고 있는데 이는 와카 또한 낭음하기 위한 것이며, 제목에 붙은 '和漢'도 이러한 이유에 의한 것이라 생각된다. 이와 관련하여 이마이 지칸(今井似閑)[2]이 찬집한 『萬葉緯』에는 마쓰시타 켄린(松下見林)[3]의 설이라며 『和漢朗詠集』은 和와 漢에 뛰어난 재자(才子)들의 시구를 모아 상하 두 권으로 엮은 것이라고 적고 있다. 와카에 후대 사람들이 한시를 적어 넣은 것 같다. 실제로 악가(樂家)에 전하는 로에이의 악보라든지 기타 여러 문헌에서 로에이를 읊는 모양이나 정황을 살펴보면 더욱 그래 보인다. 그러나 후지와라 모토토시(藤原基俊)[4]가 편찬했다는 『新撰朗詠集』에 한시의 시구 말미에 와카를 들고 있는 것을 보면 이런 생각에 대해 의심이 가는 것도 사실이다. 더욱더 자세하게 알아볼 필요가 있다. 친구 가시와기 탄코(柏木探古)는 다음과 같이 주장하고 있다. 〈『和漢朗詠集』의 와카를 후세인에 의한 가필이라고 보는 마쓰시타 켄린의 설은 잘못이다. 고노에(近衛) 가(家)에 전하는 유키나리(行成) 경 친필의 로에이집(朗詠集)에도 와카를 싣고 있다. 이 책은 지금 궁내성(宮內省) 귀중도서로 분류되어 있다. 이 외에 고필(古筆) 단편 중에 유키나리 경의 것이라는 『和漢朗詠集』도 와카를 싣고 있다.〉

로에이의 가락에 관한 옛 문헌 호토쿠(寶德, 1449~1452) 때의 편찬이라는 내용이 모두에 확인된다. 로에이의 구에 박자를 붙인 것이며 綾小路有俊卿에 의한 붕안(文安, 1444~1449) 때라는 서명이 있다[5] 앞머리에 '로에이의 유래'라는 제목 하에

---

2   1657~1723. 에도시대 전기의 국학자. 케이추(契沖)에 사사하여 『萬葉集』에 대해서 강의를 받았음.

3   국학자. 『異稱日本傳』.

4   1060~1142. 헤이안시대 후기의 귀족, 歌人. 후지와라 씨의 주류인 후지와라홋케(藤原北家) 출신이나 관운은 따르지 않아서 從五位上左衛門佐에 머물렀다.

5   아야노코지(綾小路)는 우다겐지(宇多源氏)의 혈통을 잇는 좌대신 미나모토 마사노부(源雅信)의 자손인 아야노코지 노부아리(綾小路信有)를 시조로 한다. 아악의 에이쿄쿠(郢曲), 와고토(和琴), 쟁, 피리에 관한 전승이 많은 집안이며, 아악의 사범가(師範家)로 알려져 있다. '有俊'의 '俊'은 글자가 깨져서 정확하게 보이지는 않음.

〈다이고(醍醐) 천황과 스자쿠(朱雀) 천황의 성대(聖代)에 넓고 깊은 이 길이 갖추어졌다. 미나모토(源)와 후지와라(藤原) 두 집안에 이 업(業)이 전하여 한시가 수십 구에 이르고 와카가 90수에 이른다. 그 후에 미나모토 집안에서 읊은 와카가 100여 수에 이르고 후지와라 집안에서 익힌 한시가 200구에 이른다고 한다. 운운〉라는 내용이 서술되어 있다. 이 대목은 가구라 및 사이바라의 악보는 엔기(延喜, 901~923) 때 칙령 이에 관해서는 앞에서 언급했음에 의해서 편찬되었다는 견해에 기초한 것이나 사실 그 시작은 엔유(圓融) 천황(재위 969~984), 가잔(花山) 천황(재위 984~986) 전쯤으로 보아야 한다. 다만 미나모토와 후지와라 두 집안을 통해서 전래되었다는 사실이 이 글을 통해서 분명히 확인된다.

이마요(今樣)라는 것은 원래 새롭고 현대적인 멋을 말하는 말인데[6] 요즘말로 '當世風'이라는 말과 비슷하다 중세 때 새롭게 유행한 노래를 이마요우타(今樣歌)라고 하였다. 그렇기 때문에 7언 등의 글자 수가 정해진 바도 없는 것 같다. 4박자로만 부르는 것을 이마요라고 한다는 말은 후세의 이야기이다.

『源氏物語手習』에 요즘 젊은이들은 이런 것을 좋아한다고 하며, 또한 홍매(紅梅)의 짙은 색을 이마요의 색이라고 하는 데서 이 말의 뜻을 이해해야 한다. 이마요우타(今樣歌)라는 이름은 『紫式部日記』의 〈젊은 귀족들이 이마요우타를 부른다〉, 또는 『枕草子』의 '노래란'이라는 제목의 단에서 〈이마요는 길고 가락이 붙어 있다〉는 등의 설명은 모두 이마요의 노래를 말하는 것이다.

〈옛 도읍에 와 보니, 이미 쇠락하여 초목이 무성한 상태가 되어 있었다. 달빛이 구석구석까지 환하게 비추어, 가을바람이 차갑게 느껴진다〉[7]

---

6 '이마(今)'는 '지금, 요사이, 최근'이라는 뜻이고 '요(樣)'는 '모양, 모습' 정도의 의미이다. 즉 '이마요(今樣)'라는 말의 원뜻은 '요즘 모습, 새로운 모양'이라는 뜻이다.

7 〈ふるき都を / きてみれば / 淺茅が原とぞ / なりにける / 月の光は / くまなくて

라고 고토쿠다이지 사네사다(後德大寺實定)[8]가 읊은 것처럼 7·5·7·5로 4구에 박자를 붙여서 부르는 이마요우타는 당시 주로 연회석상에서 불렸으며, 유죠(遊女),[9] 시라뵤시(白拍子) 등 이마요우타에 아주 능통한 자들이 있었다는 사실이 『源平盛衰記』, 『平家物語』, 『古今著聞集』, 『曾我物語』, 『義經記』 등을 통해서 확인된다.

고보대사(弘法大師) 작이라는 전승과 함께 요즘도 어린이들이 공부를 시작할 때 배우는 이로하우타(伊呂波歌)라는 것도 완전히 이마요우타와 같은 가락인 것으로 보아 이미 당시 이로하우타가 불리고 있었다고 생각된다. 이 이로하우타에 대해서는 『河海抄』에서 『江談抄』를 인용하면서 〈弘法大師는 여러 진언(眞言)과 범자실담(梵字悉曇)을 전하고 가르친 후에 법문에 맞추어 이로하니호헤토(イロハニホヘト)로 된 와산을 만들어 널리 보급한 이후로 운운〉라는 기록이 있다. 이처럼 원래는 승가(僧家)에서 와산(和讚)[10]을 가르치면서 부르던 노래와 이마요우타의 가락이나 형태가 많이 닮았기 때문에 이로하우타를 이마요우타의 기원으로 볼 수도 있다. 당시 이마요우타가 이미 존재하고 있었으며, 그것을 본따서 이로하우타를 만든 것은 아니다. 그 불경에 범찬(梵讚)이라고 하여 천축(天竺)의 음

/ 秋風のみぞ / 身にはしむ.〉

8 1139~1192. 헤이안시대 말기부터 가마쿠라 전기에 걸친 귀족이자 歌人. 후지와라 사네사다(藤原實定)이며 도쿠다이지 사네사다(德大寺實定)라고도 함. 헤이케(平家) 전성기에는 불운하였으나, 미나모토 요리토모(源賴朝)의 주청(奏請)에 의해 議奏公卿의 한 명이 되어, 1189년에는 左大臣에 이르러 고토쿠다이지 사네사다(後德大寺實定)로 불리게 되었다. 『千載和歌集』, 『新古今和歌集』 등에 많은 와카가 입수(入首).

9 가무(歌舞)나 오락 등의 유예(遊藝)를 지니고 연회 자리에 참가한 여인들. 때로는 수청 드는 일까지 했다. 舞를 전문적으로 다루는 시라뵤시(白拍子)도 이 유죠(遊女)의 측면을 지니고 있었다. 아즈치모모야마(安土桃山) 시대 이후에 유곽(遊廓)이 허용되면서 공창, 사창을 통틀어서 유죠라 부르게 되었으며, 특히 에도 시대에는 이쪽 의미가 강해졌으나, 그 전까지는 가무와 음악 관련 재능을 가진 자로서의 의미가 강했다.

10 한자 표기는 '和贊' 또는 '和讚'. 부처·보살 등의 덕행을 찬미하는 노래나 글귀.

(音)이 있었는데 이것을 한나라 말인 한어(漢語)로 바꾸어 설파하는 것을 한찬(漢讚)이라 하니, 구카이(空海)가 황국(皇國)의 말로 이 찬(讚)을 만들고 이를 와산(和讚)이라고 했는데, 후에 이 가락과 형태에 맞추어 읊은 노래를 통틀어서 와산(和讚)이라고 부르게 된 점과 더불어 알고 있어야 한다고 반 노부토모(伴信友)가 『假字本末』에서 주장하고 있는데 이에 따라야 한다. 생각건대 이때부터 불가(佛家)에 와산이라는 것이 유행하면서 위아래 할 것 없이 모든 자가 불법을 믿는 시대가 되어 와산의 가락에 의해 4구 박자에 의한 이 이마요우타가 시작된 것인가 생각한다. 『古事談』에서 들고 있는 에신(惠心)[11]이 긴뿌센(金峯山)에서 무녀(巫女)한테서 들었다는 우타우라(歌占)[12]의 노래를 시작으로 여러 문헌에 실려 있는 이마요우타는 불법(佛法)에 의하는 바가 크다는 점을 생각해야 한다.

『百練抄』 8에 쇼안(承安) 4년(1174) 9월 1일자에 〈다이죠 법황(太上法皇)의 처소에서 法住寺殿 이마요아와세[13]가 있었다. 이마요를 잘 하는 자 30명을 선정하여 15일 밤 동안 매일 한 판씩 거행하여 좌우의 자웅을 겨루었다. 모로나가(師長),[14] 스케가타(資賢)[15] 경 등이 승패를 판정하는 판자(判者) 역할을 맡았다. 13일, 상황(上皇)의 거처에서 이마요아와세가 끝

---

11   겐신(源信)을 말함. 히에이잔(比叡山)의 惠心院에 머물고 있어서 붙은 칭호. 惠心 僧都. 942~1017. 천태종 승려. 『往生要集』을 펴냄.

12   점괘의 결과를 와카(和歌)로 표현한 것으로서 와카 한 수마다 채색이 들어간 그림이 들어 있다. 보통 64수의 와카를 수록하고 있다.

13   아와세(合)라는 것은 좌우로 편을 나누어 누가 더 이마요를 잘 부르는가를 경쟁해서 승사를 가리는 것을 말한다. 수로 와카에서 우타아와세(歌合)라는 명칭으로 많이 개최된 것이 이마요에도 적용된 것이라 보면 된다.

14   후지와라 모로나가(藤原師長), 1138~1192. 헤이안 시대 말기의 귀족. 太政大臣. 부친은 호겐의 난의 주모자로 유명한 좌대신 후지와라 요리나가(藤原賴長). 일본 아악의 역사에서 미나모토 히로마사(源博雅)와 함께 가장 중요한 인물이다. 특히 쟁(箏)과 비파(琵琶)의 명수로 알려져 있으며, 『仁智要錄』, 『三五要錄』 등의 악보가 있으며, 칙선 와카집인 『千載和歌集』에도 와카가 수록되어 있다.

15   미나모토 스케가타(源資賢), 1113~1188. 宇多천황의 손자 미나모토 마사노부(源雅信)로 시작되는 음악 집안 출신. 가집(歌集)으로 『資賢集』이 있다.

나고 연회가 열렸다. 상황이 이마요를 부르도록 지시하였다. 희대의 미
담이었다〉라고 되어 있는데 여기서 말하는 '太上法皇', '上皇'은 바로 고
시라카와(後白河) 천황을 말한다. 당시 이마요가 성행했음을 알 수 있다.

이 '이마요아와세'에 관해서는 『吉記』에 가장 자세하게 나와 있다. 그리고 『玉
海』, 『郢曲相承次第』 등에서도 확인된다. 『禁秘御抄』에 〈제왕에게 음악을 전한
사람에 대한 이야기를 시키고, 고시라카와 상황, 이마요의 유죠(遊女) 오토노마
에(乙前)〉라 적혀 있다.

사이바라, 풍속, 로에이, 이마요 등의 노래를 통틀어서 에이쿄쿠(郢曲)
라고 한다. 한편 쇼카(唱歌)[16]라고도 했는데 『源氏物語』를 비롯한 모노
가타리(物語)를 통해서 확인할 수 있다. 단 레이키(靈龜) 5년[17] 정월의
『續日本紀』에 '唱歌師 5인'의 이름을 들고 있으며, 또한 가쇼(嘉祥, 848~
851) 때쯤에 다치바나 사네나오(橘眞直)[18]가 쇼카를 잘 하여 닌묘(仁明) 천
황의 총애를 받았다는 내용이 『文德實錄』에 실려 있는데, 이것이 쇼카
의 가장 오래된 기록이다.

『續世繼』 9[19]에 〈예전에 생(笙)이라는 피리의 전문가 중에 이치노조(市佑) 도

---

16 '唱歌'는 일본어 현대어는 쇼카(しょうか)이며, 고어는 쇼가(しょうが)이다. 한글
    의 외국어표기법상 두 발음의 차이를 명확하게 차별화하기는 어려우나, 전자의 경
    우는 아시다시피 '노래를 하다'는 뜻이나, 후자의 경우 피리나 금으로 연주되는 곡
    의 악보를 입으로 부르는 것을 말한다. 원문에서 "이 이야기는 음악의 악보를 부른
    것인데 이러한 경우까지 쇼카라 한 것이다"는 말에서 알 수 있듯이, 원문도 후자의
    의미로 사용되었다. 원문에서 일부러 'サウカ'라고 토를 단 것도 이와 관계 있는지
    모르겠다. 일단 '쇼카'로 번역하였다.
17 레이기(靈龜)는 715년에 717년까지임. 레이기(靈龜) 5년은 요로(養老) 3년(719)을
    말하는 것인가?
18 생년월일 등 미상. 부친은 우대신 종2위 橘氏公.
19 『續世繼』는 『今鏡』(이마카가미)을 말하며, 문학사적으로는 레키시모노가카리(歷

키미쓰(時光)[20]라는 자가 있었다. 어느 천황 때였던가에 조정에서 사신을 보낸 적이 있는데, 동년배로 보이는 노인과 둘이서 바둑을 두며 노래라도 부르듯 몰두하느라 사신의 말을 전혀 들으려 하지 않고 대답도 하지 않자, 기가 찬 사신이 그냥 돌아와 천황에게 자초지정을 보고하였다. 그런데 천황은 질책은 하지 않고 "너무나 훌륭하다. 쇼카(唱歌)에 집중한 나머지 일을 모두 잊어버린 것이다. 천황이라는 자리에 있다는 것이 참으로 아섭다. 이렇게 좋은 일이 있는데 가서 들어볼 수도 없다니"라고 하셨다. 모치미쓰(用光)[21]라는 필률(篳篥) 악사하고 둘이서 '이두악(裏頭樂)'[22]을 연주하고 있었던 것이라는 이야기를 후에 들었다)[23]는 이야기가 있다. 이 이야기는 음악의 악보를 부른 것인데 이러한 경우까지 쇼카라 한 것이다.

史物語)로 분류된다. 서문에 의거하면 高倉천황 嘉應 2년(1170) 성립이며 작자는 후지와라 다메쓰네(藤原爲經)가 정설로 되어 있다. 내용적으로는 『大鏡』(오카가미)의 연장선상에 있으며 『大鏡』 다음 시대를 다루고 있다.

[20] '市佑(이치노조)'는 관직명이며, 재화와 매매, 도량의 경중 등에 비리가 없는지를 감독하는 시사(市司, 이치노쓰카사)의 제3등관임. 도키미쓰는 도요하라 도키노부(豊原時延)의 아들임. 『今鏡』에 생(笙)의 명수로 이름이 나온다.

[21] 미상. 필률의 명수이며, 『篳篥師傳相承』에 의하면 관위는 아악윤(雅樂允, 우타노조)였으며 '茂光'이라고도 표기하였음을 알 수 있다.

[22] 가토라쿠(かとうらく). '감주(甘州)', '환성악(還城樂)'과 함께 해충(害蟲), 악충(惡蟲)을 내쫓는 힘이 있다는 곡으로 알려져 있다.

[23] 가모노 초메이(鴨長明)의 『發心集』에는 이와 유사한 이야기가 있다. 실제로 호리가와인(堀河院)이 도키미쓰의 3남인 도키모토(時元)에 사사했다는 사실과 등장인물의 관계 등 내용이 쇼카(唱歌)를 이해하는데 도움이 된다. 본문 해석은 다음과 같다. 〈예전에 이치노사미 노키미쓰(市正時光)라는 생(笙) 연주자가 있었다. 시게미쓰(茂光)라는 篳篥師하고 바둑을 두며 함께 '이두악(裏頭樂)'을 쇼가(唱歌)하고 있었는데 흥이 돋우어지고 있었을 무렵 갑작스럽게 천황이 도키미쓰를 불렀다. 사신이 와서 궁에서 부르신다는 이야기를 전하였으나, 귀를 기울이지도 않고 그저 몸을 흔들며(쇼가에 열중해서) 아무런 대꾸도 하지 않았기 때문에 사신은 돌아가서 자초지종을 모두 고하였다. 어떠한 질책이 있을까 걱정하고 있었으나 천황은 "이 얼마나 훌륭한 자들인가. 이토록 樂에 몰두해서 모든 일을 잊고만 것이야 말로 소중한 일인 것이다. 왕위에 있다는 것이 아섭다. 가서 그 쇼가를 들어보지도 못하니"라고 눈물을 글썽이셔서 사신에게는 정말로 예상외의 일이었다.〉

도요아카리노세치에(豊明節會)[24]의 축일(丑日)에 고세치(五節)의 초다이노코코로미(帳臺試)[25]가 있을 때 기사키마치(后町)[26]의 복도에서 '빈다다라 운운'[27]의 노래를 부르고 인일(寅日)의 덴조노엔수이(殿上淵醉)[28] 에는 '시라우수요 운운'[29]을 부른다. 또한 모노유우마이(物云舞) '만세악(萬歲樂)'이라고도 한다, 미즈노엔쿄쿠(水猿曲) 혹은 水白拍子라고도 한다, 오모이노쓰(思之津), 이자타치나무(伊佐立奈牟) 등의 곡이 있다. 이러한 연회를 잡기라 한다.[30] 오에노 마사후사(大江匡房)[31]의 『傀儡子記』『朝野群載』권3에 수록되어 있다 에

---

24 니이나메사이(新嘗祭) 익일의 진일(辰日), 다이죠사이(大嘗祭)의 경우는 오일(午日)에 신하들을 부라쿠덴(豊樂殿)에 불러서 행한 천황이 주최하는 공식적인 대연회. 천황이 그 해의 신곡(新穀)을 천신지기(天神地祇)에게 받치고, 스스로도 먹고 군신들에게도 하사한다. 이때 구메마이(久米舞), 기시마이(吉志舞), 고세치마이(五節舞) 등이 함께 이루어진다.

25 도요아카리노세치에(豊明節會)에서 행하는 소녀의 춤이 고세치마이(五節舞)인데 그 기원은 텐무(天武) 천황이 요시노(吉野) 궁에 갔을 때 해가 질 무렵에 금(琴)을 켰더니 구름 속에서 천녀(天女)가 내려와서 무희가 되어 소매를 다섯 번 날리면서 춤을 추었다는 전승이 있다. 이 고세치마이의 예행연습으로서 축일(丑日)에 천황이 조네이덴(常寧殿)에 몰래 가서 관람한다는 형식을 취하는 것이 초다이노코코로미이고, 인일(寅日)에 천황이 청량전에 舞姬들을 초청하는 형식을 취하는 것이 고젠노코코로미이고, 묘일(卯日)에 천황이 무희의 시중을 드는 동녀(童女)들을 만나는 것이 도죠교랑(童女御覽)이고, 진일(辰日)에는 정식 고세치마이를 공연하게 된다.

26 헤이안쿄(平安京)의 다이리(內裏 : 천황이 기거하는 궁궐)의 후궁의 중심에 위치한 조네이덴의 별칭.

27 〈びんたたら 云云.〉

28 헤이안 시대 이후, 궁중에서 정월, 고세치(五節) 때 혹은 커다란 행사나 제례 후에 천황이 청량전에서 공식적으로 신하에게 베푸는 주연(酒宴)의 자리. 歌舞歡樂하였다.

29 〈白うすやう 云云.〉

30 본문에서는 '雜藝'라는 말을 사용하고 있으나, 모두 '잡기'로 번역하였다. 物云舞, 水猿曲, 思之津, 伊佐立奈牟 등은 미상.

31 1041~1111. 호는 고노소치(江師). 헤이안 시대 석학. 『江家次第』, 『遊女記』, 『傀儡子記』, 『洛陽田樂記』 등 다수의 저작을 남겼으며 담화를 엮은 『江談抄』도 있다. 한편 歌人으로서도 많은 업적을 남겼다. 각 잡기의 구체적인 내용 등은 미상인 경우가 대부분임.

이마요(今樣), 古川樣, 아시가라(足柄), 가타오로시(片下), 里鳥子, 다우타(田歌), 가구라(神樂), 掉樂, 쓰지우타(辻歌), 滿固, 후조쿠(風俗), 쥬시(呪師), 別法士 등의 이름이 있는데 이것도 잡기에 속한다.

『源平盛衰記』17에서 기오(祇王)[32]가 〈부처님도 처음에는 범부(凡夫)였다 운운〉라는 내용의 이마요를 부른 대목은 기요모리(淸盛)가 이마요를 마음에 들어해서 당시 유행한 이마요를 노래했다는 뜻일까? 〈이 노래는 『雜藝集』이라는 문헌에 실려 있다고 하나, 그렇지 않다 운운〉[33]고 하는 것을 보면 예전부터 이러한 문헌이 있어서 이마요까지도 잡기로 분류하고 있었다고 생각된다. 또한 가겐(嘉元, 1303~1306) 및 쇼안(正安, 1299~1302) 때쯤에 『宴曲集』, 『拾菓抄』와 같은 문헌이 존재하였는데 이것들은 모두 에이쿄쿠(郢曲)를 '春·夏·秋·冬'과 '戀', '雜' 등의 주제로 분류하고 있다. 이들 작품은 『群書類從』의 〈遊戲部〉에 수록되어 있다. 그리고 『本朝書籍目錄』에 "『梁塵秘抄』 20권, 後白河院勅撰"[34]이라는 문헌이 확인되며 에이쿄쿠에 대해서 자세하게 서술하고 있으며, 『徒然草』에도 이 문헌에 관해 언급하고 있으나 지금은 전하지 않는 것이 유감이다.

---

[32] 기요모리(淸盛)가 총애한 시라뵤시(白拍子).

[33] 이 부분 문맥이 자연스럽지 않다. 원문에서는 인용문이 〈此歌は雜藝集と云ふ文にかかれたるは然はなし〉라 되어 있다고 하나, 『源平盛衰記』를 확인하니 인용문은 다음과 같다. 〈此歌は、雜藝集と云ふ文に書かれたるにふさはし〉. 즉 『源平盛衰記』에 따르자면 〈이 노래는 『雜藝集』이라는 문헌에 실리기에 적합하다〉는 뜻이 된다. '此歌'에 대한 평가에 관한 내용이 되는데 실제로 『源平盛衰記』에서는 바로 뒤이어 〈三四の句はよけれども、一二の句を……〉라는 내용이 이어진다. 뜻은 〈셋째하고 넷째 구는 좋으나 첫째하고 둘째 구는……〉이다. 저자에 의한 오류로 판단된다.

[34] 본문은 '後 河院勅撰'으로 되어 있으나, 이것은 '後白河院勅撰'의 잘못이라 판단되어, 보완하였다.

제7장 소경의 헤이케가타리(平家語り)

호시(法師)[1]들이 비파(琵琶)를 켜는 것은 중세부터 시작된 일이다. 『今昔物語』에 기하타(木幡)의 고을에 소경이 살았었는데 비파의 명수였기에 히로마사(博雅)[2] 엔기(延喜)경의 사람임 가 배웠다는 이야기가 보인다.

『東齊隨筆』에는 식부경(式部卿)[3] 아쓰미 친왕(敦實親王)[4]의 조시키(雜色)[5]인

---

1   '法師'를 '법사'로 번역하지 않고 일본어 음을 살려서 '호시'로 옮겼다. 이유는 가독성을 고려하면 '법사'로 하는 것이 좋으나, 우리말 '법사'는 '설법하는 승려', '심법(心法)을 전해 준 승려', '불법에 통달하고 언제나 청정한 수행을 닦아 남의 스승이 되어 사람을 교화하는 승려' 등 어디까지나 승려인데 반해서 일본어 '호시(法師)는 위에서와 같은 승려라는 의미 외에 승려 모습을 한 속인(俗人) 남자를 말하며, 특히 여기서 말하는 '비파호시(琵琶法師)'는 비파 연주를 전문으로 하는 장인, 명수(보통 소경임)라는 뜻이기 때문이다. 필요에 따라서 '法師'로 한자표기 했다.

2   미나모토 히로마사(源博雅). 918?~980. 헤이안 시대 중기의 아악가. 다이고(醍醐) 천황 손자. 종3위. 博雅三位 등으로 불린다. 피리, 필률, 비파, 쟁 등의 명수로 알려짐. '長慶子' 작곡자라는 설도 있으며, 저작에 『博雅笛譜』가 있다.

세미마루(蟬丸)[6]의 경우를 들면서 세미마루가 오사카산(逢坂山)에 거주하는 이유를 밝히고 있다. 호시들이 비파를 켜게 된 기원은 다이호(大寶, 701~704)의 승니령(僧尼令)에 〈음악을 만드는 승려와 비구니, 그리고 도박을 하는 자는 백일동안 벌을 주어라. 바둑하고 琴은 상관없다〉고 되어 있는데, 이때부터 비파도 허가받은 것인가? 비파도 琴에 속하기 때문이다. 후세에 귀인들의 유연(遊宴)에서 혹은 승려가 함께 하는 자리에서는 반드시 비파를 담당케 했다는 내용이 『舊記』에 보인다.

『小右記』의 간나(寬和) 원년(985) 7월18일 조에 〈琵琶法師를 불러서 재주와 기예를 보이게 하고 그에 대해서 녹을 약간 내렸다〉고 적고 있다. 『新猿樂記』에 '琵琶法師之物語(비파호시의 이야기)'라는 말이 있는 것은 예로부터 비파에 맞추어서 고사(故事)를 읊는 형태의 연희가 있었기 때문일 것이다. 그런데 『平家物語』를 비파호시(琵琶法師)가 읊게 된 시작에 관해서는 『徒然草』下에 다음과 같은 기사가 있다. 〈後鳥羽院 때에 시나노(信濃)의 전사(前司) 유키나가(行長)[7]는 공부를 많이 하여 학식이 뛰어났으나, 백낙천(白樂天)의 『新樂府』에 관해서 천황 앞에서 토론하는 자리에 불려가 '七德의 舞' 즉 칠덕무 중 두 가지를 생각해내지 못하여 '五德의 冠者'라는 별명이 생긴 것을 부끄럽게 여겨 결국 학문을 버리고 은둔해버렸다. 지친(慈鎭) 스님은 한 가지라도 재능이 있는 자면 하

---

3   율령제에서 식부성(式部省)의 장관. 정4위하. 헤이안 시대부터 친왕이 임명되었다.

4   893~967. 우다(宇多) 천황의 왕자. 와곤(和琴), 비파의 명수로 유명.

5   여기서 말하는 조시키(雜色)는 헤이안 시대 이후 섭관가(攝關家)나 상황(上皇, 院) 주변에서 잡무를 보는 무위(無位)의 시종.

6   헤이안 시대 전기의 歌人. 음악가. '세미마로'라고도 함. 오사카(逢坂)에 살았으며 미나모토 히로마사(源博雅)가 오사카에 3년 동안 다니면서 비파의 비곡(秘曲)인 「流泉」, 「啄木」을 전수했다고 함.

7   '시나노(信濃)'는 지방 이름이며 지금의 나가노(長野) 일대. '前司'는 일본어로는 '젠지(ぜんじ)'라고 읽으나 뜻은 전직 司(쓰카사) 임.

인까지도 자기 밑에 두어 보살폈기 때문에 유키나가도 데리고 살며 보살피셨다. 이 유키나가가 『平家物語』를 만들어서 쇼부쓰(生佛)[8]라는 이름의 소경에게 가르쳐 가타리(語り)를 시킨 것이다. 여기서 엔랴쿠지(延曆寺)에 관해서 훌륭하게 묘사하고 있다 云云, 무사(武士)에 관해서, 활과 말에 관한 기술에 관해서는 쇼부쓰가 동국지방 사람이었기에 직접 무사들에게 물어보며 쓰게 했다. 이 쇼부쓰의 타고난 동국지방 목소리(억양)를 지금의 비파호시들은 배우고 있는 것이다.〉 이것이 보통 우리가 알고 있는 이야기이다.

『徒然草參考』淨福寺 惠空 작 에 〈유키나가(行長)가 지친(慈鎭) 스님으로부터 보살핌을 받아서 그런 것일 거다. 헤이케가타리(平家語り)의 가락은 대부분 타이케(台家)[9]의 쇼묘(聲明)[10]와 비슷한 데가 있다. 六道講式[11]의 하카세,[12] 히에이산(比叡山) 대회에서 읊는 쇼묘의 가락이 오늘날 비파호시들의 것과 너무 유사하여 구별하기 어려울 때가 많다〉는 것도 일리가 있다. 『當道要集』비파호시에 관한 내용이며 고서(古書)로 판단된다 에 〈『平家勘文錄』를 보고 헤아려 보건대 작가는 모두 7명이며 다양한 계통의 텍스트가 존재한다. 그러나 그렇다고 하더라도 그 중에서 널리 보급된 것은 다음 세 가지이다. 草案本, 中書本, 淸書本이다. 草

8　어떤 인물이었는지 전하는 바가 없음. 미상. 단 헤이케가타리(平家語り)의 시조라고 전함. '性佛'로 표기하기도 함.

9　텐다이슈(天台宗) 밀교를 말한다. 반대는 도미쓰(東密, とうみつ)이며 이것은 신곤슈(眞言宗) 밀교를 말한다. 엔랴쿠지(延曆寺)는 천태종 밀교의 대표적인 사찰이다.

10　불교 의식에서 미묘한 음성으로 곡조를 붙여 게송(偈頌) 따위를 읊는 일. 일본어로는 '쇼묘(しょうみょう)'.

11　강식은 일어로 고시키(こうしき). 강식은 넓은 의미의 聲明이라 할 수 있으며 부처, 보살, 고승의 덕을 기리며 부르거나 읊는 한문으로 된 일종의 가타리(語り). 창(唱)과 같은 것. 六道講式, 四座講式 등이 있다.

12　여기서 말하는 '하카세'는 聲明, 사이바라(催馬樂), 로에(朗詠) 등에서 사용하는 악보이다. 직선, 절선, 곡선으로 표기하고 있으며 각도나 장단, 형태를 달리해서 선율을 표시한다. 후시하카세(節博士)라고도 함.

案本은 소경들에 의한 것이고, 中書本은 月卿雲客[13]이 즐겼다. 淸書本은 궁중의 秘府[14]에 헌납한 것이다. 이것을 雲井本이라 한다)는 기사가 있다. 실제로『平家物語』의 작자로 간주되는 사람 중에는 유키나가(行長) 외에 다메나가(爲長)卿『臥雲日件錄』, 하무로 도키나가(葉室時長)『公卿補任』, 요시다 수케쓰네(吉田資經), 미나모토 미쓰유키(源光行)『醍醐寺雜抄』, 사쿠라마치(櫻町) 추나곤(中納言)[15]의 자(子)인 겐쿄호시(願敎法師)『陰德太平記』 등이 있으며 이들 문헌 외에도 기타 여러 이설이 존재한다. 텍스트도 八坂本, 鎌倉本, 角倉本 등 몇 가지 계통이 존재한다. 長門本에 이르러서는 본문을 크게 달리 하는 부분도 있다. 오늘날 고자(瞽者)들이 사용하는 텍스트는 가타리헤이케(語り平家)라는 것으로서 활자본하고는 다른 것이다. 이러한 사정이기 때문에 비록『當道要集』의 내용을 모두 그대로 받아들일 수는 없으나, 이렇게 '초안―중서(中書)―정서' 사이에 차이가 있는데 나중에 증쇄를 거듭한 결과 이처럼 많은 종류의 이본(異本)이 생긴 것이다.

쇼부쓰(生佛) 뒤를 이은 것이 뇨이치(如一) 켄교(檢校·撿挍)[16]이다.『太平記』에 '恕一'이라고 하는 것은 동일인물이다. 제자가 두 명 있는데 한 명은 가쿠이치(覺一)라고 하고 나머지 한 명은 조이치(城一)라 한다.『臥雲日件錄』文安 5년 8월 19일자조 가쿠이치는 아시카가 다카우지(足利尊氏)와 친분이 있었기에 소경들의 세력이 한때 커진다.『當道要集』즉 비파호시들의 활동

---

13 '月卿'은 禁中(궁중)을 하늘로, 천황을 태양으로, 귀족을 달로 비유한 말로서 귀족(公卿)을 비유한 말이다. 마찬가지 뜻인 '雲客'과 함께 '月卿雲客(げっけいうんきゃく)'라는 표현으로 귀족을 기리킨다.

14 조정 안에 있는 도서 보관고(保管庫), 서적고(書籍庫).

15 태정관(太政官)의 차관. 다이나곤(大納言) 다음 직위이며 從三位에 해당. 한편 사쿠라마치 추나곤은 헤이안 시대 말의 신하, 후지와라 시게노리(藤原成範). 벚꽃을 좋아해서 자택에 많이 심어서 '사쿠라마치'라고 불렸다.

16 켄교(檢校·撿挍)는 헤이안 시대~가마쿠라 시대에 설치된 직명이며 처음에서는 사원(寺院)이나 장원(莊園)에서 사무 감독을 하는 직이었다. 그것이 무로마치 시대 이후에 시각장애자에 주어지는 최고의 관직명이 되었다. 켄교 전용의 두건, 복장, 지팡이의 소유가 허락되었다.

이 한때 활발했음을 알 수 있다. 후세에 이 방면에 조카타(城方)[17]와 이치카타(都方)[18]라는 두 파가 존재하게 된 것도 그 기원은 모두 뇨이치, 가쿠이치, 조이치 등을 시조로 하기 때문이다. 뇨이치하고 조이치가 사제의 관계라는 점과 관련하여 여러 문헌마다 이야기가 달라 異同이 있으나 여기서는 생략하겠다.

가쿠이치아카시(覺一明石) 켄교(檢校)라 한다. 또한 조료(城了)라고도 한다. 〈밤에 혼자 창을 두드리는 비 소리를 들으니 창이 부서지듯이 내 마음도 부서졌노라. 마음이라는 것은 정말로 약한 것인가 보다〉[19]라는 와카(和歌)를 지어 고고마쓰인(後小松院)[20]으로부터 '밤비의 조료'라는 칭호를 받았다는 이야기가 『鹽尻』에 확인된다. 또한 고고마쓰인으로부터 紫衣[21]도 하사받았다고 한다.

헤이케가타리(平家語り)를 할 때 박자와 가락을 비파에 맞추는 것을 히키구(引句)라 하며, 비파는 연주하지 않고 박자도 없이 책을 읽듯이 적혀 있는 내용을 그대로 암송해서 읊는 것을 가타리구(語句)라 한다. 『一枝軒隨筆』 또한 헤이케가타리에 쓰이는 비파는 일반 음악을 위한 비파보다 기러기발(雁柱)이 하나 더 많다.

---

17 헤이쿄쿠(平曲) 즉 헤이케가타리(平家語り)의 유파의 하나. 지금의 야사카류(八坂流)를 말하며, 가마쿠라 시대에 교토(京都) 야사카(八坂)에 살았던 조겐(城玄, 城元)을 시조로 함. 이들은 이름 앞에 '城'을 붙이는 데서 '조카타(城方)'라고 불린다.

18 헤이쿄쿠(平曲) 즉 헤이케가타리(平家語り)의 유파의 하나. 지금의 이치카타류(一方流)를 말하며, 가마쿠라 말기의 뇨이치(如一)를 시조로 하며, 카쿠이치(覺一)에 의해서 그 틀이 완성되었다. 이들은 이름 앞에 '一'을 붙이는 데서 '이치카타(一方)'라고 불린다. 한편 '一'을 '都'나 '市'로 표기하는 경우도 있다.

19 〈夜の雨の窓をうつにも碎くれば、心はもろきものにぞ有りける〉.

20 ごこまついん. 고고마쓰 천황이 양위하고 출가한 후 칭호. 1377~1433. 무로마치 시대 북조(北朝) 마지막 6대 천황.

21 자색(紫色) 옷이란 뜻인데, 구체적으로는 승의(僧衣). 일본에서는 1294년 이후에 천황이 고승에게 紫衣를 하사하고 있다.

친구 나카 미치타카(那珂通高)[22]는 이 문제와 관련해서 다음과 같이 말하고 있다. 〈내 생각에 쇼부쓰가 헤이케가타리를 할 당시는 아직 비파를 사용하지 않고 박수를 치며 가락을 맞추고 있었다고 생각한다. 예를 들자면 오쿠죠루리(奧淨瑠璃)[23]에서 하는 것처럼 부채를 사용했을 것이다. 『徒然草』에서도 헤이케가타리에 관해서 언급하면서도 비파 이야기는 없다. 『卯花園漫錄』에는 처음에는 손으로 박자를 맞추고 있었으나 나중에는 비파를 켜며 가타리를 했다고 전한다. 그렇다면 비파를 켜며 헤이케가타리를 한 것은 쇼부쓰가 아니라 뇨이치 때 시작된 것으로 보아야 한다.〉『洋々社談』 제24호.

친구 고스기 스기무라(小杉榲邨)[24]는 다음과 같이 말했다. 〈『看聞御記』에 다음과 같은 기사가 있다. "오에이(應永) 23년(1416) 3월 9일, 비. 소이치(祖一) 고토(勾當)[25]가 왔다. 헤이케가타리를 하였다. 처음으로 온 날이었다. 24일, 소이치 운운 비파의 현을 한 세트 하사했다. 같은 해 6월 8일, 이른 아침에 行藏庵에 행차하여 아버님 새 처소에 다녀왔다. 칭이치(椿一) 켄교(撿挍)가 왔다. 근래에 명망이 높고 솜씨가 매우 뛰어난 자이다. 도장(道場)에서 헤이케가타리를 세 곡을 선보였다." 이하, 헤이케가타리에 관한 기사는 셀 수 없을 정도로 많으나 여기서는 그 일부만 초록한다. 소경의 이름에 '켄교(撿挍)' 또는 '고토(勾當)'를 붙여서 부르는 것은 이때쯤부터 시작되었다. 그리고 비파의 현을 한 세트 하사했다는 '琵琶絃一具賜レ之'라는 기사를 통해서 이즈음에 이미 비파에 맞추어 헤이케가타리를 하

---

22 1828~1879. 모리오카(盛岡) 출신이며 유시마(湯島) 성당에서 학문을 닦았으며 한학(漢學)에 관한 지식이 깊었다. 1859년에는 모리오가의 藩學明義塾 교수로 임명. 이나가키 치카이(稻垣千穎)와 공저인 교과서 『小學讀本』卷四가 알려져 있다.

23 에도 시대 초에 센다이(仙台) 번(藩)에 전승된 고식(古式)의 조루리(淨瑠璃). 고식(古式)의 조루리(淨瑠璃)가 센다이 지방에 전승되어 향토예능으로 자리를 잡은 것. 소경들이 부채나 손을 치며 소리 내어 박자를 맞추는 오기보시(扇拍子), 琵琶, 샤미센(三味線)에 맞추어 가타리(語り)를 한다. 현재 단절될 위기에 놓여 있다.

24 1834~1910. 에도시대 후기부터 메이지 시대에 활약한 국학자. 도쿠시마(德島) 번(藩) 長久館 교수. 메이지유신 후에 東京美術學校 교수, 國語傳習所 소장 등을 역임.

25 こうとう. 소경의 관직명의 하나. 켄교(檢校), 벳토(別当)의 아래, 자토(座頭)의 위.

고 있었음을 알 수 있다. 그리고 『薩戒記』의 오에이(應永) 23년(1416) 6월 27일자에 "藏人中務丞[26]인 미나모토 시게나카(源重仲)가 와서 비밀리에 말하기를, 근래 주상과 상황(上皇)의 마음이 편하지 아니해서 비파호시를 불러 헤이케모노가타리를 듣고 싶다는 말씀을 상황 스스로 하셨다. 이런 일은 선례가 없는 일이라 답변을 드렸다. 운운. 윤달 6월 27일에 상황의 부름을 받고 비파호시가 입궐하여 『平家物語』 즉 헤이케모노가타리의 가타리(語り)를 하였다 운운"는 기사가 있다. 이 기사를 보면 그때까지만 해도 그렇게 쉽게 궁중(禁中)에 이들을 부르지 못했다는 것을 알 수 있다. 헤이케 뿐 아니라, 이들 소경들의 연희가 성행한 것은 오에이(應永, 1394~1428) 이후의 일로 보아야 한다. 기요노리(淸矩)가 말하기를 『兼葭堂雜錄』 및 『洋々社談』에 있는 나카(那珂) 씨의 설에, 『二水記』, 『康富記』 등에 소경의 켄교(撿挍)를 음이 같은 켄교(建業)로 표기한 데에 근거를 두어, 원래 '建業'에서 성공한 것을 말하는 말이었으나 언제부터인가 '撿挍'로 표기하게 되었는가라는 내용이 있으나 채택하지 않는다.〉

원래 고대에는 가타리베(語部)[27]라는 집단이 존재하여 다이죠에(大嘗會) 때 고대부터 전하는 고사를 읊는 것도 헤이케의 가타리구(語句)와 유사한 것이다. 후세의 노(能)의 요쿄쿠(謠曲)도 헤이케가타리와 덴가쿠의 우타이모노[28]를 융합시켜 지금의 연희 형태로 발전한 것이다. 조루리(淨瑠

---

[26] 구로도(藏人)는 율령제의 영외관(令外官)의 하나. 천황의 비서와 같은 역할을 했다. 나카쓰카사(中務)는 나카쓰카사쇼(中務省)이며, 8省의 하나. '中'은 '禁中', '官中'을 의미한다. 조칙(詔勅) 등 조정에 관한 직무를 수행하는 기관. 죠(丞)는 大丞하고 少丞가 있는데 각각 정6위상, 종6위상에 해당하는 관등임.

[27] 고대에 儀式이나 祭祀에서 옛 전승, 신화 등을 구전으로 전하고 읊는 것을 직분으로 삼고 있었던 집단. 이즈모(出雲), 미노(美濃), 다지마(但馬) 등에 분포하였다. 각 지방의 首長에 예속한 베민(部民:隷屬民)이었다. 헤이안 시대부터는 다이죠사이(大嘗祭) 등의 儀式에서 각 지방으로부터 올라온 후루코토(古詞)를 읊는 역할을 했다.

[28] 편의상 '노래'나 '가요' 정도로 이해하면 된다. 가사에 박자(가락)를 붙여서 부르거나 읊는 것을 말하며, 가사 내용보다는 음악적인 선율을 우선한다. '謠(い)物', '歌(い)物' 등으로 표기한다. 한자를 그대로 읽으면 "부르는 것"이다. 이에 대립하는

璃)에 이르러서는 완전히 헤이케가타리를 본으로 삼았다는 것을 '조루리를 가타루(語る)'[29]라는 말을 통해서도 알 수 있다. 이 점에 관해서는 나중에 후술하겠다.

개념이 가타리모노(語り物)이다. 한자를 그대로 읽으면 '가타루(語る)하는 것'이 된다. 이쪽은 '창'이나 '강담' 정도로 이해하면 된다.

29 조루리도 가타리(語り)의 대상으로 인식하고 있다는 것을 암시하는 표현을 들고, 헤이케가타리와 연결시키고 있는 것이다.

제8장 산악_(散樂)과 사루가쿠_(猿樂)

‘사루가쿠_(猿樂)’라는 말은 ‘산가쿠_(散樂)’[1]에서 차용한 것이며 이 산악_(산가쿠)은 『職員令』雅樂寮의 조에 잡악_(雜樂)의 하나로 분류되어 있다.

산악이란 중국대륙에서 예로부터 속악_(俗樂)을 지칭하는 말로 『周禮』〈春官〉에 〈모인_(旄人),[2] 오랑캐악_(夷樂)의 무_(舞)인 산악의 무_(舞) 교습을 담당한다〉는 내용이 있다. 『鄭注』에 〈산악, 野人들이 이 악을 잘 한다〉는 말이 있으며, 가공언_(賈公彦)의 『疏』에 〈관_(官)의 정식 구성원에는 포함되지 않기에 이를 ‘散’이라 한다〉는 내용이 있는데 이상에 의해서 ‘산악_(散樂)’의 말뜻을 알 수 있다. 후한

---

1 ‘산악_(散樂)’의 일본어 음은 ‘산가쿠’인데 여기서 ‘산’이 ‘사루’로 변했다는 이야기를 하고 있는 것이다. ‘散樂’은 기본적으로 일본어 ‘산가쿠’가 아니라 한글 ‘산악’으로 표기한다. 단 여기에서처럼 ‘산가쿠’라는 일본어 음을 밝힐 필요가 있을 시에는 ‘산가쿠’라 표기한다.

2 미상.

(後漢) 이래, 수와 당에 이르러 산악(散樂)이라 칭하는 연희는 높은 곳에 끈을 매달아 장대를 들고 건너며, 칼을 입 안으로 넣고, 불을 내뿜으며, 물속에 들어가서 물고기 모양으로 변신하는 등의 매우 다양하고 기이한 기예가 존재한다. 그래서 백희(百戲)라고도 하며 번국(蕃國, 외국)에서 전래한 것이 많다고 한다. 두우(杜佑)의 『通典』에 〈산악은 군진(軍陣)의 대오 소리가 아니라, 배우, 가무 등의 잡기를 연주함을 말한다〉는 내용이 있는데, 산악에는 이른바 배우(俳優侏儒)[3]의 골계를 주된 내용으로 하는 자들도 포함되어 있었던 것 같다.

『三代實錄』5 조간(貞觀) 3년 6월 28일 와라베즈모(童相撲)의 조에 〈좌우 교대하며 다양한 음악과 잡기를 공연하였다. '산악(散樂)', '透撞', '咒擲', '弄玉' 등의 놀이이다〉, 또한 같은 『三代實錄』 48 닌나(仁和) 원년(885) 10월 23일 '走馬輪物'의 조에 〈음악과 다양한 산악을 공연하였다〉, 이어서 『三代實錄』의 간교(元慶) 4년(890) 7월 29일 스마이(相撲)의 조에 〈右近衛의 內藏富繼, 長尾米繼가 산악을 잘 하였다. 사람들을 크게 웃겼다. 이른바 오코(嗚許)의 사람에 가깝다고 할 수 있다〉는 설명이 있는데 이는 '散樂'이라는 한자가 사전에서 확인되는 첫 번째 예이다. 가시와기 탄코(柏木探古)가 다음과 같이 말했다. 〈도다이지(東大寺) 쇼소인(正倉院)에 텐표쇼호(天平勝寶) 4년 4월, 大佛開眼法會에 사용한 산악(散樂)의 의상이 지금도 전한다. 당시 이미 산악이 자주 공연되어 대법회에도 동원되었음을 알 수 있다.〉

오코(嗚許)는 남방에 있는 나라 이름으로, 첫 아이를 낳으면 잡아먹고, 맛이 좋으면 군주에게 바치고, 아내가 아름다우면 형에게 양도한다는 풍속 때문에 『後漢書』에 수록되어 예로부터 전하는 어리석은 행동의 예로 삼고 있다. 이는 산악의 우스꽝스럽고 어리석은 사람의 행동과 유사함을 말하는 것이다.

---

3   '侏儒'도 '배우'라는 뜻으로 해석이 가능하나, '난쟁이'라는 뜻도 있다.

『本朝文粹』3의 〈散樂의 對冊〉무라카미(村上) 천황 어제에 다음과 같은 내용이 있다. 〈묻겠다. 산악이 흥해서 전한 지 오래되었다. 제나라의 배우가 노나라에서 정공(定公)을 위해 음악을 연주하려 했다가 공자의 진언으로 손발을 절단당하는 형을 받았다. 오코(嗚許)[4]가 내조(來朝)하여 박장대소할 구경거리를 제공하였다. 산악의 근원을 옛 기가(伎歌)에서 찾고 또한 지금의 풍속을 관찰하건대『周禮』에 실려 있는 모인(旄人)이 교습했다는 산악,『後漢書』에 실려 있는 이인(夷人)이 헌상했다는 음악과 잡기와는 무관하다. 센타(船太)[5]가 춘 '신말갈(新靺鞨)'이라는 무곡(舞曲)을 본 사람들이 훌륭하다고 칭찬하고, 우오마로(魚丸)[6]가 보인 '세라국(世羅國)'이라는 춤은 아주 뛰어난 춤이었다는 칭찬이다. 그런데 여기서 궁금한 것이 있다. 산악 중에 채찍을 들고 들창문에 올라타는 연기가 있는데, 이는 도대체 어느 쪽으로 도망가려는 것인가? 그리고 기둥 옆에서 화살통을 지고 있는 것은 누구를 위해서 무장하고 대비하려는 것인가? 안초쿠 씨(安勅氏)[7]가 나이 들어 늙은 지금 스마이(相撲)를 앞으로 누가 계승하게 될 것인가? 吏部王[8]이 새로 배웠다는 구구쓰(傀儡)의 비술은 또 어떤 것인가? 달이 바뀔 때마다 매달 그 모습을 바꾼다는 시종들의 이야기는 사실인가 거짓인가? 많은 사람들이 둘러앉아 이야기를 하는 자리에서 빛을 발한다는 고노에 추죠(近衛中將)[9] 이야기는 산악을 헐

---

4   우스꽝스러운 연기 또는 그 연기자.『日本三代実錄』에「伎善散樂, 今人大咲, 所謂鴻許人近之矣」라는 기사가 있다.(880년 7월 29일)

5   미상.『古今著聞集』相撲強力에 "船吉実散楽を供しけり" 즉 "船吉実가 산악을 공연하였다"는 기사가 있다. '船吉実'과 동일인물 또는 유관인물인가?

6   미상. '세라국'도 미상.

7   미상. 단『新撰姓氏錄』第二十四卷右京諸蕃下에 아지키노무라지(安勅連)는 백제국의 노왕(魯王)에서 나왔다(出自百濟國魯王也)라는 기사가 있다.

8   다이고(醍醐) 천황의 4번째 왕자인 重明親王(시게아키라 친왕, 906~954). '吏部'는 式部省의 당나라 명칭.

9   근위부(近衛府)는 765년에 설치되었으며, 좌근위부와 우근위부로 구성되며 장은 좌우에 각 1명씩 두는 근위대장(近衛大將)이고, 관위 종4위상에 해당. 그 아래에

뜯는 이야기인가, 아니면 칭찬한 것인가? 당신은 유가(儒家)의 가업을 대대로 전하고 문장(文章)의 세계에서 아름다운 말을 개척하였다. 비록 본업은 아닐지라도 깊은 계곡에서 우는 원숭이 울음소리를 듣고 길손이 감동해서 눈물을 보이는 것처럼 훌륭하고 진귀한 새로운 기술(산악)을 배워야 합니다. 결코 물새가 익숙하지 않은 물을 걷는 것과 같은 어색한 모습을 보이고 그러한 상태에 익숙해져서는 안 됩니다. 히라타 아쓰타네(平田篤胤)는 이 내용은 사루가쿠(猿樂)는 우스꽝스러운 것을 주된 내용으로 하며, 중국풍의 엄숙한 분위기하고는 섞이지 않는다는 내용이라고 『古史傳』에서 말하고 있다.〉

이 고사의 상세한 내용까지는 알 수 없으나, 산악이 사람을 포복절도시키는 우스꽝스러운 것임은 알 수 있다. 위 물음에 대해서 散樂得業生 정6위상 行兼腋陣吉上 하타노수쿠네 우지야스(秦宿禰氏安)[10]가 하나씩 상세히 답한 글 말미에서 〈가구라가 공연된 설야(雪夜)에는 키가 작은 남자의 경쾌한 몸놀림이 기이했고, 도카(踏歌)가 공연된 춘천(春天)에는 높은 갓을 쓴 자가 혀를 삼켜버리는 것이 답답한 마음을 훔쳐버

좌우에 각 1~4명씩 두는 것이 근위중장(近衛中將)이며 관위 종4위하에 해당. 좌우에 2~4명씩 두는 근위소장(近衛少將)은 관우 정5위하에 해당.

10 '산악득업생(散樂得業生)'은 '문장득업생(文章得業生)'이라는 말에 준거해서 한 표현이며, 산악에 대한 교육과정을 이수했으며 그 성적 또한 매우 우수한 수료생 정도의 뜻이 된다. 실제로 『本朝文粹』에서 해당 대책문(対策文)을 쓴 후지와라 마사키(藤原雅材)는 문장득업생이었다. '정6위상行兼腋陣吉上'의 '行'은 관직과 위계가 일치하지 않고 위계가 관직보다 높을 때 위계와 관직명 사이에 삽입하는 말이며, 腋陣(ゆきのじん)은 근위부(近衛府), 위문부(衛門府), 병위부(兵衛府) 등의 군영의 좌우 옆쪽을 말하며, '吉上(きっしょう)'는 경호 임무를 담당한 하급부관을 말한다. 즉 산악득업생이며 정6위하이며 '腋陣'에서 경호를 담당한 하급무관인 하타노수쿠네 아지야스라는 뜻이다. '수쿠네(宿禰)'는 신하에 대한 경칭. 하타노 우지야스(秦氏安)에 대해서는 미상. 하타(秦)씨는 대대로 사루가쿠(노)를 전승하는 집안이며 하타노 코카쓰(秦河勝)를 원조(遠祖)로 하며, 이에 대해서는 제아미(世阿弥)의 『風姿花傳』 등에도 확인된다. 한편 우지야스는 노(能)의 엔마이(円満井) 좌(座)의 시작이며, 엔마이좌는 지금의 곤빠루(金春) 류(流)를 말한다. 단 앞에서 언급한 것처럼 해당 글은 후지와라 마사키가 쓴 것임을 잊어서는 안 된다. 즉 내용에 대한 사실 여부의 확인은 따로 필요하다.

렸다)는 기술을 통해서 가구라와 도카의 여흥 자리에 산악이 함께 공연되었음을 추측케 한다.

『江家次第』의 相撲拔出의 조에 〈좌는 반드시 '산수(散手)', '환성악(還城樂)', '산경(散更)'을 춘다. 우는 반드시 '귀덕(歸德)', '박견(狛犬)', '길십(吉十)'을 춘다. '산경(散更)' 중에 잇소쿠(一足), 다카아시(高足), 린고(輪鼓), 주시(呪師) 등〉이라는 내용이 있는데 이를 음미해보면 후에 덴가쿠로 넘어간 기예도 포함되어 있다. 『源氏物語』 오토메(未通女)의 권에는 학사(學士)가 술에 취해서 논쟁하는 모습을 '사루가우가마시쿠(さるがうがましく)'라고 표현하고 있으며, 『枕草子』에서는 '장난치다(ざれ事する)'를 '사루가우시가쿠루(さるがうしかくる)'라고 표현하고 있는데 이들 두 예에 의한다면 바로 앞의 '散更'도 '사루가우(さるがう)'라 읽을 수 있는 것이다. 그렇기 때문에 『江家次第』 이서(裏書)에 '散更 猿樂也(사루가우, 사루가쿠임)'이라 적고 있는 것이다. 가우(ガウ)는 가쿠(ガク)의 음의 轉化임.

'散更'을 '사루가우'라고 읽어야 한다는 설은 아라이 긴미(新井君美)[11]의 『俳優考』에 있으며, '사루가쿠'가 '산가쿠'인 이유에 대해서는 『春湊浪話』, 『神樂譜入綾』, 『嬉遊笑覽』 등에서 설명하고 있다.

후지와라 아키히라(藤原明衡) 이치조(一條) 천황부터 고레이제이(後冷泉) 천황까지 5대에 걸쳐 섬겼다 의 『新猿樂記』에 사루가쿠에 대해서 〈주전(主典)[12]에 의한 오키나(翁)의 노체(老體), 유죠(遊女)로 전락한 무녀(巫女)의 화장한 모습, 서울의 말 많은 젊은이들의 장난치는 모습, 동녘 오랑캐들이 처음으로 상경한 모습을 비꼰 흉내, 하물며 효시(拍子)[13]를 들고 박자를 맞

---

11   아라이 하쿠세키(新井白石).

12   4등관 최하위직 관직. '사캉(さかん)'이라고도 읽으며, 조직에 따라서 한자 표기를 다르게 한다. 史, 主典, 屬, 令史, 將曹, 志 등.

13   효시(拍子)는 가구라(神樂)이나 아악에서 사용하는 악기.

추며 열광하고 있는 남자들의 얼굴 표정과 그 모습을 보고 있는 덕이 높은 고승(高僧)의 모습 등, 이 모든 사루가쿠라 불리는 연기와 골계스러운 대사는 오장육부가 뒤집히고 턱이 빠질 정도로 우스꽝스러웠다〉고 서술하고 있다. 같은 후지와라 아키히라 작인『明衡往來』에서도 〈또 다시 사루가쿠(散樂)가 있었다. 늙은 영감을 남편으로 하고, 젊고 예쁜 여자를 아내로 부부의 모양새를 갖추어, 처음에는 요염한 말을 하다가 나중에는 관계에 이르렀다. 모든 인사와 여자들이 이것을 보고 오장육부가 뒤집히고 턱이 빠질 정도로 웃었다. 그 경경하고 천박함이 매우 심하였다〉고 서술하고 있다. 두 작품이 동일하게 기술한 점을 보아 '사루가쿠'를 '散樂'이라고도 또는 '猿樂'이라고도 표기하고 있음을 알 수 있다. 이 후로는 '散樂'이라 표기하는 일은 없어지고 주로 '猿樂'라 표기하게 되었는데 그 배경에는 산악의 일부였던 다카아시(高足), 린고(輪鼓) 등의 기술 일부가 덴가쿠로 넘어가고, 핵심적인 기예하고 우스꽝스러운 연회만을 사루가쿠(猿樂)라고 사람들이 인식하게 되면서부터이다.

『日本紀略』의 고호(康保) 무라카미(村上) 2년(965) 8월 2일자에 〈청량전 앞에서 사루가쿠(猿樂)를 불러서 관람하셨다〉[14]는 기사가 있는데 이것이 '猿樂'이라는 두 글자가 문헌에 확인되는 첫 번째 예가 아닌가 생각된다. 내 생각에 '사루가쿠'는 '산가쿠'의 음이 전화(轉化)한 것이라 생각한다. '散'은 혀 안에서 나는 소리이며 '산(さん)'이라고 소리 내는 것이 정음(正音)이다. 여기서 '누(ぬ)'하고 '루(る)'는 같은 설음(舌音)이라 통히기 때문에 '散'을 '사루(さる)'라고 읽게 된 것이다. 예를 들자면 '駿(슌)'을 '駿河(스루가)'라고 읽는다거나, '郡(군)'을 '郡馬(구루마)'[15]로 읽는 경우 등이 그렇다. 단 히라타 아쓰타네(平田篤胤)가『古史傳』11에서 〈'사루가쿠'라는 것은 '산가쿠'의 글자와 음을 따서 명명한 것이라는 설도 있으나

---

14 〈於二清凉殿前一, 召二猿樂一御二覽之一.〉
15 본문에서는 "郡馬" 옆에 'グルマ'라고 토를 달고 있으나, '郡馬'를 'ぐるま(구루마)' 라고 읽은 예 또는 가능성에 대해서는 확인할 수 없었다.

이는 모두 말도 안 되는 소리이다) 라 한 것은 앞서 든 『俳優考』의 설을 말하는
것이다.

　이상의 이야기가 맞는다면 옛날에는 사루가쿠(猿樂)라는 이름은 다양
하고 넓은 연희에 사용되고 있었던 것 같다. 『新猿樂記』에서 〈呪師, 侏
儒, 田樂, 傀儡子, 品玉, 輪鼓, 八玉, 獨相撲〉 등을 통틀어 사루가쿠라
고 하는 걸 보니, 이 사루가쿠라는 명칭은 지금의 우키요모노마네(浮世
物眞似),[16] 시나다마즈카이(品玉遣い),[17] 가르와자시(輕業師),[18] 닝교마와시(人
形廻し)[19] 등으로 이어지는 것이라 볼 수 있다. 그리고 오에노 마사후사
(大江匡房)의 『江談抄』에 〈呪師와 猿樂 등에서 무대의상을 아름답게 장
식하기 시작한 것은 고산조인(後三條院)의 圓宗寺에서의 공양『百練抄』에
엔큐(延久) 2년(1070)이라고 한다 때부터다〉라는 기사가 있는 점으로 보아 이
때쯤부터 외관과 치장에 신경을 쓰고 꾸미기 시작한 것으로 생각된다.
　『神樂譜』의 古本을 보니, 나이시도코로(內侍所)[20]에서 열린 미카구라
(御神樂)의 밤에 세이노(才男)를 불러서 '散樂(사루가쿠)'[21]를 시켰다는 내용

16　새나 짐승 흉내, 배우 등의 몸짓 흉내 및 성대모사 등을 하는 것으로서 1700년대 중
　　반부터 유행하기 시작. 본문에서는 "모노마네"의 한자 표기를 '物眞根'으로 하고 있
　　으나 표준 표기인 '物眞似'로 수정했다.
17　덴가쿠(田樂) 등에서 공을 여러 개 공중에 던져서 받는 곡예의 일종이 시나다마(品
　　玉)이며 때로는 마술과 같은 요소도 가미됨. 즈카이(遣い)는 시나다마를 하는 사람
　　을 뜻한다.
18　줄타기, 사다리타기 등 위험이 따르는 곡예를 가벼운 몸놀림으로 숙련되게 잘 하
　　는 사람을 말한다.
19　인형을 조작하는 놀이. 꼭두각시 놀음, 인형극. 구구쓰(傀儡).
20　가시코도코로(賢所). 궁중에 아마테라스오미카미(天照大神)의 상징인 신경(神鏡)
　　을 안치한 곳. 여관(女官)들이 이것을 지켰기 때문에 나이시도코로라고도 한다. 매
　　해 12월에 길일을 택해서 가구라를 열었다.
21　'散樂'은 '산가쿠'이고 '猿樂'이 '사루가쿠'이나, 원문 이 대목에서는 '散樂'의 '散' 옆
　　에 '사루(サル)'라고 토를 달아서 '散樂'을 '사루가쿠'로 읽히고 있다. 즉 '散樂'이 '사
　　루가쿠'로 발전하였다는 입장에 선 표기라 생각된다. 이 내용을 받아서 이 대목에

이 있다. 여기서 말하는 '散樂(사루가쿠)'는 그저 우스꽝스러운 내용을 보이는 것임을 바로 뒤에 인용하는 『宇治拾遺物語』를 통해서 알 수 있다 그 순서는 다음과 같다. 〈도리모노(取物)가 끝나고 구라노쓰카사(藏司)가 잔에 술을 따를 것을 권하고, 그 다음에 닌초(人長)가 자리에서 일어나서 화톳불 앞에 나간다. 세이노(才男)를 부르고 닌초가 '何 才 仕(어떤 재주(기예)를 보일 것인가?)'라 말한다. 자리에 계신 분들 중 지체가 높으신 귀족과 대신(大臣) 이하에 대해서는 예를 표하고, 닌초는 자리로 돌아간다. 그러나 지체가 낮은 사람 중에서 '散樂(사루가쿠)'의 기예가 뛰어난 분에 대해서는 닌초는 자리에 머물지 않고 빈번히 이 분들을 불러서 그 재능을 다하게 한다.〉

『枕草子』의 〈(닌초가) 세이노(才男)들을 호출하자 그들이 바로 달려온 것도 그리고 닌초(人長)가 세이노들이 보인 태도에 흡족해 하는 것도 훌륭하다〉라는 대목도 바로 이를 말하는 것이다. 그리고 앞에서 게시한 '散樂(사루가쿠)'에 대한 답글도 함께 고려해야 할 것이다.

후에 이 연희를 두고 사루가쿠(猿樂)라 부르게 된 것과 관련해서는 『宇治拾遺物語』5『十訓抄』에 있는 것하고 동일한 내용임 에 다음과 같은 이야기가 전한다. 〈이 또한 옛날이야기이나, 베이쥬(陪從)란 원래 우스꽝스러운 짓을 해서 사람을 웃기는 것이라고는 하지만, 이에쓰나(家綱), 유키쓰나(行綱) 형제는 둘도 없는 뛰어난 사루가쿠(猿樂)였다. 호리가와인(堀河院) 때에 나이시도코로(內侍所)에서 미카구라(御神樂)가 열린 날 밤에 "오늘은 특별히 재미있는 것을 보여라"는 말씀이 있기에 시키지(職事)[22]

한해서는 '散樂(사루가쿠)'로 표기하였다.

[22] 五位, 六位의 구라우도(藏人, 구로우도). 구라우도는 구라우도도코로(藏人所)에서 일하는 자를 말하며, 구라우도도코로는 천황을 가까이에 모시며 전선(傳宣), 진주(進奏), 의식(儀式) 등을 담당하는 부서. 여기서는 구라우도노토우(藏人頭)를 말한다.

가 이에쓰나(家綱)를 불러 놓고 그대로 전하였다. 이에쓰나는 그 말씀을 전해 듣고 무엇을 할까 하고 생각하다가 동생 유키쓰나를 구석으로 불러서 "이러이러한 말씀을 전해 들어서 내가 생각한 바가 있는데 어떻게 생각하나?"라고 묻자, 유키쓰나가 "어떤 일을 하려고 하는 겁니까?"라고 물었다. 이에 이에쓰나가 말하기를 "횃불을 밝게 켜 놓은 마당에서 하카마[23]를 위까지 걸어 올려 가느다란 정강이를 드러내고 よりによりに 夜の更けて、さりにさりにさむきに、ふりちうふぐりを、ありちうあぶらん[24]라고 말하고 니와비(庭火)[25]를 세 바퀴 정도 돌까 하는데 어떤가?"라고 말하자, 유키쓰나가 "그것도 괜찮겠습니다. 그러나 주상과 중궁 앞에서 정강이를 보이고 불알에 불을 쬐자고 말하는 것은 문제가 있지 않을까 생각합니다"고 답하였다. 그러자 이에쓰나도 "전적으로 맞는 말이다. 그렇다면 다른 일을 생각해보자. 너하고 상의하기를 잘 했다고 생각한다"고 말했다. 덴죠비토(殿上人)[26]들은 천황의 말씀을 전해 들었기에 과연 오늘밤에는 어떤 것을 보여줄지 궁금해 하며 눈을 크게 뜨고 기다리고 있자, 닌초(人長)가 "이에나가를 불러라"라고 말해 이에나가를 부르자, 이에나가가 등장하여 별 재미도 없는 내용을 보이고 들어갔다. 이에 천황도 별 감흥 없이 그런가보다 하고 생각하고 있었으나, 그때 닌초가 다시 앞에 나와서 이번엔 "유키나가를 불러라"라고 하자, 유키나가는 정말로 추워 보이는 표정으로 등장해서 하카마를 넓적다리까지

23 [袴] 가랑이가 넓어서 치마처럼 보이는 일본 기모노의 하의.
24 [해석 및 요약]〈밤이 깊어서 추우니 불알에 불을 쬐어야겠다〉 부연설명을 하자면, '요리니요리니(よりによりに)', '사리니사리니(さりにさりに)', '후리치우(ふりちう)', '아리치우(ありちう)'는 특별한 의미가 있는 말이 아니라, 다음 말을 이끌어내기 위한 말, 가락을 맞추기 위한 말임.
25 [庭火, 庭燎] 마당에 설치한 횃불. 특히 궁중에서 미카구라를 공연할 때 쓰는 횃불을 말한다.
26 승전이 허가된 계위(階位)가 높은 사람들. 4위, 5위 이상 및 일부 6위의 구라우도(藏人)들이 이에 해당된다. 반대는 "지게닌(地下人)"이다.

걷어 올려서 정강이를 드러내놓고 추워서 덜덜 떠는 목소리로 "よりに
よりに夜の更けて、さりにさりにさむきに、ふりちうふぐりを、ありち
うあぶらん"라고 하며 화톳불을 열 바퀴 정도 뛰어 돌았을 때 상좌(上座)
에서 하좌(下座)에 이르기까지 모두들 와글와글 떠들어댔다. 이에쓰나는
구석에 숨어서 이 광경을 보면서 "분하게도 저놈에게 속았구나!"라고
말하고, 이 후 두 형제의 사이는 나빠져 서로 눈도 맞추지 않고 시간이
흘렀다. 그러나 이에쓰나는 속은 것은 분하지만 이런 상태로 지내는 것
은 좋지 않다고 생각하여 유키쓰나에게 말하기를 "이번 건은 이번 건이
다. 그렇다고 형제가 언제까지나 이렇게 사이 나쁘게 지낼 수는 없다"
고 말하자, 유키쓰나도 형의 이 말에 기뻐하며 서로 사이좋게 지냈다.〉
이 이야기 다음에 이에쓰나가 유키쓰나는 속이는 이야기가 이어지나, 생략하겠다. 이
이야기를 통해서 예로부터 미카구라의 여흥 자리에서는 이러한 우스꽝
스러운 연기를 보였으며, 이러한 내용으로 사람의 마음을 위로하였다
는 것을 알 수 있으며, 동시에 연기는 그때그때 그 자리에서 고안해 내
는 즉흥적인 것이었으며, 미리 만들어놓은 내용으로 임하지 않았음을
말해준다. 기타무라(喜多村) 씨는 니와카차방(俄茶番)[27]과 같은 것이라고 말하고 있다.

『古史傳』 11에 〈사루가쿠(猿樂)는 『神國史』 『伊勢風土記』에서 인용하는 에서 '申
樂'이라 표기하고 '사루마히(さるまひ)'[28]라 읽는 것과 마찬가지로 '猿樂' 또한 '사

---

[27] '니와카'는 '니와카쿄겡(俄狂言)', "차방쿄겡(茶番狂言)"이라고도 하며, 연회의 흥
을 위해서 한 우스꽝스러움을 주된 내용으로 전개되는 유의적 놀이. 에도시대에
요시와라(吉原), 시마바라(島原) 등 주로 유곽(遊廓)을 중심으로 성행하였음. '차
방(茶番)' 자체가 즉흥적인 우스꽝스러운 촌극이라는 뜻이다. 참고로 현대어에서
"차방게끼(茶番劇)"라고 하는 것은 속이 들여다보이는 뻔한 행동, 연기, 거짓말을
말한다.
[28] 현대 일본어의 표기는 사루마이(さるまい)이나, 여기서는 고어의 표기를 제시하
고 있는 부분이며, '佐流麻比'라는 만요가나(우리의 이두문자에 해당) 표기가 제시
되어 있는 점을 고려, 고어표기를 한글로 옮겨서 '사루마히'로 표기하였다.

루마히(佐流麻比)'로 읽어야 한다. 이 또한 예로부터 전하는 말이라고 한다. 말 뜻은 사루메마이(猿女舞)이며 이것은 사루메노기미(猿女君)[29]의 조신(祖神) 아메노우즈메(天宇受賣) 이 춤을 추며 우스꽝스러운 몸짓을 하기 때문에 붙여진 이름이다〉라고 설명되어 있다. 그러나 '猿樂'이라는 단어는 엔기(延喜, 901~923) 이전의 문헌에는 보이지 않으며, 모두 '散樂'을 대신하여 후세에 사용했다는 앞에 언급한 주장 그대로이다. 또한 '猿樂'와 관련해서 〈사루마히(さるまひ)라고 읽은 것도 『偶伊勢風土記』 이 서적에 대해서는 의심이 가는 부분이 있다. 이에 관해서는 따로 언급하겠다 에 보이는 예 하나뿐으로, 다른 문헌에서는 찾아볼 수 없으므로 따르기 어렵다. 단 같은 책에 옛 가구라에서 추던 춤은 대개가 우스꽝스러운 것뿐이었으나, 중국풍의 악을 받아들이고 유행하는 시대에 이르러, 그런 격조 있는 춤놀이(舞遊)를 가구라라고 하고, 우스꽝스러운 것을 따로 사루가쿠(猿樂)라 해서 이 둘을 분리하여 후자는 비속한 것으로 보고 차별하게 되었다. 그러나 호리가와(堀川) 천황 시대에 이르러서도 나이시도코로(內侍所)에서 열리는 미카구라(御神樂)에 사루마히(申樂)를 공연케 하는 것은 중국풍이 성행하는 상황에서 궁중의 옛 정통을 지키는 일이 된다〉는 주장은 과연 수긍이 가는 설이다. 본인 생각에 '사루가쿠(散樂)'를 '猿樂'이라고도 표기한 것은 원숭이가 우스꽝스러운 행동을 보이는 것을 악과 연계시켜 생각해서 그렇게 쓴 것이지, 사루메노기미(猿女君)의 조신(祖神)의 고사에 의한 것은 아니라고 생각한다.

『枕草子』에 〈심심하고 적적한 마음을 달래는 것은, 남자가 능숙하게 농담을 하고, 이야기를 잘 하는 남자가 왔을 때(つれづれなぐさむるもの、男のうちさるがひ、ものよくいふがきたる云云)〉[30]라는 대목이 있는데, 여기서 말하

는 ‘사루가히(さるがひ)’도 ‘사루가우(さるがう)’ 즉 ‘우스꽝스러운 이야기를
하다, 웃기다, 장난치다, 농담을 하다’ 등의 의미이다. 또한 『枕草子』에
는 ‘さるがうこと’라는 용례가 세 개 있다. 『枕草子』의 이들 용례는 모
두 사람을 웃기는 모습을 묘사하고 있다. 한편 『今昔物語』에도 다음과
같은 이야기가 있다. 〈도시히라(俊平) 뉴도(入道)의 자택에서 여인들이
경신(庚申)[31]을 하는 밤에 도시히라의 동생인 뉴도노기미(入道君)가 구석
에 앉아 있었다. 그런데 여인들은 잠이 오기 시작하자 “뉴도노기미님,
사람들이 웃을 수 있는 이야기를 해주세요”라고 하자, 그는 “그저 웃고
싶으시다면 웃을 수 있도록 해드리지요”라고 대답했다. 그러자 여인들
은 “그럴 수는 없죠. 당신이 그저 웃을 수 있게 해주겠다는 건 우스꽝
스러운 사루가쿠(猿樂)라도 하시겠다는 말씀인지요? 만약에 그렇다면
이야기하는 것보다 더 재미가 있겠습니다.”〉[32] 또한 『平家物語』의 시시
가다니(鹿谷)의 단에도 다음과 같은 이야기가 있다. 〈고시라가와(後白河)

---

31   경신(庚申) 신앙. 대륙에서 일본열도로 전래한 음양(陰陽), 도교(道敎)적인 신앙이
      며, 헤이안 시대에는 주로 궁중과 귀족 사이에서 행하여졌다. 구체적인 내용은 경
      신일에 밤을 새우는 도교신앙. 60일에 한 번씩 돌아오는 경신일이 되면, 형체 없이
      사람의 몸에 기생하고 있던 삼시충(三尸蟲)이 사람이 잠든 사이에 몸 밖으로 빠져
      나가 상제(上帝)에게 그 동안의 죄과를 낱낱이 고해 바쳐 수명을 단축시킨다고 여
      겨서, 경신일 밤에는 자지 않고 이를 막아 천수(天壽)를 다하려는 도교적인 장생법
      의 하나. 이런 관습을 수경신(守庚申) 또는 수삼시(守三尸)라고 부르기도 하였다.
      고려시대부터 조선시대에 이르기까지 궁중과 민간에서 널리 행해졌다. 섣달 그믐
      날 밤에 방·마루·부엌, 뒷간, 외양간 등에 불을 환하게 밝히고 밤새도록 자지 않
      는 풍습을 수세(守歲)라 하는데 경신 신앙의 유풍으로 여겨진다. 한편 헤이안 시대
      의 경신의 밤에는 적적함을 달래기 위해서 와카(和歌)의 완성도를 다투는 우타아
      와세(歌合) 등의 왕조문학성립의 장이기도 했고, 귀족 사이의 설화문학 전승의 장
      이기도 했다.
32   『今昔物語』 본문하고 대조하면, 상당한 부분이 생략되어 있다. 주로 생략된 부분
      은 여인들(女房)이 이야기를 해달라고 청했을 때, 이야기가 듣고 싶은 것이 아니라
      단순히 웃고 싶은 거라면 이야기를 하지 않고 여러분이 웃을 수 있도록 하겠다는
      부분이 생략되어 있다. 그리고 『今昔物語』에서는 도시히라의 동생은 나오지 않으
      며, 도시히라가 당사자로 되어 있다.

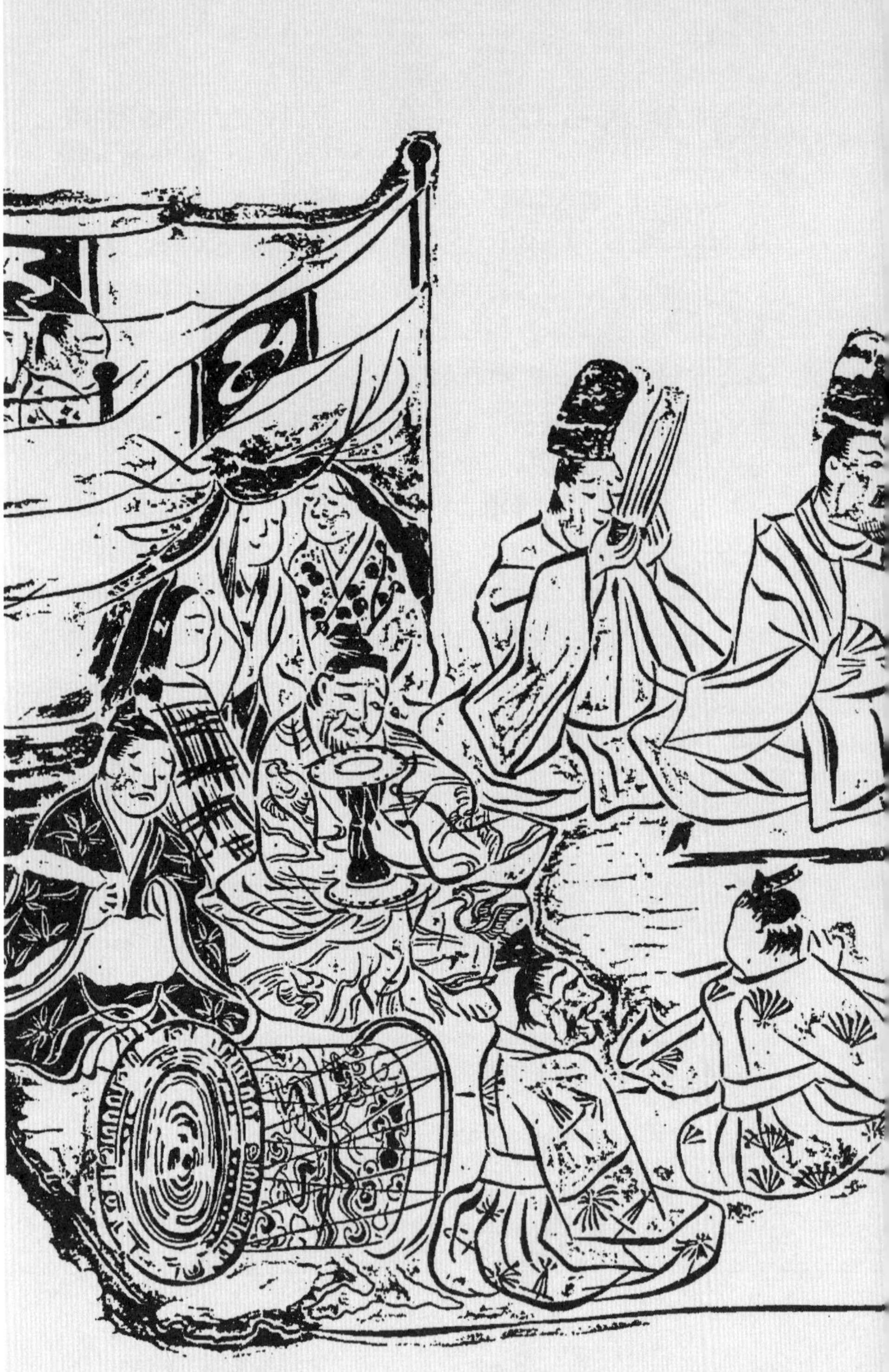

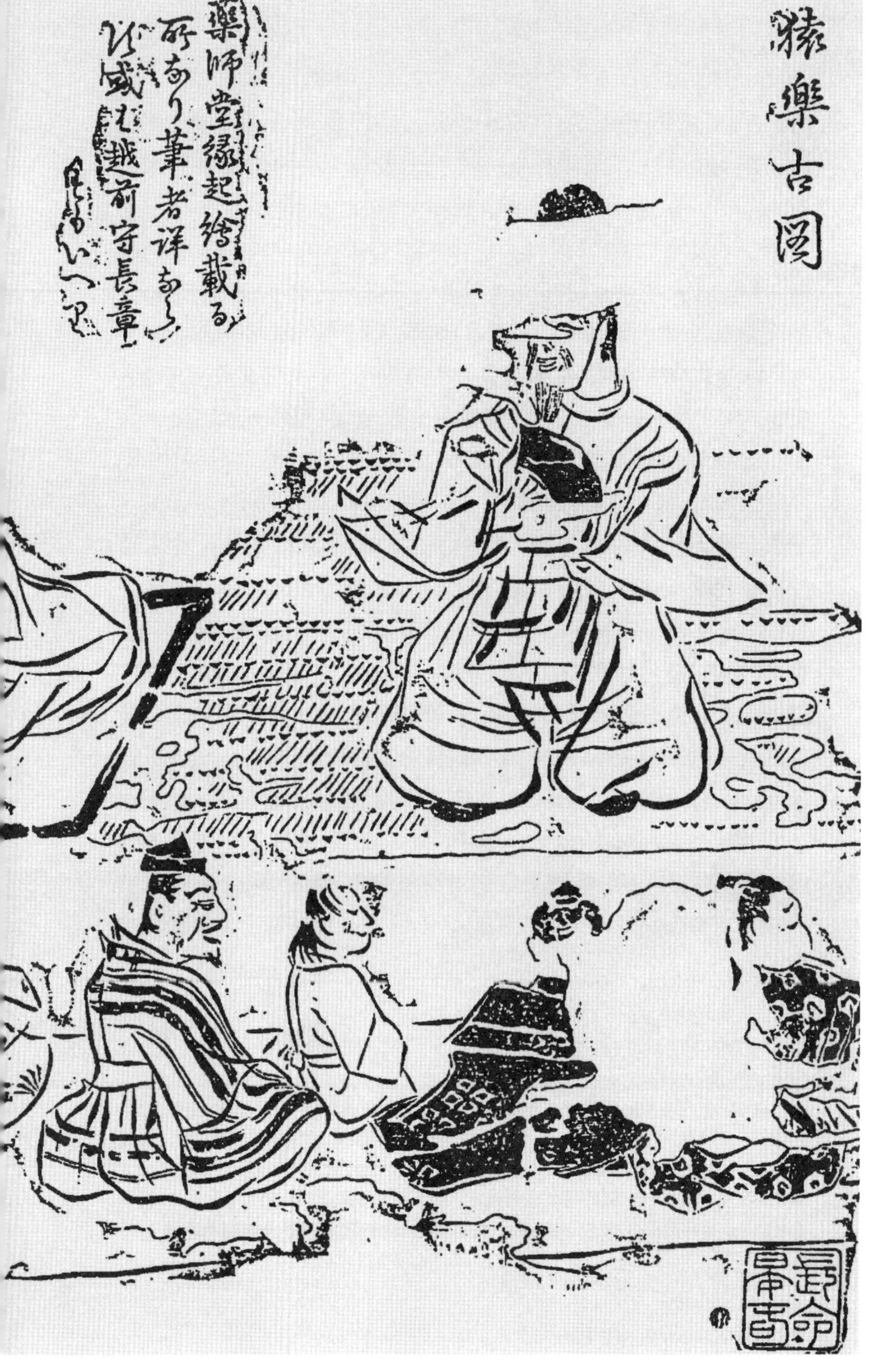
猿樂古圖
薬師堂縁起給載る
所あり革書者詳あ〜
此成む越前守長章

법황(法皇)은 재미있어 하며 웃고 있었다. "모두들 이리 와서 사루가쿠(猿樂)를 하여라!"고 말씀하시자 다이라노 야스요리(平康賴)가 와서 "헤이지(平氏)가 너무 많아서 술에 취해버렸습니다"고 대답하였다. 그러나 슌칸(俊寬) 스님이 "그럼 그걸 어떻게 할까요?"라고 묻자, 사이코(西光) 법사가 "목을 베는 수밖에 없지"라고 말하고 술병(瓶子, 헤이지)의 뚜껑을 들고 안으로 들어가 버렸다.〉 이들 이야기를 통해서 비록 예능(연희)에 종사하는 전문가가 아니라도 사람을 웃기고 사람들에게 웃음을 제공하는 것을 사루가쿠(猿樂)라고 할 수 있다는 점을 알 수 있다. 이런 종류의 이야기는 『古事談』, 『古今著聞集』 및 기타 등등의 문헌에도 보이나, 여기서는 생략하겠다.

『禁秘御抄』의 「可遠凡賤事」에 〈무릇 비(卑)라 함은 6위의 구로도(藏人)[33]의 하급관직자의 여인들을 말한다. 연희에 관한 재주 있는 자는 그 재능에 의해 근래에 이르러 불음을 받는 일이 많아졌다. 『寬平遺誡』[34]에서처럼은 하지 않는다. 사루가쿠(猿樂)처럼 어전에 불려와 머무는 것을 말한다〉는 기사가 있으며, 겐닌(建仁) 2년(1202) 2월 16일자 『明月記』에는 〈금일, 사루가쿠가 어전(御前)의 마당에 불려 와서 연희를 하였다. 어전(御前)에서 귀족 이하 그 자리에 있었다〉라는 기사가 있다. 『百練抄』의 겐포(建保) 2년(1214) 7월 11일자에는 〈오늘밤 주상께서 상황(上皇)이 계시는 가야노인(高陽院)에 행차하였다. 12일, 오늘 저녁에 주상의 어전에서 다양한 종류의 연회와 연희가 있었다. 상황(上皇)도 함께 구경하셨다. 무녀(舞女)와 사루가쿠(猿樂) 등이 이 부름에 응하였다〉[35]는 기사

---

33 또는 구라우도(くらうど). 천황을 가까이 모시고 전선(傳宣), 진주(進奏), 의식(儀式) 및 기타 궁중에서 벌어지는 대소의 잡사를 담당하는 관청인 구로도도코로(藏人所)의 관리.

34 간표(寬平) 9년(897)에 宇多천황이 양위할 때 다이고(醍醐) 천황에게 하사한 교훈서. 제왕의 진퇴, 동작, 학문, 임관서위(任官敍位), 의식 및 신하의 현부(賢否) 등에 관해서 서술하고 있다.

35 참고로 여기서 말하는 "사루가쿠(猿樂)"는 사루가쿠라고 하는 연희와 그 행위를 말하는 것이 아니라 그 연희를 하는 사람, 종사하는 사람, 그 연희를 베푸는 사람 즉

가 확인되며, 간기(寬喜, 1229~1232) 시대의 『明月記』에도 〈신분이 낮은 자들이 사루가쿠(猿樂)를 불렀다. 예전에는 이런 일은 없었다. 반복하여 侍猿樂[36]을 불러야 하는 까닭 이 부분은 『春湊浪話』에서 인용하였다〉이라는 기사가 있다. 이들 자료를 보면 이미 이 시기에 사루가쿠(猿樂)를 가업으로 삼는 자들이 있었음을 알 수 있다. 이후, 덴가쿠(田樂)가 성행하여 사루가쿠(猿樂)는 존재했다는 기록조차 확인하기 어려우나, 죠와(貞和) 5년(1349) 崇光 에 시조(四條)에 다리를 놓기 위해 신좌(新座)와 본좌(本座)의[37] 덴가쿠가 노(能) 경연을 했을 때 히요시산노(日吉山王)의 권현(權現)으로서 원숭이 가면을 쓴 사루가쿠(猿樂)를 공연했다는 기사가 『太平記』에 보이는 것을 보면, 완전히 소멸되거나 단절된 것은 아닌 것 같다. 그 후에 '사루가쿠의 노'라는 예능(연희)이 시작되면서 종전에 우스꽝스러운 내용의 사루가쿠는 교겐(狂言)이라는 것으로 넘어가게 되어 그 모습이 완전히 달라졌다는데 이와 관련해서는 다음 장에서 설명하겠다.

이어서 아시카가(足利) 시대에 일어난 '사루가쿠의 노' 및 교겐에 관해서 서술해야 하나, 덴가쿠가 성행한 것이 그보다 훨씬 앞서기 때문에 먼저 덴가쿠에 대해서 어느 정도 서술한 다음에 '사루가쿠의 노'에 들어갈까 한다. 읽어보면 서로의 영향관계에 대한 의문점을 씻어낼 수 있을 것이다.

행위자를 말한다. 이처럼 사루가쿠라는 말에는 크게 두 가지 쓰임새가 존재한다.

36 원문에 '侍猿樂'에 밑줄을 쳐서 한 단어임을 명시하고 있다. '侍猿樂'라는 용어는 확인되지 않으나, 궁중에 와서 사루가쿠의 시중을 들다, 즉 사루가쿠를 보이는(헌상하는) 집단 또는 그 연희 자체를 말하는 것으로 생각된다.

37 덴가쿠 또는 사루가쿠 등의 연기집단에서 본좌(本座)에 대해서 새로 조직해서 활발하게 활동하는 집단을 신좌(新座)라는 명칭을 사용한다. 즉 덴가쿠, 사루가쿠 아래에 다양한 유파라 할 수 있는 자(座)가 존재하는데 기존의 자(座)하고 새롭게 조직된 세력이 있는 자(座)를 구분할 때 쓰이는 표현이다. 『太平記』에 "新座本座の田樂を合せ(新座와 本座의 덴가쿠를 합쳐서)"라는 용례가 있다.

『가무음악략사(歌舞音樂略史)』

하권

제9장 덴가쿠와 덴가쿠의 노

옛날에 다마이(田儛)라고 하는 춤이 존재했다는 사실은 사서(史書)에서 확인이 되나 지금도 악가(樂家)에 다마이(田舞)라는 이름으로 전해진다고 하나 실제로 보지는 못했다 덴가쿠의 시작에 관해서는 자세하게 파악이 되지 않고 있다.

다마이(田舞)에 관해서는 『日本書紀』 텐치(天智) 천황 10년 5월 신축의 조에 〈천황이 西小殿[1]에 행차하여 황태자와 군신들을 모아 놓고 연을 열었는데, 그곳에서 다시 다마이를 추게 하였다〉는 기사가 확인되는 것이 첫 번째 예이고, 『續日本紀』의 레이기(靈龜) 8년[2] 5월자 및 텐표(天平) 14년(742) 정월자 기사에 조회

---

[1]　'니시노고아도(にしのこあど)'라고도 함.

[2]　레이기(靈龜)는 서기 715년부터 717년까지이며, 레이기 3년으로 끝이 나고 그 다음 연호는 요로(養老)이다. 요로 5년(721)의 잘못인가?

에 사용되었다는 내용으로『職員令』集解의 古記의 別記에「今有二寮儛曲一」라는 제목 하에 〈田儛師, 儛人 4명, 倭儛의 스승이 춘다〉는 기술이 있다. 또『三代實錄』의 조간(貞觀) 원년(859) 11월 및 간교(元慶) 8년(884) 11월에는 다이죠에(大嘗會) 때 다지(多治) 씨가 이 춤을 춘 기록이 확인되며, 엔기(延喜)의 다이죠사이(大嘗祭) 날에도 〈오후 2시 경에 수키(主基)의 천막에 행차하여 진짓상을 올린 후 다마이를 추었다〉는 기사가 있다.

헤이안 시대가 되자, 모심기 때 농민들의 노고를 위로하고 격려하기 위해서 피리와 북을 울리며 춤을 추고 우스꽝스러운 모습을 보인 것이 덴가쿠(田樂)의 시작이라고 한다.

이러한 상황에 대해서 알 수 있는 문헌으로『榮花物語』의 미모기(御裳著)의 권에 실려 있는 다음과 같은 이야기가 있다. 〈오미야(大宮, 태황태후)가 쓰치미카도전(土御門殿)에 오신다기에 미치나가(道長)는 무언가 기예를 준비해서 오미야에게 보여주려 했다. 여물을 확보하기 위해서 북쪽에 있는 세이와인(淸和院) 근방의 밭에 작물을 심는데 마침 그 시기라 마구간을 관리하는 책임자를 불러 '밭에 작물을 심는 날은 따로 차려입거나 하지 말고 평상시대로 보기 흉하더라도, 우스꽝스러운 모습일지라도 있는 그대로의 모습으로 운운' 그 날이 되자 구석에 있던 토담을 헐고 동쪽 맞은편으로 모셨다. 시녀를 비롯한 모든 여인들도 행렬에 참여시켰다. 젊고 깔끔하고 예쁜 여자들 50~60명에게 새하얀 하카마(下衣)를 입히고, 하얀 삿갓을 씌우고, 이를 검게 물들이는 오하구로[3]를 시키고, 분홍으로 화장을 시켜 줄지어 세웠다. 밭일을 관장하는 노인에게도 실로 요상한 옷을 입히고, 찢어진 커다란 우산을 쓰게 하고, 기모노(옷)의 끈을 풀어재끼고, 굽이 높은 왜나막신을 신겼다. 요상한 모습을 한 여자들[4]에게 검정색[5] 가이네

---

[3]   お齒黑(ハグロ), 鐵漿(オハグロ). 쇠를 술에 산화시킨 물을 이에 검게 물들이는 데 씀. 이것이 여인의 아름다움의 하나의 기준이었다. 철장(鐵漿). 쇠를 술에 산화시킨 물을 하구로메(はぐろめ[齒黑め])라 한다.

리[6]를 입히고, 하얀 분을 얼룩이 생기게 바르고, 이들에게도 우산을 쓰게 하고 나막신을 신겼다. 또한 덴가쿠(田樂)라고 해서, 이상하게 생긴 쓰즈미(鼓)를 허리에 매달고 피리를 불며 '사사라'라는 것을 키면서 다양한 춤을 추어 보였다. 미천한 남자 10명 정도가 노래에 취해서 기분이 좋은지 자랑스러운 듯한 표정을 짓고 있었다. 그런데 이 다쓰즈미(田鼓)라는 것은 보통 쓰즈미(鼓)와는 달리 굵은 소리를 내고 있었다〉 이것은 지안(治安) 3년(1023)에 이치조인(一條院)의 중궁, 조토몬인(上東門院)의 부친인, 미도간파쿠(御堂關白) 미치나가(道長)가 쓰치미카도(土御門)의 저택에 있을 때의 이야기이다. 이 외에『枕草子』에도 모심기 때 가무를 하는 내용이 있는데 대략 비슷하다. 위 인용문에서 '덴가쿠라는 이상하게 생긴 쓰즈미(鼓)'라는 대목이 있으며,『今昔物語』18에도 '시커먼 덴가쿠를 배에 매달고 소맷부리에서 팔을 내어 좌우 두 손으로 채를 든다'는 내용이 있는 걸 보면, 아마도 덴가쿠라는 명칭은 춤을 출 때 사용하는 쓰즈미의 이름에서 기인하는 것 같다.

나중에는 모심기가 아닐 때도 이러한 놀이를 하였으며 덴가쿠에 중국대륙으로부터 전래한 산악(散樂) 원래는 호악(胡樂)에 가까운 것이었다는 내용을 앞에서 언급했음 의 잇소쿠(一足), 다카아시(高足)라는 고난도 기술을 받아들여서 이른바 스스로 '잘나가는 종목'이 되어, 귀천을 가리지 않고 유행하였는데, 이 점에 대해서는 호리가와(堀河) 천황의 에이초(永長) 원년(1096), 교토에서 치러진 다이덴가쿠(大田樂)의 공연을 통해서 알 수 있었다.

<hr>

4 본문에서는 "あやしききましたる女どもに"로 되어 있으나,『榮花物語』에서는 "あやしの女に"로 되어 있다. 전자면 "요상한, 수상한, 괴이한 모습의 여자들" 정도로 해석이 되고, 후자라면 "미천한 여자들" 정도로 해석된다.

5 여기서 말하는 검정색은 검은 색이라는 뜻이 아니라, 원래는 분홍색이었으나 너무 낡아서 검어진 것이라는 뜻으로 해석할 수도 있다.

6 잿물이 누여서 부드럽게 만든 명주. Glossed silk.

『朝野群載』에 수록되어 있는『群書類從』卷363에도 수록됨 오에노 마사후사(大江
匡房) 경의『洛陽田樂記』에 〈에이초(永長) 원년(1096) 여름에 교토에서 대규모
덴가쿠가 있었다. 덴가쿠가 있는 줄 몰랐으나, 처음에는 여염 그리고 나중에는
귀족들을 통해서 전해 들었다. 다카아시(高足), 잇소쿠(一足), 요고(腰鼓), 振鼓,
도뵤시(銅鈸子), 빈자사라(編木), 殖女, 舂女 등등 매일매일 그칠 줄 몰랐다. 매
우 소란스러웠으며 사람들은 그 소리에 놀랐다고 한다. 운운. 덴가쿠가 끝나자
후도노[7]에 속한 자들이 덴가쿠를 따라했다. 다카고토(孝言)는 늙은 몸을 이끌고
'노연지회(勞埏之戲)'를 해보였으며, 아리토시(有俊), 아리노부(有信), 스에쓰나
(季綱), 아쓰모토(敦基), 아리요시(在良) 등과 기타 문관과 무관들 모두가 예복
혹은, 갑옷을 입거나 혹은 시마키(後卷)라는 용맹한 차림을 하였다. 운운. 신하들
이 궁궐에 돌아왔는데 곤추나곤(權中納言) 모토타다(基忠) 경은 9척의 다카오기
(高扇)를 들어올리고, 미치도시(通俊) 경은 두 다리로 이가사(藺笠)를 펼쳐 보이
고, 상기(參議) 무네미치(宗通) 경은 시리기레(尻切)를 신는 등, 신하들의 복장은
붉은색 옷에 벌거벗은 모양의 띠를 두르고 상투 위에 다가사(田笠)[8]를 올려놓는
등, 전혀 예상 못한 기이한 것이었다〉라는 기사가 있다. 그런데 여기 묘사는 기
본적으로 오늘날 봉오도리(盆踊)나 니와카차방(俄茶番)과 같은 연희·놀이의 차
림새하고 비슷하다고 할 수 있다. 갑옷(甲冑), 다카오기(高扇),[9] 이가사(藺笠),[10]
시리기레(尻切)[11] 등은 덴가쿠에서 상용(常用)되는 도구이다. 이 외에도『洛陽田
樂記』에 〈특히 이쿠호몽인(郁芳門院)[12]의 감격은 컸으며, 궁궐 내에 전개된 그
광경은 성대했다. 건물마다 무리를 지어 비단 소년뿐 아니라, 중과 속인이 모두

---

7   文殿. 천황 거소 내에 설치된 기록 및 문서 보관서. 헤이안 시대에는 주로 청량전
     남쪽에 위치한 교쇼덴(校書殿)을 뜻하는 경우가 많다.
8   모심기를 할 때에 쓰는 작은 갓.
9   덴가쿠에서 사용하는 도구. 나무 막대기 끝에 커다란 부채를 단 것.
10   골풀(등심초)로 짠 삿갓 또는 삿갓 모양의 모자.
11   발꿈치가 닿는 부분이 없어서 신발 뒤쪽이 없는 것처럼 보이는 짚신. 시리키레조
     리(尻切れ草履).
12   1076~1096. 白河천황의 왕녀.

어우러져 불사(佛師), 경사(經師) 등을 데리고 모자와 저고리 위에 덧입는 소매 없는 옷하고 짧은 홑바지에 수를 놓은 옷을 입고 '능왕(陵王)'과 '발두(拔頭)' 등의 부가쿠을 추었다〉는 기사가 있는데, 이것은 이때쯤부터 승가(僧家)에서도 이 연희를 하기 시작했으며, 뛰어난 자들이 많아 이후 호시(法師)처럼 전문화가 된 것이 아닌가 생각한다. 이하는 『嬉遊笑覽』에 의함 이 다이덴가쿠(大田樂)에 관해서는 『古事談』, 『百練抄』, 『續世繼』 등에도 그 기사가 보이나 여기서는 생략하겠다.

『杜氏通典』을 보면 당나라의 산악은 요코부에(橫笛) 하나, 하쿠항(拍板)[13] 하나, 요고(腰鼓) 셋을 사용하는 것으로 되어 있는데 이 구성은 덴가쿠에서 사용하는 악기와 매우 비슷하다. 그 이유는 산악에서 사용하던 악기를 그대로 덴가쿠에서 사용해서 그런 것은 아닌가 생각한다. 그리고 덴가쿠의 노가 변한 사루가쿠의 노의 악기는 하쿠항이 생략되고 쓰즈미와 피리는 덴가쿠의 것을 받아 새로 개량한 것이라 생각한다.

이 후에 덴가쿠는 결국에는 하나의 독립된 연희로 발전하여 주로 호시들이 담당하는 업이 되고, 덴가쿠를 전문으로 삼는 집안이 생기고, 본좌(本座)와 신좌(新座)와 같은 좌(座)를 형성해서 서로 경쟁하며 기술을 연마했던 것이다.

『增鏡』 6의 분에이(文永) 6년(1269)에 일어난 일을 서술하는 대목에 〈北白河殿에 계신 뇨인(女院)[14] 측근에 다이나곤노기미(大納言の君)라는 분이 계시고, 이 분 수하에 시모노(下野)라는 자가 있는데, 이 자는 덴가쿠를 한다는 겐쿠(玄駒)라는 요상한 호시의 딸이다〉라는 기사가 있다. 이 기사를 통해서 분에이(文永,

---

13 대륙에서 전래된 악기. 딱딱한 판자를 여러 겹 쌓고 가죽으로 된 끈으로 묶어서 양 모서리를 쥐고 쳐서 소리를 낸다.
14 '인(院)'의 칭호를 받은 천황의 생모, 공주, 황태후, 황후 등의 높임말.

1264~1275) 때는 이미 덴가쿠를 가업으로 삼는 호시가 있었음을 알 수 있다.
『文安田樂能記』나 『人數注文』을 보면 '후쿠와카마로(福若麻呂)' 또는 '켄아(兼阿)'처럼 모두 '~마로(麻呂)', '~아(阿)'라 이름을 붙이고 있는데 이는 이때 이미 동자(童子)도 덴가쿠에 참여하고 있었던 것을 말해주는 증거라 생각한다.

호죠 다카토키(北條高時)는 말할 것도 없고, 아시카가 다카우지(足利尊氏)도 덴가쿠를 좋아했기 때문에 종래의 추몬구치(中門口),[15] 다치아이(立逢), 가타나다마(刀玉),[16] 다카아시(高足)[17] 등의 기술 외에 춤사위를 바꾸고, 옛날이야기나 사건을 하나의 곡으로 만든 노게이(能藝)라는 것을 새로 고안해서 사람들 마음과 눈을 기쁘게 하였다.

『文安田樂能記』『群書類従』卷363에 수록됨 에 기술되어 있는 노게이(能藝)의 목록을 살펴보면, 호넨(法然上人)의 노(能), 오노노코마치의 노(能), 사네카타의 노(能), 아쓰모리의 노(能), 여인이 원수를 갚는 노(能) 등이 있는데, 이들은 고금의 사실에서 취재해서 새롭게 만든 곡들이라 생각된다. 『七十一番職人歌合』[18] 분안(文安, 1444~1448) 때쯤에 성립된 것으로 추정 에 나오는 덴가쿠의 노래에 〈변장을

---

15 덴가쿠 본래의 춤사위, 행동으로서 고(鼓)하고 빈사자라(編木, 拍板)를 갖고 추는 윤무(輪舞).
16 덴가쿠에서 단도(短刀)를 여러 개 공중으로 던져서 손으로 잡는 곡예.
17 죽마(竹馬)라는 뜻도 있으나, 여기서는 덴가쿠나 농경의례 등에서 사용되는 도구이며, 십자가 모양으로 되어 사람이 위에 다리를 걸쳐서 걸을 수 있게 되어 있다.
18 "歌合"은 "우타아와세"라 읽으며, 뜻은 가인(歌人)을 좌우 두 조로 나누어 그들이 노래한 노래를 한 수씩 맞추어 판정을 맡은 사람(判者)이 우열을 가려서 승부를 다투는 귀족들의 유희. 그 단위를 이치방(一番)이라고 한다. "七十一番"은 71번 승부를 가렸다는 뜻이고 노래(와카, 和歌)는 142 수를 읊은 것이 된다. 한편 "쇼쿠닌우타아와세(職人歌合)"는 다양한 직능민(職能民)들이 좌방과 우방으로 나뉘어서 직능민의 생활과 특성에 대해서 와카를 읊는 형식의 우타아와세를 말한다. 어떤 직능을 "職人"으로 인정하고 있으며 와카 내용이나 조합 등에 의해서 사회 계층에 대해서도 알 수 있는 사회사의 중요한 자료이기도 하다.

해도 그래도 그립다. 오호히가즈라 머리를 한 여자 모습은)[19]이라는 것이 있다는데 이는 등장인물이 실제로 여장을 하고 등장했었다는 것을 말해준다. 여기서 '오호히가즈라(おほひかづら)'라는 것은 사루가쿠의 노에서 사용하는 검은 머리(가발)의 일종이다. 그렇다면 사루가쿠의 노는 덴가쿠의 노에서 발전한 것으로 볼 수 있으며, 옛날이야기를 소재로 연기하는 것은 덴가쿠의 노가 그 시작일 것이다. 이 앞의 시라뵤시의 춤 혹은 옛 고사와 관련된 것도 있겠지만 이것들은 매우 짧은 곡에 불과하다. 아라이 하쿠세키(新井白石)는 『俳優考』에서 〈가마쿠라 시대 말, 무로마치도노(室町殿)[20]의 시대가 시작될 무렵, '傳奇雜劇'이라는 것이 원나라에서 유행하였다. 당시 일본과 원나라 사이에는 사람들의 잦은 왕래가 있어서 일본사람들이 원에서 성행한 잡극을 보고 전하였다. 이에 덴가쿠, 사루가쿠를 업으로 삼는 자들이 이윽고 원의 전기(傳奇)를 모방해서 옛날에 있었던 기쁜 일, 무서운 일, 즐거운 일, 놀라운 일 등을 우타이모노(謠物)의 가사로 만들어 읊으며 춤을 추기도 하였다. 이는 잡악(雜樂),[21] 사루고우(散更)[22]의 잔재이자, 바로 원나라의 '전기잡악(傳奇雜劇)'을 모방한 것이기도 하다. 운운. 원나라의 '잡극(雜劇)' 모방은 먼저 덴가쿠에서 시작되었다. 덴가쿠의 우타이모노는 모두 사루가쿠의 우타이모노와 마찬가지로 옛날에 일어난 고사를 말로 서술하는데 이는 원나라의 '전기(傳奇)'와 같다〉고 적고 있다. 이것 또한 하나의 설로서 인정된다. 고로 후세의 연극 또한 그 시작을 덴가쿠에 둘 수 있다.

---

[19] よそへてもげにぞ戀しき、人まねのおほひかづらの女姿は.

[20] 교토의 무로마치 동쪽에 자리한 아시카가(足利) 쇼군가의 저택. 3대 쇼군 아시카가 요시미쓰(足利義滿)가 조영(造營)하였음. 여기서 말하는 쇼군은 최고통치자를 뜻하는 세이이다이쇼군(征夷大將軍)이다.

[21] 아악(雅樂), 정악(正樂)에 대한 여러 속악(俗樂)을 말함.

[22] 같은 第九章에 나오는 것처럼 『江家次第』의 뒷면(裏書)에 "散更 猿樂也"라는 말이 있으며, 이것을 "사루가우(さるがう)"라 읽었는데 이것이 사루가쿠(猿樂)가 되었다는 이해이다. 여기서는 중국대륙에서 전래한 곡예적인 요소가 농후한 散樂을 염두에 둔 발언이라 할 수 있다.

오에이(應永) 28~29년(1421~1422), 기옹(祇園)의 오타비쇼(御旅所)[23]에서 조아미(增阿彌)가 집행한 권진(勸進) 덴가쿠 자리에 막부가 참석했다는 내용이 『花營三代記』下에 보이고, 분안(文安) 원년(1444)의 덴가쿠노(田樂能)에는 후시미노미야(伏見宮) 당시의 御父, 막부의 와카기미(若君) 義政의 동생 義視 등이 관람하였으며, 〈와카기미께서 옷을 하사하여 여인들이 모두 그 옷을 입었다. 實意 등이 승복(僧服)을 벗어던진 일이 어제와 같다〉는 내용이 보이는데, 이러한 것을 보면, 이때 이미 덴가쿠가 성행하고 있었음을 알 수 있다. 그러나 一條禪閤[24] 가네요시(兼良) 공 의 『尺素往來』를 보면 〈本座와 新座의 덴가쿠하고 와슈(和州)와 고슈(江州)의 사루가쿠가 권진(勸進)을 하였다. 각각 잘 하는 특기를 보였다〉라고 되어 있다. 이때쯤에는 사루가쿠가 성행하여 덴가쿠와 대립하는 관계였음을 짐작할 수 있다. 『糺河原勸進猿樂日記』 간쇼(寬正) 5년(1464) 성립이며 이것도 『群書類從』에 수록되어 있다 에 덴가쿠호시인 祇候라는 자에 관한 기사가 보이나 원래 사루가쿠의 권진이었기에 덴가쿠는 노를 하지 않았다. 그 후 덴가쿠가 크게 쇠락하여 겨우 가스가(春日) 닛코(日光)와 같은 커다란 신사의 제례에서 명맥을 유지하며 근세를 맞이하게 된다. 이세 사다타케(伊勢貞丈)의 잡저(雜著)에 「田樂考」가 있으며 내용이 빠짐없이 상세하기 때문에 지금은 이 글에 따르겠다.

『白石手簡』[25]에 〈히타치(常陸)의 미토(水戶)[26]로부터 89리 떨어진 가나스나

---

23 신사(神社)의 제례에서 신여(神輿)가 본궁에서 나와서 임시로 머무는 곳, 봉안하는 곳.

24 이치죠 가네요시(一條兼良). 1402~1481. 무로마치 시대 귀족이자 학자. 이치죠젠코(一條禪閤)라 불렀다. 내대신(內大臣), 우대신(右大臣), 좌대신(左大臣)을 거쳐 섭정에까지 오른다. 1446년에는 태정대신(太政大臣)에, 1447년에는 간파구(關白) 자리에까지 올라 권력을 쥔다. 학자로서도 일인자였으며, 『公事根源』, 『江家次第抄』, 『代始和抄』, 『世諺問答』, 『二判問答』, 『小夜寢覺』, 『文明一統記』, 『桃華老人中樂後証記』, 『多武峰緣起』 등 많은 저작을 남겼다.

(金砂) 곤겐(權現)의 제례에는 73년마다 지금도 다이덴가쿠(大田樂)가 행하여지고 있으며 매우 신기한 광경이다. 쇼덴가쿠(小田樂)는 7년마다 반드시 연다〉고 되어 있으며, 『常陸國志』에도 이에 관한 기술이 있다. 그래서 히타치 사람인 구리타 히로시(栗田寬)[27]에게 물었더니, 이 연희는 지금도 계속되고 있으며 세업(世業)으로 삼는 덴가쿠시(田樂師)라는 것이 존재한다고 한다. 요 근래까지 매년 4월에 미토(水戶) 도쇼구(東照宮)에서 제례 때 빈사자라와 다카아시로 공연을 한다고 한다. 또한 에도의 오지(王子) 곤겐(權現)에서는 매해 7월 13일, 12번의 빈사자라 공연이 있다는 것은 주지하는 바이다. 이 외 다른 지역의 마쓰리에도 있다. 『西宮記』의 스마이(相撲)의 조에 〈스마이가 끝나고 能優가 하나 있었다〉[28]라는 기사가 있다. 여기서 말하는 '能優'는 사루가쿠와 비슷한 것이라 생각된다. 근래에 우리가 노(能)라고 명하는 것은 바로 이 뜻이다. 여기서 이 '能'라는 글자는 음이 '타이(態)'이어야 하는데 '노'라고 읽는 것은 예부터 이어진 오류인가? 『玉勝間』 9

여기까지 집필한 후에 호레키(寶曆) 5년(1755) 2월, 5월, 8월의 세 번에 걸쳐 이즈미(和泉) 이즈미군(和泉郡) 오쓰(大津) 마을의 에바라지(家原寺)의 규조인(久藏院)에서 막부로 상신한 『田樂法師由來書』를 입수하였다. 당시의 덴가쿠의 상황을 전하는 매우 귀한 문헌이다. 여기에 세 번에 걸친 상신서의 대략적인 내용을 간단하게 정리하고자 한다. 내용인즉, 옛

---

25   아라이 하쿠세키 저. 『白石手簡』 또는 『白石先生手簡』이라는 서명으로 에도시대 이 판본이 전한다.

26   히타치노쿠니(常陸國)는 지금의 동경 위에 있는 이바라키현(茨城縣)이며, 미토 (水戶)는 지금의 현청(縣廳) 소재지 미토시(水戶市)를 말한다.

27   1835~1899. 역사학자. 이바라기(茨城) 미토(水戶) 출신. 1858년에 쇼코칸(彰考館)에 들어갔으며, 1884년에는 元老院에 봉직. 東京帝國大學 교수. 『標注古風土記』, 『職官考』, 『莊園考』, 『禮樂考』 등의 저작이 있다.

28   '能優'는 '노와자' 즉 노(能)의 연기, 기술, 재주, 연희 등의 의미로 해석하겠다. '俳優'를 '와자오기'라 하기 때문에 '노오기'라고 읽을 수도 있으나, 그 경우도 뜻은 같다고 본다. 원문에서도 〈能優=사루가쿠〉로 보고 있다.

琵琶法師

あまのゝゆくもの
夕ぐれ尾上の花
志らべ琴の音賓

以下四面七十一番職人歌合の中より抄出は此歌合の画い
土佐光信詞を東坊城和長卿すゝ永正のころの物あり

くせまひ舞

月みつゝ
をくるまれし
宿のよもの
みくまつさと
なり

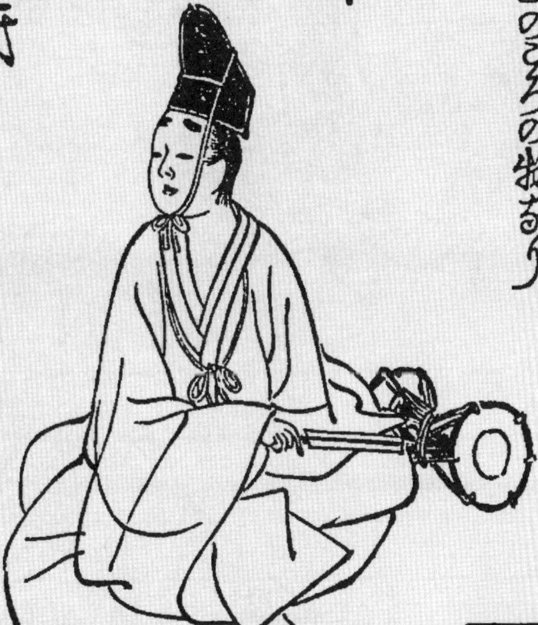

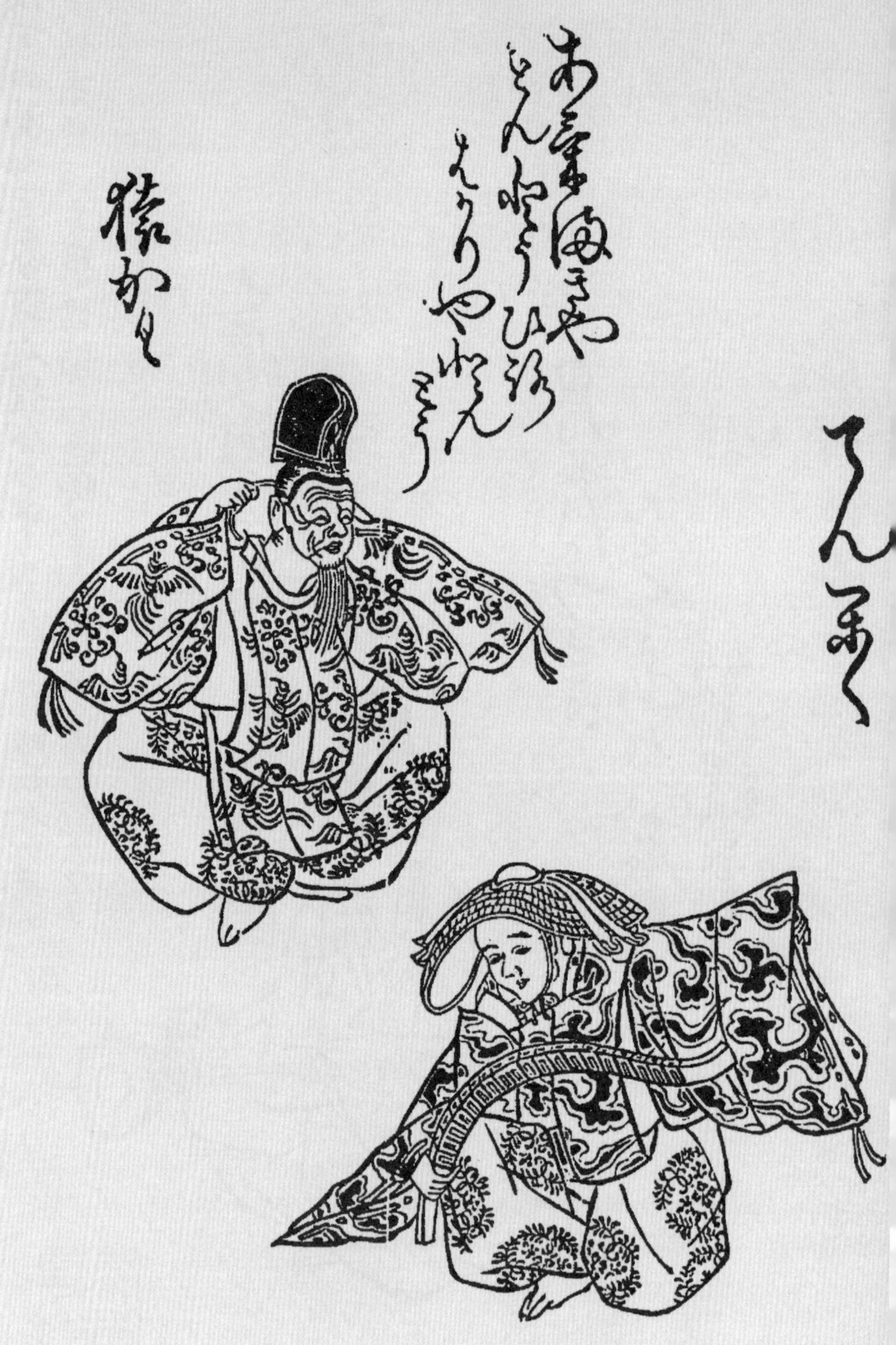
猿かく
てんまく

きくひやし

あらしは
ひくらら
山向比野を
乃ありける

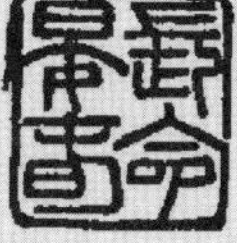

날에는 오미(近江)의 히에이산(比叡山) 산록에 본좌(本座) 13명, 신좌(新座) 13명이 살고 있었으나 모두 쇠락하여 흩어졌다. 지금은 교토(京都) 이마데가와(今出川) 도오리(通) 무로마치(室町) 니시이리마치(西入町)에 이즈미야 니토쿠(泉屋二德) 1명, 기슈(紀州) 이토군(伊都郡) 이리고(入鄕) 마을에 사가모토 세이린(坂本淸林) 외 4명, 센슈(泉州) 이즈미군(泉郡) 오쓰(大津) 마을에 후지타 쇼아미(藤田松阿彌) 외 1명이며, 교토에 있는 자는 상인이고 나머지는 농업을 업으로 삼고 있다. 총 세 지역에 걸친 8명이 매년 11월에 가스가(春日), 4월에 기슈(紀州) 와카노우라(和歌浦)의 도쇼구마쓰리노세쓰(東照宮祭之節)와 닛코(日光)의 도쇼구신키노세쓰(東照宮神忌之節)에만 6명씩 참가하며 가타나다마(刀玉), 다카아시(高足) 등의 기예를 담당한다. 악기는 사사라(編木), 요코부에(橫笛), 오쓰즈미(大鼓), 고쓰즈미(小鼓), 갓코(鞨鼓) 등이며, 보라색 사시누키(指貫)[29]를 입고, 아야이가사(綾蘭笠)[30]를 쓰고, 가죽 신발을 신었다. 덴가쿠의 노(能)는 옛날에는 300곡이나 있었다고 하나, 지금은 17~18곡밖에 전하지 않으며, 가스가(春日)의 제례에 간신히 그 모습을 전할 뿐이다. 노게이(能藝)에서는 시테하고 와키도 히타타레(直垂)[31]에 오구치(大口)[32]를 입으며 곡에 따라서는 다테에보시(立烏帽子), 가발, 가면까지 착용하게끔 바뀌었다. 또한 아이쿄겐(間狂言)이라는 것도 차노유(茶の湯), 후세(布勢), 十井經 등의 이름으로 되어 있는데 사루가쿠의 교겐하고 그다지 다를 바 없다고 본다.

---

29   남자용 하카마(袴)의 일종. 헤이안 시대에 상류계급에 보급되었다.

30   골풀을 짜서 만든 남자용 모자이며, 뒷면에 명주를 붙이고 있으며 무사들의 수렵용 의상의 하나이며 멀리 나갈 때 입는다.

31   하카마와 함께 착용하는 무가(武家)들의 대표적인 의복. 원래는 서민들의 의복이었으나, 가마쿠라 시대에 무가(武家)들이 막부에 출사(出仕)할 때 입는 복장이 되었다.

32   옷자락이 큰 기리바카마(切袴). 기리바카마는 하카마의 길이가 많이 짧은 하카마를 말하며, 헤이안 시대 귀족들의 정복(正服) 차림. 오늘날에는 주로 노(能), 가부키(歌舞伎)에서 사용되고 있다.

『和泉名所圖會』를 보면 이치죠산(一乘山)에 있는 에바라지(家原寺)는 오토리군(大鳥郡) 에바라(家原) 마을에 있는 이 지방의 거대한 대사찰이다. 덴가쿠시(田樂師)는 승려의 모습을 하고 있으며 이 사찰에 소속되는 존재였다.『和泉名所圖會』의 이즈미군(和泉郡) 오쓰(大津)의 조에도 〈덴가쿠호시 세 명, 예로부터 오쓰(大津)에 있었다. 매년 봄에 가스가(春日), 스미요시(住吉)의 제례에 참석해서 기예를 담당한다〉고 되어 있다.

제10장 사루가쿠의 노와 교겐

사루가쿠의 노(能) 덴가쿠의 노에 대한 말이다 는 가마쿠라 시대에 그 기반이 형성되었으나, 아시카가(足利) 시대에 이르러 크게 발전하며 성행하였다. 이 사루가쿠의 노는 야마토에 거주하는 사루가쿠 집단들이 당시 유행하던 엔넨, 시라뵤시 등의 춤사위를 받아들여 오키나노마이(翁の舞)를 시작으로 새로운 곡을 만들어 주로 신을 모시는 제례 후에 이것을 신지노(神事能)라 함 에서 공연한 것을 그 기원으로 한다.

여러 제례에서 사루가쿠의 노를 공연하는 것을 통해서 나이시도코로(內侍所)에서 미카구라에 세이노(才男)를 불러 사루가쿠(散樂)를 시켰던 방식을 떠올릴 수 있다. 제8장을 참조바람. 그리고 노의 춤 중에서 가장 오래 된 모습을 간직하고 있다는 오키나와타시노마이(翁渡しの舞)에 이어서 조노마이(尉の舞) 이른바 산바소(三番叟)의 우스꽝스러운 연기를 통해서 흥을 돋우려는 점도 함께 생각해봐야 한다. 후에 노 배우와 교겐 배우는 집안이 갈리어 다른 집안이 되었으나 이 산바소는 노

의 곡목임에도 불구하고 반드시 교겐 배우들이 담당하는데 그 배경에는 이런 우스꽝스러운 연기를 해야 하기 때문이다. 이에 대해서는 나중에 다시 언급하겠다. 그리고 지금 도쿄를 비롯하여 여러 지방의 사토카구라에서 十二座 등의 이름으로 우스꽝스러운 작태를 보이며 사람을 웃기는 것도 옛 사루가쿠의 잔재라 볼 수 있는가? 이에 관해서는 가구라의 장에서 언급해야 마땅하나 설명을 하다 보니 여기서 언급하게 되었다. 단, 『翰林葫蘆集』메이오(明應, 1492~1500) 때의 승려 宣竹 저 에 〈오키나와타시, 도도다라리야라루라 우라〉[1]는 노래는 다라니(陀羅尼)에 신도(神道)의 말을 합친 것이며, 오키나(翁)는 대신궁(大神宮), 센자이(千歲)는 도가쿠시(戶隱), 조(尉)는 스미요시노카미(住吉神)를 나타내며, 아마노이와야(天石窟) 앞에서의 춤을 모방하여 천하태평과 오곡(五穀)의 풍작을 기원하는 의식을 쇼토쿠타이시(聖德太子)가 하타노코카쓰(秦河勝)에게 전하였다 운운〉 라는 기사는 고서(古書)에도 아무런 증거가 없는 것이기에 채택할 수 없으나 이 오키나(翁)의 춤이 신을 모시는 제례에서 시작되었다는 점은 분명하다.

시게노 야스쓰구(重野安繹)는 〈오늘날 전하는 사루가쿠는 야마토의 엔마이(圓滿井) 좌가 가장 오래된 것이다〉라 말하였다. 즉 곤파루(金春) 좌를 말한다. 『猿樂記』에는 〈고사가인(後嵯峨院) 때에 야마토의 엔마이에 열여섯 장으로 된 우타이(謠)가 전승되었다. 오키나와타시의 '도도다라리'로 부르기 시작하여 그때부터 이것을 사루가쿠라고 불러왔다 운운〉이라는 기사가 있는데 이에 의거하여 추측건대 덴가쿠가 성행함에 따라 사루가쿠는 자연스럽게 쇠퇴하였기 때문에 야마토의 사루가쿠시(猿樂師) 圓滿 엔마이(圓滿)의 성은 하타(秦)이며 그 자손이 엔마이(圓滿井) 좌를 상속해서 곤파루라고 칭하기에 이르렀다 는 더욱 분발하여 열여섯 장의 구세마이(曲舞)로 된 문단을 만들고, 당시 유행하던 구세마이(曲舞), 시라뵤시, 모노가타리 등을 도입하여 지금의 사루가쿠노(猿樂能)로 만든 것이라 생각된다. 그리고 그 이전부터 이미 오키나(翁)의 춤은 존재하였는데 이것을 가스가(春日) 신사의 제의에 사용하였으며, 이는 쇼토쿠타이시로부터 전수받은 비곡이라는

---

1   의미 미상. 제아미(世阿弥)의 노(能) 이론서에도 나옴.

이야기가 전해 내려온다. 엔마이의 열여섯 장으로 된 우타이는 현행곡으로 말하자면 첫 번째는 '바쇼(芭蕉)', 두 번째는 '도보쿠(東北)', 세 번째는 '겐지쿠요(源氏供養)', 네 번째는 '니시키기(錦木)' 등이라는 내용이 『猿樂記』에 보인다. 그리고 이들이 무라카미(村上) 천황 때부터 전한다는 식의 이야기는 신빙성이 없다. 『風俗歌舞源流考』

아시카가 시대 무렵까지 큰 신사의 제례에 종사하던 사루가쿠의 좌는 다음과 같다. 야마토(大和)에서는 토비(外山) 후의 호쇼(保生),[2] 유자키(結崎) 후의 간제(觀世), 사카도(坂戶) 후의 공고(金剛), 엔마이(圓滿井) 후의 곤파루(金春)의 네 좌가 가스가(春日)의 제례에 종사하였다. 오미(近江)에서는 야마시나(山階), 시모사카(下坂), 히에이(比叡)의 세 좌가 히요시(日吉)의 제례에 종사하였다. 또한 가와치(河內)에 신좌(新座)가 있고 단바(丹波)에 본좌(本座)가 있다. 셋쓰(攝津)에 호죠시(法成寺) 좌가 있는데 이 세 좌는 가모(賀茂), 스미요시(住吉) 제례에 종사하였다. 이세(伊勢)엔 가즈야(和屋), 가쓰타(勝田), 슈몽(主門)이 있는데 이 세 좌는 이세(伊勢) 신궁(神宮)의 제례에 종사하였다.『翰林葫蘆集』 당시에는 위에 든 것처럼 큰 신사에서는 제례에 가구라 외에 덴가쿠, 사루가쿠의 공연을 하게 되어 있어, 각 신사에 담당자를 두고 있었는데 이를 노(能)의 다이후(大夫)라 한다.

『文安田樂能記』에 실린 노게이(能藝)의 곡목 중에 아쓰타(熱田)의 슌코몽(春敲門)의 노가 있는데 이것도 그 하나로 보아야 하나? 남도(南都)[3]의 다키기노(薪能)[4]도 그 시작은 가스가(春日)의 신지노(神事能)에서 온 것이다. 단 이 신지노

---

2   한자 표기는 "寶生"이 옳다.

3   지금의 나라(奈良).

4   신지노(神事能)라고 해서 오락으로서의 성격보다는 제례, 제의로서의 성격이 강한 노(能). 다키기(薪)는 장작, 땔감이라는 뜻이며, 저녁에 장작으로 횃불로 무대를 밝혀서 공연한다. 음력 2월에 고후쿠지(興福寺)의 슈니에(修二會) 때 南大門 잔디

는 고후쿠지(興福寺) 남대문에서 하는 의례이기는 하나, 같은 날 가스가의 야카미야(若宮)에서도 노가 있었기에 가스가 쪽을 원조로 보는 것이 타당하다고 생각한다.[5] 그리고 다키기노 기원에 관한 지적이 하나, 둘 있으나 모두 신빙성이 떨어지기 때문에 생략하겠다.

오에이(應永, 1394~1428) 때 야마토 출신 유자키 지로(結崎次郎) 본래 성은 핫토리(服部)이고 이가(伊賀) 사람이라는 설도 있다 가 이 신지노에 뛰어나 아시카가 요시미쓰(足利義滿)가 이 어린 아이를 곁에 두고 간아미(觀阿彌)라고 부르게 하였다. 오에이(應永) 13년(1406)에 52세로 세상을 떠났다. 그 아들인 사에몽노다이후 모토기요(左衛門大夫元清)도 도보슈(同朋衆)[6]가 되어 제아미(世阿彌)라고 불렸다. 그리고 쇼군(將軍)[7]에게 총애를 받았다. 고쇼(康正) 원년(1455)에 83세로 세상을 떠났다.『俳優考』,『內外謠作者考』이 부자가 종래의 사루가쿠의 춤에 덴가쿠의 노 및 여러 춤을 절충하여 새로 춤사위를 정하고, 많은 곡을 만들어서 요쿄쿠(謠曲)를 일으켜 그 가락은 에이쿄쿠와 헤이케를 결합시켜서 당시의 기호에 맞게끔 만든 것으로 생각된다 이에 다이코(太鼓), 오쓰즈미(大鼓), 고즈쓰미(小鼓), 요코부에(橫笛) 등의 악기를 정

위에서 간제(觀世), 곤파루(金春), 공고(金剛), 호쇼(寶生)의 네 자(座) 즉 요자(四座)의 다이후(大夫)에 의해서 공연되던 노였으나, 에도 막부 말에 단절되었다. 근년에 들어서 복원해서 5월 11~12일에 공연하고 있으며 근래에는 각 지역의 여러 신사, 사원에서 다키기노라는 이름 아래 야간 공연을 열고 있다.

5 중세까지는 고후쿠지하고 가스가(春日) 신사는 일체였으며, "고부쿠지"라고 발음하고 있었다. 필자는 오늘날 고후쿠지하고 가스가 신사가 별개라는 인식 하에 위에서와 같은 주장을 피력하고 있으나, 원래 하나였기에 이른바 "가스가코후쿠지(春日興復福社)"를 그 시작으로 보아야 할 것이다.

6 どうぼうしゅう. 무로마치(室町) 시대, 에도 시대에 최고통치자인 쇼군(將軍)이나 다이묘(大名) 가까이에 머물면서 연회, 차(茶), 잡역(雜役)을 담당한 자. 주로 阿彌 호를 칭하였다. 무로마치 시대에는 예능(연희)에 뛰어난 자가 많았으나, 에도 시대에는 와카도시요리(若年寄) 하에 속해서 주로 잡역을 맡는 경우가 많았다. 도보(どうぼう)라고도 한다.

7 세이이다이쇼군(征夷大將軍).

하였다. 덴가쿠의 악기에 고즈쓰미를 추가한 것이다. 이 연회의 명칭은 옛 이름을 그대로 답습해서 사루가쿠라고 하였으나, 그 전부터 전해 내려오던 우스꽝스러움을 보이는 것에는 교겐이라 이름 붙여 따로 구별하였다. 오랜 연마의 공을 쌓아 그 연기가 뛰어나고 훌륭하여 널리 세상에 그 이름이 알려졌다.

"아시카가 시대에 만들었다고 생각되는 노래는 '하치노키(鉢木)', '도에이(藤永)', '단푸(檀風)' 등이며, 주로 호죠(北條) 시대까지를 소재로 삼고 있으나, 아시카가의 대에 관해서는 꺼려하여 다루지 않았다"『安齊隨筆』는 이세 사다타케(伊勢貞丈)[8]의 지적에 수긍이 간다. 우타이의 작가는『內外謠作者考』에 의하면 기요쓰구(淸次)와 모토기요(元淸) 두 사람이 만든 것으로 되어 있으나,『猿樂傳記』,『諷增抄』 등을 보면 '야맘바(山姥)'와 '에구치(江口)'는 승려 잇큐(一休)가, '겐지쿠요(源氏供養)'는 가와카미 칸누시(河上神主)가, '다카사고(高砂)'와 '가네히라(兼平)'는 승려 쇼테쓰(正徹)가 만들었다는 식으로 사루가쿠 종사자가 아닌 사람에 의한 작품도 많다. 생각건대 작가는 따로 있는데 간아미(觀阿彌), 제아미(世阿彌)가 대사에 가락과 박자를 붙여 작곡한 것을 바로 간아미, 제아미작이라 한 것도 있을 것이다. 앞에서 말한 것처럼 사루가쿠 노의 기원은 신을 모시는 가미마쓰리(神祭)이나, 후에 요코쿠가 불사(佛事)에 의거한 부분이 많은 것은 주로 승려 등이 작사한 까닭과 불법봉신(佛法奉信)한 세속에 의한 부분도 있을 것이다. 나이가이햐쿠방(內外百番)[9]이라 정한 것은 곤파루 다이후(金春大夫)의 제자이며, 센슈(泉州) 사카이(堺) 출신의 구루마야 도에쓰(車屋道悅)라는 자가 이 방면에 뛰어나 스스로 집필하여 상재한 구루마야본(車屋本)을 그 시작으로 하며, 에도 시대 때 다야스(田安) 추나곤(中納言) 무네타케(宗武)[10]가 간제사콘(觀世左近) 모토아키라(元章)에

---

8   1718~1784. 에도 시대 중기의 막부 신하. 중세 때부터 전해 내려오는 무가(武家)를 중심으로 한 제도, 예식, 기구, 복식 등에 박식한 연구가였다.

9   우치구미(內組), 소토구미(外組)의 각 100곡을 말한다. 전자는 보다 자주 공연되고 유명한 곡이며, 후자는 전자에 비해서 약간 공연 빈도가 적은 곡이 중심이 된다.

게 명하여 다시 개정한 것에 의한다고 한다. 『內外以下俗樂圖』, 『內外謠作者考』 참조.

제아미(世阿彌)의 아들 모토시게(元重)는 온아미(音阿彌)라 한다.[11] 모토기요(元淸)의 동생 시로(四郎)의 자식을 양자 삼았다는 이야기도 있다. 처음으로 간제(觀世)라는 칭호를 사용하였다. 『內外謠作者考』 『觀世系圖』

시게노 야스쓰구(重野安繹)는 이와 관련하여 다음과 같이 말하고 있다. 〈생각건대 제아미는 스스로를 간제(觀世)라 불렀다. 시마즈(島津) 집안의 문서에 오에이(應永) 17년(1410) 6월에 시마즈 모토히사(島津元久)가 교토로 상경하였으며, 29일에 쇼군 요시모치(義持)가 시마즈 저택을 방문하였다. 간제다이후(觀世大夫)가 사루가쿠를 했다는 기록이 있다. 이 기록은 제아미의 아들 온아미가 간쇼(寬正) 5년(1464)에 권진(勸進)을 위한 노(能)를 한 것보다 55년 전이기 때문에 여기서 말하는 간제다이후(觀世大夫)란 제아미이다.〉 『風俗歌舞源流考』 한편 나카무라 후노사이(中村不能齊)는 다음과 같이 말하고 있다. 〈『迎陽記』에 오에이(應永) 6년(1399)에 간제사콘(觀世左近)이 사루가쿠를 했다는 기사가 있다. 『糺河原勸進猿樂日記』에 간쇼(寬正) 5년(1464), 온아미 67세라는 기사를 근거로 추측하면 모토시게(元重)는 오에이(應永) 5년(1398) 생이다. 이보다 앞서서 이미 간제(觀世)라는 호를 사용하고 있는 것이다.〉 『學藝志林』 제7장에 수록된 『俗樂沿革』이 두 설에 따르고자 한다.

---

10   1716~1771. 도쿠가와 무테타케(德川宗武). 8대 쇼군 요시무네(吉宗)의 차남이며, 1731년에 에도성(江戶城)의 다야스몽(田安門) 안에 저택과 영지를 하사받아서 다야스도쿠가와(田安德川)의 시조가 된다. 형 이에시게(家重)와 함께 9대 쇼군 후계자로 올랐으나 장여유서에 의해서 이에시게가 쇼군직을 계위하였다.

11   온아미(音阿彌)는 제아미(世阿彌)의 아들이 아니라, 조카이다. 부(父)는 제아미의 동생 시로(四郎).

온아미(音阿彌) 아들은 마타사부로 마사모리(又三郎正盛) 또는 산주로(三十郎)이라고도 한다 라 하며, 호는 렌아(蓮阿)라 한다. 아시카가 요시마사(足利義政)의 총애를 받았다. 쇼군 요시미쓰(義滿) 이후, 사루가쿠를 무가(武家)의 시키가쿠(式樂)[12]로 정하였기에 사루가쿠가 융성하여 요시마사 시절엔 간제(觀世), 곤파루(金春), 호쇼(寶生), 공고(金剛) 등 각각 좌(座)를 이루어 "요자노 사루가쿠(四座の猿樂)"라는 말이 쓰일 정도가 되었다.

곤파루(金春)는 야마토에 다케다 우지노부(竹田氏信) 전에는 하치로 요시카쓰(八郎嘉勝)라고 했다. 젠치쿠(禪竹)라고도 한다 라는 자가 있었는데, 간제 모토기요(觀世元淸)의 사위이다. 『俳優考』에는 모토기요의 아들의 사위라고 되어 있다. 하타노 코카쓰(秦河勝)의 후예라고 전하는 나라(奈良) 엔마이(圓滿井)의 일족이며, 사루가쿠에 뛰어날 뿐 아니라 和와 漢에 대해 조예가 깊은 자였기에 새로운 작품을 많이 만들어 내어 마침내는 곤파루(金春)라 칭하며 새로 좌를 일으켰다. 호쇼(寶生)는 간제(觀世)에서 갈라져 나온 지족(支族)이며 제아미(世阿彌) 차남에서 갈라져 나왔다고 한다 공고(金剛)는 곤파루(金春)에서 갈라져 나왔다. 사루가쿠의 문헌에 호쇼는 토비(外山), 공고(金剛)는 사카도(坂戶) 토비(外山), 사카도(坂戶) 모두 야마토의 사루가쿠좌(猿樂座)라는 점은 이미 앞에서 설명하였다 라 하는 것은 오래 전부터 이곳의 씨족들이 사루가쿠를 담당했기 때문이 아닌가 생각한다. 간제(觀世)는 교토에 있다. 그래서 세상에서는 가미가카리(上掛)라 한다. 호쇼도 마찬가지이다. 곤파루(金春)는 南都(나라)에 있다. 그래서 공고(金剛)과 함께 시모가카리(下掛)라 한다.

근래에 들어 데사루가쿠(手猿樂)라는 말이 들리는데 이것은 요자(四座) 외의 사루가쿠를 말한다. 데구구쓰(手くぐつ), 온나사루가쿠(女猿樂)라는 것도 있다.

12　공식적인 의식이나 의례에 사용되는 음악이나 무용을 말하며, 에도 막부의 시키가쿠는 노가쿠(能樂)이었다.

『栗田口猿樂記』에이쇼(永正) 2년(1505)에 곤파루에 관해 언급하며, 〈원래 이 좌는 쇼토쿠타이시(聖德太子) 때에 하타(秦)의 아무개로부터 상속된 것이며, 요즘 세 좌니 네 좌니 떠들썩하나 이 곤파루야말로 정통한 좌이다. 이 외에 여러 가지로 분파하였는데 바로 지금 서울에 데사루가쿠(手猿樂)라 하여 많이 생긴 것들이 그것이다〉라고 적고 있다. 또한『東寺百合文書』의 초로쿠(長祿) 3년(1459) 7월에「手猿樂制禁請文案」이라는 것이 있다.『蔭涼軒日錄』의 초쿄(長亨) 3년(1489) 정월 24일자에 '手能五番'[13]라는 것도 마찬가지이다. 그리고『看聞日記』오에이(應永) 23년(1416) 5일자에 '데구구쓰(手クグツ)'라는 말이 나오며,『後法興院記』메이오(明應) 4년(1495) 5월 6일자에 '데구구쓰노(手クグツ能)'라는 말이 나오는데 이 '데구구쓰노(手クグツ能)'의 '데구구쓰(手クグツ)'를『下學集』,『塵添壒囊抄』2 등에서 '傀儡(구구쓰)'로 읽고 있는 것을 참고하면 이 '데구구쓰(手クグツ)'는 꼭두각시 인형을 다루는 것을 말한다고 보인다. 후세에서도 꼭두각시 공연 첫머리에 인형으로 춤을 추게 하고 그 사이에 조루리를 읊는 내용이『聲曲類纂』3에 보인다. 단 유죠(遊女)를 '구구쓰'라 부르는 경우도 있으나, 다음에 말하는 온나사루가쿠(女猿樂)하고는 다른 것이다.

고스기(小杉) 씨가 말하기를『後法興院記』분쇼(文正) 원년(1466) 2월 23일자에 〈오늘 무가(武家)에서 온나사루가쿠가 있었다고 전해 들었다. 운운. 4, 5일 전에 하치죠(八條) 아래쪽에서 권진(勸進) 사루가쿠가 있었는데 그 내용이 언어도단의 기묘한 것이었는데 오늘 무가(武家)들이 구경하였구나. 운운. 여자 5, 6명하고 피리(笛), 다이코(大鼓), 쓰즈미(鼓) 이하는 모두 남자이며 운운 교겐(狂言)도 모두 남자 운운 그들은 얼마 전에 에치젠(越前)에서 상경했다고 한다 운운〉라 서술한 점을 미루어 볼 때 매우 희귀한 구경거리였던 것 같다. '언어도단의 기묘한 것'이었다고 말한 것을 보면, 기존의 사루가쿠하고는 많이 달랐던 것 같다. 굳이 말하자면 후세에 이즈모(出雲)[14]의 오쿠니(お國)가 추기 시작했다는 가부키의

---

13   '手能 5곡'이라는 뜻이며, '手能'는 데사루가쿠(手猿樂)로 볼 수 있다.

14   지금의 시마네(島根) 현. 이곳에서 교토(京都)에 올라온 오쿠니가 춘 춤이 가부키의 시작이라는 이야기를 두고 하는 말이다.

경우와 비교할 수 있지 않나 생각한다. 이 지적은 꼭 억지만은 아니다. 게이초(慶長, 1596~1615)―겐나(元和, 1615~1624) 때에 유죠(遊女)가 사루가쿠의 노를 했다는 기록이 있기 때문에 이를 온나사루가쿠 즉 연인들에 의한 사루가쿠의 시작으로 볼 수도 있지 않나 생각한다.

한편 마쓰바야시(松拍子)[15]라는 연희가 있다. 사루가쿠하고는 좀 다른 것이지만 참고로 여기에 들겠다.

文安(1444~1449) 때에 성립한 『下學集』에 '마쓰바야시(松拍子)'라는 말이 보이며, 『東山殿年中行事』 정월 14일자에 〈밤에 되자 다시 두 전하께서 행차하시어 서쪽 소나무가 있는 마당에서 화톳불을 놓고 마쓰바야시 간제(觀世)가 담당하였다라는 곡을 발 너머로 구경하셨다. 그리고 그 후에 같은 장소 남쪽에서 사루가쿠 10곡의 공연이 있었다. 간제(觀世)가 이것을 추었다〉라는 기사가 있다. 또한 에이쿄(永亨) 4년(1432) 정월 13일자 『看聞日記』에 〈오늘 무로마치덴(室町殿)에서 다이묘들이 마쓰바야시에 참가했다. 지난 1년 동안 열리지 않았으나 새로 어소(御所)를 지었기에 특별히 참가해야 한다고 많은 사람들이 소망하여 운운 오늘 아카마쓰(赤松) 일당이 참여했다. 풍류는 언제나처럼 걸출했으며 하타케야마(畠山) 전 관령(管領), 잇시키(一色) 등도 참가했다〉는 기사가 있다. 이 외에 『滿濟准后記』, 『薩戒記』 등에도 '松奏'라는 말이 나온다. 얼마 전까지만 해도 실제로 거행되었는지, 구로가와 도유(黑川道祐)[16]의 『日次紀事』 정월 3일 자에 〈귀족과 무가들이 모두

15 　남북조(南北朝), 무로마치(室町) 시대에 시작된 정월에 행하는 예능(연회). 마을사람, 도시사람, 무가(武家)들이 각각 조를 짜서 아름답게 치장을 해서 노래를 부르고 춤을 추며 여러 저택에 들어가서 축하의 연회를 한 것이나, 그 상세한 내용에 대해서는 확인할 수 없다. 원래 쇼군 택에는 쇼몬지(唱門師)가 들어가기로 되어 있었으나, 나중에는 사루가쿠에 대행하게 되어 간제다이후(觀世大夫) 등이 이 역할을 담당하게 되었다. 松囃子, 松囃, 松拍子 등으로 표기했다. 본문에서는 사루가쿠의 노하고 마쓰바야시가 거의 같다고 보고 있으나, 간제(觀世) 등에서 담당하게 되어 마쓰바야시에 사루가쿠의 노적인 요소가 많이 가미되어 동화되었다고도 볼 수 있다.

마쓰바야시를 했다. 왜의 민속으로 정월 3일에서 15일까지, 우타이를 부르고 북을 치고 춤을 추었다. 왜(일본)의 민속에서는 마쓰바야시는 장수란 의미를 갖는다)는 내용이 있다.

고스기(小杉) 씨 왈,『看聞日記』오에이(應永) 27년(1420) 정월 15일자에 〈승전(昇殿)을 할 수 없는 모든 마을사람들이 마쓰바야시에 참가하였다. 먼저 石井風流 대문 양쪽 기둥 상부를 가로지른 재목을 수레에 실어서 비단으로 싸서 끌어가는 모습임 가 있었고 그 다음에 山村 털실로 장식한 달구지에 금사와 비단으로 엮은 천을 깔고 관리들이 배하(拜賀)하고 동자하인, 잡색 등이 이 의례의 진행을 보좌하고, 궁궐의 영선을 맡은 목수들이 건물 위에 미륵의 화신이라는 호테이(布袋), 다이코쿠(大黑), 에비수(夷=惠比壽), 비샤몽(毘舍門) 등 다양한 조형물을 만들었다, 그 다음에 船津 야브사메(騎射)의 모습. 鶴龜舞 으로 이어져 다양한 풍류가 있었다. 예년보다 흥은 극에 달했다)는 기사가 보인다.『滿濟准后記』에이쿄(永享) 원년(1429) 정월 13일 자에는 〈오늘 아카마쓰우쿄다이후(赤松左京大夫)가 마쓰바야시의 관해서 영을 내렸다. 운운. 이 마쓰바야시는 로쿠온인(鹿苑院)이 어려서(6세 때였다) 반슈(播州)[17]로 내려갈 때 가까운 자와 대신들이 위로를 드리기 위해 한 풍류였다. 그 후에 13일에 가례를 하게 되어 아카마쓰테이(赤松亭)에서 매년 열게 되었다. 올해 어소(御所)에 불러 로쿠온인(鹿苑院)에서 가례가 있었다. 운운) 이라는 기사가 있는데 이를 검토해보면, 아카마쓰테이에서 이러한 색다른 풍류를 시작하였고, 곧 다른 지방에도 보급이 되면서 '아카마쓰바야시'라는 명칭에서 '아카마쓰'를 생략해서 '마쓰바야시'라고 한 것은 아닌지? 그런데 이 마쓰바야시의 동작과 춤사위는 어떠했을까? 이 부분에 관해서는 자세히 알 수 없지만,『看聞日記』의 주를 음미하면 일찍이 유행한 덴가쿠, 사루가쿠와는 달리 새로운 취향이 포함되어 있었음이 틀림없다. 그래서인지『宗五人雙紙』에서는 마쓰바야시를 마치 사루가쿠의 노와

---

16   ?~1691. 儒醫이자 역사가. 하야시 라잔(林羅山)의 문하.『雍州府志』『遠碧軒記』.
17   하리마(播磨). 지금의 효고(兵庫) 현 일대.

동일한 것처럼 묘사하고 있을 뿐 아니라, 지금도 히고노쿠니(肥後國)[18] 기쿠치 군와이후(菊池郡隈府)에 전하는 마쓰바야시는 사루가쿠의 노와 똑같다고 적고 있다. 이들을 종합해보면 마쓰바야시의 동작 및 의상 의상에 관해서는 『薩戒記』에 그 설명이 있다 등도 점차 화려해지고, 다이묘들도 즐기게 되어 간제(觀世) 등의 사루가쿠시(猿樂師)들에게 겸직시켰기 때문에 후에 마쓰바야시는 어쩌면 교겐과 교섭하여 혼합되었는지도 모른다.

에이쿄(永享) 5년(1433) 기온(祇園)에서 도바(塔婆)[19] 공양을 위해 간제사부로다이후(觀世三郎大夫)가 다다스가와라(糺河原)에서 권진(勸進)을 위한 사루가쿠를 주최하였다. 쇼군(將軍), 쇼렝인(靑蓮院),[20] 가지이(梶井)와 이하 관리들이 구경했다는 기록이 고문서 마에다(前田) 가(家) 소장 에 확인되는데 이것이 간진노(勸進能)에 관한 가장 오래된 기록이다. 그 다음으로는 간쇼(寬正) 5년(1464)에 善盛이라는 승려가 구라마데라(鞍馬寺) 재흥을 위해 간진(勸進) 사루가쿠를 열어 다다스가와라에 객석을 마련하여 3일간 흥행을 했다는 기록이 있다. 쇼군을 비롯하여 관리 및 동행자 그리고 그 이하의 사람들이 관람하였다. 교토로 돌아갈 때마다 관리의 저택에서 사루가쿠를 불러서 즐기고 전두(纏頭)[21]를 하사했다. 『糺河原勸進猿樂日記』 오닌(應仁)의 난 이후, 전투가 한창일 때도 에이쇼(永正, 1504~1521) 때에 아와타구치(粟田口)에서 곤파루다이후(金春大夫)에 의한 권진 사루가

---

18 지금의 구마모토(熊本) 현(縣).

19 도바(塔婆)는 정식으로는 소토바(卒塔婆)라고 하며, 망자를 공양하기 위하여 무덤의 후면에 세우는 탑형의 끝이 뾰족한 판자를 말한다. 이 도바의 공양을 일본어로 도바쿠요(塔婆供養)라고 한다.

20 천황가, 섭관(攝關)가의 자제들이 법등(法燈)을 이어서 계승하는 절. 남북조 시대에 尊圓親王이 거주하면서 서예의 쇼렝인류(靑蓮院流)를 열었다. 교토의 아와타구치(粟田口)에 위치해서 아와타구치 어소(御所)라고도 불린다.

21 광대, 기생, 악공 등에게 그 재주를 칭찬하여 사례로 주는 돈이나 물건. 연희를 공연한 자들에게 내리는 하사품.

쿠가 열려 귀족과 평민들 모두가 이를 즐겼는데, 도요토미 히데요시(豊臣秀吉)도 사루가쿠를 매우 좋아하여 텐쇼(天正) 13년(1585) 7월에 간파쿠(關白)가 되었을 때에도 궁에서 사루가쿠를 공연케 하여 천황이 관람하러 오는 일에 대비하였다. 『武德編年集成』뿐만 아니라 구레마쓰(吳松)라는 사루가쿠를 총애하여 새로운 작품을 만들고 스스로도 무(舞)를 즐겨 다이묘와 고케닌(御家人)[22]들도 사루가쿠를 연습하기에 이르렀다. 도쿠가와의 세상에 이르러서는 요자(四座) 외에 기타류(喜多流)를 더한 요자이치류(四座一流)의 사루가쿠시(猿樂師)들을 부양하고, 막부의 가의(嘉儀)에는 반드시 사루가쿠를 중용하는 시키가쿠(式樂)로 지정하자, 다이묘는 물론이고 사민(士民) 일반에 이르기까지 모두들 사루가쿠를 즐기게 되어 오늘날에 이른 것이다.

　　무가(武家)에서 정월에 거행하는 우타이조메(謠初)[23]의 식은 아시카가 시대 정월 4일에 마구간(御廐)에서 간제다이후(觀世大夫)가 한 곡을 공연하고 옷을 하사받았다는 이야기가 『東山殿年中行事』에 보이며, 『長祿二年以後申次記』 정월 4일에 간제(觀世)가 찾아와서 우타이(謠)를 하였다는 기록이 있다. 간쇼(寬正) 6년(1465)의 『親元日記』 정월 4일자에 〈간제다이후 이하 관리들이 찾아와 우타이조매를 하였다〉는 기사가 보이는 점으로 미루어 볼 때 상당히 이른 시기부터 '우타이조메'라는 말을 사용했음이 분명하다. 도요토미가(豊臣家)에서는 정월 2일에 우타이조메를 한다. 『秀吉譜』 도쿠가와가(德川家)의 우타이조메는 3일이며, 간제다이후(觀世大夫)가 「다카사고(高砂)」의 고우타이(小謠),[24] 「오이마쓰(老松)」

22　원래는 가마쿠라 시대에 쇼군(將軍)하고 주종관계를 맺은 무사(武士) 신분의 총칭. 에도 시대에는 쇼군 직속의 하급 가신들을 뜻한다. 즉 쇼군을 직접 알현할 수 없는 무사들을 말한다.

23　정월에 노의 대사를 노래하는 우타이(謠)를 새해 처음에 하는 의식. 특히 에도 시대에 매해 정월 2日 또는 3일에 성대하게 거행했다.

24　요쿄쿠(謠曲) 중 짧은 대목을 발췌해서 박자, 음악 없이 부르는 것을 고우타이라 한다.

上樣御中間五拾人ゟ
真筆をとんそくゑ也
公方樣御小者六人
まをふんようまし
色ふげつこうあり

○異本糺河原勸進申樂記　群書類從卷三百六十三ニ所収　此圖を載せ
其首ニ云於糺河原勸進申樂觀世大夫　歳三十六　勸進聖青
松院善盛法印　歳九十八　鞍馬寺勸進聖也
予特寬正五年　甲申　卯月五日七日十日

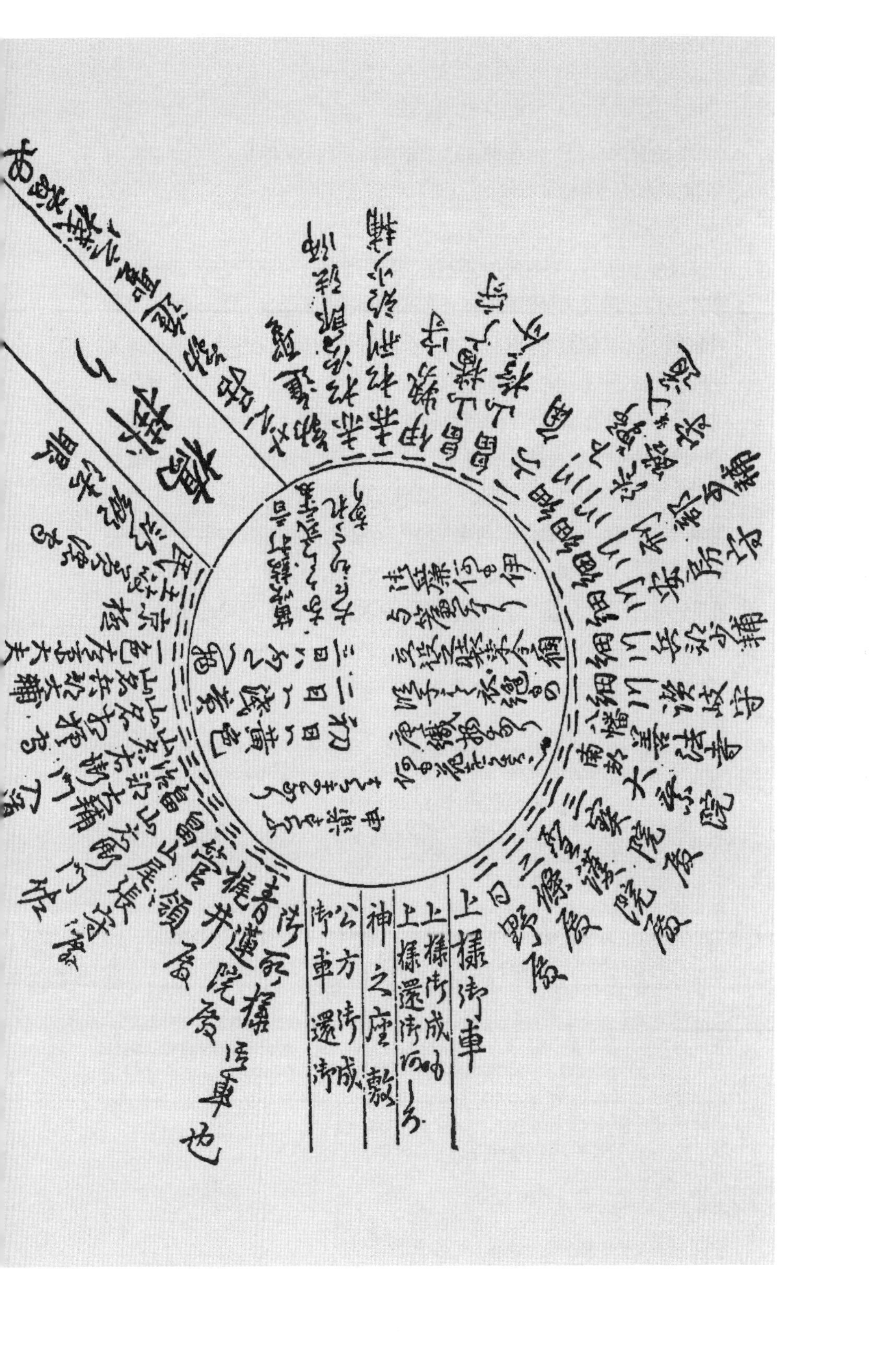

上様御車

上様還御成にて

神之座敷

公方車還御成

侍車還御成

의 하야시(囃子),[25] 「유미야하타(弓八幡)」의 다치아이노마이(立合の舞) 등을 가례(嘉禮)로 선보인다.『柳營秘鑑』

교겐시(狂言師)의 기원에 대해서는 알 수 없다. 사루가쿠의 집안에 전승되는 내용은 오키나와타시(翁渡し)의 산바소(三番叟)는 신들려서 정신이 이상해지는 모습을 연기하는 것이기 때문에 이를 오카시(をかし)[26]라고 부르고 반드시 교겐시가 담당했다. 이후 노에서 담당한 후로는 질문에 대답하는 대사를 교겐시가 담당하기도 하고 또한 나카이리(中入)[27] 시간이 지연되는 것을 메우기도 했다. 그러나 이런 역할만으로는 볼품없기 때문에 지금 우리가 알고 있는 독립된 극으로서의 교겐을 하기 시작했는데 워낙 곡이 부족해서 겐에(玄惠)[28] 스님이 새로 160곡의 교겐 작품을 만들었다고 한다.『猿樂傳』이 겐에가 만들었다는 이야기는 사실인지 거짓인지 알 수는 없으나, 지금 전하는 교겐을 놓고 생각하면, 아시카가 시대의 풍속을 전하는 바가 많아 오늘날 당시의 모습을 아는 데 매

---

25 노(能), 가부키(歌舞伎), 나가우타(長唄) 등의 민속예능(연희)에서 박자를 취하고 분위기를 내기 위해서 연주하는 피리, 북, 샤미센 등의 악기를 사용한 반주를 말한다.
26 오카시(をかし)는 고어(古語)이며 "우스꽝스럽다, 우습다, 정취가 있다, 뛰어나다" 등의 의미를 지니는 형용사이다. 여기서 파생되어 교겐시(狂言師) 또는 교겐(狂言)을 오카시(をかし)라고 했다. 제아미(世阿彌) 자필의 노(能)의 대본에도 "ヲカシ"라는 말이 쓰이고 있다.
27 나카이리(中入)은 전반부와 후반부의 2단 구성으로 되어 있는 이른바 후쿠시키 무겐노(複式夢幻能)에서 전반부인 마에바(前場)가 끝나고 주인공인 시테(シテ)가 퇴장하는 것을 나카이리라 한다. 말 그대로 중간에 안으로 들어가는 것이다. 무대에서 퇴장한 주인공은 후반부인 노치바(後場)를 위해서 무대 뒤에서 가면을 바꾸고 의상을 갈아입는 등의 이른바 "변신"을 위한 작업을 하게 된다. 배우한테는 바쁜 시간이지만 관객한테는 지루할 시간이다. 이 시간을 이용해서 나카이리 때 교겐시(狂言師)가 등장해서 마에바(前場)에서 전개된 주인공의 비화(悲話) 또는 애화(哀話)를 가타리(語り) 형식으로 재설(再說)한다. 이 역할을 하는 교겐시(狂言師) 또는 행위를 아이쿄겐(間狂言, アイ狂言)이라고 한다.
28 ?~1350. 남북조 시대의 천태종의 승려이자 유학자.

유 유익한 것은 사실이다.

교겐이라는 말은 원래 狂言綺語[29] 또는 興言利口[30]라고 하여 이른바 우스꽝스러운 말 제8장을 함께 보기 바람 을 뜻했는데, 우스꽝스럽다는 '사루가우(さるがう)'를 곧바로 우스꽝스러운 연기라는 뜻으로 사용한 것은 이 교겐이 처음이 아닌가 생각한다. 앞으로 더 자세한 검토가 필요하다.

『昔物語』 게이안(慶安) 4년(1651) 에 오쿠라 야자에몽도라아키라(大藏彌左衛門虎明)[31]가 〈우리 집안은 교겐의 근본이다. 운운. 사기(鷺)[32]는 장수하는 성이다. 사기라는 진우에몽(仁右衛門)의 부모가 셋쓰노쿠니(攝津國) 이소지마(磯島)라는 곳에 살았으며, 태어날 때부터 목이 길고 물가에 살아 이런 이름을 붙인 것이다〉『嬉遊笑覽』라고 한 것이 확인된다. 교겐시와 관련해서는 이 두 집안을 가장 오래된 계통으로 친다.

사루가쿠의 노 및 교겐의 기원은 대개 위에서 본 바와 같다. 그럼에도 불구하고 『翰林葫蘆集』에서는 〈쇼토쿠타이시(聖德太子)가 66곡의 새 곡을 만들어서 하타노 코카쓰(秦河勝)에게 명하여 시신덴(紫宸殿) 앞에서 추게 하였다. '神樂'의 '神'자를 둘로 갈라서 '示'를 생략한 '申'으로 '申樂(사루가쿠)'라 표기하였다. 무라카미(村上) 천황 때에 하타노 우지야스(秦氏安)에게 말하여 다시 한 번 사루가쿠

를 부흥시키고자 66곡을 33곡으로 축소시켰다. 우지야스로부터 29대손을 곤파루(金春)라 칭한다. 이것이 바로 야마 토엔마이(圓滿井)의 좌(座)이다〉 절 생략 라고 주장하고 있다. 그러나 이 주장에 대해서 아라이 하쿠세키(新井白石)가 〈이 설은 '猿樂'이라는 글자를 싫어하고 그리고 곤파루(金春)가 다른 좌(座)에 비해서 뛰어남을 밝히기 위해서 쓴 것이다〉『俳優考』고 논한 것처럼, 위 주장은 문헌상으로 증거를 확인할 수 없는 망언이다. 생각건대 제8장에서 언급한 것처럼 무라카미(村上) 천황의 어제(御製)이며 산악(散樂)에 대한 문답이 있었을 때에 하타노 우지야스(秦氏安)의 대답을 다르게 이해한 것이 그대로 후세에 전한 것이 아닌가 생각한다. 이 외에 『先代舊事本記大成經』이 책은 위서(僞書)로서 유명하다 을 비롯하여 사루가쿠의 기원과 그 이름의 뜻에 대해서 언급한 문헌은 많으나, 모두가 이와 비슷한 내용으로서 검토할 가치가 없다. 제8장하고 여기 제10장에 기술한 내용은 작년에 나온「洋洋社談」제41호에 수록하였다. 필자의『猿樂考』를 바탕으로 가필, 증보하였다. 고스기(小杉) 씨는 이와 관련해서 다음과 같이 말하고 있다. 〈지금의 노게이(能藝)는 곡의 형태에 따라 엔넨(延年) 기요노리(淸矩) 왈, 이 무(舞)에 대해서는 제11장을 참조 바람 과, 시라뵤시가 있다. 또는 고유의 덴가쿠노(田樂能)를 전하는 곡과 마쓰바야시(松拍子)가 변형된 곡도 있다. 그 외 도노미네(多武峰) 풍도 있다. 기요노리(淸矩) 왈, 이것은 사루가쿠하고 덴가쿠의 중간에 존재하는 것이며 다른 연희이다. 이 설에 대해서는 고스기 씨 저서에 자세하기 때문에 생략한다. 쇼군 요시미쓰(義滿)부터 쇼군 요시마사(義政)까지 이런 다양한 형태의 곡들이 존재하였는데, 이들이 점차 작금의 형태로 변한 것이다. 운운. 또한 고 구로가와 하루무라(黑川春村)의 설을 들어 말하겠다. 지금처럼 노야쿠샤(能役者)[33]와 교겐시의 구분이 생긴 것은 무로마치 3대 쇼군 이후의 일이다. 사루가쿠 집안에 전하는 모든 전설은 거짓과 과장으로부터 자유롭지 못하다. 간제(觀世)와 제아미(世阿彌)에 관한 전설을 아무개가 기록했다는 식이다. 오로지『世子六十以後猿樂談義』[34]만이 다른 옛 문

---

[33]　"야쿠샤(役者)"는 "배우"라는 뜻의 일본어. 즉 노야쿠샤(能役者)는 노의 배우라는 뜻. 지금의 노를 사루가쿠라고 칭하고 있을 때 쓰이는 사루가쿠시(猿樂師)하고 지금의 노야쿠샤는 기본적으로 동일한 의미라고 보면 된다.

헌과 부합되는 내용을 싣고 있다. 『學藝志林』 제10에 수록되어 있는 「俗樂沿革補遺採錄」.

<hr>

34   『世子六十以後申樂談儀』가 정식 명칭. 제아미의 이야기를 차남 모토요시(元能)
       가 정리한 일종의 청취서(聽取書). 1430년 성립.

제11장 시라뵤시와 그 외의 춤

야마토마이(倭舞), 아즈마마이(東舞) 등은 헤이안 시대에 이미 오래된 구식의 춤이었으며 제례에서만 사용되고 있었다는 점은 이미 앞에서 언급한 바와 같다. 이후 벼슬아치들 사이에 무도(舞蹈)의 의례가 있다고 하여도 그것은 예식의 규범에 관한 것이지 무곡(舞曲)의 종류는 아니었다. 고세치(五節)의 초다이노코코로미(帳臺試), 덴조노엔수이(殿上淵醉) 이들은 모두 고세치마이(五節舞)가 있을 때 세이료덴(淸凉殿)에서 행하는 조정의 제의이다 등에 귀족과 덴죠비토(殿上人)가 '빈타타라(びんたたら)'의 노래를 부르며 난무하는 일은 있으나 그것은 궁중에서 귀족들이 행하는 한순간의 흥이지 결코 일반민중이 즐기는 가무는 아니었다.

'빈타타라'의 노래는 『萬葉緯』 19에 수록된 에이쿄쿠 중에 〈히무타타라오 아유가세바코소 유카세바코소 아이쿄쓰이타레 야레코도우도우〉라는 곡이 있는데 이 노래에 대해서 기다무라(喜多村) 씨는 '타타라'는 '시타타루(下垂)'[1]이고 '아유가세’는 ‘유루가세[2]가 아닌가 주장하고 있다. “살쩍에 머리카락이 나부기키면 예뻐 보인다”『嬉遊笑覽』는 말이 있다. ‘야레코도우도우’는 뜻 없이 노래의 가락을 돕는 말이다. 당시의 가요가 어떠했는지를 알 수 있으며 동시에 예나 지금이나 신분의 고하를 막론하고 이러한 연회 자리에서는 여인의 모습을 노래하며 흥을 돋우는 데는 변함이 없다. 이에 대해서는 제6장에서 잡기에 대해서 설명하면서 했어야 하나, 어쩌다보니 여기서 적게 되었다.

친구 히라노 도모아키(平野知秋)는 다음과 같이 말하고 있다. 고세치 때 이세헤이지(伊勢瓶子)[3]는 싸구려라며 놀려대는 희학(戱謔)도 난무(亂舞)[4]이고, 지금의 사루가쿠의 노에 많은 “춤을 한 차례 추어보시오”라는 말도 난무이다. 그래서 ‘가시와자키(柏崎)’라는 노에 〈주연(酒宴)에서 “자, 여러분!”이라 말하고 춤을[5] 추어 보이려고 갑옷 아래에 입은 히타타레[6]를 꺼내고 주름선도 반듯하게 맞추어 옷칠을 한 에보시[7]를 쓰고 사람들에게 손뼉을 치게 하고 부채를 꺼내어 “소리 나는 것은 폭포의 물”이라며 노래를 시작했다〉는 대목이 있다. 그리고 ‘모리히사(盛久)’라는 노에 〈난무에 아주 뛰어나다는 것을 님께서 들으셔서……〉라는 대

1　‘(물방울, 땀 등이) 뚝뚝 떨어지다’ 또는 아름다움이나 싱싱함이 넘쳐나는 모습을 나타내는 단어. 근세 이전에는 ‘시타다루’였음.

2　‘마음을 풀다’, ‘긴장하지 않다’, 또는 그러한 모습이라는 뜻.

3　이세(伊勢) 지방이 산지인 작은 술병. 싸구려라 식초를 담는 그릇 대용으로 많이 사용되었다.

4　‘란부(亂舞)’를 한자 음 그대로 ‘난무’로 옮겼다. 뜻은 ① ‘어지럽게 추는 춤’이라는 뜻이나, 구체적으로는 ② 고세치나 도요아카리노세치에(豊明節會) 때에 당상관들이 당시의 유행가를 부르며 춤을 추는 일, ③ 노(能)에서 연기 사이에 추는 춤을 말한다.

5　원전에는 ‘亂舞舞うてみせんと’라 되어 있으나, 오늘날 노 대본에는 ‘舞ひ舞うてみせんと’라 되어 있다. 즉 전자는 ‘난무를 추어 보이려고’ 정도로 해석이 되나, 후자의 경우는 ‘춤을 추어 보이려고’정도가 된다. 즉 후자의 경우는 ‘난무’라는 말이 노 대사에 존재하지 않는 것이다.

6　‘直垂’. 옛날의 서민들의 평복. 후에는 무가(武家), 귀족(公家)도 입었음. 모난 깃이나 소매 · 가슴 등에 끈이 있어 매게 되어 있음.

7　‘鳥帽子’. 옛날 귀족 · 무사가 쓰던 모자의 한 가지.

목이 있다. 여기서 말하는 난무라는 것은 특별한 특징이 있는 춤이 아니라 조용하고 담백하고 우아한 춤이었다고 추측된다. 후에 간제(觀世), 곤파루(金春) 등의 고수가 세상에 널리 알려져서 노 작품을 적극적으로 만들기 시작하면서부터 노의 풍이 크게 변하고 많이 발전하였으나 난무라는 명칭은 예전 그대로 쓰이고 있다. 오늘날 노의 모든 유파에 란교쿠(亂曲)라는 것이 있는데 모두 비곡(秘曲)으로 다루고 있다. 이것은 옛날 난무의 계통이라 생각한다.「洋洋社談」 42호

도바(鳥羽) 시대에 들어 시라뵤시에 의한 여자춤(女舞)이 가장 크게 성행하였다. 이에 관해서는 『源平盛衰記』 17에 "세간엔 시라뵤시라 불리는 자가 있다. 운운. 일본에서는 도바 시대에 시마노치토세(島の千歲), 와카노마에(和歌の前)라는 두 명의 유죠(遊女)가 처음 춘 것이다. 처음에는 히타타레를 입고 다테에보시(立烏帽子)를 쓰고 허리에 칼을 차고 추었기 때문에 남자춤(男舞)이라 불렀다. 그러나 후에는 보기 흉하다고 해서 다테에보시하고 허리에 차는 칼을 그만두고 수이칸(水干)[8]하고 하카마(袴)만을 입고 추게 되었다. 운운. 또한 『徒然草』에 〈오노 히사스케(多久資)[9]가 말하기를, 미치노리 뉴도(通憲入道)[10]가 여러 춤사위 중에서 흥이 나는 것들을 골라서 이소노젠지(磯の禪師)라는 여인에게 가르쳐서 추게 하였다. 그때 옷차림이 하얀 수이칸을 입고 단도(短刀)를 차고 에보시를 쓰고 있어서 이때 춘 춤을 오도코마이(男舞)라 불렀다. 이소노젠지 딸 시즈카(靜)가 이 춤을 계승하였다. 이것이 시라뵤시의 시작이다. 부처와 신의 유래, 연기(緣起)를 읊은 것이다. 그 후에 미나모토 미쓰유기(源光行)가 많이 만들었다. 고토바인(後鳥羽院)이 만든 것도 있다. 고토바인은 이를 가메기쿠(龜菊)[11]에 가르쳤다〉라는 내용이 있다. 악기는 현악기를 사

---

8   옛날 귀족이 사냥이나 여행할 때에 입던 옷. 후에 평상복으로 됨.

9   에이닌(永仁) 3년(1295) 사망. 오(多) 씨는 악가(樂家)임.

10   후지와라 미치토리(藤原通憲). 출가 후 신제이(信西)라 함. 호겐(保元)의 난을 통해서 권력을 장악하나, 헤이지(平治)의 난에 패해서 참수당했다.

용하지 않고 쓰즈미(鼓), 피리(笛), 도뵤시(銅鈸子)를 사용하며, 가무의 모습에 대해서는 『續古事談』에서 묘옹인쇼고쿠(妙音院相國)[12]가 다음과 같이 말하고 있다. 〈시라뵤시라는 춤이 있다. 이 곡을 듣고 있자면 오음(五音) 안에 상(商)의 음[13]이 존재한다. 이 음은 망국의 음이니라. 춤사위를 보면 다치마와리[14] 후에 하늘을 바라보고 서 있다. 그 모습은 마치 생각에 잠겨 있는듯하다. 악곡과 신체의 움직임 모두 불쾌하다고 말씀하셨다.〉[15]

이상을 통해서 시라뵤시의 대략적인 모습을 추측할 수 있다. 후에 이 춤은 단절되었지만 시골에서는 아직도 그 흔적을 찾을 수 있을지도 모른다. 『甲陽軍鑑』에 우에스기(上杉) 집안에는 고기리(こう桐), 쇼기리(しやう桐), 마쓰기리(松桐), 후지기리(藤桐), 사쿠라기리(櫻桐)라는 다섯 명의 시라뵤시가 있었다고 한다. 또한 『鹽尻』에 부슈(武州)의 구마가야(熊谷)의 서쪽에 있는 니이호리(新堀)라는 고을에 기리오쿠라(桐大藏)라는 유서

---

11   고토바인이 총애했다는 시라뵤시.

12   妙音院大相國. 후지와라 모로나가(藤原師長). 1138~1192. 보겐의 난(保元の亂) 때 아버지 요리나라(賴長)에 연좌되어 從二位權中納言 겸 左中將의 벼슬을 박탈당하고 도사(土佐)로 유배당하였다. 1164년 6월에 소환되어 10월에 복권. 비파(琵琶)를 비롯하여 음악에 뛰어났으며 많은 일화를 남기고 있다.

13   오음(五音)은 宮, 商, 角, 徵, 羽이며, 상(商)에 대해서는 『體源抄』에 "平調의 음을 망국의 음이라 한다"는 기술이 있으며, 『管絃音義』에는 "商者平調音也. 故知此調子金音"라는 기술이 있다.

14   노의 연기의 한 종류. 잃어버린 자식을 찾아다니는 어머니나 신이 내린 자가 방황하는 모습을 무대를 한 바퀴 돌면서 보이는 연기. 또한 이를 위한 반주를 지칭하는 경우도 있다. 立ち回り.「百万」,「卷絹」과 같은 곡에 있다.

15   『續古事談』 본문을 한글로 옮기면 다음과 같다. 妙音院太相國禪門 즉 후지와라 모로나가(藤原師長)께서 "(그 나라의) 춤을 보고 노래를 듣고 그 나라가 얼마나 잘 통치되고 있는가를 가늠하는 것은 중국에서는 당연한 일이다. 그래서 말인데 이 나라에는 시라뵤시라는 춤이 있다. 이 춤의 곡을 듣자하니 五音 안에 商의 음이 있다. 이 음은 망국의 소리니라. 춤의 모습을 보니 다치마와리 후에 하늘을 올려 본다. 그때의 모습이 마치 생각에 잠겨 있는 것과 같다. 악곡(詠曲), 신체 모두 불쾌한 춤이다"고 하셨다.

깊고 부유한 무녀(舞女)가 있었다 한다. 소년 연기자를 데리고 키우면서 연희를 한 마당 열어서는 수익을 얻었다고 하는데 고기리와 같은 계통인가? 『嬉遊笑覽』 분로쿠(文祿, 1592~1595)하고 게이초(慶長, 1596~1615) 시대에 이르러 여자 가부키가 발생한 것도 이러한 움직임이 기초가 되었다고 본다. 여자 가부키에 대해서는 12장에서 언급하니 참조 바람.

시라뵤시(白拍子)라는 것은 원래는 박자 이름이다. 이 점에 대해서는 고후쿠지(興福寺)의 엔넨노마이(延年舞)의 차례 중에 17번 시라뵤시, 14번 아이란뵤시(相亂拍子) 등이 있는 점을 통해서 알 수 있다. 또한 『源平盛衰記』17에서 호토케고젠(佛御前)이 춤을 추는 장면에서 하례(賀禮)의 시라뵤시를 세며 춤을 추었다는 대목이 있다. 또한 쓰루오카쇼쿠닌우타아와세(鶴岡職人歌合)의 시라뵤시 노래에 〈가을을 생각하는 마음, 탄식하는 목소리로라도 세고 싶다. 달을 볼 때마다 쌓여가는 이 밤을〉이라는 노래가 있는데 이를 보면 시라뵤시라는 것은 세는 대상이었다. 고스기(小杉) 씨는 지금 전하는 노의 도죠지(道成寺)라는 곡에 있는 춤과 반주는 옛 시라뵤시의 유풍(遺風)이며 그 흔적을 찾아볼 수 있다고 주장하고 있다.

엔넨(延年)은 사원에서 행해지는 춤이며, 이것 또한 특별한 것이다. 『圓光大師傳』9의 분지(文治) 4년(1188) 9월에 고시라가와(後白河) 법황(法皇)이 여법경(如法經)을 봉납하기 위해서 슈료공잉(首楞嚴院)16에 행차하였다. 운운. 식당(食堂)17에서 옷을 갈아입으셨다. 그 동안에 사람들은 마당에 운집해서 엔넨을 비롯한 다양한 연희를 선보였다. 운운. 이 그림을 보니, 어린 동자가 부채를 들고 춤을 추고 있는데 에보시를 쓴 남자 2명이 도뵤시(銅拍子)와 쓰즈미(鼓)를 담당하고 있다. 잔디밭 주변에는 많은 군중들이 모여 있었고, 그 뒤에는 승려와 속인(俗人)들이 뒤섞여서 구경

16　가쇼(嘉祥) 3년(850)에 지카쿠(慈覺) 대사(大師) 엔닌(圓仁)이 건립한 사원.
17　옛날 절에서 식사를 하던 당(堂).

을 하고 있다. 『嬉遊笑覽』

　　엔넨이라는 명칭은 『庭訓往來』의 2월의 조에 의하면 〈시가(詩歌)와 관현(管絃)은 장수의 방편)[18]이라는 뜻이라 한다.

　　『東鑑』 20의 겐랴쿠(建曆) 2년(1212), 11월 14일자에 있는 〈지난 8일의 에아와세(繪合)[19]의 일, 진 쪽에는 일(벌칙)을 부과한다. 모든 기예를 발휘해서 노력하였다. 그리고 기예가 뛰어난 젊은이 및 연배자들……〉이라는 내용을 보면 이러한 연회는 꼭 사원에서만 행한 것이 아니라 재주가 뛰어난 소년들도 좋아하는 이들은 한 것 같다. 『著聞集』 16에 의하면, 〈겐초(建長) 4년(1252) 유마회(維摩會) 때 엔넨 공연에서 동자에 의한 시라뵤시를 위해서 가스가다이샤(春日大社)의 신관(神官)인 스에쓰나(季綱)를 쓰스미 담당자로 불렀다. 이때 무렵부터 일반 남자가 쓰스미를 연주하는 것은 좋지 않다 하여 승려들(大衆)[20]이 연주하게 되었다〉고 하니, 처음에는 쓰즈미 담당으로 일반 세속인을 썼지만, 그 후에는 승려들이 담당하게 되었다. 이 춤에 사용되는 악기도 쓰즈미(鼓)하고 도뵤시(銅鈸子)뿐이다.

　　고스기 씨 왈, 『蔭凉軒日錄』의 간쇼(寬正) 6년(1465) 9월 21일자에 다음과 같은 기사가 있다고 한다. 〈나라의 가스가다이샤(春日大社)에 당도했다. (…중략…) 신시(申時)가 다 되었다. 이치조인(一乘院)에 들렀다. 밤에 엔넨후류(延年風流)가 있는데 관람하자는 이야기를 여러 어른들로부터 듣고 함께 구경하기로 하고 예를 갖추어 사의를 표하고 돌아왔다. 저녁이 되어 오고(五鼓)가 끝난 후에 길거리에 환한 불빛이 비쳐져 마치 밝은 대낮과 같았다. 엔넨의 모습은 너무 기

18　詩歌管絃者, 退齡延年方也.
19　좌우 두 편으로 나뉘어 각자가 그린 그림이나 그림에 와카를 덧붙여서 완성도를 경합하는 놀이. 헤이안 시대에 귀족들 사이에서 성행하였다.
20　다이슈(大衆), 승려의 집단.

이하여 형용할 수가 없었다. 중간쯤에 슈겐(祝言)이 있었는데 그 내용은 한나라의 무제(武帝)가 만세산(萬歲山)에서 향연을 즐기는 이야기였다. 이 슈겐의 삼창(三唱)이 있은 후에 두 아이가 만세산에서 나타나서 춤을 추었으며, 이를 본 관객들은 환호하였는데 그 광경이 대단했다. 밤이 깊어서 돌아왔으나, 그곳을 떠날 때까지 불빛은 밝았으며, 이 늙은이가 15살 때 쇼조인(勝定院) 전하를 따라 두 번 참배한 지 거의 49년만의 일이었다. 그런데 이 광경을 이렇게 다시 보게 되니, 정말로 천재일우라 할 수 있으며, 오래 산 늙은이의 기쁨이라 아니 할 수 없다. 23일 밤이 되어 초야의 종소리가 울린 후에 엔넨을 위해서 밝혀진 불빛이 마치 대낮처럼 밝았다. 승려들(大衆)[21]이 3인3무(三人三舞)를 추었다. 쇼토쿠타이시(聖德太子)는 이 나라를 불법(佛法)이 성한 나라로 만들었으며, 전각(殿閣)을 보수하고, 조수(鳥獸)가 날고뛰는데 그 재주와 기술이 신묘하니 사람들이 놀랐다. 아이들은 귀엽고 아름다우며 고우타(小歌)와 신기한 춤에는 큰 웃음이 그치지 않았다. 축사에 세오보(西王母)가 복숭아를 헌상하는 고사(故事)가 포함되어 있었다. 이 엔넨은 지엔넨(自延年)이라 한다. 지슈(寺宗)가 간절한 마음을 표했다. 27일 저녁이 되어 오고(五鼓)가 끝난 후에 엔넨(延年)이 시작되었다. 불빛이 밝기는 여느 때와 같았다. 도연명(陶淵明)의 삼경(三徑)에 있는 국화의 옛 이야기를 소재로 한 것이었다. 이 경축의 말뜻을 생각했다. 삼경이라는 글자는 이치에 맞지 않았다. 아이들의 군무(群舞)인 군아곡(群兒曲)과 난무(亂舞) 몇 곡이 특히 신기했다.〉 이 엔넨(延年) 관람에 대한 기사는 다른 문헌에서도 확인 가능하지만, 이 무곡(舞曲)에 대한 평가에 있어 『季瓊日錄』만큼 상세한 것은 없다. 또 지엔넨(自延年)이라는 말도 다른 문헌에는 보이지 않으나, 『親元日記』를 보면 다음과 같은 기사가 있다. 〈간쇼(寬正) 6년(1465) 9월 21일, 남도(南都)로 내려가시어 …… 어소(御所) 이치조인(一條院), 엔넨 6시반 가토(裹頭)라는 두건을 한 승려들이 구모이사카(雲井坂)로 향하였는데 가는 길마다 엔넨이었다, 23일 엔넨 6시반부터 엔넨이었다, 26일 엔넨 지엔넨(自延年), 어소의 희망으로 날을 잡았으나 비로 연

---

[21] 승려의 집단.

기되었다. 27일 엔넨, 어제 저녁에 연기된 것이다. 지엔넨(自延年) 이상의 내용은
『季瓊日錄』에서 본 내용과 부합하며 또한 지엔넨(自延年)이라는 각색이 있다는
것도 알 수 있다.〉

그런데 오늘날 전하는 고후쿠지(興福寺)의 엔넨의 무식(舞式)이라는 것
이 있다. 엔넨에서 부르는 가곡(歌曲)과 시다이(次第)[22]를 기록한 것 중
가장 상세하다. 안에 춤 그림도 있다. 시다이를 보면 기악(寄樂) 이것은 당악이
다, 쓰라네(連) 가곡이다, 유소(遊僧),[23] 도벤(當辨), 아즈마마이(東舞), 가이코
(開口), 이바라이(射拂), 가케모노(駈者), 이토요리(絲縒), 후류(風流), 시라뵤
시, 아이란뵤시(相亂拍子), 하시리(走) 등이 있다. 권두에 피로(披露)[24]의 말
을 기록하고 그 아래에, 이 피로의 말은 고쇼(康正, 1455~1456) 고하나조노
(後花園) 천황 때의 연호임 때 천궁(遷宮)이 있었는데 고후쿠지 세이조인(清淨
院) 미쓰다네(光胤)하고 센신보(專信房)[25] 승려가 쓴 것으로 되어 있다. 여
기서 말하는 천궁이란 가수가와카미야(春日若宮)의 천궁이다. 이 엔넨은 최근까지
고후쿠지의 승려들에 전승되고 있다. 닛코(日光) 도쇼구(東照宮)의 제례에
서 승려들이 추는 춤도 나라(南都)에서 전한 것인가? 또한 치쿠젠(筑前)[26]
의 무나카타(宗像)신사, 아키(安藝)[27]의 이쓰쿠시마(嚴島)에도 지금 이 춤
이 전한다. 또 미노부야마(身延山)의 치고마이(兒舞)는 치고엔넨(兒延年)의
흔적이라 할 수 있다. 이하, 『碩鼠漫筆』에 의함.

엔넨의 무식(舞式)에 있는 여의실주(如意寶珠) 쓰레(連)임, 시라뵤시 등의 가곡

---

22 주로 노나 교겐 등에서 많이 쓰이는 박자에 맞추어 부르는 노래 또는 반주.
23 엔넨마이(延年舞) 등의 놀이를 하는 승려.
24 엔넨을 시작하면서 관객을 향해서 지금부터 시작한다고 알리는 대사.
25 신란(親鸞)의 제자. 센카이(專海)라 함.
26 현재의 후쿠오카(福岡)현 북서부 지방.
27 현재 히로시마(廣島)현 서부 지방.

에는 모두 가사에 박자를 표시하는 기호가 붙어 있는데 그 모양이 요쿄쿠(謠曲)[28]의 그것과 닮았다. 사루가쿠의 노를 고안하고 만들어 나갈 때 이 춤도 도입한 것으로 보인다. 앞에서 든 고스기(小杉) 씨의 설을 참조바람. 또 '월천악(越天樂)의 노래'라는 제목 하에, 〈매화가지에 집을 짓고 반복한다 바람 불면 어찌하리 꽃 위에 지저귀고 있는 꾀꼬리야, 아아, 덧없구나, 소매에 밴 향기여 반복한다〉[29]라는 노래가 있고, 시라뵤시라는 제목 아래에는 〈고키덴의 호소도노[30]에 사시는 이는 누구신가. 달빛이 어슴푸레한 이 밤, 상시(尙侍)[31] 히카루겐지(光源氏) 다이쇼(大將)여, 아아, 덧없는 소매에 밴 향기여 반복한다. 모두 박자를 표시하는 기호가 붙어 있다〉[32]라는 노래가 있다. 이들 노래는 후세의 쓰쿠시고토(筑紫箏) 가곡에도 들어 있는데 이는 엔넨의 가곡에서 가지고 온 것이라 생각한다.

고와카마이(幸若舞)[33]에 대해서는 『兵家茶話』11에 고와카 집안 이야기(幸若家話)를 인용하면서 설명하고 있다. 에치젠고와카(越前幸若)는 야하타 타로요시이에(八幡太郎義家)의 후손으로, 모모노이(桃井) 구나이 쇼스케(宮内少輔)[34] 나오노리(直詮), 동명(童名)은 고와카마루(幸若丸)라 한다. 이후 대를 이어 고와카 하치로(幸若八郎), 구로(九郎), 고와카 야지로(幸若彌次郎)

---

28 노(能樂)의 가사, 대사를 말하기도 하고, 또한 대사, 가사에 가락을 붙여서 창처럼 읊는 것을 말한다. 우타이(謠)라고도 함.

29 梅が枝にこそ鶯は巣をくへ、風ふかばいかがせん、花にやどる鶯、やらやらよしなの袖のうつりがや

30 細殿. 본채에 있는 마루 등으로 구획해서 뇨보(女房)들의 방으로 할당한 곳.

31 일본어 음은 '나이시노가미' 또는 '쇼지'라 한다. 내시사(内侍司)의 장관.

32 弘徽殿の細殿にたたずむはたれたれ、朧月夜の内侍のかみ、光源氏の大將、やらやらよしなの袖のうつりがや、

33 본문에는 '고와카노마이(幸若の舞)'라 되어 있으나, '고와카마이(幸若舞)'로 통일했다. '마이'는 '舞'이며 우리말 '춤'과 비교하면 형식이 정해있는 정형화된 것을 말한다.

34 '少輔'는 일본어로 '쇼스케'라 읽으며, 종5위하의 관위에 해당하는 관직명이다. 정원은 1명. '宮内'는 '宮内省' 즉 '구나이쇼'에 배치된 쇼스케라는 뜻이다.

라는 이름이 보이는데 이 세 집안이 모두 무곡(舞曲)을 가업으로 한다. 『雍州府志』9에 전하기를 헤이안 시대에 모모노이 집안의 자식이 소년으로 자라서 에이잔(叡山)에 들어가서 이와마쓰(岩松) 집안의 아이도 그렇게 했다. 이들을 고와카마루(幸若丸)라 했다고 하는 것이 이 춤의 기원이다.

　　고와카마이의 대사는 전쟁터에서 일어난 일이라든지, 흥망성쇠의 변, 연모의 정 등 30여 곡에 이르고, 그 후에 생긴 곡을 신곡이라 한다. 곡절이나 음성은 사루가쿠와 대동소이하다. 다유(大夫)의 좌우에 두 명이 등장하는데, 쓰레(連)와 와키(脇)라 하고 크고 작은 쓰즈미(鼓)를 사용한다. 지금의 사루가쿠는 이 춤(舞)에서 온 것이 많다. 춤의 대사는 대략『義經記』,『曾我物語』와 동시대의 것으로 보인다. 옛 풍습이나 의식 등등 증거로 삼을 만한 것들이 많다.『嬉遊笑覽』
　　도쿠가와의 시대, 막부로부터 녹봉을 받고 막부 문양이 새겨진 옷을 하사 받은 고와카(幸若)는 네 집안이 있었다. 모두 에치젠(越前) 거주이나, 교대로 에도로 올라왔다. 가문(紋家) 즉 집안의 문양으로 5·7의 오동나무를 사용하는 것은 모모노이(桃井) 집안의 후손이다.

　　『應仁別記』에 의하면 이시미(石見)가 살해된 것은, 산조덴(三條殿)에서 고와카마이가 있어서 사람들이 운집해 있었는데 돌아가는 길에 마치 쓰지기리(辻切)[35]에 당한 것처럼 살해되었다고 하니, 요시마사(義政)[36] 쇼군 시대에 이미 이 춤이 존재했음을 알 수 있다. 도쿠가와 시대에 이르러 한때 성행했다는 것은 다자이 준(太宰純)[37]의 『獨語』에 의하면 간분

35　사무라이가 칼을 시험하기 위해, 또는 무술을 연마하기 위해서 길거리를 왕래하는 행인을 무작위로 베는 것. 또는 그런 행동을 하는 자.

36　1449~1473. 아시카가 요시마사. 무로마치 막부 제8대 세이이다이쇼군(征夷大將軍).

37　다자이 슌다이(太宰春臺). 1680~1747. 에도 중기의 유학자, 경세가(經世家).

圓光大師隨傳ふ三ゑてる
延年舞圖を略寫庄本文と
儔せらるゞ一生画若之悚久
邦隆箏六人の合作そ世ミ
四十八巻傷よりゝ今
智恩院ふ蔵む

此圖ハ土佐光信の筆すて
興福寺の延年の舞を
さものゝぐ宗してたるとの
いへり延色比の人あり
住吉廣信の寫本ますて
ひる人の興福寺延年の舞
武江附残して載せたるを
これより出ス

(寬文, 1661~1672), 엔포(延寶, 1673~1681) 무렵까지도 제후나 귀인의 연회 자리에서 고와카마이로 마음의 위안으로 삼고 서로 술을 권하기도 했으나 겐로쿠(元祿, 1688~1703) 무렵부터는 사루가쿠가 성행하면서 고와카마이는 쇠락하였다고 한다. 신미 마사토모(新見正朝)[38]의 『昔昔物語』에 다음과 같은 대목이 있다. 〈옛날에는 고와카마이가 성행하였으며 후리마와시(振廻)의 구절이 사람들에게 인기가 있었다. 고와카 하치로(幸若八郎), 구로(九郎), 그 외 덴사에몬(傳佐衛門), 이치에몬(市右衛門) 등, 대략 수십 명에 이른다. 후리마와시(振廻)가 있던 날 낮, 삼베옷을 위아래로 입고 왔다. 손님마다 요리를 베풀고 식사가 끝나자 밥상을 치우고 미기노마이(右舞)를 추고 자시키(座敷)[39]에 나와 인사를 하니 손님들도 "수고합니다!"라 대답한다. 인사가 끝나고 어떤 곡을 원하는지 묻자 춤 한 사위, 예를 들어 '다이쇼쿤(太織冠)', '기요수케(淸祐)', 신곡 '아쓰모리(敦盛)' 등 많은 요청이 있어서 열심히 춤을 추다보니 제대로 휴식도 취하지 못했다. 계속 요청이 있어서, 고마이(小舞)이든 주마이(中舞)든 조금만 더 신청을 받겠다고 하면 다들 돌아가지 않고 기다렸다. 근년에는 단절되어 없어졌다.〉 『昔昔物語』는 교호(享保) 17년(1732) 작이므로 그 무렵에는 이미 고와카마이가 소멸되었다고 볼 수 있다.

기타무라(喜多村) 씨는 야나가와(柳川)의 번(藩)에서는 지금도 부르고 있다고 한다. 본인은 아직 이를 들어본 적이 없다. 또 어떤 사람은 그 음이 지금의 만자이(萬歲)와 비슷한 데가 있다고 한다. 가락은 '이치코(巫女)'[40]와도 비슷하다. 대사는 제례에 사용되는 무(舞)하고 비슷하다. 『嬉遊笑覽』 나는 야나가와(柳川) 사

38　1717년 3월 1일 사망? 『八十翁疇昔話』 등도 있다.

39　다다미를 깐 술자리가 벌어지고 있는 방.

40　미상. 본문은 '巫女'이기 때문에 '무당' 정도로 해석할 수 있으나, '巫女' 옆에 '이치코'라는 토를 달고 있다. '神巫' 또는 '巫子', '市子'라고도 표기한다. 신전(神前)에 가구라를 봉헌하는 무희를 말한다.

람들이 부채로 장단을 맞추면서 노래하던 것을 예전에 들은 적이 있으나, 실로 이 설명과 같았다. 후세에 고와카온교쿠(幸若音曲)라 칭하였기에 마치 춤은 없는 것으로 생각하는 사람도 있지만『醒睡笑』겐나(元和) 9년(1623) 작으로 만지(萬治) 1년(1658) 판이다 등에도 춤을 추었다는 기록이 많이 보이고, 또『武林錄』6에 마에다(前田) 아무개라는 사람이 마쓰카제(松風)라는 명마를 가졌다. 운운. 말허리에 에보시(烏帽子)를 매달아두었다가 길거리에서 누구 말인가 하고 묻는 자가 있으면 그 즉시 에보시를 쓰고 발장단에 맞추어, 〈털빛은 짙은 갈색이고, 빨간 가죽 하카마,[41] 못이 박힌 갑옷을 읽고 닭벼슬처럼 생긴 도리에보시를 쓴 아무 아무개 게이지(慶次)의 말이랍니다)[42]고 고와카를 추면서 지나갔다고 하니, 춤을 추었다는 것을 확인 할 수 있다. 한편『猿樂傳記』에도 고와카마이에 대해 언급이 있으나 오류가 많다.

아시카가(足利) 시대에 구세마이(曲舞)라는 것이 있었다. 분쇼(文正) 1년(1466) 4월 16일자『後法興院記』에 다음과 같은 기사가 있다. 〈이날 센본노자시키(千本座敷)에서 여자 구세마이 구경을 했다. 나머지 사람들도 같이 그 여자 구세마이를 구경했다. 또한 지난 10월 7일부터 센본(千本)에서 간진마이(勸進舞)가 있었다. 운운. 그녀 나이 19 운운 용안이 가장 미려했다. 이처럼 사람이 많은 일은 희대의 일이었다. 춤(舞)과 가락은 말할 나위도 없고 기묘할 지경이었다. 구경꾼들은 4~5천 명 정도였다. 운운. 먼저 남자 춤(오토코마이)으로 시작을 하고, 다음에 14~15세 정도의

---

[41] 일본 옷의 하의. 가랑이가 넓어 치마처럼 보임. 이 하카마를 가죽으로 만든 것인데, 갑옷의 일부였으며 장수 등 높은 위치에 있는 사람들이 착용하였다.

[42] 이 이야기는『前田慶次道中日記』에 있는 이야기이며, 마에다 게이지(前田慶次)는 마에다 도시마스(前田利益)이다. 전국(戰国)시대 말부터 에도시대 초에 활약한 무장(武将)이며, 마에다 도시이에(前田利家) 처조카에 해당한다. 한편 본문의 '鹿毛'는 일본어로 'かげ, 가게'라 읽으며, 말의 털빛색을 분류하는 용어이다. 黑鹿毛(くろかげ, 구로카게), 青鹿毛(あおかげ, 아오카게), 青毛(あおげ, 아오게), 栗毛(くりげ, 구리게) 등이 있다.

아이의 춤이 한 마당 있고, 이어서 여자가 한 마당을 추었다. 여자와
아이의 겨루기가 이어지는데 이들 좌(座)의 구성원은 10여 명뿐이었다.〉
이 기사를 통해서 그 규모를 짐작할 수 있을 것이다. 또한『七十一番職
人歌合』분안(文安, 1444~1448), 호토쿠(寶德, 1449~1451) 시대에 시라뵤시와
쌍을 이뤄 읊은 〈가마에서 옷소매를 휘날리며 춤추던 무녀, 그토록 사
랑했을 것이라곤 알았으랴〉[43]라는 노래가 있다. 또한 〈달에도 힘겨운
오구라야마(小倉山), 그 이름은 감춰주지도 않는구나〉[44]라고 그림에 적
은 글귀는 아마도 노래 가사일 것이다. 그런데 이 무(舞)를 다이가시라
(大頭)[45]라 한다.

    다이가시라라는 것은 쓰즈미(鼓)의 가락 이름이다.『七十一番職人歌合』에 여
자 맹인이 쓰즈미를 치며 부르는 〈어찌하여 그토록 생각나는 것인가 오쓰즈미,
가시라를 칠 때까지 그립기만 하구나〉[46]라는 노래를 떠올리면 좋을 것이다.『尤
草子』간에이(寛永) 11년(1634) 판에서는 고와카마이의 가시라(頭)를 다이가시라
에치젠(越前)의 고와카라고 적고 있으며, 그 외의 문헌도 고와카에 관련지어 설
명하고 있다. 이 둘은 서로 같은 계통의 다른 파인지도 모르겠으나, 가늠하기가
쉽지 않다.『雍州府志』9에 고와카에 대해 언급한 다음에 〈또 한 집안이 있는데
그 집안의 문양은 커다란 떡갈나무 잎 두 장이 나란히 있는 모양이다. 그래서
이 유파를 '大柏流'라 한다. 오늘날 두 파가 존재한다. 지금 '다이가시라(大頭)'라
부르는 것은 '다이가시와(大柏)'의 잘못인가〉라고 적고 있다. 그러나 다이가시라
라는 이름은 가락에서 딴 것이라는 점에 대해서는 앞에서 언급한 바와 같다. 오

---

43   車にて袖うちふりし舞女、かかるこひすとひとやしりきや

44   月にはつらき小倉山、其名はかくれざりけり

45   고와카마이의 한 파. 이 이름의 유래에는 여러 설이 있으나 단정하기는 어려움. 고
와카마이는 무사들의 총애를 받았으나, 그 대신 서민에서 멀어졌기 때문 곧 쇠퇴
해버렸고, 결국 서민에 받아들여진 다이가시라 가 에도 시대를 대표하는 춤이 된
것이다.

46   いかにしてさのみたつ名を大つづみ、かしらうつまでこひしかるらん

히려 '다이가시라'를 '다이가시와'로 잘못 쓴 것으로 보아야 할 것이다. 친구 가와베 미타테(川辺御楯) 씨의 말로는 치쿠젠(筑前) 야나가와(柳川)에 지금도 여전히 고와카 집안이 있는데 이 파는 텐쇼(天正, 1573~1591) 무렵 다이가시라 겐자에몬(源佐衛門)인가 하는 고와카의 스승이 교토에서 내려와 고와카마이를 전했다 한다. 단 에치젠 고와카하고는 다른 것이라 한다.

게이초(慶長, 1596~1615) 무렵 여자춤 즉 온나마이(女舞)의 달인에 가사야(笠屋)라는 자가 있었다. 원래 다이가시라의 와키(脇)였던 자다. 『醒睡笑』에 〈다이가시라 간진마이(勸進舞)의 와키에 가사야(笠屋), 쓰레(連)에 이케부치(池淵)라는 자가 있었는데 때마침 비가 많이 내리기 시작하자 "비가 오면 우산을 쓰시오 다이가시라여, 여기 저기 모조리 연못처럼 되기 전에"〉[47]라는 대목이 있다. 『嬉遊笑覽』 오자키 마사요시(尾崎雅嘉)가 『群書一覽』 3에 「舞本」이라는 제목으로 '하마이데(濱いで)', '이와우가시마(いわうが島)'[48] 이하 36곡을 들고 그 아래에 〈헤이안 시대 무보(舞譜)인데 삽화가 들어 있는 소설책 같은 분위기의 책이다. 고아한 문구가 많고 재미있는 내용이다. 이 책은 헤이안 시대의 속어 등을 고찰하는데 매우 유익할 것이다〉라고 적고 있다. 다다 요시토시(多田義俊)는 『三十箇條故實辨』에서 〈이 무본(舞本)의 대사 중 난해한 것을 골라 주석을 달았다〉고 말하고 있다. 여기서 말하는 무곡(舞曲)이라는 것은 요쿄쿠와는 또 별개의 것으로 앞에서 말한 구세마이, 고와카의 부류에 속하는 것이다. 하치몬지야 지쇼(八文字屋自笑)는 『禁短氣』 겐로쿠(元禄, 1688~1703) 무렵의 서적 에서 야로(野郎)에 대해서 말하겠다며, 〈서른여섯 가지의 부채의 수(手)를 눈부시리만큼 수련하고……〉 등으로 말하는 것으로 보아, 그 무렵까지도 이 춤을 춘 것은 분명하지만 지금은 전하지 않는다.

47　雨ふらば笠やををきせよ大かしら、ここもかしこも池ふちとなる
48　이오지마(硫黃島).

이 무본(舞本)의 목록에는 게이초(慶長) 이전에 조루리로 사용한 것으로 추정되는 것이 있다. 이에 대해서는 제13장에서 다루겠다.

만자이(萬歲)는 본디 센슈만자이(千秋萬歲)를 생략한 것이다. 『古今著聞集』16에 〈지소쿠인도노(知足院殿) 후지와라 다다자네(藤原忠實) 공으로 호리가와인(堀河院) 시대의 간파쿠(關白) 장관으로 계셨을 때 한 사무라이에게 벌을 내리셨는데, 그 내용인즉 센슈만자이(千秋萬歲)에 장단을 맞추게 하고 그 사무라이에게 춤을 추게 하는 것이었다. 이런 징벌도 있단 말인가.〉

『新猿樂記』에 센슈만자이의 사카호가이(酒禱) 춤사위의 한 기술이다 라는 것이 있는데 이 춤보다 700년 앞서서 존재했음이 확인되고 있다. 그 모습은 『勸進聖判職人歌合』 텐몬(天文) 6년(1537)보다 약간 이전의 것이라고 이와세 사무루(岩瀬醒)는 말했다 에 호시가 하얀 의상을 입고 도리간무리(鳥冠)를 쓰고 손에 부채를 들고 춘다. 쓰즈미를 연주하는 남자는 엷은 황색 의상을 입고 앉아 있다. 노래는 〈봄 마당에서 천추만세를 경하하는 것보다 꽃나무 부리는 더욱 번성하였다〉[49]이다. 또 〈센슈만자이에 관한 훌륭한 작품은 매년 정월의 경하스러운 곡이므로 모든 직종 중에서 처음으로 우타아와세(歌合)의 곡으로 추천했다〉고 한다. 궁중에서 공연을 한 것에 대해서는 『御湯殿の上の日記』 궁내의 일기이다 〈겐기(元龜) 3년(1572) 5월 5일 기타바타케(北畠) 기타바타케(北畠)는 교토 니조(二條) 북쪽에 있다 의 센슈만자이 세 명이 왔다〉는 기사가 있다. 그리고 아시카가(足利) 집안의 『年中行事恒例記』에는 〈정월 7일 센슈만자이가 와서, 마츠노니와(松庭)에서 추었으며, 도검을 하사하셨다. 일행의 자에게 이를 건넸다〉는 기사가 있으며, 『日次紀事』에는 〈5월 5일 궁중에서 나무를 조성하기 시

---

49   春の庭に千秋萬歲いはふより花の木の根はさしさかえなん

작했다. 이 날 센슈만자이 및 사루가쿠가 동쪽 마당에 왔다〉고 기록하고 있다.

센슈만자이의 이름은 도카(踏歌)를 부를 때 '만자이라쿠(萬歲樂)'라고 노래 하던 데서 유래한다고 한다. 『洋洋社談』 제27호 나카 미치타카(那珂通高)의 설 가구라의 노래에 센자이(千歲)가 있다. 모토카타(本方)는 센자이(千歲)라 부르고, 스에카타(末方)는 만자이(萬歲)라 부른다. 여기서 나온 말은 아닌가 『和訓栞』라는 의견도 있지만 원래 이 무(舞)에 센슈만자이(千秋萬歲)라는 가사가 있었기 때문에 거기서 유래한 명칭이라고 보아야 할 것이다.

『滑稽雜談』에 〈나라(南都)의 남서로 3리 정도 떨어진 곳에 구보타(窪田)하고 하시미(箸尾)라는 두 마을이 있다. 만자이(萬歲)는 이곳에서 시작한 것이기 때문에 구보타(窪田)류, 하시미(箸尾)류라는 두 유파가 있는 것이다〉라는 기사가 있다. 한편 『人倫訓蒙圖彙』에서는 〈이 유파는 각 지방마다 있다. 교토에 온 것은 야마토(大和)에서 왔고, 주고쿠(中國)에는 미노(美濃)로부터 왔으며, 아즈마(東)에는 미카와(三河)로부터 온 것이다〉고 한다. 미카와 만자이(三河萬歲) 또는 오와리(尾張) 도오토우미(遠江)부터도 왔다는 별개의 유파로서 그 창가(唱歌)는 오에 사나모토(大江定基) 물문에 늘어서 자쿠쇼(寂昭)라 한다. 이치죠인(一條院) 무렵의 사람 작이라고도, 무주호시(無住法師)[50] 가지와라 가게도키(梶原景時)의 손자이다 라고도 한다.

옛 센슈만자이의 호시는 덴가쿠호시(田樂法師)를 겸한 것은 아니었나? 오늘날의 미카와만자이(三河萬歲)의 쓰즈미를 치는 남자를 사이조(才藏)라 하는 것도 카구라의 세이노(才男)의 옛 이름일 수 있다. 기타무라(喜多村) 씨가 무릇 만자이는 집안의 안녕을 비는 축사이고, 도리오이(鳥追)는 밭일이 잘 되어 풍성하기

---

[50] 『沙石集』의 저자.

를 비는 축사이고, 하루고마(春駒)는 잠업(蠶業)이 잘 되기를 비는 축사로서, 이는 의식주 셋을 중시하였기 때문이다『嬉遊笑覽』라고 지적한 것도 일리가 있다.

사자무(獅子舞)는 원래 당악의 무악(舞樂)에서 시작된 것이다.『江家次第』13의 '法勝寺御塔會次第'에 〈옥체를 어좌(御座)에 나타내시니 다음 란죠(亂聲) 先新後古 가 시작되고, 그리고 사자(獅子)가 등장해서 무대의 낮은 자리에 엎드렸다. 그러자 이번엔 아악료(雅樂寮)가 좌우로 나뉘어 무인(舞人)들을 인솔하여 남문의 좌우의 문으로부터 나온다. 오른쪽은 새, 보살, 팔부(八部), 무인(舞人), 타악기 담당자(打物), 관악기 담장자(吹物) 등이다. 왼쪽도 이와 같다. 다만, 나비로서 새를 대신 한다〉고 묘사되어 있다.『朝野群載』2의 '圓明寺供養式'에는 〈근래에 사자무 연희가 있었다. 또 사자무는 전과 같다〉는 글이 있다. 이렇듯 사자무가 나비, 새, 보살, 팔부(八部)[51] 등과 함께 불교행사에만 등장하는 것을 보면 이 춤 또한 천축 지방에 가까운 지역의 풍속이었으리라 생각된다.

친구 사카키바라 요시노(榊原芳野)가 말하기를 사자무의 기원지는 서량(西涼)[52]이다.『白氏長慶集』4 의 '新樂府'에 '서량기(西涼伎)'라는 항목 아래에, 〈호국 사람들은 가면을 쓰고 사자로 분장해서 나무를 깎아서 머리를 만들고 실로 꼬리를 만든다. 금으로 안청(眼睛)을 바르며, 은을 이에 붙인다. 사자의 움직임은 빠르고 양쪽 귀를 벌린다. '유사만리(流沙萬里)', 사막 지대를 건너온 서역 계통의 음악이다. 운운. 마지막 구절에, 눈을 피해 서량의 것을 취하여 익살스러운 말귀를 만들며 논다〉고 하는 내용을 보면 이 사자무는 서량인의 놀이이자 춤이다『洋洋社談』제27호 한편『卯花園漫錄』에서는『陳氏樂書』를 인용하여 〈당나라의 '태평악(太平樂)'은 '오방사자무(五方獅子舞)'라 한다. 사자라는 짐승은 서남의

---

[51] 불법을 지키는 팔부 보살로 天, 龍, 夜叉, 乾闥婆, 阿修羅, 迦樓羅, 緊那羅, 摩睺羅 의 호칭.
[52] 오호십육국 시대에 한족의 李暠에 의해 세워진 나라.

오랑캐인 천축의 사자국으로부터 왔다. 털을 박아서 만들고 사자의 높이는 사람 키만큼 있었다. 사람이 그 안에 들어가 그 조아린 모습을 만드는데 즉 익숙한 두 사람이 능수능란하게 줄을 잡아 풀고 당기니 마치 사자가 장난치듯 보였다. 다섯 마리 사자는 각기 그 방위의 색을 띠고 있다. 140명이 '태평악(太平樂)'을 노래하고 춤을 추었다. 발로 줄을 잡으며, 복장은 곤륜(崑崙)처럼 만든다〉고 적혀 있는 것을 보면 이 연희가 당나라로 전해져서 당나라에서 악으로 발전한 것인가?

『樂家錄』12의 '獅子笛相傳'에서 말하기를, 〈사자는 생(笙), 필률을 사용하는 곡이 아니라, 요코부에(橫笛)의 비곡(秘曲)이며 매우 무거운 곡이다. 고토베(古戶部) 씨가 전담하였다. 운운. 이 사자 곡의 성악(聲樂) 부분은 전하나, 곡(舞曲) 부분은 단절되었다. 셋슈(攝州)[53]의 텐노지(天王寺)에서 이 무(舞)를 연주했다고는 하나, 지금 전승되지 않고 있다. 운운. 사자 두 마리가 무대에 올라 두 번 돌았다고 하니 이 춤의 대략에 대해서는 알 수 있다. 『體源抄』12에도 사자와 피리에 대한 기술이 있다. 『古今著聞集』5에 도바(鳥羽) 법황의 뇨보(女房) 중에 고다이진(小大進)[54]이라는 가인(歌人)이 있었는데 어의(御衣)를 훔쳤다는 누명을 썼을 때, 기타노(北野)신사에 칩거하여 노래를 불러 봉헌했다는 조에 〈도바도노(鳥羽殿)의 남전(南殿) 앞에 그 없어진 어의를 머리에 덮어쓰고, 앞에는 호시(法師), 뒤에는 시키시마(敷島)라는 식으로, 다이켄몬인(待賢門院)의 잡사(雜仕)[55]들이 어의를 머리에 덮어쓰고 사자무를 추며 왔는데, 이런 일이 일어난다는 것이야말로 천신(天神)이 분명히 그녀의 노래(와카)에 감명 받으신 것이라 하여

---

53   지금의 오사카 지방.

54   『古今著聞集』 본문에서는 '小大進'이라 되어 있다. 'こだいじん(고다이진)'이라 읽으며, 177번 노래에 나온다. 『千載和歌集』에 노래가 입수(入首)한 가인(歌人)이며, 부친은 도바(鳥羽) 천황의 시독을 역임한 스가와라 아리요시(菅原在良)임. 본문 '大進'을 '小大進'으로 정정함.

55   일본어 음은 '조시(ぞうし)'. 잡무를 담당하며 신변을 돌봐주는 자.

경하스럽고 존귀하게 여겼다〉고 하는 이야기는 보통 노래에도 사자무를 추었다는 뜻이 된다. 쇼나곤뉴도(少納言入道) 신제이(信西) 본(本)으로 보완했다는 오래된 『胡樂圖』에도 사자무(獅子舞) 그림이 있다. 『人倫訓蒙圖彙』 70 겐로쿠(元禄) 7년(1694) 에 〈사자무는 악마를 물리친다고 한다. 운운. 히요시(日吉) 신사 제례에서 덴가쿠호시라고 하는 자는 사자 머리를 덮어쓰고 여기저기를 걸어 다녔다. 지금의 사자무는 이것을 따라하는 것이다〉고 한다. 이 기예는 덴가쿠에 전해졌지만 오늘날의 오카구라(大神樂)의 사자는 다시 덴가쿠로부터 전승된 것이다.

　　『嬉遊笑覽』에 〈사자무(獅子舞)가 신사의 제례에 등장하는 것은 사자는 원래 신전에 안존하는 것이므로 그렇다는 것은 사실인가? 신 앞의 사자나 해태(狛犬)는 무곡(舞曲)에 관계되는 존재가 아니기에 그런 것이다〉는 기사가 있고, 마찬가지로 『嬉遊笑覽』에 오카구라(大神樂)의 사자에 대해 말하기를, 〈간에이(寬永, 1624~1644) 시대부터 메이레키(明曆, 1655~1658) 무렵까지의 그림에는 모두가 따로 머리에 사자를 덮어쓰고 배에 북(타이코, 太鼓)을 매고 거리를 뛰어다니고 있다. 그해 처음 수확한 벼이삭을 든 남자는 쌀을 팔아서 얻은 돈을 쥐고 있는 그림뿐이고, 나가모치(長持)[56]를 맨 그림은 이 부분은 『昔昔物語』의 문장으로 표현한 것이다 간분(寬文, 1661~1673)에서 엔포(延寶, 1673~1681) 무렵이 되어야 등장한다〉고 적고 있다. 『事跡合考』에는 〈오카구라(大神樂)에 이세파(伊勢派)와 오와리파(尾張派)의 두 파가 있다. 오와리아쓰타(尾張熱田)의 땅에도 하나 있는데 이것도 사자무를 추면서 걸어 다니며 이름도 오카구라(大神樂)라 한다.

　　친구 구리타 히로시(栗田寬)가 말하기를, 신사의 제례에서 등장하는 사자무는 가모마쓰리(加茂際)에서 시작된 것이고, 사원의 법회에서 등장하는 사자는 당악에서 전래한 것으로서 애당초 서로가 다른 것이다. 왜냐하면 『袖中抄』 70에 인

56　의류나 가구 등을 넣고 보관하거나 운반할 때 사용하는 직사각형으로 뚜껑이 있는 커다란 상자.

용한 가모(加茂) 연기(緣起)에 〈마쓰리 때 멧돼지머리를 덮어쓰고 춤추는 것은
긴메이(欽明) 천황 때부터 생긴 것이라 짐작되기 때문이다. 반 노부토모(伴信友)
의 『瀨見/小川』 가모사(加茂社)에 관해서 상세하게 쓴 서적을 검토바란다.

제12장 가부키와 교겐 그리고 배우

가부키는 게이초(慶長, 1596~1615) 무렵, 이즈모(出雲) 지방의 오쿠니(於國)의 온나마이(女舞)에서 시작되었다.

게이초(慶長) 시대 고문헌의 게이초 8년(1603) 8월자에 〈올해 봄부터 온나가부키(女歌舞伎)가 각 지방을 돌면서 공연을 하고 있다. 이것은 오쿠니라 하는 다유(大夫)이며, 이즈모 출신인데, 사도(佐渡)에 건너갔다가 교토에 처음으로 진출하였다. 모든 사람이 그녀의 공연을 관람하였다. 점점 공연내용이 발전하여 마침내는 각 지방마다 온나가부키(女歌舞伎)가 생겼다. 운운. 『嬉遊笑覽』〉는 기록이 있는데, 이것이 가부키의 시작이라 할 수 있다. 오쿠니는 고무라 상우에몽(小村三右衛門)[1]이라는 자의 여식이며, 처음에는 무녀(巫女)였다고도 또는 유죠(遊女)

---

1   『嬉遊笑覽』은 卷五에서 『見聞集』이라는 문헌을 인용하는 형태로 이즈모에 고무라 상우에몽이라는 자가 있었는데 그 딸 이름이 '구니'였다고 서술하고 있다. 실존 인물인가에 대한 사실 여부는 확인할 수 없음.

였다고도 한다.『そぞろ物語』,『野槌京童』『日本後紀』8의 엔랴쿠(延曆) 18년(799) 가을 7월 을유의 조에, 〈이세사이구(伊勢齋宮), 니나메카이(新嘗會)를 중지하고 가부키로 구월제(九月祭)를 드렸다〉는 대목에 대해서 이와세 사무루(岩瀬醒)는 〈그렇다면 가부키라는 명칭은 옛날 신사 제례에서 쓰인 명칭이라는 뜻이 된다. 오쿠니는 원래 무녀였기에 가구라를 크게 바꾸어 가부키라 명명했을 가능성도 있다〉『骨董集』고 말한다. 이에 대해 기타무라 후시노부(北村節信)는, 〈지금의 가부키라는 이름은 애초부터 옛 글자에 따른 것이 아니다. '가부키'란 '가타부쿠' (傾く) 즉 '기운다'는 의미이며, '傾國(가타부쿠 구니)'의 춤이기 때문에 그 의미를 따서 이름을 붙인 것이다. 그 전의 유행어로 세상에 아첨하고 아부하는 것을 '가 부키모노'라 하고, 그러고 다니는 것을 '가부키마와루'라 한다. 그 후에는 용모를 치장하였으나 부질없는 것을 '우와가부키'라 한다. '우와(上)'는 위로 기울어서 오 만하다는 뜻이나, 말이 변해서 이런 식으로 표현하는 것 같다〉『嬉遊笑覽』또한 『賤者考』의 설도 이것과 대강 같다고 한다. 이 두 가지 설 중 어느 쪽이 옳은지 판 단이 어렵다. '가타부쿠'를 '가부키'라 하는 것은 당시의 속언(俗言)이기 때문이라 고들 하나, 옛말에 '숙인 고개, 늘어뜨린 고개'를 '우나가부시(うな かぶし)'라 표 현하는 말이 있기 때문에 꼭 그렇지만도 아닌 것 같다.

처음에는 고죠(五條)의 동쪽 다리 옆 또는 기타노(北野) 신사의 동쪽에 무대를 설치하여 흥행을 했다. 그 모습은 누리가사(塗笠)에 의상을 입 고 붉은 고시미노(腰蓑)2를 걸치고 염주 혹은 쥬주(珠数)라고도 한다 를 목에 걸고 피리(笛)와 쓰즈미(鼓) 그때는 아직 샤미센은 없었다고 한다. 이후에는 다이코 (大鼓)를 더한다 로 박자를 맞추어 춤추는 것을 넨부쓰오도리(念佛踊)라 한 다. 야야코오도리라고도 한다. 그러다가 산쥬로(三十郎)라는 남편을 얻고 덴스 케(傳助)라는 자를 끌어들여 산죠나와테(三條繩手)의 동쪽 구석 기온(祇園) 거리 뒤에 무대를 세우고, 오쿠니는 머리를 짧게 잘라 오리마게(折髷)로

---

2   허리에 걸치는 짧은 도롱이.

묶어 허리춤에 칼(사야마키)을 차고 남장을 했으며, 산쥬로(三十郎)는 여장에 가쓰라히모(桂紐)를 머리에 묶어 분장을 하고, 덴스케(傳助)는 우스꽝스런 '사루가우(猿がう)'를 하면서 교토 여기저기를 들쑤시고 다녔는데, 이를 오쿠니가부키(於國歌舞伎)라 했다. 또 로쿠죠(六條)의 게이세이쵸(傾城町)로부터 온 사도시마 쇼기치(佐渡島正吉)[3]라는 유죠(遊女)가 시죠가와라(四條川原)에 무대를 세우고 수많은 유죠를 내세워 오쿠니의 춤을 흉내내어 춤을 추게 하면서부터 에도를 비롯한 모든 지방에서 한참동안 유행하였다. 『東海道名所記』, 『そぞろ物語』, 『京童』

『恨之助草子』에 〈게이초(慶長) 9년(1604) 여름 말엽, 상순인 10일의 일로 시미즈(淸水)의 만등제(萬燈祭) 때, 많은 교토 사람들이 함께 운운 난간에 걸터앉아, 이제부터 곧 도요쿠니(豊國)로, 자 우리는 기온(祇園), 아니면 기타노(北野)로 향해 서둘러 가서, 오쿠니의 가부키를 보고자 하네〉라는 대목이 있는데 이것은 당시의 모습을 직접 보고 쓴 글이다. 『嬉遊笑覽』 『羅山文集』 56에 〈지금의 가부키는 예전의 가부키하고는 다르다. 만약 '교방이원(敎坊梨園)'[4] 또는 '소만소지류(小蠻素之流)'[5]라면 이른바 옛 가부키이다. 남자는 여자 옷을 입고, 여자는 남자

---

3   생년 미상. 에도 시대 전기에 유죠가부기(遊女歌舞伎)로 유명해진 유죠. 게이쵸 말기부터 간에이(寬永)에 걸쳐서 교토 로쿠죠(六條)에 유곽이 형성되었는데 유죠들에게 가부키오도리(歌舞伎踊り) 즉 가부키 춤을 추게 하는 유죠가부키가 성행했다. 그 중에서도 가장 유명한 것이 우기요사도시마(浮世佐渡島)의 좌(座)였다. 사도시마 쇼기치는 아마도 이 자(座)를 대표하는 유죠의 한 사람이 아니었을까 생각되나, 자세한 것은 알 수 없다.

4   일본어 음이 '리엔'인 '梨園'이란 가부키의 세계 또는 가부키 그 자체를 뜻한다. 이말은 당나라 현종 때 궁궐의 '梨園'이라고 불리는 곳에 소집되어 기예를 연마하고 연습했다는 데서 유래한다. 오늘날에 이르러서는 일반사회하고는 조금 동떨어진 특별한 사회라는 점에 초점을 맞추어 가부키계를 '梨園'이라 부르기도 한다. 한편 '敎坊'은 수나라 때 설치되었는데 당나라 때에 궁궐에 내교방(內敎坊)이 설치되었다. 개원(開元) 2년(714)에 당나라 현종이 대악서(大樂署)를 개편하여 대악서 내의 연악(燕樂)의 악인들을 나누어 4개를 외교방(外敎坊)으로, 3개를 '이원(梨園)'으로 편성, 육성하였다.

옷을 입으며, 머리를 잘라 남자의 마게(髷)를 틀고, 칼을 차고 하카마를 걸친다. 운운. 남녀가 함께 노래하고 춤추니 이것이 지금의 가부키이다. 이즈모(出雲)의 요부(淫婦) 구니(久二)[6] 라 한다 가 이것을 시작했다. 각 지방의 도시부와 시골에서 이를 배운다. 운운) 라고 기술되어 있는 내용을, 『骨董集』에 게재된 게이초 시대의 오쿠니가부키 그림을 보며 생각하면 이해가 잘 될 것이다. 오쿠니의 남편에 대해서 『歌舞伎事始』 등이 나고야 산자부로(名古屋山三郎) 혹은 산자에몬(三左衛門)이라고도 한다 라고 말하지만, 『鹽尻』, 『懷橘談』에 의하면 산자부로는 오쿠니에 동행해서 하야우타(早歌)[7]를 가르친 것뿐이며 남편이라고 되어 있지 않다. 오쿠니 남편을 산쥬로(三十郎)라고 바르게 기록하고 있는 것은 『東海道名所記』뿐이다. 이에 관해서도 『骨董集』, 『嬉遊笑覽』 두 설이 있지만 여기서는 생략한다. 오쿠니가부키에 대해 언급하고 있는 모든 후대의 문헌에는 오류가 많다. 『そぞろ物語』나 『東海道名所記』 등, 오래된 서적에 따르는 것이 좋을 듯하다.

『東海道名所記』에 산쥬로가 교겐을, 덴스케(傳助)가 '이토요리[8] 역으로 공연을 했는데 온 교토가 이들 연기에 들떠 구경하곤 했는데 운운. 이토요리가 엔넨마이(延年舞) 즉 엔넨의 무(舞)에서 나온 몸짓인 점에 대해서는 11장에서 말한 바와 같다 이때 덴스케가 오쿠니가부키를 배워 전한 것인가? 한편 『そぞろ物語』에 다음과 같은 이야기가 있다.

사도시마 쇼기치(佐渡島正吉)라는 유죠가 교토에서 에도로 내려왔다. 에도가 번창한 탓으로 사방 3리는 들에도 산에도 집을 지어 손바닥 만한 빈터도 없었다. 그런데 동남쪽 해변에 좋은 갈대밭[9]이 있었다. 색을 밝히는 교토 촌놈들이

---

5 미상.

6 오쿠니(於國)를 말함.

7 가구라우타(神樂歌) 후반에 부르는 빠른 박자의 가곡. 내용은 우스꽝스러운 내용이 담겨있는 경우가 많다.

8 '糸より'. 엔넨의 가요의 하나. 실을 잡아당겨 짜면서 부르는 민요에서 출발한 것으로 간주되고 있다.

9 '갈대밭'으로 번역했으나 원문에는 'よし原'로 되어 있다. '요시'는 '葦' 또는 '蘆'의 뜻이며 '原'는 '들'이란 뜻이다. 여기서 나중에 유곽으로 유명한 '요시와라(吉原)'라

이 갈대밭을 보고, 유곽을 만들려고 갈대를 베어 없애고 여기저기에 건물을 지었다. 운운. 기타무라(喜多村) 씨 주장에 의하면 이 이야기는 게이초(慶長) 시대의 일로 진우에몬(甚右衛門)이 유곽을 형성했다는 이야기는 후세의 재건을 말하는 것이다. 노와 가부키의 무대를 설치하여 매일 춤과 음악을 해보였다. 이 외에 권진(勸進)을 위한 무(舞), 구모마이(蛛舞),[10] 사자무(獅子舞), 스마이(相撲), 조루리(淨瑠璃) 등 온갖 연희로 흥을 돋우었다. 이 구경거리를 보기 위해서 승속(僧俗)과 노약과 귀천을 막론하고 모두가 이 거리로 모여들었다. 에도의 요시하라쵸(よし原町)에서 오는 3월 5일 가쓰라기 다유(大夫)의 가부키오도리(歌舞伎踊)가 있다는 커다란 푯말이 에도바시(江戸橋)에 세워졌다. 기타무라(喜多村) 씨 왈, 구체적으로 언제인지는 단정할 수는 없으나 겐나(元和, 1615~1624) 이전이었다고 한다. 출신의 귀천을 막론하고 모두가 모여서 이 가부키오도리를 구경하였다. 운운. 크고 작은 쓰즈미, 피리, 북(다이코, 大鼓) 담당은 남자이다. 야효에 젠나이(彌兵衛善內)의 교겐 연기, 특히 사루와카(猿若)가 나와서 보여준 모노마네(흉내, 모사)가 재미있었다. 호사이넨부쓰(泡齊念佛),[11] 사루마와시(猿廻し),[12] 술 취한 시골 농부 등 모두가 어찌도 그렇게 닮았는지 모르겠다. 운운.

그리고 '유죠들 에도를 떠나다'의 단에 〈아무튼 그들을 에도에 두어선 안 되겠다 하여, 여자의 숫자를 새로이 정하여 제한하여, 오쇼(和尚) 가부키 여자들의 장

는 지명이 탄생한다. 그리고 '요시(原)'는 '좋은 들' 즉 '좋은 목'이라는 의미로도 읽힌다.

10 무로마치 시대 말부터 에도시대에 걸쳐서 유행한 줄타기. 고대의 산악(散樂)의 잔재로 생각된다. 거미가 거미줄을 타는 것과 비슷하다고 해서 '구모마이' 즉 '거미춤'이라는 이름이 붙은 것이다.

11 게이초(1596~1615) 무렵에 히타치(常陸, 지금의 이바라키현 북부)의 승려 호사이(泡齊)가 절을 수리하기 위한 자금을 마련하기 위해서 시작한 넨부쓰오도리. 한편 '넨부쓰'는 한자에서 알 수 있듯이 '염불'이란 뜻인데, 넨부쓰오도리는 북이나 징을 치면서 염불을 외우는 모습이 마치 춤을 추고 있는 것처럼 보여서 붙여진 이름. 후에 연희로 발전하게 된다.

12 원숭이에게 재주를 부리게 하여 돈을 받는 일을 직업으로 삼는 사람이 '사루마와시'이다. 아마 원숭이 흉내 또는 원숭이에게 재주를 부리게 하는 사람 흉내를 낸 게 아닌가 생각된다.

(長)을 말함 라 불리는 유죠 30여 명과 그 다음으로 높은 이름을 가진 유죠 100여 명 모두 하코네(箱根)의 아이사카(相坂)를 넘어 서국(西國)[13]으로 보내버렸다〉는 이야기가 있다. 이로서 에도 가부키가 시작되던 상황이 명확해졌다. 요시와라쵸(吉原町)의 기원도 위 글에서처럼 분명할 텐데 왜 『洞房語園』 등에 아무런 언급이 없는 것일까? 『そぞろ物語』는 간에이(寬永) 18년(1641)에 간행된 작품으로서 원래 미우라(三浦) 이즈미노가미(和泉守)의 견문집에서 발췌한 것이다. 미우라 씨는 호죠(北條)의 낭인(浪士)으로서 게이초(慶長) 무렵의 사회를 직접 눈으로 본 사람이므로 가장 신뢰할만한 서적이다. 시게노(重野) 씨가 말하기를 오도리(踊)와 마이(舞)는 다른 것이다. 마이(舞)는 단아하다. 오도리(踊)는 가락에 맞추어 춘다. 지금의 사루가쿠의 교겐에 있는 오도리가 그 증거이다. 넨부쓰오도리(念佛踊) 즉 바리때를 치며 소리 내는 것 는 구야쇼닌(空也上人)[14]을 시조로 한다. 구야는 스자쿠(朱雀), 무라카미(村上) 시대의 사람이므로 그 기원이 가장 오래 되었다. 호카시(放下師)[15]의 기원에 대해서는 아직 생각하지 못했다. 『七十一番歌合』에서 바리때를 치며 소리를 내는 하치다타키(鉢叩き)를 호카시(放下師)와 묶어서, 호카시가 대나무 잎과 고키리코(小切子)[16]를 들고 있는 모습을 읊고 있다. 가마쿠라 시대 이전부터 있었던 일종의 오도리이며, 각지를 배회하는 방랑예인이었음이 사루가쿠의 호카소(放下僧)를 통해서도 확인할 수 있다. 교겐의 산바소(三番叟)도 오도리의 일종이라 할 수 있다. 또 아야코오도리[17]는 어느 시대에 생겨났는

---

13   지금의 규슈(九州) 지방.

14   헤이안 시대 중기의 승려. 구야 염불의 시조. 교토를 중심으로 귀천을 따지 않고 누구나 염불을 하면 극락으로 갈 수 있다는 포교를 전개하였다. 가락을 붙여서 염불을 노래하듯 하면서 포교를 했다고 해서 구야오도리(空也踊り)라고도 한다.

15   중세에서 근세에 항간에서 성행한 연희의 하나. 요술이나 곡예를 해보였으며 고우타(小歌)를 부르기도 했다. 이 호카(放下)를 하는 자를 호카시(放下師) 또는 호카라고 했다. 이들이 승려 복장을 하고 있는 경우가 하카소(放下僧)라 하는 경우도 있다.

16   덴가쿠나 호카소(放下僧)가 사용했던 대나무 통 속에 쌀이나 콩 등을 넣어 소리를 내는 악기.

17   원래는 어린 여아들에 의한 춤이자 무용. 에도 시대 초에 온나가부키(女歌舞伎, 여

지는 명확하지 않다. 이러한 오도리가 일변하여 가부키가 된 것이다. 『風俗歌舞
原流考』

　이러한 과정을 거친 결과, 온나가부키(女歌舞伎)가 유행하게 되어 세상
에 방탕한 자가 많아지자, 간에이(寬永, 1624~1644) 말엽에 마침내 온나가
부키는 금지되기에 이르렀고, 이후에는 와카슈가부키(若衆歌舞伎)[18]만이
허용되었다.

　이후, 여자가 하는 가부키가 있었다는 이야기는 간에이(寬永) 6년(1629) 다이
가시라마이(大頭舞)[19]의 흐름을 잇는 온나마이(女舞)인 가사야 산카쓰(笠屋三
勝), 나쓰(なつ)를 거쳐 신카쓰(新勝)의 자식인 사부로베에(三郎兵衛)가 묘다이
(名代)의 면허를 얻었다.[20] 교호(享保) 원년(1716) 시죠(四條)에서 신카쓰가 온나
마이(女舞)를 홍행시켰으나 얼마 지나지 않아 다시 금지되었다. 『歌舞伎事始』 사
이카쿠(西鶴)[21]가 『大鑑』에 〈다유 구란도(大夫藏人)인 오쿠니의 온나가부키도
소멸되어 와카슈(若衆)를 많이 데리고 있었는데, 이들이야말로 이 세상 제일가
는 하나오도리(花踊)[22]라 불렸다. 시오야 구로에몬(鹽屋九郎右衛門) 좌(座)의 이

자 가부키)에 한 곡으로 흡수되었다.

18　에도 초에 소년 배우들이 연기한 가부키. 온나가부키 금지령을 받아서 한때 성행
　　했으나 이 또한 조오(承應) 1년(1652)에 금지되었다.

19　고와카마이(幸若舞)

20　『嬉遊笑覽』의 5권에서 『歌舞伎事始』를 인용하는 형태로 다음과 같은 기사가 있
　　다. 〈男舞名代, 笠屋新大夫, 笠屋なつ, 子孫新勝といふものの一子三郎兵衛, 寬文
　　六年, 名代免許あり〉. '묘다이(名代)'는 대리인 또는 그 사람 대신에 나서는 사람
　　정도의 의미인데, 여기서는 기예를 승계하는 사람으로 공식적으로 인정받았다는
　　뜻이다.

21　이하라 사이카쿠(井原西鶴, 1642~1693). 에도 시대 전의의 우기요에조시(浮世草
　　子) 작가이자 하이쿠 작가.

22　오늘날 '하나오도리'는 교토의 다야마 하나오도리(田山花踊り) 또는 오쿠니의 출
　　신지인 이즈모(出雲)의 후류하나오도리(風流花踊り) 등을 비롯하여 전국에 산재
　　한다. 본문에서 말하는 하나오도리가 구체적으로 어떤 하나오도리를 지칭하는지

와이 우타노스케(岩井歌之助)라든지 히라이 시즈마(平井志津馬) 등은 후대에 기대하기 어려울 정도의 미소년들이었다. 이 외에도 45명이 더 있었다)는 기사가 보인다. 무(舞)에 대해서는 『歌笑記』 쇼호(正保) 원년(1644)판 의 와카슈가부키(若衆歌舞伎)를 구경하는 광경을 그린 그림을 보면, 다유 시키마(大夫敷馬)라고 하는 와카슈(若衆)가 가자오리에보시(風折烏帽子)[23]에 꽃을 꽂아 쓰고, 오른쪽 어깨를 풀어헤치고 큰 칼을 차고 등에 신에게 바치는 비단으로 된 폐백을 매고 부채를 들고 춤을 추고 있다. 이것은 시라뵤시의 춤을 추는 모습인가? 그리고 옆에 오하라기(小原木)[24]의 고우타(小歌)를 적어놓은 것은 이를 보고 노래하기 위함이다. 『嬉遊笑覽』

이러한 와카슈가부키도 남색(男色)으로 빠져서 폐해가 심해지자, 『野槌』, 『和事始』, 『睡餘小録』 게이안(慶安) 5년(1652) 즉 에이오(永應) 원년 에 와카슈가부키 금지령이 내리면서 『嬉遊笑覽』 한 순간에 생업을 잃고 곤란한 상황에 빠진 자가 많았다. 그러자 조오(承應) 2년(1653)에 애처롭게 호소하는 자들이 많아서 모노마네 교겐즈쿠시(物眞禰狂言盡)로 명칭을 바꾸어 다시 관아의 허가를 받게 되었다. 이것이 '교세스(京攝)' 즉 교토와 오사카 지방의 극장의 시초이다. 『役者大全』, 『歌舞伎事始』

그 후로는 어린 소년 배우들의 이마에 난 앞머리를 모두 깎아 없앴다. 『京童』 만지(万治) 원년(1658) 에 〈지금은 젊은이들 이마에 있던 장식을 없애고 이마는

는 알 수가 없다. 혹은 '꽃처럼 화려한 춤'이란 뜻으로 비유적으로 쓰인 표현일 가능성도 배제는 못 한다.

23   바람에 불리어 에보시가 부러진다는 뜻으로, 모자의 정상 부분을 약간 접어놓은 형태의 에보시.

24   일본어 음은 '오하라기'이나 한자는 '小原木'이라 표기하기도 하고 '大原木'이라 표기하기도 한다. 오하라메(大原女)가 파는 일종의 장작이며 색은 검정색이다. 한편 오하라기오도리(小原木踊)라는 것이 있는데 이는 중세 후기에 근세 초기에 걸쳐서 유행한 춤을 동반한 노래이다. 오하라메가 불렀다.

풀솜으로 만든 모자로 가리며, 정수리는 두건으로 감춘다 운운)고 적고 있다. 또 풀솜으로 만든 모자에 대해서는 『嬉遊笑覽』에 〈간분(寬文) 4년(1664) 정월, "야로(野郎) 및 얏꼬(奴) 모습을 한 연기자는 가발을 써서는 안 된다.[25] 단 두건이나 면모자[26]는 괜찮다. 교겐쓰쿠시(狂言盡)는 말할 필요도 없다. 조루리, 셋쿄(說經), 마이마이(舞舞),[27] 그 외 모든 연희에 시마바라교겐(島原狂言)[28]을 넣거나 게이세이(傾城) 즉 유죠(遊女) 흉내를 내는 행위는 일절 하지 말 것"이라는 마치부레[29]가 공표되었으나 전혀 지켜지지 않았다. 오히려 유죠를 사는 가미게세이가이(傾城買)의 내용을 다룬 교겐이 유행했는데 이를 시마바라(島原)라 했다. 이 때문에 조루리에 '게이세이의 아무개'라는 식의 제목이 많았다)고 적혀 있다.

쇼토쿠(正德) 3년(1713)의 『四條河原名題改帳』에 무라야마 마타베에(村山又兵衛), 누노부쿠로야 우메노죠(布袋屋梅之丞), 에비스야 마쓰타유(夷屋松大夫), 미야코 요로즈타유(都万大夫), 마쓰모토 소타유(松本莊大夫), 후지타 마고쥬로(藤

<hr>

25 '야로'는 일반적으로 남자를 비하하거나 욕을 할 때 쓰는 말인데, '야로아소비(野郎遊び)'라는 말이 있다. 즉 야로를 상대로 하는 놀이라는 뜻으로서 남색을 말한다. 한편 '얏꼬'는 에도 시대 이후에 사용된 말로, 일반적으로는 '하인, 종' 등의 뜻인데, 이 말에는 유죠(遊女) 등이 마치얏꼬(에도 초에 화려한 복장으로 무리를 형성해서 시중을 횡행한 집단, 遊俠) 흉내를 내는 것 또는 그러한 흉내를 내는 유죠라는 뜻이 있다. 그리고 에도 시대에는 몸을 팔거나 간통 등의 부적절한 일이 발각된 무가(武家)의 부인 등을 일정기간 유곽인 요시와라에서 유죠로 일하게 한 형벌을 말하기도 한다. 즉 본문의 문맥은 당시 세상에 '방탕한 자'가 많아져서 온나가부키가 금지되고, 이번에는 남색이 성행해서 와카슈가부키가 금지되었는데 이러한 풍속의 문란을 방지하기 위해서 야로나 얏꼬로 분장한 자가 무대에서 내려와서 시정을 돌아다닐 때 오해받을 소지가 있는 분장을 하지 말라는 뜻인 것이다.
26 '綿帽子'(와타보시, わたぼうし). 면을 납작하게 넓혀서 만든 모자이며 남녀공용. 처음에는 방한용이었으나 나중에는 장식용으로 발전하였다.
27 고와카마이를 업으로 하는 연기자와 그 연희.
28 게이안(慶安) 3년(1650)년에 교토 시마바라에서 에도로 확산된 가부키인데 그 내용이 게이세이(傾城) 즉 유죠를 사는 행위를 연기하는 것이었다. 즉 유죠 관련 매춘의 상황을 연출하는 연기는 일절 하지 말라는 것이 마치부레의 주된 내용이었던 것이다.
29 에도 시대에 행정, 사법, 경찰 업무를 담당한 마치부교(町奉行)가 공표한 포고 또는 그 포고문. 방(榜).

田孫十郎)라는 이름이 나열되어 있는데 이들은 교토의 오래된 극장 이름이다.
『嬉遊笑覽』 오사카에서는 시오야 구로에몬(鹽屋九郎右衛門), 시오야 구로사에몬
(九郎左衛門), 야마토야 진베(大和屋甚兵衛) 지금의 시바이의 시초이다, 가우치야
요하치로(河內屋與八郎), 마쓰모토 나자에몬(松本名左衛門), 오사카 후도자에몬
(大坂太左衛門) 지금 거리의 '시바이'의 시초이다 등이 오래되었다. 단, 오사카는 하
마시바이(濱芝居)[30]가 본류이다. 『歌舞伎事始』

에도에서는 간에이(寬永) 원년(1624), 사루와카 간자부로(猿若勘三郎) '初道
順'이라 부른다. '나카무라(中村)'라 부르는 것은 2대째인 간자부로(勘三郎)부터이다 가
관아의 허가를 얻어 나카바시(中橋)에서 처음으로 사루와카교겐즈쿠시
(猿若狂言盡)라는 시바이[31]를 흥행하였다. 동 9년(1632)에는 네기쵸(禰宜町)
로 옮기고 '네기쵸(禰宜町)'란 지금의 '하세가와쵸(長谷川町)'를 말한다 게이안(慶安)
4(1651)년에는 다시 사카이쵸(堺町)로 옮긴다. 이 무렵의 연희 내용은 사
루와카다이묘(猿若大命), 신보치다이코(新發意大鼓) 등의 이름으로 노의 교
겐을 시대에 맞게 바꾼 것들이었다. 초대 간자부로(勘三郎)가 궁궐 및 쇼군(將
軍) 앞에 불려가 교겐을 하고 하사품을 받았다는 이야기는 잘 알려진 것이므로 여기서
는 생략하겠다.

당시에는 아직 샤미센을 사용하지 않았다. 따라서 사루와카의 교겐도 춤을 추
면서 고우타(小唄)를 부르는 것뿐이었으나 가부키에서 넘어온 사람이라 피리(笛)하
고 오쓰즈미(大鼓)는 있었다 와키시(脇師)[32]인 기네야 기자부로(杵屋喜三朗)로부터

---

30 에도 시대에 오사카의 도톤보리(道頓堀)의 강변 즉 하마(濱)에 가건물을 세워서
    흥행한 소규모 가부키 연극. 한편 '시바이(芝居)'라는 말은 "가부끼(歌舞伎)·인형
    극·신극 따위의 총칭"으로서 '연극' 정도의 말로 옮길 수 있다.
31 芝居. 일반명사로서는 '연극'이라는 뜻이나, 일반적으로 그리고 본문에서도 가부
    키, 분라쿠 등의 에도시대에 성행한 일본 고유의 연희(무대예술)을 가리키는 경우
    가 많다. 여기서는 '연희' 정도의 뜻으로 이해할 수 있다.
32 노(能)에서 주역인 시테(シテ)를 보좌하는 와키(ワキ) 역할을 전문으로 하는 배우

고우타에 맞추어 샤미센을 사용하게 되어, 지금에 이른다고 한다. 『聲曲類纂』

한편 간에이(寬永) 11년(1634) 센슈(泉州)[33]의 사카이(堺) 사람으로 무라야마 마타사부로(村山又三郎)라는 사람이 있었는데 에도에 내려와서 관아의 허가를 받아서 사카이쵸(堺町)에서 조시바이(常芝居)[34]를 하였다. 이후 사카이쵸(堺町)를 나누어서 아시야쵸(葦屋町)가 된 뒤부터는 아이야쵸에서 흥행하였다. 이것도 노의 교겐을 각색하여 어린 동자의 춤을 함께 무대에 올렸다. 2대를 구로에몬(九郎右衛門)이라 한다. 이치무라 우자에몬(市村宇左衛門)하고 히고사쿠(彦作)라는 두 사람이 여기 이 좌(座)의 주인이다. 이 무렵 교토와 오사카 지방으로부터 고우타와 샤미센의 고수하고 우콘겐자에몬(右近源左衛門)이라는 배우를 불러서 비단으로 된 유카타비라(湯帷子)[35]를 입혀서 온나가타(女形)[36] 분장을 시작한 것은 이 좌가 처음이다. 간분(寬文) 시대에 다마가와 슈젠(玉川主善)하고 이치무라 다케노죠(市村竹之丞) 우자에몬(宇左衛門)의 아들 두 사람이 좌의 주인이었는데 이들이 처음으로 조쿠교겐(續狂言)을 고안하고 또한 무대 옆으로 잡아당겨서 여닫는 막인 히키마쿠(引幕)를 고안해냈다. 그래서 당시 이 좌를 가리켜 오시바이(大芝居)라 불렀다. 『市村宇左衛門書上』, 시바이란 옛 덴가쿠든 사루가쿠든 모두 구경하기 위해서 잔디에 앉아서 본다는 데서 나온 말인데 요즘은 주로 가부키 극장을 가리켜 말한다.

『昔昔物語』에, 〈우콘겐자에몬(右近源左衛門)이라는 젊은 배우가 교토에서 내

및 그 조직을 말하는데, 여기서는 사루와카의 교겐에서 주역을 보좌하는 역을 전문으로 한 기네야 기자부로로 이해하면 된다.

[33] 지금의 오사카 남부인 이즈미(和泉)의 별칭.

[34] '定芝居'라고도 표기한다. 상시 그 장소에서 흥행을 하는 시바이를 말한다.

[35] 목욕할 때, 또는 목욕 후에 입는 홑옷. 유카타(ゆかた).

[36] 주로 가부키에서 남자 배우가 여자 등장인물 역할을 하는 것을 말하고 또는 그 등장인물 자체를 말하기도 한다. '오야마'라고도 한다.

려와 샤미센 연주자 1명, 지우타이(地謳)[37] 1명으로 흥행을 하였는데, 그때는 지금의 가발 같은 것도 없어서 심황색 비단보에 실을 달아서 머리에 써서 사카야키(月代)[38]를 가렸다. 얼굴과 몸이 아주 고운 젊은이였기에 마치 여자처럼 보였다. 연희 내용은 '가이도쿠다리(海道下り)', '야마자키 구다리(山崎下り)'와 같은 미치유키(道行)[39]를 지우타이(地謠)가 노래하는 사이에 춤을 추었다. 그리고 나리히라(業平)[40]가 떡을 사는 장면을 히토리교겐(獨狂言)으로 추어보였다. 모든 사람이 재미있어 하며 구경했다. 이 겐자에몬(源左衛門)이 황색 비단보를 쓴 모습을 나무인형으로 만들고, 또 종이에서 도려내서 만든 인형도 수도 없이 팔았다 운운)는 기사가 보인다. '가이도쿠다리(海道下り)'의 노래는 『糸竹初心集』 간분(寬文) 4년(1664) 에 실려 있다. 그리고 '온나가타 가부키'라는 명칭은 『東海道名所記』에도 보이며, 당시 교토와 에도의 시바이의 상황을 설명하고 있다.

그리고 만지(萬治) 3년(1660)에는 모리타 타로베에(森田太郎兵衛)라는 자가 있었는데 이 자도 관아의 허가를 받아 고비키쵸(木挽町)[41] 고쵸메(五丁目)의 시오이리(汐入)의 땅에 건물을 세우고 반도 마타구로(坂東又九郎)의 차남 마타시치(又七)를 양자로 들여서 이름을 모리타 간야(森田勘彌)로 고쳤다. 또 쇼호(正保) 원년(1644)부터 같은 고비키쵸 로쿠쵸메(六丁目)에 야

37　주로 노가쿠(能樂)에서 무대의 한 구석에 도열한 자들이 이야기에 나오는 인물의 모양이나 기색 따위를 설명하는 부분을 노래하는 것. 또는 그 노래·배역. 합창이며 일종의 백 코러스임. 오늘날 보통 '地謠'로 표기한다.

30　'마게'를 틀 때 드러나는 미리의 이마 윗부분.

39　여기서 말하는 노(能)에서의 등장인물이 작품의 무대인 특정 지역(대부분의 문학적 명소)에 이르기까지의 여정, 경과를 노래로 부르는 부분을 말하는 것이 아니라, 가부끼나 조루리 등에서 사랑하는 젊은 남녀가 함께 나그네 길을 가는 장면을 말한다.

40　아리와라노 나리히라(在原業平). 헤이안 초기의 가인(歌人).『이세물어』의 주인공과 혼돈되어 전설화되어 용모가 수려하며 정열적이며 여성을 밝히는 전형적인 미남으로 이미지가 구축되어, 노, 가부키, 조루리 등에서도 좋은 소재로 다루고 있다.

41　지금의 도쿄도 주오쿠 긴자(東京都中央區銀座) 남동부의 옛 지명. 에도의 극장가로서 유명함. 지금도 가부키자(歌舞伎座)가 있다.

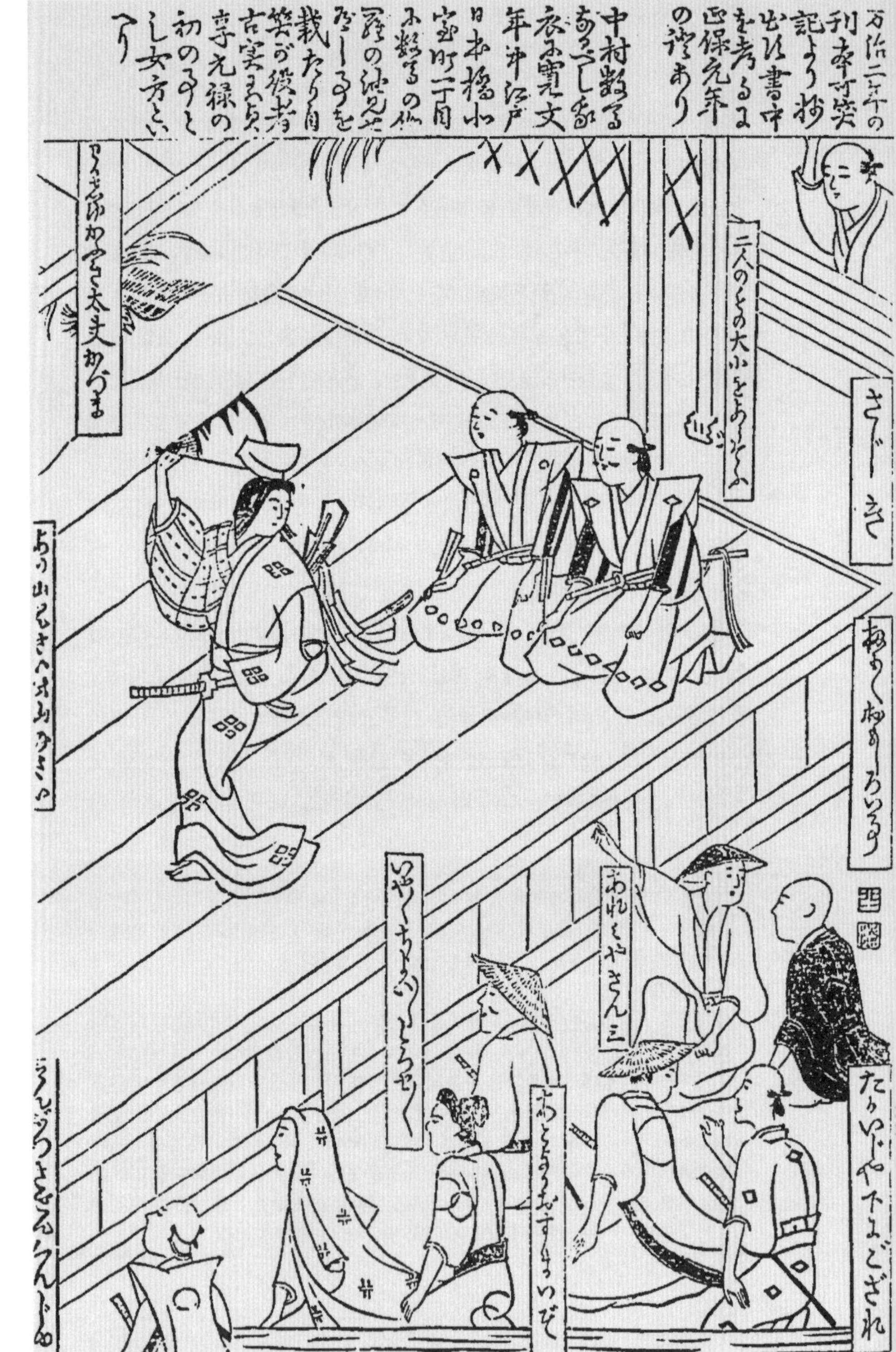

万治二年の
刊本可笑
記ようし抄
ゞは書中
を考ふるに
正保元年
の諺あり
中村数る
あつこしも
衣ふ寛文
年沖江戸
日本橋小
宝町二丁目
数るの仏
の池見え
ーるを
栽たり月
の役者
古実ある貞
之元禄の
のるうと
初のるうと
し女方とい
り

古き屏風に縫ふてくるや条へ
踊りの女かぶきの肉一ツ二ツをぬぎ出し
つ女かぶきの踊女ぶくてみ扮る者
五六人何とも神さてうとこ跳と貌と
を佩たっさま…いときやうし女形は
かづで立てて猿楽の狂言まね
おどり

定
本文
女かぶき仕る
又天るかぶき仕れ
江戸京中の町
鉼…他師人
沢…物不可致
外月赤日

これの跡も同一屏風に縫えでくるをこと
俳をてくれるまいやぐて三幕の紋あり
又に林又一郎あうてしに倹み倹深がを
起せて志だ夫婦人へ西鶴が大鑑み
平名くそくくに倹ひくくる名あり但して氏
まぐ踊りせざるぢしをく格進ふう舞妓くで始善よ女かぶき
興行のそうて辻くまをれはなほ…

마무라 쵸다유(山村長大夫)의 시바이가 있었으나 쇼토쿠(正德) 4년(1714)에 궁중의 시녀 에지마(江島)가 이 좌의 배우인 기지마 신고로(生島新五郎)하고 통정하는 사건이 있어 징계를 받았을 때 좌의 주인도 섬에 유배되는 형을 받아, 이 시바이는 단절되었다. 이후 나카무라(中村), 이치무라(市村), 모리타(森田)의 세 좌를 '오시바이(大芝居)'라 칭하여 오늘날에 이른다. 메이지 이후의 일은 생략한다.

나카무라좌(中村座)는 미야코좌(都座) 미야코 덴나이(都傳內) 로, 그리고 이치무라좌(市村座)는 기리좌(桐座) 기리 초기리(桐長桐) 로, 모리타좌(森田座)는 가와라좌(河原座) 가와라자키 곤노스케(河原崎權之助) 로 바뀐 적도 있지만, 모두 원래대로 복구되었다. 텐포(天保) 12년(1841)에 나카무라좌(中村座)하고 이치무라좌(市村座)가 화재로 소실된 후 아사쿠사야마(淺草山)로의 이전을 명받는다. 그 후에 고비키쵸의 가와라사키좌(河原崎座)도 같은 곳으로 이전했다.

한편 조오(承應, 1652~1655) 무렵, 가부키는 일변하여 교겐즈쿠시(狂言盡)가 되었고, 간분(寬文) 무렵부터는 조쿠교겐(續狂言)이 시작된 이래 세월과 함께 기교가 발달하여 새로운 것을 계속 추구하더니, 겨우 40~50년 사이에 쇼토쿠(正德), 교호(享保) 무렵에 이르러서는 크게 면목을 일신하였다. 이치무라 다케노죠(市村竹之丞)가 시작한 조쿠교겐(續狂言)은 3곡을 연속으로 공연했으나 겐로쿠(元祿) 무렵에는 5곡으로 늘었고, 이치가와 단주로(市川団十郎)와 나카무라 시치사부로(中村七三郎) 등은 자작곡도 많았다고 한다. 그리고 겐분(元文, 1736~1740), 호레키(寶歷, 1751~1763) 이후, 아야쓰리좌(操座)라 하여 다케모토 치쿠고노죠(竹本筑後掾) 이른바 기다유(義大夫) 의 조루리가 성행하였으며, 치카마쓰(近松), 다케다(竹田) 등의 명작가가 등장해서 고단쓰즈키(五段續)로 구성된 신곡이 치밀하고 절묘하자, 이에 대해서는 제13장에서 언급하겠다 교겐좌(狂言座)에서도 이 조루리를 이식, 모방해서 관객을 모으기에 이른 결과, 조루리교겐(淨瑠璃狂言), 세와교겐(世話狂言)과 같은 새로운 구분과 명칭도 생겨났다. 상황이 이렇다 보니 이제는 중국에서 말하는 전기잡극(傳奇雜劇)에 가까운 것이 되어 작품에 깊이를 더했다고는 하나, 여전히 쇼사고토(所作事)[42]라 해서 대개 교겐 말미에 춤을 보여주는 한 막이 있었으며 이는 초기 가부키의 영향일 것이다. 『歌舞伎事始』에 교토, 오사카의 시바이에서는 7월 교겐에 반드시 오오도리(大踊)가 있다는 내용을 적고 있다. 단 지금은 어찌되었는지 알 수 없다.

『我衣』에비안(曳尾庵) 저 에 〈시바이 의상은 간에이(寛永) 무렵부터 화려해졌다. 금사가 들어간 비단, 바탕이 오글쪼글한 비단(치리멘), 돈수(純子),[43] 비로도, 곰 가죽으로 만든 상의, 금박을 씌운 못 등이다. 그런데 도구를 사용하는 화공은 야마미스(山みす)[44]라 하여 발에 산이나 바람이 불어서 들에 이는 파도 또는 시골집의 그림을 그려서 그 경치와 분위기를 배운다. 쇼토쿠(正德), 교호(享保)에 이르러 나카무라 덴시치(中村傳七)라는 작가는 간자부로(勘三郎)의 사촌 동생인데 도구에 신경을 많이 쓰기 시작하였다. 쇼토쿠(正德) 4년(1714)에 야마무라좌(山村座)의 일이 있은 후 비단 의상으로 바꾸게 된다. 『嬉遊笑覽』에 〈호에이(寶永, 1704~1710) 무렵, 미즈키 다쓰노스케(水木辰之助)[45]가 내려와서 이마에 걸치는 삼각형 모양의 히타이에보시(額烏帽子)를 썼다. 이때부터 앞머리에 가즈라(가발)를 붙이고 빨간 머리띠를 하게 되었다. 그 후 겐로쿠(元祿) 무렵, 오기노 사와노죠(荻野澤之丞)는 에보시 위 부분이 아래로 쳐지는 사가리보시(さがり帽子)를 쓰기 시작했다. 또 배우의 몸 전체를 분홍색으로 물들이는 것은 텐나(天和, 1681~1684) 시대에 이치가와 단쥬로(市川團十郎)에 의해서 시작되었다〉고

---

42 '시바이'(연희) 사이에 엮어 넣은 특수한 표정을 모사하는 춤.

43 단자(緞子). 능직(綾織)의 비단.

44 '山みずとて'인가? 그렇다면 '산을 보지 못했기에'라는 문맥이 되어 그림을 그려서 경치와 그 경치가 갖는 분위기를 학습한다는 해석이 가능해진다. 원문에서 탁음을 표기하고 있기 때문에 1차적으로 '山みすとて'로 해석을 시도했으나, 해석 불가였음.

45 1673~1745.

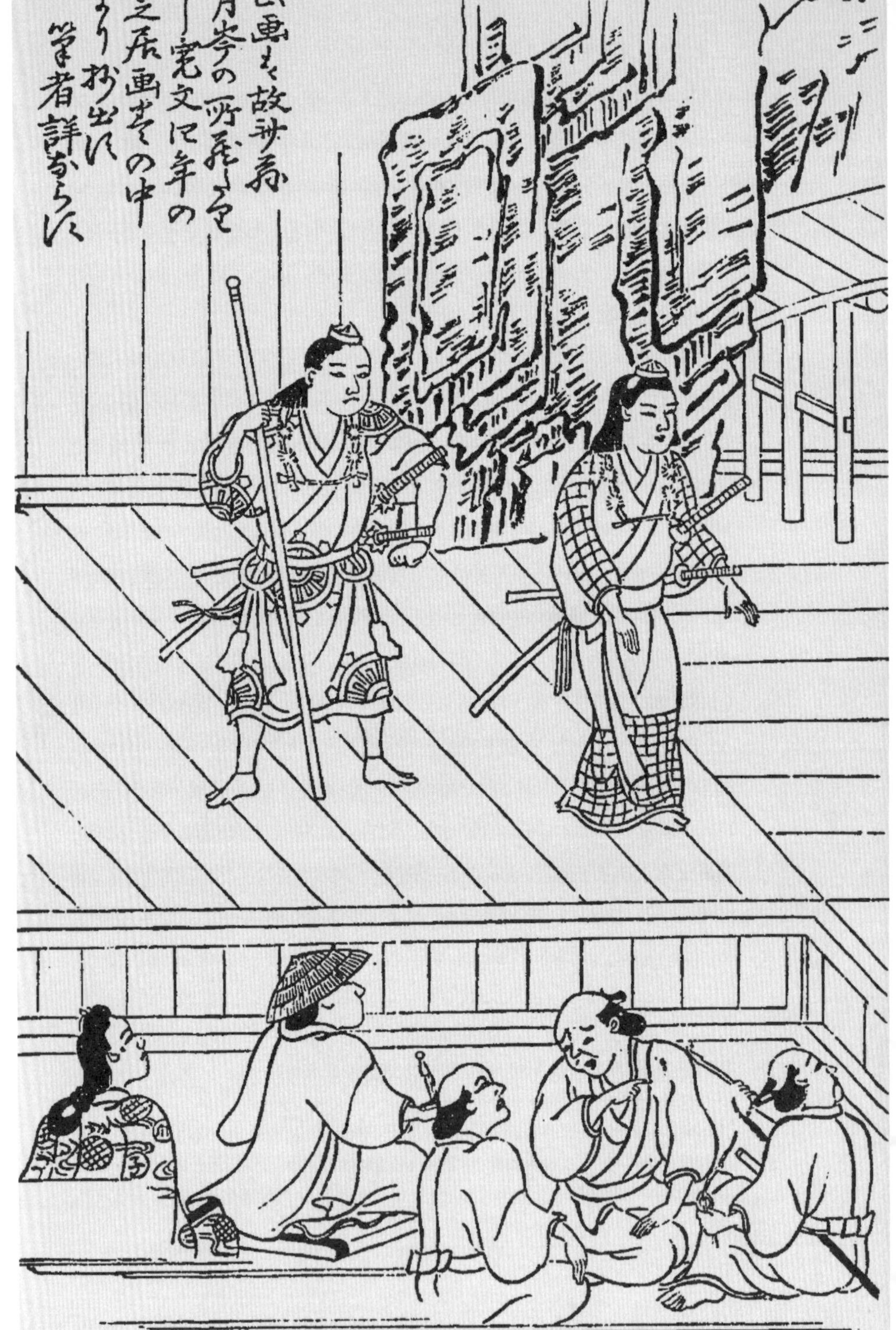

此画を故識す
月岑の所為とて
一宅文に年の
芝居画その中
より抄出れ
筆者詳ならに

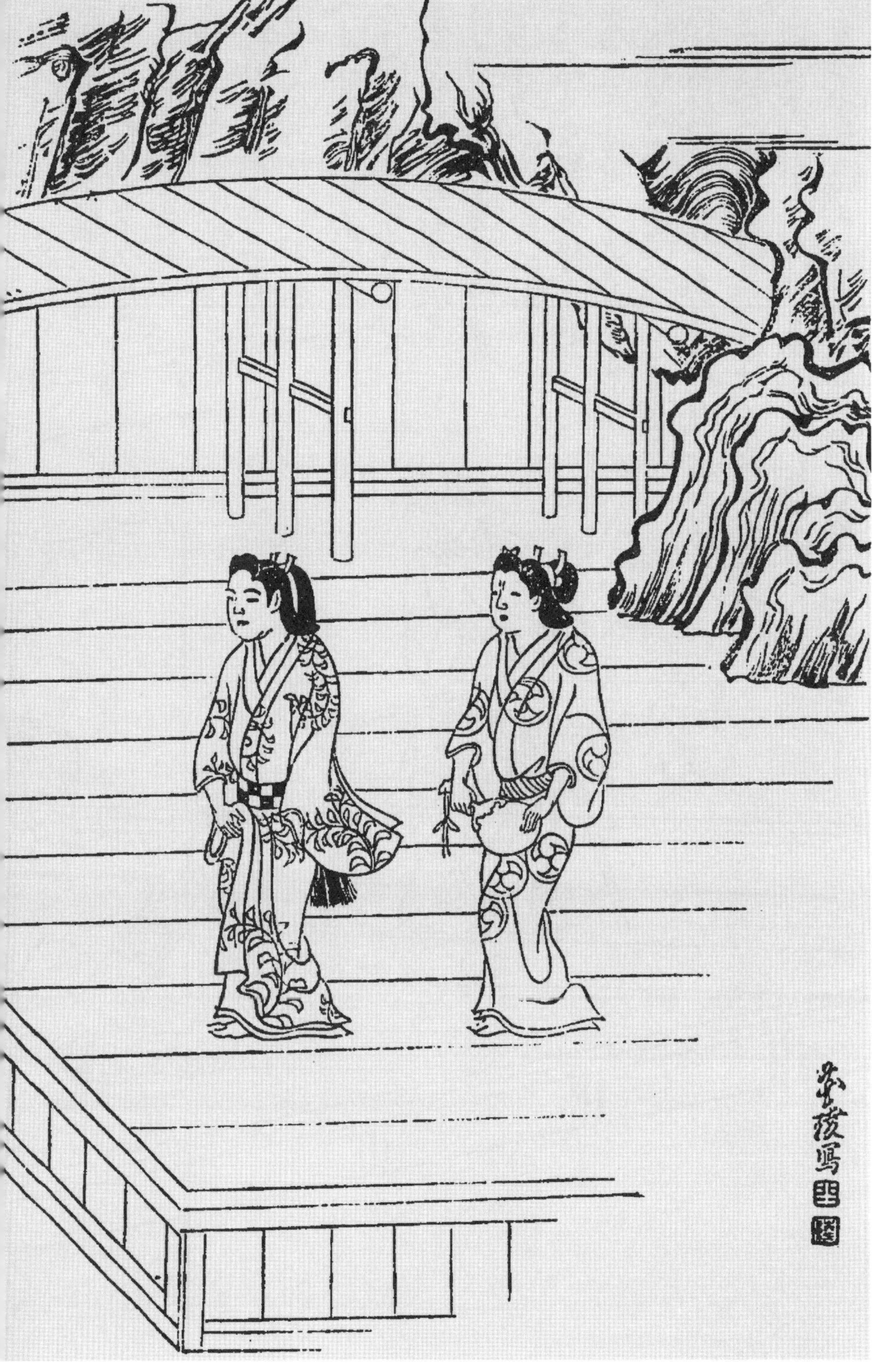

ふつ袷衣きくる野郎の　花をもてるいつて脇へくり
き一たるありたりしくる
物語さる時も求の挵ふ
保るうくとよ形坂実集
み動進庭の時花太刀を
帯によ如多り挵て若衆
人さ一向ひに時座の者
春人若衆よりありて
又夏に若衆の上そて渡を
る一何をもりたかせ者
芝居のそて受て挵り物
きらそーうで面かせ者と
小者のうし京童そそふ若衆へ
の花の挵い求ひのへして又京屋
名形記い仕ひ挵り若に花の枝い若衆
ふ今も金銀さそ一にげて色を争ふあとらくて
きらふ花保ざれども花を守ととうらうし

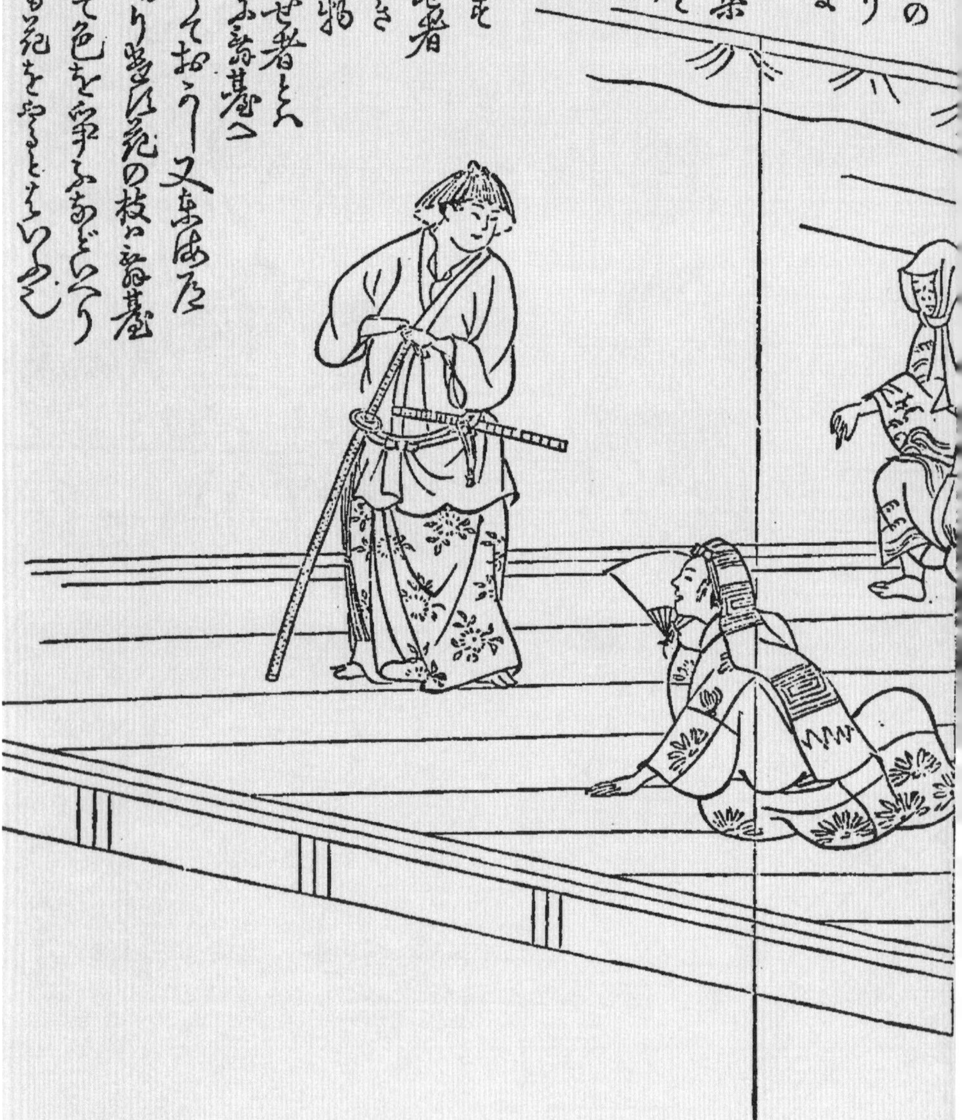

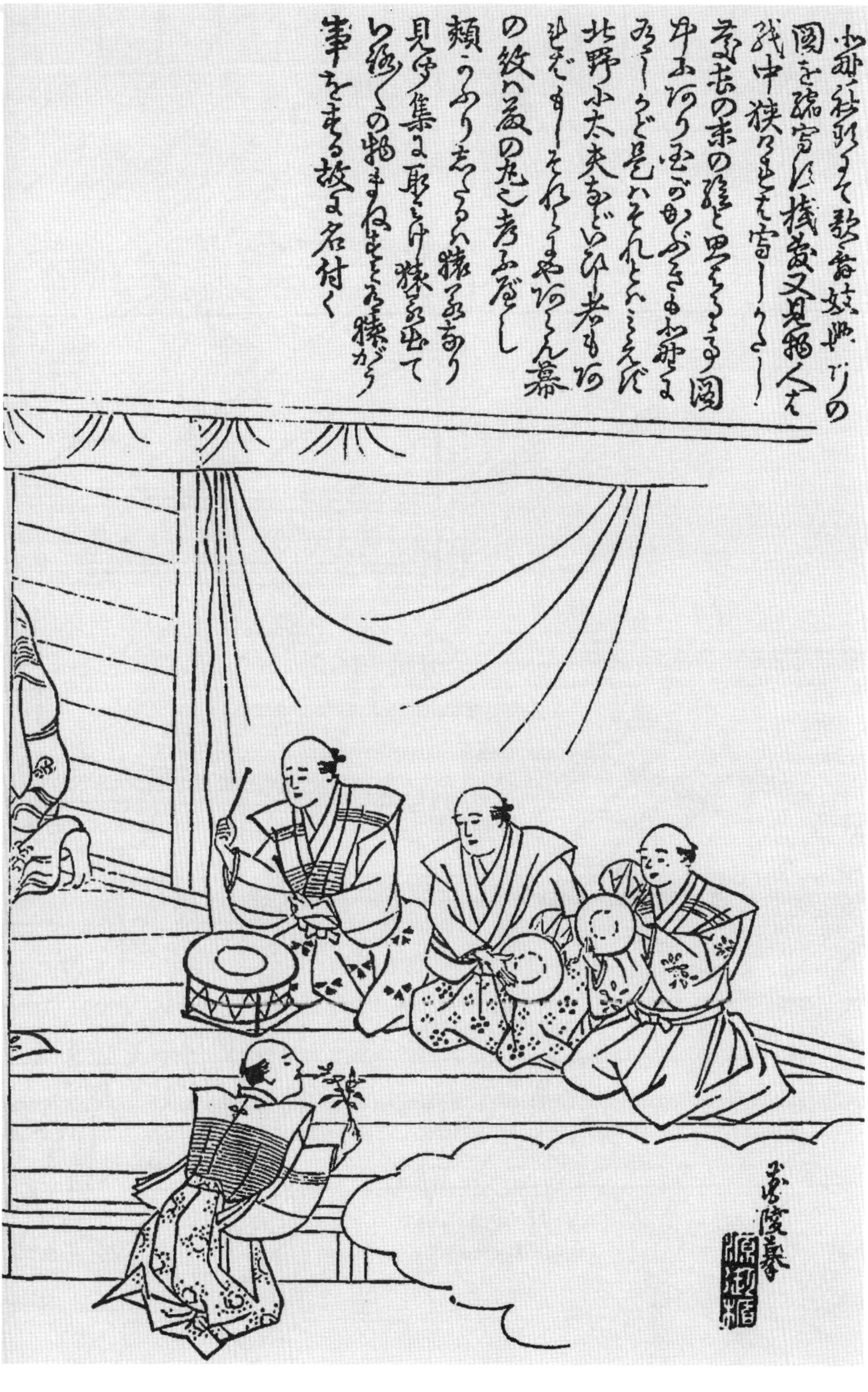

小鼓を打て歌舞妓興ぜりの
図を描写は猿若又見物人を
残中狭ひもとも写しかるし
家の上の猿と思ひさる図
井ホのり出ごの故ふさき小鼓は
みかしうど是はそれといふえ
北野小太夫などいひし者も有
也ぞましそれらはやはらん幕
の紋は瓢の花と考ふべし
類このおり志てるは猿にあり
見物集まり取りけ猿出て
色々の物まねをなす猿がら
事をする故に名付く

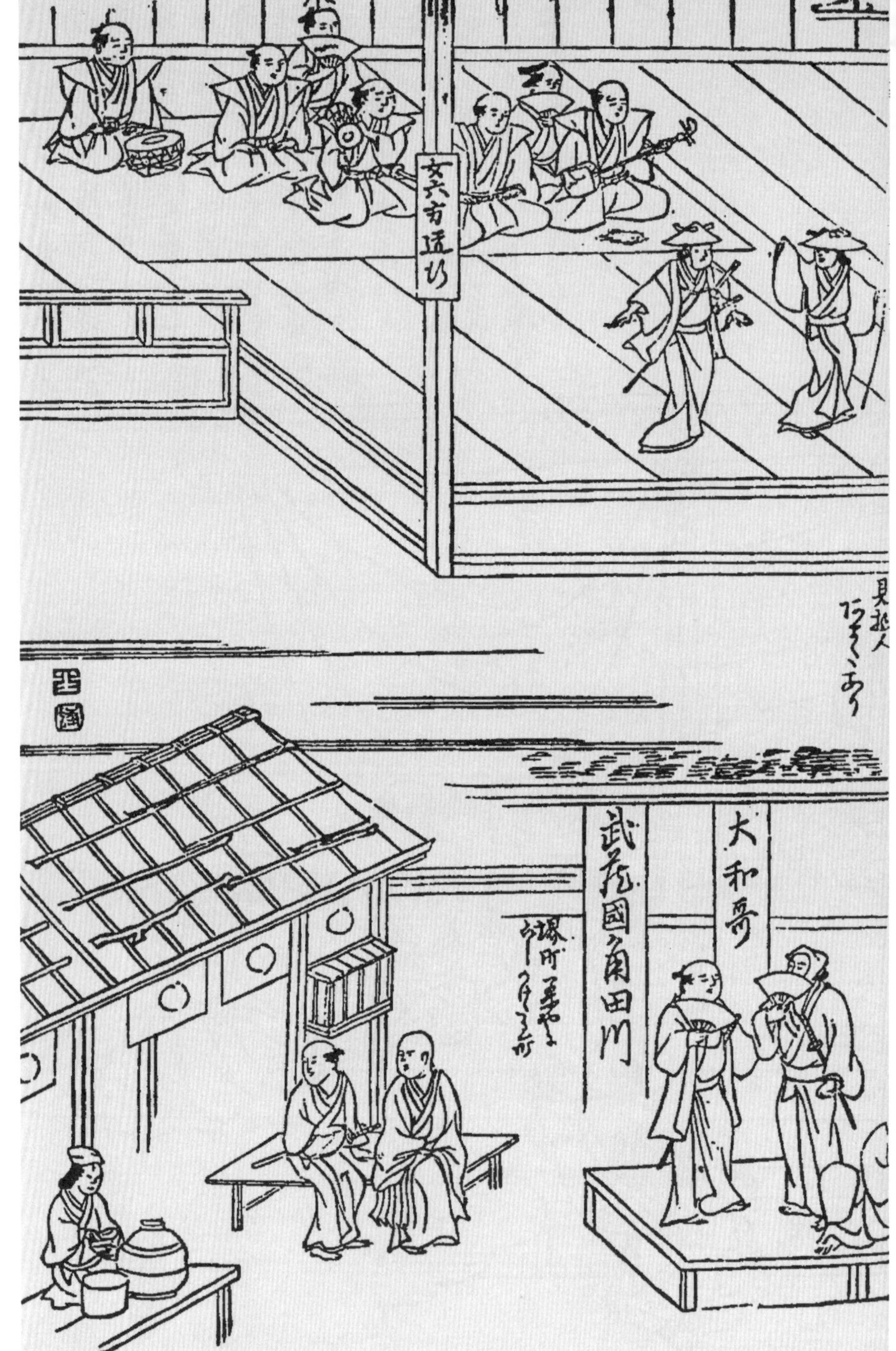

女六方近び
見物人
たくさんあり
武蔵國ノ角田川
大和尋
塚所ニ王や

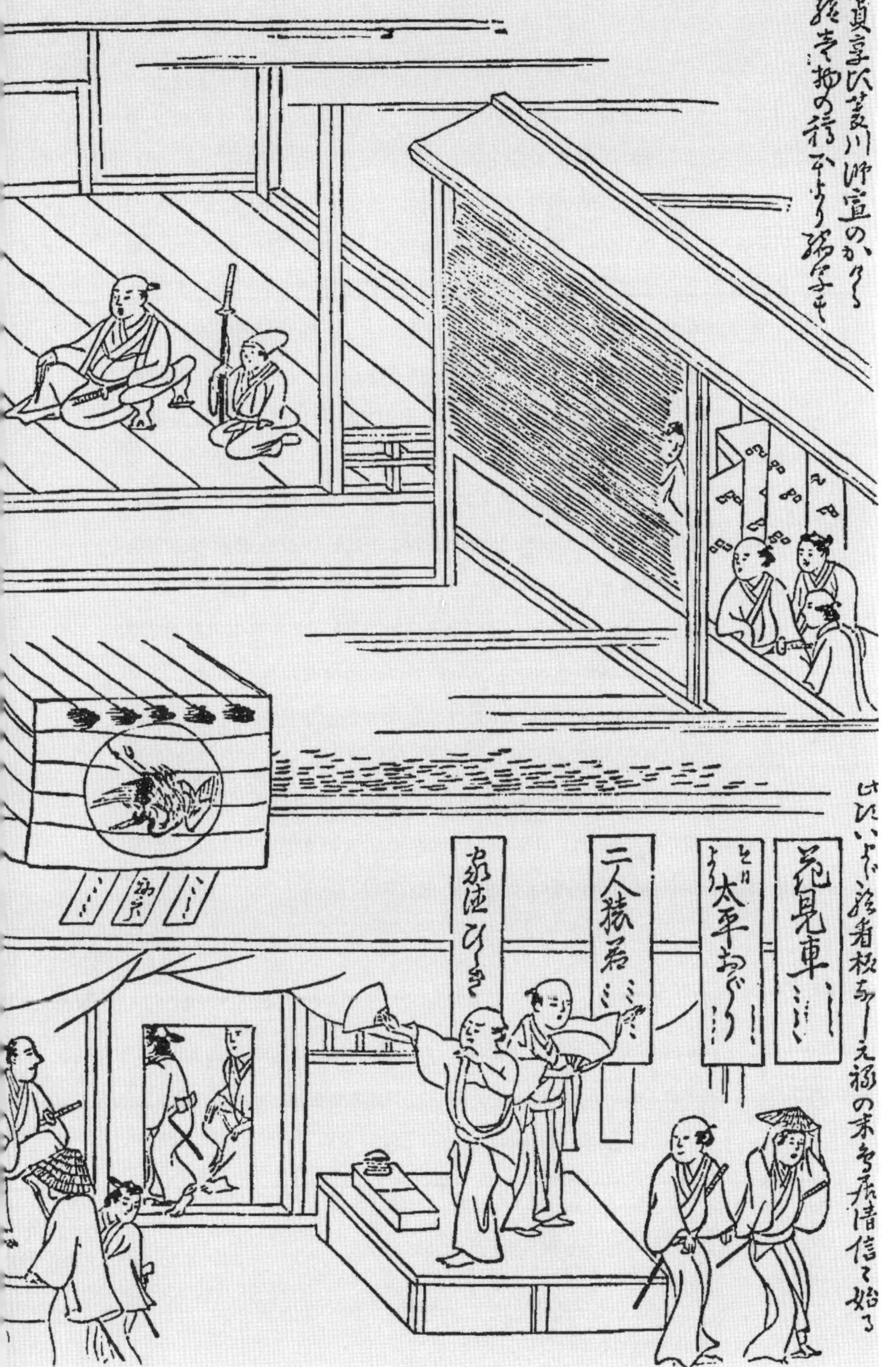
真享氏菱川師宣のかく
孫专抑の行平より孫字手
けいいをぢ役者枢らーえ福の末を屁情信て始る
花見車
太平おどり
二人猿若
郭津ひさき

기록하고 있다. 이러한 용례를 찾아보면 아직 많이 있겠으나 더 이상 예를 들 필요를 느끼지 못하니 이만 하겠다.

중국의 전기잡극(傳奇雜劇)에 대해서는 이미 제9장에서 덴가쿠를 설명하면서 언급했다. 지금 여기서는 명나라 이립(李笠) 옹의 『蜃中樓』[46]에 보이는 등장인물 명칭을 들면서 일본의 경우와 비교하고자 한다. '生'은 '다테야쿠(立役)',[47] '小生'은 '와카슈가타(若衆形)', '末'은 '지쓰아쿠(實惡)',[48] '丑'은 '가타기야쿠(敵役)',[49] '旦'는 '와카온나가타(若女形)', '小旦'는 '무스메가타(娘形)', '淨'은 '打渾', '副淨'은 '고즈메(小詰)'[50]이다. 『元曲選』에 올라 있는 곡명하고 차이가 나는 것은 오랜 세월이 흐르면서 변한 것인가?

필자의 스승 모토오리 우치토오(本居內遠) 옹께서 말씀하시기를, 〈중국에도 극장은 있으나, 어쩌다가 성공한 것이기 때문에 거기서 우리가 배울 것은 없는데 그 이유는 중국의 것은 취향이 천하고 조잡하며 흥에 깊이가 없고 또한 속된 것이다. 반대로 일본의 것은 교묘하고 재미있으며 사람 마음을 움직이고 희로애락을 깊이 생각하게 하여, 남녀노소 모두의 가슴을 설레게 하는 것이기에 그 깊이와 취향이 크게 다르다. 운운. 모노가타리에 비유해서 말하자면, 일본의 것은 『源氏物語』에서처럼, 말은 평상시의 보통 말이나, 거기에 담겨 있는 뜻은 신기할 정도로 깊이가 있다. 한편 중국의 것은 『竹取物語』와 같아서 사건은 기묘하나 내용은 허무맹랑한 것이 처음부터 너무 뻔해서 감동이 없다〉『賤者考』이 주장 또한 하나의 설로 받아들여야 한다고 생각한다.

---

46   중국의 극 대본으로 지금의 『柳毅傳書』(雜劇).
47   가부키에서 한 작품의 중요한 역할을 분하는 중심적 인물.
48   가부키에서 모반을 일으키는 자, 도적 등 철저하게 악인역을 분하는 인물.
49   가부키에 등장하는 악인 역. 아쿠가타(惡形)이라고도 함.
50   가부키에서 하급관리 역을 분하는 인물.

제13장 조루리와 인형극

조루리부시(淨瑠璃節)는 원래 헤이케(平家)를 근원으로 하여 춤(舞)에 수반되는 노래(歌)와 셋쿄(說經)[1]의 가락(節) 등을 취합하여 만들어낸 것인가? 조루리는 옛날부터 '우타우(謠ふ)'라고 하지 않고 '가타루(語る)'라고 하는 점을 통해서도, 헤이케(平家)의 변모된 것임을 알 수 있다. 이 명칭은 일찍이 교로쿠(享祿, 1528~1532), 텐몬(天文, 1532~1555) 무렵부터 있었다.

세상에 전하는 바는 오다 노부나가(織田信長)의 시녀 오쓰(お通) 도요토미 히데요시(豊臣秀吉)의 시녀라는 설도 또한 도후쿠몽인(東福門院)의 궁녀라는 설도 있다 가 어명에 따라 미나모토 우시와카마루(源牛若丸)하고 산슈(三州) 야하기(矢矧)에

---

1   여기서는 셋쿄부시(說經節)를 말함. 중세 말~근세(에도시대)에 성행한 가타리모노(語り物)의 하나. 불교 설경에서 시작되었으나, 기타 와산(和讚)이나 헤이쿄쿠(平曲) 등으로부터도 영향을 받았다. 후대에 이르러서는 샤미센도 도입하고 인형극과도 연계해서 흥행하였다.

서 숙소를 경영하는 모 장자의 여식인 조루리히메(淨瑠璃姬)가 몰래 만나는 이야기를 12단으로 써서 조루리모노가타리(淨瑠璃物語)라고 이름을 붙인 것을 12단으로 된 책자가 지금 전한다 가락에 맞추고 샤미센에 맞추어 가타리(語り)를 시작했다는 것이다.『江戶名所物語』、『昔々物語』、『川岡雜談』、『竹豊故實』、『近世世事談綺』 그러나 텐몬(天文) 9년(1540)의 『守武千句』[2]에 〈마에쿠 잠시만이라도 장님 자토(座頭)처럼 지팡이를 들고, 쓰케쿠 조루리를 들려주게, 등불 아래에서 쓰케쿠 오늘 밤은 빨리도 시간이 흘러 벌써 '우시(丑, 오전 2시경)'가 되었지만 와카 이야기 듣다가 날이 새버렸다)[3]라는 노래가 있다. 이때 노부나가는 겨우 9세였다. 어린 아이를 즐겁게 하기 위해 쓴 것으로는 보기 어렵다. 가장 의심스러운 것으로 생각되는 것은 『宗長日記』 교로쿠(享祿) 4년(1531) 내용에, 〈고자토(小座頭)가 있으니 조루리를 읊게 하고 운운〉라는 대목이 있는데 이 이야기는 스루가(駿河)의 우쓰(宇津)산에서 쓴 것이니 이 무렵 시골을 떠도는 고자토(小座頭)가 조루리를 읊었다는 것은 조루리는 더 오래 전부터 있었다는 뜻이 된다. 교로쿠(享祿) 4년은 노부나가가 태어나기 전 해라고 다카야나기 다네히코(高柳種彦)는 지적하고 『還魂紙料』, 기타무라(喜多村) 씨도 '곤부우리(昆布賣)'라는 교겐(狂言)에 〈"조루리부시로 팔아라"[4]라는 문구가 보이니, 오쓰를 그 시작이라 보는 것은 심히 잘못된 것이다『嬉遊笑覽』〉라고 지적하고 있다. 생각해 보건데, 조루리는 셋쿄와 같은 것으로, 제불(諸佛)의 기원을 들려주면서 시작된 것이 아닌가 생각한다. 왜

---

2   하이카이집(俳諧集)으로 아라키다 모리타케(荒木田守武)에 의한 千句 獨吟.

3   前句 いとどだに座頭まがひの杖つきの 附句 淨るりかたれ灯のもと 又付 今宵は
    や時は牛若ふけはてて.

4   곤부우리(昆布賣)는 미역팔이. 교겐 '곤부우리' 줄거리는 부하들이 모두 출타하여
    혼자가 된 사무라이가 지나가던 미역팔이를 잡아 자신의 칼을 들고 따라오라는 시
    중을 들게 했는데 사무라이가 너무 오만해 화가 난 미역팔이는 기회를 노리고 칼을
    빼앗아 사무라이에게 칼로 위협하면서 미역팔이를 시키는 하극상의 우스운 모습
    을 보여주는 내용이다. 여기서 미역팔이가 사무라이에게 미역을 팔게 하면서 "우
    타이(謠) 가락으로 해라", "조루리 가락으로 해라", "고우타 가락으로 하라"고 지시
    를 하는데, 여기서 "조루리부시로(가락으로)"라는 용례를 보고 조루리부시는 오쓰
    이전부터 존재했다는 것이 저자의 주장이다.

냐면 조루리(淨瑠璃)라는 이름이 불교어처럼 들리기 때문이다. 그렇다면 조루리라는 이름은 '淨瑠璃姬'에서 온 것은 아닐 것이다. 단, 『守武千句』의 〈때는 "牛若" 운운〉은 12단 내용에 맞는 구이기 때문에, 이 무렵에 『淨瑠璃物語』라는 작품이 이미 세상에 존재했다고 생각된다. 그렇다면 '오쓰 작'이라는 것도 믿기 어렵다. 그런데 그 시작은 오기뵤시(扇拍子)로 맹인 등이 들려주던 것이었으나 샤미센 반주가 곁들여지기 시작하면서 한동안 곡절에 기교가 더해져서 흥행하였다는 것은 이하에서 제시하는 바와 같다.

게이초(慶長, 1596~1615) 무렵, 사와즈미(澤住) 혹은 澤角 라고 하는 맹인이 비파(琵琶)에 능숙했는데 샤미센도 손에 익었던 바, 샤미센의 기원은 별도로 언급하겠다 비파에 『平家物語』를 맞추는 것처럼 조루리에 맞추어 연주하였다. 가령 슈텐도지(酒顚童子) 이야기라든지, 야만바(山姥) 이야기 등 가락과 박자를 붙여 샤미센에 맞춘 것을 모두 '조루리를 가타루(語る)'라 부르던 것이 이 연희 명칭으로 정착한 것이다.『聲曲類纂』

사이토 겟신(齋藤月岑) 말하기를, 그 무렵의 샤미센은 비파의 연주기법과 비슷해서 지금과는 달랐다. 조루리도 크게는 헤이케의 가락이라 할 수 있으며, 약간 부드럽게 하면 우타이와 비슷하므로 조루리에는 스승이 따로 없다. 옛 명인 이노우에 하리마(井上播磨)는 제자들에게 우타이를 스승으로 삼으라고 가르쳤다 한다.
또 말하기를 『群書一覽』에 보이는 舞本 36권의 목록 속에 '와다사카모리(和田酒盛)', '호리카와요우치(堀川夜討)', '시다시코쿠오치(志田四國落)', '가게키요쥬반기리(景淸十番切)', '아쓰모리(敦盛)', '유리와카다이진(百合若大臣)', '겐푸쿠소가(元服曾我)', '다이쇼칸(大織冠)', '몬가쿠(文覺)', '에보시오리(烏帽子折)', '이루카(入鹿)', '나스노요이치(那須ノ與一)', '고소네소가(小袖曾我)', '후시미도키와(伏見常磐)', '다카야카타(高館)', '야시마(八島)' 등이 있으나 이 모든 것이 조루리로 들려주던 것들이다. 『窓のすさび』에 사쓰마 조운(薩摩淨運)이 무곡(舞曲)을 바꾸어 세속이 좋아하는 문구로 만들어 시작했다, 라는 내용이 있다. 또 같은 책에 싣고 있는 『御

伽草子』게이초(慶長) 무렵의 책이다 의 목록도 23부 있다. 이 중에 '분쇼조시(文正草子)', '온조시시마와타리(御曹子島わたり)', '슈텐도지(酒顚童子)', '하치가즈키(鉢かつぎ)', '본텐고쿠(梵天國)', '모노구사타로(物草太郎)', '고아쓰모리(子敦盛)' 등과 함께 조루리부시(淨瑠璃節)로 들려주었던 것 같다. 특히 '본텐고쿠(梵天國)'[5]의 조루리는 세상에 널리 알려져서 조루리의 슈겐(祝言)에는 반드시 이 곡을 노래했다고 전한다. 자세히는 『還魂紙料』에 보인다.『聲曲類纂』 그렇다면 게이초(慶長) 이후의 조루리는 무곡(舞曲)이나 오토기조시(『御伽草子』)를 그 원조로 볼 수 있다.

사와스미(澤住)의 문하 사람으로서 교토에 메누키야 초자부로(目貫屋長三郎)라는 사람이 있었다. 니시노미야(西宮)의 구구쓰(傀儡子)인 히케다(引田) 씨 나중에 아와지죠(淡路掾)라는 이름을 인가받는다. 즉 수령한다.『和漢三才図会』에 이를 두고 초자부로의 일로 보는 것은 잘못이다 가 가타리(語り)를 하고 처음으로 조루리에 맞추어 인형을 조작하였다. 당시 궁중에도 불려가서 고요제(後陽成) 천황 앞에서 공연하였다.『和漢三才図会』

'구구쓰'는『和名抄雜藝類』에 '久久豆'라고 보인다. 원래 인형을 만들어 놀이를 하는 것을 말했으나, '구구쓰'라는 천민이 있는데 남자는 수렵을 하고 나무인형을 다루고, 여자는 창가음락(倡歌淫樂)을 재주로 한다는 이야기가 오에노 마사후사(大江匡房)의『傀儡子記』『朝野群載』卷三에 수록 에 보인다.『六百番歌合』이후의 와카에는 미노의 노가미(美濃の野上), 오미의 가가미야도(近江の鏡宿), 등의 유죠를 '구구쓰'라고 불렀다. 도시요리(俊賴)의『散木奇歌集』10의 렌가 〈가무를 하고 색을 파는 가벼운 여자는 마음도 들떠서 잘 곳도 정하지 못 하는가〉라고 하니, 〈구구쓰마와시는 다 돌고 지금 와 있습니다〉라고 받은 것을 보면 유

---

5   『오토기조시(御伽草子)』23편 중 하나. 무로마치 시대 말의 작품으로 추정. 범천
     국의 여인을 아내로 맞이한 귀족 이야기.

죠가 이윽고 구구쓰도 다룬 듯하다. 셋슈(攝州)의 니시노미야는 예로부터 유서 깊은 남자 구구쓰가 살던 곳이다. 『譚海』 간세이(寬政) 시대에 〈조루리 가타리를 들려주는 자를 '아무개 소죠(某少掾)', '아무개 다이쵸(某大掾)', '아무개 다유(某大夫)' 등으로 부르는 것은, 원래 인형을 만들어 궁중에 바치던 자들에게 수령호(受領號)[6]를 내린 것에서 비롯된다. 그 후 조루리 가타리를 하며, 인형을 다루며 연희를 보이다보니, 저절로 조루리 가타리를 담당하는 자들 위상이 올라가고, 인형을 조종하는 자는 그 아래인 것처럼 되어, 언제부턴가 수령호(受領號)를 조루리 가타리를 하는 자에게 빼앗기게 되었다〉고 한다. 그럴 수도 있겠다. 『音曲道智論』에, 니시노미야(西宮)의 간누시(神主)인 모리 단고(森丹後)라는 자 닌교 마와시(人形廻)가 되어, 텐쇼(天正) 5년(1577), 우에무라 휴가노죠(上村日向掾)라 칭한다. 이것이 수령의 시작이라고 하나, 본문에서 언급한 히케다(引田) 씨를 시작으로 보아야 하나?

다음으로 가와치 사나이(河內左內)라는 자가 나왔다. 여자 중에는 나무에몬(南無右衛門), 사몬 요시타카(左門よしたか) 등이, 조루리의 가타리를 들려주었는데 가부키와 마찬가지로 여자는 기록에서 제외되었다. 『東海道名所記』

이로부터 조루리는 반드시 아야쓰리좌(操座)라는 전용극장에서 공연되었으며, 12단 야시마(八島)와 다카야카타(高館) 등의 곡은 예스럽다 하여 새로이 만들었으나 아직 조루리 작가라는 것도 분명하게 존재하지 않은 시기였으므로 가타리를 하는 다유(太夫)의 기분에 맡겨 대충 만든 것으로 생각된다. '아미다노 무나와리(阿彌陀の胸割)'라는 옛 조루리는 나무에몬(南無右衛門)의 작품이라는 내용이 『安齊隨

---

6 여기 '受領'은 国司四等官 등이 전임자로부터 받는 인수인계 등을 의미하는 'ずりょう(즈료)'가 아니라, 기능이 뛰어나다고 인정받은 '직인(職人)'이나 연희자가 '치쿠고죠(筑後掾)'처럼 국명을 붙인 관명(官名)을 사용해도 된다는 허가를 받는다는 의미의 'じゅりょう(주료)'이다. 그에 의해서 하사받은 호가 '수령호(受領號)'이다.

筆』의「赤鳥」의 권에 보인다. 기타무라(喜多村) 씨가 말하기를, 게이초(慶長) 시대의 오래 된 병풍에 기요노리(清矩) 왈, 이 그림은『聲曲類纂』卷一에 축사(縮寫)되어 실렸다『四條河原觀場』의 그림이 있는데 여기에 여자다유(女大夫)의 조루리 시바이가 있었다. 샤미센의 연주자도 여자이며, 다유(大夫)는 부채를 들고 데가타리(出語)[7]를 하였다. 인형을 다루는 사람보다 한 단 더 높은 곳이다. 인형에 다리는 없다. 인형을 조종하는 사람의 머리도 손도 보이지 않는다. 시바이의 오모테야구라(表櫓)[8] 아래의 표찰에 까만색에 녹색, 빨강색을 칠하고, 도금한 금속장식을 박고, 금가루로 장식한 글자로『じやうるり內記』라고 쓰여 있다. 이 여자 다유(大夫)의 이름은 자료에 보이지 않는다. 나무에몬(南無右衛門), 사몬 요시타카(左門よし高) 등이 여기에 해당되는 이들일 것이다. 운운.『聲曲類纂』

에도에서 조루리가 번성한 것은 간에이(寬永, 1624~1644), 쇼호(正保, 1644~1648) 무렵으로, 사쓰마 조운(薩摩淨雲) 사쓰마다유(薩摩太夫)라고도 한다 을 시조로 한다. 조운(淨雲)은 이즈미슈(泉州) 사카이(堺) 사람으로 도라야 지로에몬(虎屋次郎右衛門)이라고 한다. 이도 사와스미켄교(澤住撿校)로부터 배운 후 에도로 내려와 많은 신작을 만들어 독자적인 가타리를 시작하였으며, 문하에 사람이 무수히 많았다.『音曲道智論』,『竹豊故事』

지금까지 하시조루리(端淨瑠璃) 뿐이었던 것을 조운(淨雲) 때부터 단조루리(段淨瑠璃)를 시작했다 한다.『世事談綺』다유(大夫)가 공연하는 극장은 사카이쵸(堺町)에 있었다.『玉露』『羅山文集』70에, 고헤타(小平太)의 구구쓰(傀儡子)를 구경하는 대목이 있는데, 상세하게 서술하고 있는 부분은 이 좌(座)에 관한 이야기다.『事跡合考』고헤타(小平太)를 바로 사쓰마다유(薩摩大夫)라 보는 것은 잘못이다.『人倫訓蒙圖彙』겐로쿠(元祿) 3년(1690)에, 야마모토 도사노죠(山本土佐掾)의 시바이

---

7   조루리 다유(주인공)가 샤미센 연주자와 함께 무대 위에 설치된 자리에 나가서 관객에게 모습을 드러내고 가타리와 연주를 하는 것.

8   예회의 흥행에서 북을 치는 높은 자리.

모습을 그린 대목이 있다. 인형에는 다리가 없고 옷자락으로부터 손을 넣어 조종한다. 샤미셴을 연주하는 자는 자토(座頭)이고, 바닥에 평상 비슷한 것을 놓고 그 위에서 가타리를 한다. 물론 인형 뒤에 친 막 안에 숨어서 들려주기 때문에 관객들에게는 보이지 않는다. 이 그림도 『聲曲類纂』을 영사(影寫)한 것이다. 생각건대 사쓰마다유(薩摩大夫)의 시바이도 이러한 모습이었을 것이다. 후에 데가타리(出語り)와 데즈카이(出遣い)[9] 등이 시작된 점에 대해서는 다음에 이야기하겠다.

조운(淨雲) 문하에 사쿠라이단바노죠 마사노부(櫻井丹波掾正信) 이즈미다유(和泉大夫)가 있었다. 사카이쵸(堺町)에서 아야쓰리좌(操座)라는 전용극장을 열어 흥행하고 있었다. 이 다유는 실재하지도 않은 사카다 킨피라(坂田金平)라는 용맹스런 인물을 만들어냈다. 오카 기요베(岡淸兵衛)의 작이라고도 한다. 곡은 거칠었으나 시대의 흐름에 맞아 유행했다. 『關東血氣物語』, 『江戸名所咄』, 『譚海』

이즈미다유(和泉大夫)는 넘치는 힘만큼 조루리도 강한 것을 즐겨 하고, 두 척이나 되는 굵은 봉으로 박자를 잡을 정도이다. 그 때문인지 『貞佐が代々蠶』이라는 책에, 〈부친 단바는 매일 바위를 깨트려 부수고〉라는 구절이 있다. 그 아들인 이즈미다유 역시 같은 기질로 손해니 뭐니 하는 것은 생각도 안 하고 공연 때 인형의 목을 뽑아 즐겨 부수곤 했다. 원조 이치가와 단쥬로(市川團十郎)의 거칠고 과격한 연출은 이 다유의 선례를 참고로 했다고 한다. 『關東血氣物語』

이 외에 스기야마단파노죠 기요스미(杉山丹波掾淸澄) 조오(承應, 1652~1655) 무렵 수령함, 에도비젠노죠 기요마사(江戸備前掾淸正) 비젠부시(備前節)의 시조, 간분(寬文), 도사쇼노죠 마사카쓰(土佐少掾正勝) 도사부시(土佐節)의 시조, 엔포(延宝), 사쓰마가이키 나오마사(薩摩外記直政) 가이키부시(外記節)의 시조, 겐로쿠(元

---

[9] 인형을 다루는 자가 관객 앞에 모습을 드러내고 인형을 조종하는 것을 말한다.

禄), 오사쓰마누시젠다유(大薩摩主膳大夫) 오사쓰마부시(大薩摩節)의 시조, 간포(寬保), 엔쿄(延享) 등 모두 사쓰마다유(薩摩大夫)의 문하이다. 이 외에도 문하 중에 이름 있는 사람이 있지만 생략한다.

다자이 준(太宰純)의 『獨語』에, 〈간분(寬文), 엔포(延宝) 무렵까지의 조루리는 모두 옛 이야기를 소재로 삼은 탓으로 대사가 부드럽고 문학적인 아름다움도 많이 있었다. 기본적으로 외설스러운 곡조이기는 하나, 충신, 효자, 의로운 사무라이, 정조 높은 부인, 등의 이야기를 들려주면 어리석은 어린아이, 여자들도 이를 듣고 감동을 한다. 겐로쿠(元禄) 무렵부터 더욱 더 세속화 되어 음란한 장면이 많아졌다. 『昔々物語』에서 아야쓰리좌(操座)에 대해 언급한 대목에, 〈인형의 차림도 옛날에는 장수들은 다테에보시히타타레(立烏帽子直垂), 남자는 에보시스하카마(烏帽子素袴), 여자 주인은 머리를 길게 늘어뜨리는 스베라카시 머리로 하고 머리장식과 띠를 두르고, 하녀까지도 스베라카시에 머리장식 띠를 맨다. 귀인 경우는 주니히토에(十二ひとえ)[10]의 의상에 고소데[11]를 입혀서 정장차림으로 갖추어서 조루리가 시작되기 전에 먼저 시키산반(式三番)을 노(能)처럼 마쳤다. 그 다음으로 사람의 이목을 끌고 모으기 위해서 와다사카모리(和田酒盛)를 서곡에 해당하는 마에조루리(前淨瑠璃)로 보여주고, 그 후에 그 날의 핵심인 혼조루리(本淨瑠璃)를 시작한다. 도리(道理)로 가득하며, 또 슬픈 장면은 눈물이 멈추지 않을 정도이며, 기리(義理)가 절정에 이른 장면, 멋지고 믿음직스러운 사내들이 거짓 증언으로 억울한 누명을 덮어 쓰는 장면에서는 자신도 모르게 이를 꼭 깨물게 된다. 이것이 다유와 배우의 실력인 것이다. 근년의 인형극(닌교조루리)은 장수도 화려하고 경박한 오히로소데(大廣袖)에 다테고소데(伊達小袖) 차

---

10 옛날 귀족 복식. 여관(女官)의 정장이며, 남자의 속대(束帶)에 해당. 여러 벌의 홑옷을 껴입었으며, 겉으로 갈수록 화장이 짧아져 소매가 겹쳐 보였기 때문에 열두 겹이라는 의미의 이 명칭이 붙었음.

11 한자는 小袖. 헤이안 시대에 예복인 오소데(大袖)에 받쳐 입은 속옷. 처음에는 통소매의 속옷이었으나 차츰 웃옷으로 변하였음

림인데다가, 인형의 얼굴도 경박하게 치장하고 함께 등장하는 사내 등은 모두 히로소데(廣袖), 고소데(小袖), 오시로기누(大白衣), 하나리(放髮)[12]이고, 여자 인형은 귀인임에도 모두 오야마인형[13]에다가 나게시마다[14] 머리로 고소데도 화려하고 천박한 다테(伊達)[15]뿐이며, 그 내용은 시종일관 온갖 요염함을 다하고 위험천만한 구성에다가 나무에 대나무를 연결한 듯한 시대 고증의 엉터리 운운 도리에 맞지 않은 허황된 사랑을 만들어 낸다. 이런 것을 어린아이들이나 젊은이들이 보고 좋아하면 건전한 젊은이들까지 유혹에 빠트려 호색가가 되게 하는 부덕한 구경거리이다. 옛 조루리의 구성은 '이노치고이 구마가야 센진몬도(命乞熊谷先陣問答)'에서처럼 도리에 맞는 구성으로 짜여 있었는데 지금의 풍은 새롭다는 명분으로 대부분 허황된 것들뿐이다) 와 같은 이야기가 있다. 이처럼 조루리 및 인형극(닌교조루리)가 시대에 따라 변해온 것을 알아야 한다. 또한 앞으로도 이러한 세상의 풍속에 관한 설을 찾아내서 남길 수 있으면 한다.

교토와 오사카에서는, 〈간분(寬文, 1661~1673) 무렵 에도에서 도라야겐다유(虎屋源大夫) 사쓰마 조운(薩摩淨雲)의 문하이다 가 상경하고 나서 점차 조루리가 유행하자 이동하지 않고 한곳에 계속 머물면서 공연을 계속하는 조시바이(常芝居)도 가능했다. 『竹豊故事』 겐다유의 문하에 이세지마 구나이(伊勢島宮內),[16] 야마모토 도사노죠(山本土佐掾),[17] 이노우에 하리마노죠

---

12   우나이하나리(童女放髮). '우나이'는 머리카락을 뒤로 늘어뜨려 묶거나 목덜미에서 자른 머리를 말하며 髫髮라고도 표기한다. '하나리'는 머리를 위로 올리지 않고 밑으로 늘어뜨린 머리를 말한다. '하나리(放髮)'는 노(能)나 조루리, 가부키 등에서는 등장인물의 이상심리를 나타내는 연출로 많이 쓰이는데 머리를 제대로 땋지 않고 정신이 없는 상태로 보기 때문이라고 생각된다.

13   女形人形. 유죠(遊女)의 인형.

14   뒤 쪽지를 내리게 하는 여자의 머리 스타일.

15   천박한 복장을 하는 것.

16   ?~1657?. 에도시대 전기의 조루리 다유(大夫). 에도에서 활약했으나, 교토로 가서 아야쓰리좌(操座, 인형극단)를 일으켰으며, 그의 가타리(語り)는 이세지마부시(伊勢島節)라 불렸다.

(井上播磨掾)[18] 등이 유명하였다. 그 중에서도 이노우에 하리마는 독자적인 풍을 확립해서 오사카에서 신쥬니단(新十二段)을 비롯해서 수많은 신곡을 흥행시켰다. 조쿄(貞享) 2년(1685) 사망 같은 시기에 이세지마 구나이 문하에 교토의 우지카가노죠(宇治加賀掾) 가다유(嘉大) 라는 자가 있었다. 이노우에와 이름을 같이하지만 별도의 파를 일으켰다. 가다유부시(嘉大夫節)라 하였다. 간에이(寛永) 8년(1631) 사망.

조루리를 연습하기 위한 대본인 게이코본(稽古本)과 관련해서 이 무렵까지는 작은 글자(細字)로 단마다 그림을 넣으며, 아이들의 장난감으로 삼았다. 세상에서는 風本이라 했다. 큰 글자의 8행 정본을 처음으로 판목에 올려 우타이본(謠本)[19]처럼 박자가 있는 부분과 없는 부분을 구분해서 표시를 넣은 것은 카가노죠(加賀掾) 때부터이다. 『聲曲類纂』단 간에이(寛永) 16년(1639)에 간행된 로쿠몬지 무에몬(六文子無右衛門)의 『正本 やしま道行(정본 야시마미치유키)』 전 문장 모두가 舞의 책자 같은 느낌이라 한다 가 지금 전하는 가장 오랜 것이다. 그렇다면 『操年代記』에서 이노우에 하리마(井上播磨)보다 전에는 조루리의 호리본(彫本)[20]이 없다는 식으로 쓴 것은 잘못이다. 『用捨箱』또 고조루리(古淨瑠璃)는 모두 6단으로 되어 있다. 이것은 12단을 줄인 것이라 한다. 후세에는 '고단쓰즈키(五段續)'라 하여 3단, 4단을 클라이맥스로 한다.

『用捨箱』[21]에서 말하기를, 바쿠로쵸(馬喰町)의 에조시야(繪草紙屋)[22] 에이쥬

---

17 ?~1700. 에도시대 전기에 교토의 우지카가노조(宇治加賀掾)와 인기를 양분한 고조루리(古淨瑠璃)의 다유(大夫). 가쿠다유(角大夫)라고도 한다. 그의 작품은 가쿠다유부시(角大夫節)라 불렸다.

18 ?~1685?. 에도시대 전기 고조루리의 다유(大夫). 교토 출신이나 오사카로 진출해서 활약했다. 강약을 자유자재로 다루는 하리마부시(播磨節)를 확립하였다.

19 노(能)의 대본이며, 박자가 있는 부분과 없는 부분.

20 판본의 일종.

21 에도 시대 후기의 수필. 1841년. 저자는 류테이 다네히코(柳亭種彦).

22 에도 시대에 간행된 여자나 어린이용 그림이 들어간 소설인 에조시(繪草子) 등을 판매하는 가게.

도(永壽堂)에 '아미다노 무네와리(阿彌陀の胸割)', '기리가네소가(きりがね曾我)', '구마가야(熊谷)' 등 67종, 겐로쿠(元祿)~호에이(寶永) 무렵에 다시 판 목판이 남아 있어서 분카(文化, 1804~1818) 시대까지 봄마다 인쇄하여 오슈(奧州)에 출하했다. 오슈에는 지금도 이런 조루리를 하는 사람이 있다. 샤미센은 없고 부채로 박자를 맞출 뿐이라고 한다. 이 지역에만 팔았던 이유는 이런 이유에서이다. 하이카이(俳諧)에 보이는 '오쿠조루리(奧淨瑠璃)'라는 것은 바로 이것을 두고 하는 말이다. 후시(節) 생략.

그런데 이노우에(井上) 문하에 다케모토 치쿠고노죠(竹本筑後掾) 義大夫라는 자가 있다. 이노우에와 우지(宇治) 두 계통의 연희를 취합하여 궁리하고 연구한 끝에 독자적인 경지를 개척해서 스스로 유파를 세워 크게 성공했다. 소위 말하는 기타유부시(義大夫節)이다. 죠쿄(貞享, 1684~1688)부터 호에이(寶永, 1704~1711)에 이르기까지 오사카에서 아야쓰리좌(操座)를 일으켰으며 또한 이 좌의 전속작가인 지카마쓰 몬자에몬(近松門左衛門)은 세상에 둘도 없는 재주꾼으로 뛰어난 작품을 수없이 발표해서 세상 사람들의 칭찬이 자자했다. 쇼토쿠(正德) 4년(1714) 사망.

기타유(義大夫)가 새로 만든 신조루리는 죠쿄(貞享)부터 쇼토쿠(正德)까지 이르며 총 156곡에 이른다. 그 중에서도 겐로쿠(元祿) 16년(1703) 지카마쓰 작인 '소네자키신쥬(曾根崎心中)'는 세와조루리(世話淨瑠璃)의 시초라 할 수 있으며 특히 인기가 있었던 것은 쇼토쿠(正德) 5년(1715) 지카마쓰 작 '고쿠센야갓센(國姓爺合戰)'이며 3년 넘게 흥행했다고 한다. 『淨瑠璃外題鑑』

조루리 작가 중 명인은 지카마쓰 후에 다케다 이즈모(竹田出雲) 2대 째로, 초대 다케다 오미(竹田近江)는 처음으로 가라구리인형을 만들어 오사카에서 흥행시켰다 가 있으며, 그 문하로 미요시 쇼라쿠(三好松落), 요시다 간시(吉田冠子), 지카마쓰 한지(近松半二) 등 뛰어난 사람이 많았다. 모두 다케모토좌(竹本座) 작가들이었다.

다케모토좌로서, 간에(寬永) 2년(1625) '요메이텐노쇼쿠닌카가미(用明天皇職人鑑)'[23]의 조루리 때, 게죠가네이리(傾城鐘入)의 단에서 다유(大夫)와 샤미센 연주자가 무대 위에 설치된 자리로 나가서 관객에게 모습을 보이면서 가타리를 한 것이 데가타리(出語)의 시작이었다. 또 오야마(女形)인형의 명인 다쓰마쓰 하치로베(辰松八郎兵衛)[24]가 인형을 다루는 자가 막 뒤에 몸을 숨기지 않고 무대에 몸을 드러내고 인형을 조정하는 데즈카이(出遣い)의 시작이었다. 다쓰마쓰는 쿄호(享保)무렵 에도에 와서 다쓰마쓰좌(辰松座)를 일으킨 사람이다.

『獨語』에서, 〈간에이(寬永) 무렵 교토의 조루리(淨瑠璃)가 에도에 내려와서 비리외설(鄙俚猥藝)스러운 조루리를 한 이래, 에도 사람들은 이를 재미있어 하고 즐기던 차에 교호(享保) 초엽에는 이번에는 나니와(難波, 오사카)의 조루리가 와서 비속한 풍을 유행시키니, 에도 사람들은, 이를 선호해서 에도의 옛 조루리를 버리고 오로지 교토, 나니와(오사카)의 조루리를 배웠다. 천한 자 뿐 아니라, 사대부 제후까지도 이를 좋아하여 본격적으로 배우는 자도 있었다. 그 결과, 모노가타리(物語)를 골격으로 하는 옛 조루리를 버리게 되고, 당세의 천한 자들의 음분(淫奔)한 이야기만 난무하게 되었다. 그 내용의 비리외설(鄙俚猥藝)함은 말할 나위도 없다. 사대부가 듣지 말아야 하는 것은 두말할 필요도 없다. 부자 형제가 같이 있는 곳에서는 얼굴을 돌리고 귀를 가려야 할 일이다. 이렇게 저속한 조루리가 흥행한 이래 에도의 남녀는 음분(淫奔)한 자들이 그 수를 셀 수 없다. 운운) 라고 말하는 이 내용은 기타유부시(義大夫節)에 대한 이야기이다. 실로 지카마쓰와 같은 명인이 세상에 나와 당시 세상에 있었던 일을 바로 조루리에 재현함에 따라 '나가마치온나하라키리(長町女腹切)'와 같은 종류의 곡 그 대사와 곡이 사람들 마음을 움직일 정도로 깊이 침투하였다. 동반자살 등의 정사(情死)의 모습을

---

23 지카마쓰 작 인형조루리. 5단으로 구성되며, 1705년에 다케모토좌에서 처음 공연되었다. 다케다 이즈모가 각본 담당. 대본이 소실되어 공연되지 않고 있다가 근래에 오사카에서 3단까지가 발견되어, 2009년에 복원, 공연된 바 있다.
24 ?~1734. 출신지 미상. 다케모토좌 창립에 관여한 오야마인형 명인. 연희 자체에 종사할 뿐 아니라, 연출이나 무대장치에도 의욕적으로 새로운 시도를 하였다.

서글피 표현하는 조루리는 이때부터 시작된 것이다. 가부키교겐(歌舞伎狂言) 즉 가부키는 이를 모방하여 앞에서 언급한 모토오리(本居) 옹의 주장처럼 중국의 『傳記院本』보다 뛰어나게 인정세태를 잘 묘사해서 사람들을 감동시켰다. 지금에 이르도록 기타유부시(義大夫節)가 끊이지 않고 이어 온 것은 작가의 높은 수완과 뛰어난 곡이 천한 귀를 즐겁게 했기 때문이었다.

도요타케 에치젠노쇼죠(豊竹越前少掾)는 다케모토 치쿠고(竹本筑後)의 제자로 처음에는 와카타유(若大夫)라고 했다. 재주가 무르익자 오사카에서 새로이 아야쓰리좌(操座)를 설립하여 신조루리를 만들어 활동하기 시작하였는데 교호(享保) 때에 관으로부터 면허를 받아 독립해서 파를 세웠다. 다케모토(竹本)를 '서(西)'라 부르고 도요타케(豊竹)를 '동(東)'이라 불러 우열을 다투기에 이르렀다. 메이와(明和) 원년(1764) 사망 제자인 비젠노죠(備前掾)도 교호(享保) 19년(1734)에 에도에 내려가서 아야쓰리좌를 운영하여 흥행했다. 이 또한 명인이었다.

도요타케좌(豊竹座)의 조루리 작가라는 기노 카이온(紀海音), 니시자와 잇포(西澤一鳳), 나미키 무네스케(並木宗輔) 등이 있으며, 그 외에도 유명한 작가들이 많았다. 『竹豊故事』에 말하기를, 옛 조루리는 문구가 짧고, 형식이 단조로웠다. 인형을 조종하기 위한 도구도 조잡한 편이었고 대부분은 구로마쿠(黑幕)와 스다레(山簾) 등의 막을 사용하는 정도에 그쳤다. 인형 의상은 금이나 은이 아니라 놋쇠를 이용해서 색을 입혀 만든 것을 사용했으며, 여자인형은 겉은 붉은색이고 안은 옅은 노란색으로 충분했다. 세 사람이 인형의 두 다리를 조정하는 형태의 아시쓰키인형(足付人形)은 당시 존재하지도 않았다. 그러나 그 후에 차차 인형극이 성행함에 따라서 도구니 의상이니 하는 것들이 점차 발전하여 화려해졌다. 특히 다케모토하고 도요타케 두 좌(座)가 성행하자 동은 서에 지지 않으려고, 서는 동에 이기려고 서로 경쟁하게 되어 닌교조루리는 더더욱 발전하였다. 조루리 작가는 온갖 취향을 고안해냈으며, 도구 제작에도 금이나 은을 아끼지 않았다. 금박으로 뒤덮은 맹장지로 무대를 화려하게 장식하거나 혹은 다실(茶室)풍으로 꾸미기 위해서 모든 지혜를 짜냈으며, 인형 의상에 치리멘(縮緬),[25] 돈스(緞子),[26] 슈스(繻子),[27] 긴란(金襴)[28] 등을 사용해서 화려함을 뽐냈다. 쓰메인형(詰人形)[29] 외에는 모두 아시쓰키인형으로 발전하였으며, 인형 조정자가 관객 앞에 모습을 드러내는 데즈카이(出遣い)를 제외한 소도구를 담당하는 가이샤쿠(介錯), 인형 다리를 조정하는 아시즈카이(足遣い) 등이 역할분담을 해서 조루리 인형이 가부키 배우보다 더 많은 동작을 표현할 수 있게 되어 매우 표현력이 매우 탁월해졌다. 운운. 또한『嬉遊笑覽』에 말하기를, 호레키(寶曆) 12년(1762) 도요타케비젠좌(豊竹備前座)에서 '고센죠 가네카케노 마쓰(古戰場鐘掛松)'를 공연할 때 회전형 무대를 고안해서 선보였더니 대성공이었다. 운운. 오사카에서는 시도가 이미 있었으나, 에도에서는 처음이었다. 가부키에서도 그 해에 이치무라좌(市村座)에서 이 장치를 갖추어 세 좌 모두에 회전형 무대를 쓰게 되었다.

이에 앞서 겐로쿠(元祿), 호에(寶永) 무렵, 교토에 미야코다유(都大夫) 잇츄(一中)[30]가 있었다. 야마모토 도사노조(山本土佐掾)의 제자라는 설, 그 제자 오카모토 분야(岡本文彌) 계열이라고는 설이 있다. 주로 부드러운 조루리 가타리로 세상에 알려졌다. 그 문하인 미야코지 붕고노죠(宮古路豊後掾)가 새로 파를 일으켜서 에도에 내려와 성공한 이야기에 대해서는 다음에 하겠다.

---

25 견직물의 하나. 바탕이 오글오글하게 된 평직으로 짠 비단.

26 단자. 능직(綾織)으로 짠 비단.

27 수자. 새턴. 수자직으로 짠 직물이며, 반드럽고 광택이 많이 남. 비단을 사용한 본수자, 무명을 사용한 면수자, 면과 털실을 섞어 짠 모수자 등이 있다.

28 금란. 금실을 씨실로 무늬를 놓은 비단의 종류. '긴란돈수(金襴緞子)'라 표기해서 비싼 고급직물을 뜻하는 경우도 많음.

29 혼자서 조정하는 인형이며, 등장인물 중 무게가 낮은 '마을사람'이나 신분이 높은 귀족 등을 보하는 시녀인 '고시모토(腰元)' 등의 보조역할로 쓰이는 인형이라 소박하게 제작한 인형.

30 에도 중기의 샤미센 잇츄부시(一中節)를 확립한 명수. 1대는 1650~1724 즉 약 75세까지 장수한 에슌(惠俊).

『獨語』에 간에이(寬永) 무렵, 교토로부터 잇츄(一中)가 와서 교토에 조루리를 전파시켰다고 하나, 초대 잇츄는 에도에 내려 간 적이 없다고 한다.

여기부터 에도조루리(江戶淨瑠璃)에 대해 설명하겠다. 에도 비젠노죠 (江戶備前掾) 사쓰마다이죠(薩摩大掾)의 파인 것은 이미 말했다 의 문하 제자인 에도 한다유(江戶半大夫)는 비젠부시(備前節)을 부드럽게 풀어 독립해서 하나의 파를 확립해서 사카이쵸(堺町)에서 조루리 인형극(닌교조루리)을 흥행시켰다. 죠쿄(貞享), 겐로쿠(元禄) 무렵부터 크게 유행하여 지금껏 에도부시(江戶節)라 하여 남아 있다. 문하 중에 마스미 카도(十寸見河東)³¹는 독립된 파를 이루어 카도부시(河東節)라 한다. 교호(享保) 시대에 성행했다. 그런데 앞에서 말한 미야코지 붕고노죠가 교호(享保) 15년(1730)에 에도에 내려와 19년 사카이쵸 나카무라좌(中村座)에서 성공해서 명예를 얻자, 세인들은 미야코지부시(宮古路節) 혹은 붕고부시(豊後節)라 하여 크게 유행했다. 겐분(元文) 4년(1739) 풍속에 해가 된다 하여 금지되었다. 다음해 사망.

『竹豊故事』에 〈다른 파와 달리 고단모노(五段物)나 지다이고토(時代事)³²는 다루지 않았다. 오로지 세와고토(世話事)³³만을 할 뿐이었다〉고 한다. 가부키에서도 공연한 것은 이 때문이었다. 풍속에 해롭다는 이유로 금지된 일에 대해서는『江戶節根元集』에 〈미야코지 조루리(宮古路淨瑠璃)가 유행한 탓으로 여기저기에서 남녀 애정문제가 발생하여 붕고부시(豊後節)를 금한다는 관아의 명에 의해서 금지되었다. 운운〉,『賤の小手卷』에 붕고부시(豊後節)는 퇴폐적이고 음란한 내용으로 변질되어 풍류를 아는 이는 사라지고 분킨(文金)³⁴ 풍만 남게 되었다〉

---

31 원전에는 '一寸見'로 되어 있으나, '十寸見'로 정정하였다.
32 지금의 사극과 같은, 역사적인 사건을 다룬 내용의 곡들.
33 당시 서민들의 세상사를 그린 내용으로 인간의 감정묘사를 주로 하는 내용.
34 에도 중엽의 남자의 헤어스타일로 미야코지 붕고죠(宮古路豊後掾)가 시작했다 한다.

고 적고 있다.

『獨語』에 말하기를, 교호(享保) 초에 나니와(難波)로부터 다케모토라는 조루리가 와서 나니와조루리(難波淨瑠璃)를 퍼트렸다. 이때부터 에도 사람은 신분이 높은 자, 미천한 자 할 것 없이 모두들 나니와조루리를 좋아했는데 그 후에 또 미야코지(都路)라는 조루리가 나니와에서 와서 서글픈 목소리와 천한 말투로 볼 꼴사납게 흐트러진 이야기를 들려주기 시작하자, 에도 사람들은 이번에 여기에 몰려들어 즐기고 빠졌다. 운운. 이 무렵에는 에도 사람들은 교토나 나니와의 조루리만을 즐겼으며, 에도조루리는 들을 가치가 없는 걸로 간주하고 있었다. 세상 풍속이라는 것은 사람들의 싫고 좋음에 따라 움직이는 것이라고 하지만 30년 사이에 에도 사람들의 싫고 좋음이 춥고 더운 것처럼 쉽게 바뀐 것은 다른 이유가 아니라, 바로 음란한 즐거움의 힘 때문이다. 운운.

그 후 교토 사람이며 붕고노죠(豊後掾)의 문하인 스루가야 후미에몬(駿河屋文右衛門)이 에도에 내려가서 샤미센 연주자인 사사키 이치조(佐々木市藏)와 함께 궁리하여 붕고부시(豊後節)를 재건했다. 엔교(延享) 4년(1747), 처음에는 간토몬지다유(關東文字大夫)라 칭했지만, 새로이 도키와쓰(常磐津)라 칭하고 파를 일으켜서 독립했다. 안에이(安永) 10년(1781) 사망.

『賤の小手卷』에, 〈붕고부시(豊後節)도 점차 발전하여 문구도 예전보다 우아하게 장식하고 연기의 연출과 데가타리(出語)는 항상 몬지다유(文字大夫)라는 이름처럼 인물도 좋고, 목소리도 좋고, 기량도 뛰어나 인기가 있었다〉라고 보인다. 몬지다유 때에 문구와 가락에 주의를 기울여서 약간은 붕고부시(豊後節)의 비속(野鄙)함을 고친 점은 주목할 만하다.

그 후 간엔이(寬延, 1748~1751) 시대에 도미모토 부젠노죠(富本豊前掾)는 도키와쓰(常磐津)에서 분파를 하고, 간세이(1789~1801) 때 시미즈 엔주사이(清水延壽齋) 또한 도미모토(富本)에서 분파한다. 기요모도(清元)라 칭하는 것은 분카(文化) 시대의 2대째의 엔주다유(延壽大夫) 때부터이다. 또 미야코지(宮古路)의 흐름에 후지마쓰(富士松)가 있었다. 그 문하에 쓰루가(鶴賀) 신나이부시(新內節)라 한다가 있어 각기 독립한 파를 이루어 운영되었다. 그 외에도 이것저것 있지만 생략한다. 도키와쓰 이하의 조루리는 모두 오늘날까지 전한다.

조루리의 연혁은 대략 이상과 같다. 즉 조루리의 시작은 셋쿄(說經)와 비슷하며, 옛 이야기를 들려주는 것이었으나, 샤미센을 사용하게 되면서 기교를 부리게 되고, 인형을 사용해서 아야쓰리좌에서 주로 홍행하게 되었는데, 특히 명인 다유가 연이어 나오면서 작가라 불리는 이들도 자리를 잡기 시작했다. 그리하여 에도의 도사부시(土佐節), 게키부시(外記節),[35] 교토와 오사카의 이노우에부시(井上節), 가다유부시(嘉大夫節)는 약간 예스럽고 다케모토의 파는 오사카 일대에서 번창하고 미야코지부시(宮古路節)는 도쿄 일대에서 자리를 잡음으로서 마침내 타 유파를 압도하니 지금은 조루리라 하면 사람들은 대개의 경우 이 두 개의 유파를 생각한다. 그 중에서도 특히 다케모토류는 소리도 굵고 샤미센의 소리가 높은 것은 옛 풍의 흔적일 것이다. 미야코지의 특이한 도키와쓰(常磐津)류의 경우는 그 취향이 매우 특이한데 지금 이를 듣는 자에게 그 기원은 헤이케(平家)에 있다고 이야기해주어도 거의 아무도 믿지 않을 것이다. 원류는 심원하고 말단은 계속 여러 갈래로 갈라지는 법. 이처럼 원래의 성격이 변하고 계속해서 모습을 바꾸어 가는 것은 이들 연희가 사람 마음과 귀를 즐겁게 하는 우타이모노(謠物)이기 때문이다.

셋쿄(說經)란 원래 불사공양(佛事供養)이 있을 때, 셋쿄시(說經師)가 와서 설법하는 것을 말한다. '説経師'는,『宇治拾遺物語』,『枕草子』,『今昔物語』,『徒然草』

---

35 에도 고조루리의 하나로 사쓰마게키(薩摩外記)가 창시한 호탕한 가타리로 조루리 가부키의 아라고토에 영향을 준다.

등에 보인다. 언제부터인가 이 셋쿄는 우타이모노(謠物)가 되어 와산(和讚)[36]의 가락을 섞어 인과(因果)의 도리를 읊고 사람들로 하여금 슬픈 감정을 느끼게 하는 것이다. 그 시작이 언제인지는 자세히는 모르지만 생각건대 아시카가(足利) 시대 이후의 일인 것 같다. 『嬉遊笑覽』의 내용에 내 생각을 담아서 적었다.

『嬉遊笑覽』에 다음과 같은 기사가 있다. 〈『鹽尻』[37]에 강식(講式)[38]에서 와산(和讚)이 생겨나고, 후세에 고쿠라쿠인(極樂院)[39]의 발공(鉢控)[40]이 와산(和讚)을 바꿔 셋쿄(說經)라는 노래로 만들고, 단바(丹波)의 가나야키지조(金燒地藏)라든지 젠코지(善光寺)의 가루가야도(제萱堂)[41] 등의 고사와 연기(緣起)를 소재로 조루리를 만들었다〉고 한다. 지금도 '무슨 무슨 혼지(本地)'라고 하는 가나로 된 책이 있는 것은 대개 셋쿄시가 노래했던 것이다. 『橘窓自語』에서 〈조루리라는 것은 셋쿄에서 나온 것이다〉라고 말하고 있다. 내 생각에 꼭 그렇지만은 않을 것이다. 조루리는 헤이케(平家)의 영향도 받았다고 생각한다. 나중에는 거꾸로 셋쿄가 조루리의 영향을 받은 부분도 있는지도 모른다.〉

게이초(慶長) 무렵의 그림에 셋쿄모노(說經者)의 모습이 종종 보인다. 그 모습은 줏토쿠(かちんの十德)[42]에 커다란 문양이 있는 것을 입고 긴 손

---

36 일본어의 찬불. 불교의 가르침이나 부처, 보살, 고승의 덕을 범찬(梵讚)이나 한찬(漢讚)처럼 일본어(和)로 찬(讚)하는 것. 7·5조의 4구 또는 그 이상을 한 절로 하고 가락을 붙여서 읊는 노래. 헤이안 시대 중기부터 유행.
37 에도 시대 중기의 수필. 아마노 사다카게(天野信景) 저. 1697년경부터 1733년 사이에 집필. 역사, 지리, 문학, 종교 등에 대한 견문이나 감상을 담았음.
38 부처, 보살, 고승의 덕을 찬양하는 불교 법회 의식.
39 나라(奈良)시 元興寺에 있는 극락방(極樂方)의 옛 명칭.
40 미상.
41 'かるかや堂'. 조루리의 곡의 소재가 되어 있는 이시도마루(石童丸) 전설이 있는 절.
42 약식의 의상이며 상의임. 주로 茶人등의 정장으로 변화되었다. 조루리 기다유의 의상도 유사하다.

잡이가 달린 우산을 쓰고 사사라(ささら)[43]를 연주하며 큰 길에 서서 노래를 했다.『嬉遊笑覽』 샤미센이 도입되자 이에 맞춰 셋쿄산고(說經讚語)라 하는 연희(연극)를 일으켰다. 교토의 시죠가와라(四條河原)에 히구레다유(日暮大夫), 셋쿄 요하치로(說経與八朗)가 있고, 에도의 사카이쵸(江戸堺町)에는 덴만다유(天滿大夫), 에도 마고시로(江戸孫四郎) 등의 셋쿄좌(說経座)가 있었다.『聲曲類纂』『江戸惣鹿子』

『竹豊故事』에 전하기를, 〈교토에서 예전에는 조루리가 유행하지 않았다. 셋쿄 요하치로(說経與八朗), 우타넨부쓰(歌念佛)의 히구라시 린세(日暮林淸), 그리고 그 제자 린코(林故), 린타치(林達) 등을 즐겼다〉고 한다. 기타무라(喜多村) 씨는 이것이 간분(寬文) 이전의 일이라고 한다.

『獨語』에 다음과 같은 기술이 있다. 〈셋쿄란 원래 법사 중에 '셋쿄(說經)'라는 자들이 있어서 법사의 설법에 사람과 사람의 연, 관계를 다루는 이야기를 가미해서 들려주는 것이었다. 그 이야기는 진위를 확인할 수 없는 불확실한 것이 많지만, 표현은 옛말로 속어가 섞여 있지만 우아한 표현도 적지 않았다. 게다가 고와카마이(幸若舞)의 대사처럼 예로부터 정해진 음수가 있어 항상 옛 이야기만을 들려주고 현재의 이야기를 다루는 신곡을 만들지 않았다. 그 소리도 그저 서글픈 목소리뿐이었으며 부녀자가 이를 들으면 흐느껴 눈물을 흘릴 지경으로 조루리와는 다른 소리였다. 샤미센이 등장한 이래 정고(鉦鼓)를 연주할 때보다도 조금 들뜬 모습이지만 그다지 음란한 것은 아니었다. 말하자면 서글프고 비애감 섞인 목소리였다. 조루리에 비하면 조금 뛰어난 편일까?〉

『江戸砂子』[44] 그리고 『世事談綺』에는 셋쿄좌(說經座)에 관한 내용이 보이지 않는다. 교호(享保)의 말엽에는 완전히 소멸된 것 같다. 셋쿄가

---

43   가늘게 가른 대나무 등을 묶어 만든 악기.
44   에도의 지리와 사찰, 명소의 내력을 쓴 서적. 기쿠오카 센료(菊岡沾涼)의 1732년 작.

쇠락한 뒤 야마부시(山伏)[45]의 사이몬가타리(祭文語)에 그 흔적을 찾을 수 있으며, 샤쿠죠(錫杖)[46]와 작은 호라(法螺)[47]에 맞춰 노래하는 것을 우타자이몬(歌祭文)이라 한다. 오늘날에는 많이 저급한 것이 되었다. 『嬉遊笑覽』

---

45 헤이안 시대 중엽부터 산야(山野)에 기거하며 수행하는 승려. 슈겐도(修驗道)의 행자(行者)라고도 한다.
46 원래 '샤쿠죠'란 중이 짚고 다니는 지팡이를 말하는데, 여기서는 제문(祭文)을 읽는 사이몬요미(祭文讀み)가 흔들며 장단을 맞추는 도구를 말한다.
47 나각. 소라고둥에 구멍을 내어 소리 나게 만든 악기.

제14장 샤미센과 쓰쿠시고토(筑紫琴)

샤미센은 오기마치(正親町) 천황[1]의 에이로쿠(永祿, 1558~1570) 때에 류큐(琉球)로부터 뱀가죽으로 두 현을 만든 악기가 전해 들어온 것이다. 이즈미(和泉) 사카이쓰(堺津)의 비파호시(琵琶法師) 나카코지(中小路)라는 소경에게 사람을 보내어 샤미센을 보이자, 나카코지가 매우 마음에 들어하여 조석으로 매만지며 연주하려 했으나 그 음조를 알 수 없었다. 그래서 하쓰세(初瀨) 관음(觀音)께 17일간 참배하여 기도하니, 꿈의 계시를 받았는데, 계단을 내려갈 때, 대, 중, 소의 세 현이 밭에 걸려 감기는 것을 보고 뱀가죽으로 된 나머지 한 현을 걸어 조율하니 마침내 좋은 음색을 내며 연주할 수 있었다. 기타무라(喜多村) 씨가 말하기를, 이 이야기는 영몽에 의해 그 악기를 귀한 보물로 만들기 위한 것이다. 샤미센의 세 현은 원래부터 있었던

---

1   원문에는 '正親町院'이라 되어 있다. '正親町院'은 가마쿠라 시대 쓰치미카도(土御門) 천황의 여식(1213~1285)과 혼동을 일으킬 수가 있어서 '오기마치(正親町) 천황'으로 표기하였다.

것이다. 그도 그렇다. 그 후, 소경 도라자와(虎澤)가 대단한 발상으로 혼테(本手), 하데(破手) 등의 기법을 고안하여 사람들에게 전하였다. 게이초(慶長) 무렵의 소경, 사와즈미(澤住) 혹은 '澤角'으로도 표기함 가 이 기술을 전해, 가요에 맞추어 연주하기 시작하면서 세상에 유행하니, 샤미센을 목에 걸고 연주하는 사람들이 매우 많았다. 오아마다(小山田) 씨는 목에 걸고 연주한다는 설은 의문스럽다고 한다. 비파(琵琶)에 헤이케(平家)의 곡을 맞추는 것처럼 조루리에 샤미센을 맞추어 연주하는 것은 이 사와즈미가 처음이었다. 간에이(寬永) 무렵 오사카의 야나가와 가가이치(柳川加賀都), 야쓰하시 시로히데(八橋城秀)라는 두 소경이 재능이 뛰어나 에도에 내려와 권문세가의 사람들에게 호응을 얻어 마침내 겐교(撿挍)[2]의 직을 얻어 야나가와, 야하시 두 유파의 시조가 되었다. 『三絃考』에 '야나가와 야하시'라는 이름이 있는 것도 이 두 겐교(撿挍)가 허락하였기 때문이라 한다. 이상 오야마다 도모키요(小山田與淸)의 『三絃考』에서 '大ぬさ', '松の葉', '類聚', '名物考' 등을 참고하여 쓴 내용을 그대로 인용했다.

『糸竹初心集』 간분(寬文) 12년(1672) 에는, 분로쿠(文祿) 시대에 이시무라 겐교(石村撿挍)가 류큐에 건너가 3현으로 된 호궁(胡弓)을 갖고 돌아와 교토에서 샤미센을 만들었다고 한다. 이 외에도 산겐의 시조라고 하는 사람이 여럿 있지만 지금은 『三絃考』의 설에 따르겠다.

『嬉遊笑覽』에 〈『糸竹初心集』에서는 산신(三線)[3]이 호궁에서 발전한 것이라 하고, 『大弊』에서는 두 현이었던 것을 한 현을 추가했〉고 기록하고 있다. 서

---

2   무로마치 시대 이후 맹인에게 주었던 최고의 벼슬. 두건의 착용, 지팡이 소지 등이 허용되었다.

3   '산신(三線)'은 류큐(오키나와), 아마미(奄美)에서 사용하는 현악기이며, 샤미센을 작게 한 모양을 하고 있다. 양면에 뱀가죽을 사용하며, 견사로 된 3현을 사용한다. 14세기 말에 중국의 삼현(三弦, 산겐)이 이 지역으로 전한 것이라 하며, 다시 일본 본토로 건너가서 샤미센의 모태가 되었다. '쟈비센(蛇皮線)'이라고도 한다.

로 주장하는 내용이 다르지만, '다시 만들어서 새롭게 연주했다'는 식으로 말하는 것은 모두 사적인 주장일 것이다. 이는 원래 '산겐시(三絃子)'[4]였으나 류큐의 연주법을 배워 그 후 다양하게 연주되어 기법도 악기도 원래보다 발전한 것이다.) 운운. 또 말하기를 이 악기가 일찍이 전해졌다는 점도 있지만 세상에서 떠들어댄 것만큼은 즐기는 자가 적고 제대로 연주할 수 있는 자도 없었다)고 한다. 그렇다면 가장 많이 회자되는 에이로쿠(永祿) 즈음부터 있었다는 설에 따라야 할 것이다. 분로쿠(文祿) 무렵에 이시무라 겐교(石村撿校)가 연주를 잘해서 이를 시작으로 보는 설도 있다고 한다. 아시카가(足利)의 세상에는 이미 샤미센이 있었다는 증거는 명나라 말에 왜구 방어를 위해 편찬했다는『全浙兵制』의 부록『日本風土記』4에 '三絃子 三皮箎(사비센)'가 보이고『室町殿日記』19에 유죠 둘을 가운데에 두고 아무 생각 없이 샤미센을 연주하며 즐기는 장면이 있다. 운운. 텐분(天文), 에이로쿠(永祿) 무렵의 일기이다.『義殘後覺』에 샤미센과 쓰즈미로 오오도리(大踊)를 했다는 기록이 있다. 이 문헌도 분로쿠(文祿) 5년(1596)의 발문이 있다. 게이초(慶長) 무렵에 만들어진 것으로 보이는 '곤부우리(昆布賣)'라는 교겐에서 상대방을 속여서 곤부(다시마)를 파는 대목이 조루리부시로 진행된다는 점에 주목해야 한다.『嬉遊笑覽』에 〈이렇게 세상의 이목을 끈 악기이지만 오쿠니(お國, 阿國, 久仁)의 가부키에서는 아직도 이를 사용하지 않는다. 그 이유는 가부키는 조루리가 아니라 무(舞, 마이)나 사루가쿠 등에서 배운 탓이다〉라고 한 지적은 수긍이 간다.

『升庵外集』21에 〈지금의 산겐(三絃)은 원나라 시대에 시작된다〉. 또한『五雜組』12에 〈또 산겐이라는 것이 있는데 항시 쇼(簫)에 맞춰 연주하고 쓰즈미를 친다. 그리고 외설스러운 내용이 많으며 배우는 이를 듣고 배운다〉라고 적고 있으며, 원나라 시대에 만들어진 악기로, 류큐에도 전해졌다. 단『隨書律歷志』,『舊唐書音樂志』,『杜氏通典』143 등에서 말하는 산겐은 다른 악기이다. 원대에

---

4   중국의 현악기. 일본의 샤미센과 닮았으나, 양면에 뱀가죽을 사용했다. 류큐로 전해져서 산신(三線)이 되었다가, 다시 일본 본토로 건너가서 샤미센이 되었다. 겐시(弦子), 산겐시(三弦子)라고도 한다. 산겐(三弦・三絃).

만든 지금의 산겐은 그 시작이 완함(阮咸)·비파(琵琶)[5]에서 파생되어 만들어진 것으로 보인다. 그래서 '덴쥬(轉手)'[6]와 '에비오(海老尾)'[7] 등은 그 모습이 완전히 같고 이윽고 각 부분 이름도 비파의 명칭을 그대로 사용하게 된다.『三絃考』

겐로쿠(元祿) 무렵부터 특별히 이 연희의 명수들이 교토와 오사카에 다투듯이 나타나서 쇼가(唱歌)를 만들고 신곡을 연주하기 시작하니, 그 풍이 유행하여 나가우타(長唄)와 나게부시(投節)[8] 등을 통해서 계속 성행 하였다.『三絃考』 그 시작은 처음에는 소경들의 것이었으며 주연유흥(酒宴遊興)의 자리에 재주가 출중한 소경을 불러 연주하게 하였으나, 나중에 는 귀천남녀 스스로가 연주하고 스스로 노래하면서 즐기게 되었다.『獨語』

『當道宗』에 시바이에 샤미센을 사용한 것은 간분(寬文) 12년(1672) 4월에 오사 카의 시바이 때 소송 문제가 되어, 면허를 받게 되면서부터라는 내용을 전하고 있다.『聲曲類纂』

고큐(鼓弓) 혹은 小弓, 胡弓라고도 쓴다 즉 호궁도 산겐과 같은 무렵에 류큐 로부터 들어왔다. 류큐는 독사가 많은 곳인데, '라헤이카'라는 벌레가 그 독사를 잡아먹었다. '라헤이카'의 울음소리가 호궁과 조금도 다르지 않았으므로 뱀을 물리치기 위해서 호궁을 연주했다고 한다.『江戸名所

---

5 중국 위진(魏晉) 때의 비파 연주가. 죽림(竹林)의 칠현(七賢) 중 한 사람인 완함(阮咸)이 애용했던 비파. '완함'이라는 비파는 그의 이름에서 유래한다. 한편 중국의 현악기 이름이기도 하다. 둥근 몸통에 긴 자루를 박고 네 줄을 매었음. 명·청 시대 이후에는 월금(月琴)이라고도 함.
6 비파나 샤미센 등에서 현을 감게 되어 있는 막대기 봉.
7 비파나 샤미센 등에서 현을 매는 길쭉한 부분. 끝머리가 새우등처럼 휘어져 있는 부분.
8 샤미센 음악의 가락의 하나. 나가우타라든지 도키와즈(常磐津) 등이며 주로 유곽 의 정경을 나타내는 선율로 많이 사용된다.

記』『竹齊物語』둘 다 간에이(寬永), 쇼호(正保) 때의 것이다 등에 호궁에 관한 내용이 보이므로 산겐에 이어서 예로부터 연주되었다는 것을 알 수 있다.『三絃考』

쓰쿠시고토(筑紫琴)는 쟁(箏)에서 나온 것이다. 그 시작은 『琴曲抄』겐로쿠(元祿) 에 전하는 바에 의하면 비젠(備前) 사람인 겐쥰(賢順) 에이로쿠(永祿) 이전 사람이라는 방주가 있다 이 쓰쿠시의 젠도지(善道寺)의 승려 누구인지는 명시되어 있지 않다 에게 쟁의 재주를 배워 같은 지역의 게간지(慶岩寺)의 승려 겐죠(玄恕)에게 전했다 한다.『糸竹初心集』에는 玄淨이라 적고 있다. 단 나가사키(長崎)에 이르러 금(琴)을 당나라 사람으로부터 전해 받았다는 것은 잘못이다. 겐쥰이 상경했다가 고향으로 돌아가려 할 때, 다이나곤 야부도노(大納言藪殿) 쟁(箏)의 집안이다 가 겐쥰의 재주를 아깝게 여겨 문하 제자 중에 적임자를 골라서 반드시 보내라고 하자, 겐쥰은 고향에 도착한 후에 호스이(法水)라는 자를 올려 보냈으나『和事始』에는 젠도지(善道寺)의 승려 호스이(法水)라 되어 있으나 아마도 거짓일 것이다 그 재주가 심히 좋지 않아 호스이 스스로가 부끄러워 도망갔다가 무사시(武藏) 지방에 이르러 환속하였다. 무사시 사람인 야쓰하시 겐교(八橋撿挍)『糸竹大全』에 그의 성씨는 '山住' 또는 '上永'이라 하였다고 적고 있다 는 처음에 호스이를 만나 쓰쿠시고토를 배우고 나중에는 비젠에 가서 겐죠(玄恕)를 따라다니며 겐죠의 높은 경지의 기법을 터득하였다. 야쓰하시는 쓰쿠시고토는 우아하지만 속된 귀에는 멀기만 하다고 생각하여 새롭게 13곡을 만들었다. 그 후에 또다시 신곡 2조를 추가해서 야쓰하시라는 독립된 유파를 이루었다. 가락은 생략한다. 만지(萬治), 간분(寬文) 때에 왕성하게 활동하다가 조쿄(貞享) 2년(1685)에 이 세상을 떠났다고 한다.

『色音論』간에이(寬永) 20년(1643) 에서 그 시대에 유행하는 것을 설명하는 대목에서 〈노래하는 쇼가(唱歌)에 금(琴)의 소리는 집집마다 들릴 정도로 성행해서 운운〉라는 기술이 있고, 『顰草』같은 시대 에는 〈금(琴) 같은 것은 고귀한 분들이

가지고 계시고 천한 자들은 좀처럼 보기도 어려워 그림에 그린 것만을 바라보았다. 그랬던 것이 요즈음에는 일반인들 사이에서도 의외로 유행하여 자토(座頭)[9]나 고제(瞽女)[10]들까지 "나만 뒤쳐질 소냐"고 열심히 연습한 탓에 전국 방방곡곡에서 연주될 정도로 유행하였다. 대체로 이 악은 연습을 많이 해서 내공을 쌓은 자가 아니면 제대로 연주할 수 있는 것이 아니지만, 언제부터인지 쓰쿠시가쿠(筑紫樂)라는 이름으로 연주되게 되었다. 그러자 쓰쿠시가쿠의 홍에 고우타(小歌) 등을 보태면서 천한 귀에도 듣기 쉬워져 서민들 사이에서도 홍행하게 된 것으로 보인다. 이 무렵에는 더구나 쓰쿠시(筑紫)와 같은 곳에서는 연주만 하면 조금은 어색했기에 고우타(小歌)인 오카자키오도리(岡崎踊)[11] 등을 주로 연주하다 보니, 금(琴)은 빠른 속도로 쇠락의 길을 걷게 되었다) 라는 설명이 보인다. 이들 내용에 의해서 간에이(寬永) 무렵에는 이미 쓰쿠시고토가 유행했음을 알 수 있다. 이 무렵의 쇼가(唱歌)는 한 소절 두 소절 정도로 짧았으나 야쓰하시 겐교(八橋撿挍)의 산겐의 곡을 참고로 구미우타(組歌)[12]로 만들어 지금처럼 정비 되었다고 생각된다. 단 『嬉遊笑覽』에 의하면 지금의 구미우타(組歌) 중 일부가 시기적으로 앞서는 『見聞集』 게이쵸 무렵의 문헌, 『鷹筑波集』 간분(寬文) 15년,[13] 『新增大筑波集』 마쓰나가 데이토쿠(松永貞德) 저 등에 보이므로 모두 야쓰하시가 새로이 작곡한 것은 아니다. 아마도 쓰쿠시가쿠라 하며 금에 맞춰 규슈지방에서 유행한 옛 쇼가도 있을 것이고 또한 산겐의 노래인 것도 많을 것이다. 제11장의 엔넨마이(延年舞)에 쓰쿠시고토의 쇼가(唱歌)가 있다는 설도 함께 보았으면 한다.

---

9 에도 시대에 비파, 쟁, 산겐(샤미센) 등을 켜는 것을 직업으로 중 모습을 한 소경들.
10 샤미센을 켜며 노래를 불러서 돈을 청하는 여자 소경.
11 오카자키는 지금의 아이치현(愛知縣) 중남부 도시 이름. 에도 시대 유행가에 "오카자키의 여자(주로 유곽의 여자)는 좋다"는 가사를 가진 노래가 있었는데 여기에 춤도 수반되었다고 하며 이를 '오카자키오도리'라 한다. 요는 딱딱한 금 연주로는 좋은 반응을 얻지 못해서 이런 서민적이고 세속적인 노래에 의해서 일반인들의 호응을 얻었다는 뜻. 그래서 금은 빠르게 쇠락했다는 뜻임.
12 짧은 노래를 몇 곡 묶어서 하나의 곡으로 만든 샤미센이나 금(琴)의 노래.
13 간분(寬文)은 13년(1673)으로 끝난다. 간분 15년은 엔포(延寶) 2년(1675)인가?

그 후 야쓰하시(八橋)와 요시자와(芳澤)의 두 유파가 성행한다. 에도에
서는 근세에 야마다(山田)와 이쿠타(生田)의 두 유파가 존재했으며 금의
음악 즉 금가(琴歌)뿐 아니라 산겐에 맞추어 나가우타(長唄)도 고우타(小
唄)도 불렀다.

제15장 고우타(小唄)와 나가우타(長唄)

고우타(小唄)의 기원은 고대 사람들이 자타(自他)의 노래를 부르기 시작하면서 시작되었다. 이에 대해서는 이미 제1장에서 기술했다. 단 그 중에는 긴 노래도 있었지만 31자로 된 것을 고우타라고 부르는 것도 가능할 것이다. 사료(史料)에서는 특히 동요를 채록하고 있다. 사료 속에 있는 동요는 대부분 조상(兆相)이 있는 것만을 열거하고 있지만 항간에도 다양한 가요도 있었음은 이미 『日本書紀』 시대로부터 추측해 알 수 있다. 중고시대의 『江次第』 등의 의례와 의식을 기록한 자료에 고우타의 명칭이 있는 것은 고풍의 오우타(大歌)에 대한 것으로 고세치(五節)의 빈타타라(びんたたら) 종류의 노래를 그렇게 부른 것 같다. 빈타타라에 대해서는 11장에서 기술했다. 모노가타리(物語)류의 가나로 쓴 서적으로는 『土佐日記』의 후나우타(舟歌)가 가장 오랜 것이고 『住吉物語』에도 후나우타(舟歌)가 있지만 이것은 약간 후세의 것이다. 다음으로는 『枕草子』, 『榮花物語』 등에 다우에우타(田植歌)가 있다. 아시카가(足利)의 세상에 이르러 요쓰뵤시(四ツ拍子)[1]의 이마요우타(今樣歌)는 이미 사라지고 고우타가

한창 유행했었다는 것은 사루가쿠의 교겐에 고우타를 부르는 것이 많은 것을 보면 알 수 있다. 분로쿠(文禄) 무렵부터 류다쓰부시(隆達節)[2]가 행해졌다.

　『堺鑑』에 〈류다쓰(隆達)는 원래 니치렌슈(日蓮宗)의 승려였으나 사정이 있어 환속하여 약을 팔고 다녔다. 세월이 흘러 고우타를 잘 불렀다고 한다. 필력이 뛰어나 스스로 고우타의 가사를 만들어 쓴 것에 분로쿠(文禄)의 연호를 붙였다〉고 한다. 『恨之助草子』게이쵸(慶長) 19년(1614)에, 아야메도노, 가릉빈가(迦陵頻伽)[3]의 목소리로 당대에 유행하던 류다쓰부시라고 하시며 부르시던 것은 운운〉이라는 기사가 보이고, 간분(寬文) 무렵에 성립한 『東海道名所記』에도 아카사카(赤坂)의 숙소에 관한 대목에 류다쓰의 고우타를 부르고 '야마자키구다리(山崎下り)'를 추었다는 기사가 있으므로 당시에 가장 유행하였고 이후 간에이(寬永) 무렵까지 끊임없이 불렀던 것 같다.

　가시와기 탄코(柏木探古)가 말하기를, 〈내가 가진 류다쓰 자필 고우타본(小唄本)에는 발문(跋文)에 '文禄二年八月日自庵降'이라고 쓰여 있고 아마도 '自庵'이란 류다쓰의 별호(別號)일 것이다. 이 책에는 고우타 150수가 수록되어 있으며 권두에 '님의 세상은 천년만년 이어질 것입니다……'[4]는 와카를 싣고 있다. 또한 '꽃을 구경하고 싶으면 요시노에 있어야 해. 요시노의 꽃은 지금이 가장 좋

1　노(能)가 기원인 '시뵤시(四拍子)'는 笛, 小鼓, 大鼓, 太鼓 네 가지 악기에 의한 연주를 말한다. 이대로 본문을 이해하면 이러한 연주와 함께 부른 이마요우타 …… 라는 뜻이 된다. 본문에서는 '四つ拍了'로 되어 있나. 즉 '요쓰뵤시'로 읽고 있다는 뜻이다. 표기는 여기에 따랐다.

2　무로마치(室町) 말부터 에도(江戶) 초에 걸쳐서 성행한 노래. 다카사브 류다쓰(高三隆達, 1527~1611)에 의한 시작이라 그의 이름을 따서 '류다쓰부시'라 불린다. 7·5·7·5조의 것이 많으며, 연가, 축가 등이 많다.

3　妙聲, 美音, 妙音鳥 등으로 쓰며 雪山 혹은 極樂淨土에 있다고 하는 상상 속의 새로 아무리 들어도 질리지 않는 미성으로 불법을 설파한다 하며 정토 만다라에서는 인두(人頭) 조신(鳥身)의 그림으로 그려진다.

4　君が代は千代にやちよに、さぎれ石.

다[5]는 오늘날까지 전하는 고우타도 수록되어 있다. 가사는 모두 예스런 것이 많지만 왕왕 '이마노미야코 미야코이치(今の都都一)'라는 쇼가(唱歌)처럼 26글자로 된 것도 있다.

산겐(三絃)이 전해졌을 때부터 도라자와 사와즈미(虎澤澤住)의 그룹은 혼테구미(本手組), 하테구미(端手組), 유리칸(搖上), 하야시유키(林雪), 호소리가타하치(ほそり片撥) 등의 악보를 만들어 노래하기 시작하였고, 그 이후 수많은 겐교(撿挍)와 고토(勾当)가 등장해서 신작을 만들었다. 또 한편으로는 조루리부시(淨瑠璃節)의 대사를 간략히 바꾸어 나가우타(長唄), 하우타(端唄)라 칭하여 각종의 변조(變調)를 만들어 노래하니 나중에는 소경이 아니면서도 능숙한 자들이 많이 생겼다. 류다쓰부시 다음으로는 로사이부시(弄齋節)가 오래되었다.

『異本洞房語園』에 '로사이'의 노래가 실려 있다. 그리고 「譚海筑紫琴」의 조에 〈'로사이'라는 것은 옛 로사이부시(弄齋節)에 맞추어 하는 의식이다. 예전에는 평상시에 불렀으나 로사이부시가 폐절되면서 금(琴)에만 남은 탓에 전수받은 것처럼 인식되었다〉라고 설명하고 있다. 또『獨語』에 의하면 〈메쿠라호시(盲人法師),[6] 기녀 등이 부르는 노래에도 간분(寬文), 엔포(延保) 무렵까지는 나가우타 로사이라는 곡이 있었는데 속조(俗調)이면서도 가사가 우아하며 가락이 여유롭고 운치가 있는 곡이 많았다고 한다. 소조로우타(そぞろ歌)도 '오구라요시노(小倉吉野)' 같은 곡은 가사가 우아하며 귀인 앞에서 노래하더라도 어색하지 않았다고 한다. 옛 이마요(今樣)와도 조금은 비슷하다고 표현할 수 있을까? '속중아(俗中雅)'라고 할 수 있을 것이다. 샤미센도 이에 맞출 때에는 곡조가 낮고 연주가 들어가는 간격도 멀어져서 듣는 귀에 시끄럽지 않다. 쓰쿠시고토(筑紫箏)에

5　花がみたくば芳野におりやれの、よしのの花は今がさかりじゃ.
6　소경인 비파호시. 즉 비파 연주를 직업으로 한 소경.

도 가까운 듯하면서도 천박함이 적다. 지금은 메쿠라호시도 옛 곡에 대해서는 전혀 알지 못한다. 곡조가 높고 시끄러운 것만을 배워 '샤미센은 원래 이렇다'고 생각한다. 부르는 노래도 그저 소란스럽고 천박하며 시끄러운 것뿐으로 옛날과 같은 우아함은 조금도 느낄 수 없다.

그리고 나게부시(投節)[7] '挪節'라고도 한다 라는 것이 있다.

조쿄(貞享), 겐로쿠(元祿) 무렵 교토에서 유행하여 에도, 오사카, 교토에서 성행하였다. 『聲曲類纂』『紫の一本』 텐나(天和) 2년(1682) 에, 〈나게부시(なげ節)라는 것은 옛날에 없었던 것은 아니다. 에이쿄쿠에도 있다. 쇼요인도노(逍遙院殿)의 노래에 「생각하는 것을 그대로 목소리 내어 노래한다. 경하스럽구나 소나무 아래에 이렇게 모여 있어서」〉[8] 가집(家集)에 '寄小歌述懷'라는 제목이라고 『聲曲類纂』에 나와 있다 라는 기사가 있다. 또 기이쓰(紀逸)[9]가 쓴 『雜話抄』에 〈미쓰히로(光廣) 경이 자작, 자필의 나게부시를 실었다. 『松葉』 5에 나게부시의 노래가 백 수 있다. 그 속에 「비가 내리는 밤은 마음이 슬프고 감상적이 된다. 운운. 날이 밝아서 다리미질 소리를 듣게 되면 운운」〉[10] 등이라 적고 있다. 이것은 지금도 부르는 메리야스[11]의 쇼가(唱歌)이다. 『嬉遊笑覽』

쓰기부시(繼節), 도테부시(土手節), 고무로부시(小室節) 이런 노래는 요시노 근처에서 간분(寬文) 무렵에 주로 행해졌다고 한다. 마가키부시(籬節) 오사카 신마치

---

7   에도 초기의 유행가. 메이레키(明曆), 만지(萬治, 1655～1661) 때에 교토 시마바라 (島原)의 유곽에 시작됨.

8   思ふ事なげ節聲にうたふたり、目出たや松の下にむれゐて.

9   게이 기이쓰(慶紀逸). 에도 중기의 하이진(俳人) 즉 하이카이 문학자. 1695～1762.

10   雨の降る夜は一しほゆかし 운운 ふけてきぬたの音よりきけば 운운.

11   가부키 음악의 하나로 나가우타(長唄)와 고우타(小唄)의 중간 정도로 쓸쓸하고 음습한 곡. 나기우타의 일종이며, 가부키에서는 사색에 잠기거나 슬퍼하는 장면, 또는 무연의 연기를 할 때 서정적 효과를 높이기 위해 사용된다.

(新町)에서 겐로쿠(元禄), 간에이(寬永) 무렵에 성행했다, **가가부시**(加賀節) 만지(萬治),
간분(寬文) 무렵에 행해졌다. 네기쵸(禰宜町)의 교겐자(狂言座)인 간자부로자(勘三郎座)
의 배우가 부르기 시작한 노래이다, **시바가키부시**(芝垣節) 메이레기(明曆) 무렵에 행
해졌다 등 일일이 들지 않겠다.

이들 노래는『糸竹初心集』간분(寬文) 4년(1664),『吉原小歌惣まくり』간분(寬文),
『糸竹大全大ぬさ』젠로쿠(元禄) 12년(1699),『松の葉』젠로쿠(元禄) 16년(1703),『松の
落葉』간에이(寬永) 7년(1630) 등에 실려 있고, 이들 문헌은 지금도 전해서 노래의
실체가 잘 알려져 있다. 류다쓰부시가 시작될 무렵에는 오기뵤시(扇拍子)밖에
없었으나, 후에 산겐에 맞추거나 또는 히토요기리(一節切)[12]의 샤쿠하치(尺八)
에도 맞추어 노래했다.

로사이부시(弄齊節) 이하는 대개 에도에서 유행하였으나 교토, 오사카
의 고우타는 따로 쟁(箏)에 어울리며 샤미센에 맞추어 노래하는 것을
가미가타우타(上方唄)라 한다.

이러한 쇼가(唱歌)는『松の葉』,『松の落葉』,『糸の調』,『鶴の聲』,『鶴の齡』,
『松の殢』,『常磐の友』,『歌系図』등의 문헌에 실려 있다. 이들 노래 중에는 류
리쿄(柳里恭),[13] 오이시 우키(大石うき) 內藏助, 이치지켄(一時軒),[14] 고보리 엔슈
(小堀遠州) 등이 만든 곡도 있다고 한다.

---

12 길이 약 34센티미터, 굵기 약 3센티미터의 대로 만든 피리로 마디가 하나로 된 것을
가리킨다. 무로마치 중기에 중국으로부터 전래되어 에도초기까지 유행했다.

13 류 리쿄(柳里恭)는 야나기사와 기엔(柳澤淇園, 1704~1758)이며, 화가. 문인화의
선구자이며 채색한 화조화(花鳥畵)와 손가락 끝으로 그리는 묵죽화(墨竹畵)가 뛰
어났다. 시, 와카, 샤미센 등에도 다재다능했다.

14 에도 전기부터 중기의 담림파 하이카이인(俳人)인 아나바(因幡) 지방의 오카니시
이츄(岡西惟中)의 호.

『大弊』에 신곡으로 실려 있는 긴 노래를 『松の葉』에서는 나가우타라 한다. 이것들은 겐로쿠(元禄) 이전에 겐교(撿校), 고토(勾當) 등이 세상에 내놓았던 것으로 명칭은 같지만 각각 다른 것이다. 에도나가우타(江戶長唄)라 함은 엔쿄(延享) 무렵 도바야 산에몬(鳥羽屋三右衛門)[15]에서 시작한다고 한다.

『江戶箱根元集』에 〈에도에서 나가우타, 메리야스를 부르기 시작한 것은 도바야 산에몬(鳥羽屋三右衛門)이다. 후에 도부 센다유(東武專大夫)가 되고 노래에서는 분고로(文五郎)라 했다. 에도의 샤미센 연주자에서 센다유(專大夫)의 제자가 아닌 자가 없었다. 제자인 마쓰시마 소고로(松島莊五郎)도 노래를 잘 했다. 그 후 엔쿄(延享) 때에 나카무라 도미쥬로(中村富十郎)가 처음으로 에도로 내려왔을 때, '슈쟈쿠(執著)'라는 노래를 부르기 시작했다. 쓰즈미우타(鼓歌)[16]라는 것은 이때부터 시작되었다. 운운. 그 후 호레키(寶歷) 무렵 후지타 후코(富士田楓江), 안에이(安永) 무렵에 오기에 로유(荻江露友)가 있는데, 이들 모두 나가우타의 명인이었다〉라는 기사가 있다. 『歌舞伎事始』 2의 〈매번 가쿠야(樂屋)[17]에서 산겐을 연주한다. 이것을 '메리야스'라 한다. 이에 의하면 가쿠야에서 연주하는 산겐에 맞추어 노래하는 것을 메리야스라고 한다.〉 또 누가 말하기를, 나가우타도 보통 메리야스에 포함된다. 이를 근거로 보면 나가우타는 메리야스가 길어진 것이 아닌가 생각된다. 『嬉遊笑覽』

전술한 노래 외에 오쓰쿠시마이누우타(大盡舞歌), 도리오이우타(鳥追歌),

15　1712?〜1767. 에도 중기에 활동한 도바야 일파의 시조. 에도 시대 극장 음악계에서 특이한 존재로 인식되는데 그 이유는 잇츄부시(一中節), 도키와즈(常磐津), 조루리, 나가우타 등 유파를 초월해서 활약했기 때문이다.

16　나가우타, 조루리 등에서 사용되는 특수한 연주법. 주로 쓰즈미(鼓)를 반주 삼아서 부른다. 기다유부시(義太夫節)에서는 샤미센으로 쓰즈미 음색을 모방해서 연주한다. '鼓唄'라고도 표기함

17　극장 무대 뒤에 마련된 출연자를 위한 방.

봉오도리우타(盆踊歌), 기야리우타(木やり歌), 이시비키(石引), 가네비키(かね引) 오누사(大ぬさ)이다 요쓰다케우타(四つ竹歌), 후나우타(舟唄), 우마코우타(馬子唄), 다우에우타(田植え唄), 챠쓰미우타(茶つみ唄), 우스히키우타(臼引唄), 무기쓰키우타(麥つき唄), 마리우타(鞠歌)의 부류, 스미요시오도리(住吉踊)의 노래, 이세온도(伊勢音頭), 이타코부시(潮來節) 등 토속적인 풍의 노래들이 있고, 와산(和讚), 슈산(祝讚), 우타넨부쓰(歌念佛), 쥰레우타(順禮歌), 하치타타키(鉢たたき)와 같이 종류, 그리고 불도에 관계된 우타이모노(唄物)도 많다. 이 단은 대부분 『聲曲類纂』에 따르고 있으므로 따로 일일이 그 책 이름을 언급하지 않았다.

고대의 고우타, 후대의 민간에서 유행한 노래 등을 모아 펴낸 것으로는 일찍이 오타 후카시(大田覃), 반 노부토모(伴信友), 구로가와 하루무라(黑川春村) 등의 선학을 필두로 여러 필자에 의한 다양한 글이 있다. 또한 벗인 나카 미치타카(那珂通高)가 고찰한 글이 「洋洋社談」 18호에 실려 있으며, 나의 追考도 73호에 있다 마찬가지로 벗인 구리타 히로시(栗田寬)의 「俚歌童謠의 變遷」이라는 제목의 자세한 논고가 『學藝志林』 9권에 수록되어 있으므로 이들 가요의 실체를 자세히 알고자 하는 자는 이러한 문헌을 보면 좋을 것이다.

제16장 '가무음악(歌舞音樂)' 연혁 총론

고대 이래로 가무와 음악의 모습이 다양하게 변해온 대강을 생각해 보건데 가장 오래된 시기부터 야마토고토(和琴), 야마토부에(和笛)라는 악기가 존재했었고, 이들 악기가 다쓰즈마이(殊舞), 다마이(田舞)의 부류와 구즈(國栖), 하야토(隼人)라는 토풍(土風)과 만났다는 사실은 사적(史籍)을 통해서 잘 알 수 있다. 또한 만인의 마음을 읊어 내는 길고 짧은 노래에는 그 자체만의 가락이 있고 우타가키(歌垣)에서 풍류 있는 노래가 불린 것도 괄목할 만하다. 삼한(三韓)이 일본에 복종한 이래 다양한 기술자와 더불어 악공(樂工)을 헌상하니 처음으로 외국의 음악도 배워 전하게 되었다. 스이고(推古) 천황 때에 쇼토쿠타이시(聖德太子)가 불교를 일으키면서 백제인이 오(吳)에서 배운 기악(伎樂)을 전해오니, 이를 법회에 사용했다. 당나라와의 통교가 점차 왕성해지자 견당사를 계속해 보내니 당의 악도 일본으로 전해졌다. 오미(近江)에 조정을 둔 시대부터 다이호(大寶) 시대에 이르면서 조령(令條)이 정해져서, 내외의 악을 아악료(雅樂寮)에서 관장하게 된 이후로는 일본의 고풍을 오우타(大歌), 다치우타(立歌)라고 불러 엄격한 조정의 의식에 사용하고, 구메마이(久米舞), 기시마이(吉志舞), 야마토마이(倭舞), 아즈마마이(東舞) 등은 다이죠에(大嘗會)에, 또는 신사(神社)의 제사(神事)에서 사용되고 당과 삼한의 악은 법화나 천황가, 조정 연회에 사용되었다. 그 후 쇼무(聖武, 701~756) 천황 시대에 천축의 승려 바라몬이 일본에 와서 불도를 전하면서 천축의 악도 함께 전했다. 사가(嵯峨)와 닌묘(仁明) 천황 시대에는 특히 당악을 즐겨해서 그 악곡을 본으로 새로운 곡을 만들게 하니 팔음(八音)[1]의 신묘한 무곡(舞曲)의 아름다움에 많은 사람들 마음이 젖어드니 일본의 고풍은 마침내 폐절되고 겨우 다이죠에(大嘗會)와 같은 제례에만 남게 되었다. 엔기(延喜, 901~923) 이후에 이르러서는 조정의 조회(朝會)에도 당악의 다치가쿠(立樂)[2]만을 연주하게 하였다. 한편 일본의 노래인 오우타(大歌)가 폐절됨에 따라 민간에서 구가되던 사이바라가 귀한 자리에서도 불리게 되어 미카구라(御神樂)에서 가미(神)를 모시는 자리에서도 사용되었다. 당시 성행한 당악의 선율을 배워 마침내 조정에서 즐기게 되고 귀인들의 오락이 되어 사이바라는 반드시 당악과 더불어 불렸다. 그러나 이것 또한 옛식으로 전락하여 엔유(圓融), 가잔(花山) 천황 시대 때부터 시구(詩句)에 가락을 붙여 로에이(朗詠)를 부르고, 시라가와(白河) 천황 시대부터는 와산(和讚)에서 나온 것으로 추정되는 이마요우타(今樣歌)가 매우 크게 성행하였다. 이 무렵에 이르러서는 야마토마이(倭舞), 아즈마마이(東舞)의 고풍은 신지(神事) 즉 신사(神社)에서 가미(神)를 모시는 제사에만 사용되었고, 한편 사원(寺院)에는 엔넨노마이(延年舞)가 있었다. 귀천 모두에서 덴가쿠의 풍류, 사루가쿠의 골계, 시라뵤시의 온나마이(女舞) 등이 유행하였으며, 고토바(後鳥羽) 천황 시대 무렵부터 덴가쿠와 사루가

---

1   8가지 악기를 뜻함. 고대 중국에서는 악기는 金, 石, 絲, 竹, 匏, 土, 革, 木의 8가지 소재에 의해서 만들어진다는 생각을 가지고 있었다.

2   세치에(節會) 등의 궁중의 행사 때 영인(伶人)이 서있는 채로 음악을 연주하는 것.

쿠에서 가업으로 삼는 자들이 생겨났다. 호죠(北條) 때 덴가쿠가 가장 성행했고 아시카가(足利) 정권 초기까지 쇠퇴하지 않았다. 그러나 마침 내는 노(能)라는, 옛 모습을 회상하고 흉내 내는 춤으로 재현하는 교묘 한 예능이 일어났다. 이어서 간제(觀世)와 곤파루(金春)의 두 집안 또한 일종의 노 예능을 연마하고 그 이름은 사루가쿠라는 옛 이름에 따랐다. 그리고 그 중에서 골계의 성향을 띠는 것은 따로 교겐으로 나누어서 연기자를 따로 했다. 그로부터 이 예능은 한동안 연희되다가 마침내 덴 가쿠를 압도하여 도요토미, 도쿠가와 무렵에는 특히 인기가 있어 '요자 (四座)'[3]가 그 예능에 진력하였다. 당시의 부가쿠(舞樂)는 궁중과 사원이 라는 높은 곳에서만 연희되어 일반화·대중화되기에는 먼 존재이었다. 따라서 귀인의 풍류가 밑으로도 전해져 부케(武家)는 물론이고 하층의 사람들 사이에서도 이 사루가쿠노(猿樂能)를 받아들여 즐겼다. 한편 고 토바(後鳥羽) 천황 시대 무렵에 호시가 연주하는 비파에 맞추어 『平家物 語』를 들려주기 시작하였는데 아시카가(足利) 때 크게 변하여 약간 속 (俗)에 가까운 조루리(淨瑠璃)가 되었고, 산겐(三絃)이 도래한 이래 게이초 (慶長) 무렵부터 그에 맞추어 가타리(語り)를 연희하게 되었다. 십이단(十 二段)[4]과 그 외의 다양한 새로운 연희가 생겨났다. 구구쓰(傀儡)를 움직 임에 맞추어 관객의 눈을 즐겁게 하는 아야쓰리좌(操座)가 일어나니, 치 카마쓰(近松)와 같은 귀재 작가와 다케모토(竹本)와 같은 조루리 가타리 (語り)의 명수가 나타나 기존의 모습을 일신하고, 잇츄부시(一中節), 미야 코지부시(宮古路節)로 승계되었다. 그 후로는 음염(淫艷)함을 극대화하여

---

3   간제(觀世), 곤파루(金春), 호쇼(寶生), 곤고(金剛)를 네 개의 좌(座)이며 이를 '요 자(四座)'라 한다. 에도 시대 때 성립한 기타(喜多)류까지 해서 '요자이치류(四座一 流)'라 한다.

4   고조루리(古淨瑠璃). 작자미상. 무로마치 중기 이후에 성립한 오토기조시(御伽草 子)에 기초한 가타리모노(語り物). 우시와카마루(牛若丸) 하고 조루리(淨瑠璃) 공 주의 사랑을 소재로 하고 있으며, 에도 시대 초기에 유행. 이후 이런 계통의 가타리 모노를 '조루리'라 부르게 되었다.

헤이케(平家)를 모태로 생겨난 것으로 보이지 않을 정도였다. 또 마이=
춤(舞)의 경우에는 시라뵤시(白拍子)의 온나마이(女舞)가 변해 구세마이(曲
舞)가 되고, 다시 변해 오쿠니의 가부키로 계승되었다. 온나가부키(女歌
舞伎)가 금지되면서 교겐쓰쿠시(狂言盡)로 명칭을 바꾸고 나서 잠시 동안
당나라의 전기(傳奇)에 편향되었는데, 그 취향이 해마다 교묘함을 더해
서 아야쓰리좌의 조루리로 그대로 표현하게 되어 인정세태를 모두 보
여주기에 이르니 남녀귀천 모두 세속의 악극(聲樂)의 기쁨은 이에 더할
것이 없어졌다.

본디 아악과 속악의 연혁은 각기 여러 가지로 다양하며, 때로는 서
로 엉켜 따지기 어려운 것도 있으나 다행이도 부가쿠를 필두로 각 연
희에 자료가 전해지니 근래에 각 연구자가 펴낸 것을 함께 참조하여
본 필자의 능력이 미천함에도 조금은 생각을 펼칠 수 있어서 이렇게
엮어 보았다. 따라서 중요한 것을 빠트린 것도 많을 것이다. 또 잘못
생각한 것도 적지 않을 것이므로 그저 사소한 임시방편 정도의 것으로
여겨 주시고 깊이 생각이 이르지 못한 것으로 생각해 주셨으면 한다.

저자 후기

이 책은 지난 메이지 13년 7월에 나라님으로부터 휴가를 얻은 날부터 쓰기 시작하여 60여 일만에 탈고하였는데, 서로의 생각을 잘 아는 친구를 비롯한 많은 이들에게 의견을 듣고 교정을 받은 후, 정서를 마친 채로 8년이란 세월이 지난 원고이다. 그런데 세상 사람들에게 참고가 될 내용이 많기 때문에 출판하는 것이 어떠하냐고 친구들이 여러 번 권한 적이 있었다. 그러나 해마다 변해 가는 세상 흐름을 따라가기 위해서는 손을 보아야 할 곳도 많고 보완해야 할 곳도 많다고 느끼고 있었는데, 근년에 들어서는 공사 모두 바빠서 조금도 시간을 내지 못한 채로 늙어만 가고, 지난 여름방학 때는 더위 때문에 아무것도 하지 못하였다.

비록 체재도 번잡하고 생각도 부족하기는 하나, 세상에 보내어 철인(哲人)의 비평을 받고 박식한 지식을 얻어서 보완할 수 있다면 이보다 더 한 기쁨이 있을까, 하는 생각으로 인쇄에 들어가게 되었다. 삽화는

사족에 불과한 것이지만 혹시 연구의 자료가 될까 해서 넣었다. 이 저
작을 위해서 도움을 준 친구는 시게노 야스쓰구, 구리타 히로시, 고스
기 스기무라, 가시와기 탄코 등이다. 메이지 20년(1887) 11월 초, 고나카
무라 기요노리, 저서 말미에 남긴다.

畫工　長命晏春
補畫　川邊御楯

부기(附記)

　메이지 시대의 음악에 관한 문헌 중에서 『歌舞音樂略史』는 『俗樂旋律考』와 함께 가장 중요한 자료 중의 하나이다.

　서명이 약사라고 되어 있는 만큼, 이 책에서 상세한 전문적인 서술을 기대할 수는 없다. 그러나 일본 음악사에 대해 확실하고 십분 요령 있게 서술하고 있다는 점에는 그 누구도 이론이 없을 것이다. 우선 본서의 내용만이라도 주지한다면, 일본음악사에 대해서는 결코 부족함을 느끼지 않을 것이다. 특히 본서에는 아악에 대해서 자세히 서술되어 있다. 아악은 일본에서 가장 오래된 음악이고, 그리고 잘 정리된 큰 규모의 음악이다. 오늘날에는 궁중음악으로 분류되어 있어 우리와 같은 평민들이 이에 접할 기회가 그리 많지는 않고 그에 대한 지식 또한 얻기가 쉽지 않다.

　본서는 역사서에서 음악에 관한 기사를 발췌하고 있을 뿐, 특별히 독창적인 것이 없다고 하는 사람이 있다면, 그것은 명백한 잘못이다.

본서와 같은 책을 쓴다는 것 자체가 이미 대단한 독창인 것이다. 근대 일본에서는 가무음악이 열등한 것이 되어 있다. 대학에서 가무음악을 금한다는 규칙이 있을 정도이다. 대부분의 학자들에게 음악을 연구한다는 것은 꿈에도 생각할 수 없는 것이었다. 이러한 일본이 최초로 일본음악전사(日本音樂全史)를 갖게 된 것이다. 본서 자체가 명실상부한 독창이라 할 수 있다.

단지 우리들이 알지 못하는 것은, 고나카무라 박사가 왜 본서를 쓰게 되었는가라는 점이다. 어떠한 마음의 요구가 있었기에 이 책이 탄생하게 되었는가, 하는 점이다. 이는 음악을 어떻게 생각하고 있었는가 하는 문제이기도 하다. 권두에 기록한 박사의 자전 속에도 음악에 대해서는 한마디도 언급하고 있지 않다. 박사의 문집인 『有聲錄』에는 161편의 글이 수록되어 있는데, 거기에도 이렇다 할 음악에 대한 기술은 없다. 굳이 찾아보자면 고즈 센자부로(神津仙三郞)의 『音樂利害』[1]를 위해 쓴 서문정도이다. 그러나 이는 단지 한편의 미문에 지나지 않는다. 박사가 본서를 쓴 것도 아마 어떤 의미에서 역사를 알고자 하는 흥미와 요구에 대한 부응이었을 것이다. 그리고 그 대상으로서 우연히도 일본음악이 선택된 것일 것이다. 우리들은 그저 이것이 우연의 산물이라는 것 외에 달리 생각할 수 없다. 또한 박사의 유족 한 분에게 내가 직접 들은 이야기에 의하면, 박사는 스스로 노래도 하였고, 작사도 하였다고 한다. 그러한 박사의 흥미가 자연히 역사탐구의 대상으로서 음악을 선택하게 한 것인지도 모른다.

이 책은 일반인들에게는 일본음악사의 상식을 주고, 나아가서 새로운 일본음악사를 쓰고자 하는 사람들에게는 작업의 기초가 되어 준다. 근래에는 일본의 노인들소차 가무음악과 그 연구를 소홀히 해서는 안 된다고 생각하게 된 듯하다. 30년 전에 쓰인 이 책은 이후 한층 새롭고

---

1   메이지 24년(1891) 11월 간행.

한층 커다란 작업을 낳는 계기가 될 것이리라.

물론 이 책이 후세 연구에 기대하는 바는 많다. 이 점을 알고 있다는 것은 이 책의 성질을 제대로 이해하고 있다는 뜻이다. 이 책의 교정자는 꼭 다음 몇 가지를 서술해 두고 싶다. 그 첫째는, 조사할 자료와 사료의 범위를 한층 넓혀서 일본음악에 대해서 더욱 정확하고 많은 기록을 모으는 일이다. 그리고 가능하다면 각 시대의 민요와 속요까지도 여기에 더하는 것이다. 둘째는 각 시대의 음악이 그 시대의 사람들의 생활과 어떻게 연관되어 있었는가를 밝히는 것이다. 이런 작업이 음악사가 해야 할 일일 것이고, 이 또한 음악사의 확실한 한 부분일 것이다.

만약 직접 음악 그 자체를 취급하게 된다면, 그것은 전혀 별개의 작업이 된다. 그러기 위해서는 음악의 기교에 대한 지식이 필요하다. 진실을 말하자면, 그러한 지식을 가진 사람이 비로소 음악사를 쓸 수 있는지도 모른다. 그런 사람이 쓴 음악사라면 음악은 단지 명칭으로 머무는 것이 아니라, 실로 소리가 나는 실질적인 음악이 될 수 있다. 물론 지금 일본의 학문과 기술 정도로 과연 그러한 것을 쓸 수 있을지 의문이지만, 이는 아무도 알 수 없는 일이다. 장래 그러한 종류의 일본음악사가 탄생한다고 하더라도 고나카무라 박사의 이번 업적은 여전히 유용하다. 문헌상의 역사의 기초로서 언제까지나 그 독창적인 존재를 주장할 수 있을 것이다.

이 책은 이러한 의미에서 분명히 우리들이 가진 특별한 종류의 고전인 것이다.

교정자 가네쓰네 기요스케(兼常清佐)[2]

---

[2] 1885~1957. 다이쇼~쇼와 시대의 음악 연구자, 평론가. 교토 제국대학을 졸업 후, 도쿄음악학교(지금의 도쿄 예술대학) 피아노과에 입학. 독일 유학 후, 음향학을 연구. 『日本の音樂』, 『日本の言葉と唄の構造』 등의 저작이 있다.

서정완

1. '근대'에 의해 만들어진 '고전'

메이지유신을 통해서 도쿠가와 막부를 폐하고 천황을 정점으로 하는 메이지 신정부를 수립한 일본은 1868년 10월 23일에 메이지시대 막을 열면서 근대적 국가체제를 가진 국가로 거듭났다. 일본은 서구열강의 문물과 제도를 적극적으로 받아들였으며, 1889년에는 대일본제국헌법 공포를 통해서 근대국가 체제를 확립했음을 내외에 알리게 된다. 이러한 일본은 근대적인 산업화와 부국강병을 국시로 삼고 서양열강을 추격하고 추월하기 위해 모든 국력을 집중하였다. 동아시아 끝자락에 위치한 섬나라이자 한문문화권(漢文文化圈)의 최변방이었던 일본이 기존의 동아시아 질서를 해체하고 서구열강과 어깨를 견주며 식민 지배국이 되어 팽창을 통해 제국을 건설하려 한 것이다.

이러한 일본에게 당시 사용된 용어로 표현하자면 '유게이(遊藝)' 즉 오늘날 '예능·연희'라 부르는 이른바 놀이문화라는 것은 국익에 전혀 도움이 되지 않는 서민들의 풍속에 불과했다. 실제로 당시 '유게이'에는 오늘날 기준을 적용하면 인권침해와 성적(性的) 유린에 가까운 내용들이 많이 포함되고 있었기 때문에 오히려 근대국가로서의 국격(國格)에 어울리지 않는 부끄러운 풍속으로 여기고 있었다. 예를 들면 1863년에 요코하마를 통해서 일본에 입국하여 영자지 『The Japan Herald』의 공동 편집인이 되었으며, 그 후에 영자지 『The Japan Gazette』를 발행해서 일본의 근대 신문 성립에 기여한 영국인 블랙(John Reddie Black, 1827~1880)이 1872년에 간행한 일본어 신문 『日新眞事誌』에 다음과 같은 기사가 실려 있다.

당시 일본이 문명개화를 해서 진보하는 것은 본인도 바라는 바인데, 그 일신(一新)의 경황을 목격하고자 요즘 도쿄에 많은 외국인들이 방문해서 각지를 돌아다니고 있다. 그런데 료고쿠(兩國), 아사쿠사(淺草) 등 사람들이 군집하는 곳에는 갖가지 구경거리가 있는데, 거기서는 놀라울 정도로 윤리관을 어지럽히는 야만스러운 풍습을 만나게 된다. 심한 경우는 공공연하게 여성의 음물(淫物)을 구경거리로 삼고, 또는 장애인을 구경거리로 만들어 재미있어 하는 것조차 있다. 사람을 마치 가축처럼 대하는 이러한 행태는 일본이 교화해야 할 잘못된 부분이고, 문명국에서 온 사람들은 경악하고 실망하는 부분이다. 이러한 악습은 정교(政教)는 물론이고 국치(國恥)에 관한 부분이니, 일본을 앞으로 우호시할 것인지 아니면 멸시할 것인지를 놓고 실로 탄식강개(歎息慷慨)하는 부분이다.(1875.3.17)

여성을 노리개로 삼고 장애인을 구경거리로 삼는 야만적이고 경악스러운 풍습이 일본 전국에 '유게이'라는 이름으로 만연되어 있는 점에 대한 '문명국'에서 온 이방인의 충고라 할 수 있다. 이러한 예는 비일비

재했으며, 지금의 도쿄도청(東京都廳)에 해당하는 당시 도쿄부청(東京府廳)이 가장 인기가 있던 극단 세 군데 경영자와 작가를 불러서 "근래에는 귀인 뿐 아니라 외국인도 연극 구경을 하니, 지금처럼 음분(淫奔)을 확산하고 부자(父子)가 함께 보기 민망한 내용은 금지시키고 조금이라도 가르침이 될 수 있는 그런 내용을 다룬 이야기를 해주기 바란다"고 요청했다는 기사가 『東京日日新聞』1875년 2월 22일자에 실려 있기도 하다. 그리고 1872년 8월 23일자 교부성(敎部省)에서 제정한 예능·연희 관련 법령을 보면 "노(能), 교겐(狂言)을 비롯한 음곡가무(音曲歌舞)의 부류는 인심과 풍속에 관여하는 바가 적지 않기 때문에 다음과 같이 각 관내에서 영업하는 자에게 전할 것"이라는 전문에 이어 다음과 같은 내용이 명시되어 있다.

하나. 노, 교겐 이하 연극 등은 역대 천황을 모의(模擬)하면서 설독(褻瀆)하는 일이 없도록 신중히 주의를 기울여야 한다.
하나. 연극 등은 주로 권선징악을 그 기본으로 삼아야 한다. 음풍추태(淫風醜態)가 심하여 풍속을 해치게 되어서는 안 되기에 폐습(弊習)을 없애고 차차 풍속을 교화하는 데 도움이 되도록 해야 한다.(이하 생략)

이처럼 교화와 단속의 대상이었고, 근대국가로 발돋움하려는 일본으로서는 '서구열강=문명국'에 대해서 부끄럽게 생각할 정도로 골치 아픈 존재가 바로 일반민중의 '풍속'이자 놀이문화 '유게이'였던 깃이다. 즉 체제와 제도라는 틀에 대해서는 근대화를 통해서 쇄신하였으나, 문화라는 알맹이에 대해서는 근대화하고는 아직도 거리가 먼 상태였으며, 그 정도는 일본이 조선을 병합하고 조선과 조선인을 미개하고 야만스럽고 불결하다고 비하한 것과 똑같다. 더 구체적으로 말하면 근대국가를 건설했다고 자부하는 그 체제와 제도 그리고 사상과 문물은 모두 서양에서 수입한 것이었으며 일본의 것이 아니었는데, 그들 스스로가

부끄러워하고 교화와 단속의 대상으로 여긴 '폐습'은 바로 그들 자신의 것이었다는 자기모순을 떠안고 있었던 것이다. 위 교부성 법령에서 언급되고 있는 노의 경우도 크게 다르지 않았다. 에도 시대에 일종의 궁중악이라 할 수 있는 막부의 시키가쿠(式樂)였던 노는 '근대화'라는 거친 파도가 덮치자 막부의 해체와 함께 녹봉을 제공하던 후원자를 갑작스럽게 잃고 존재기반 자체를 상실해버렸다. 그 결과 간제(觀世)는 종가가 도쿠가와를 따라서 시즈오카(靜岡)로 내려가고, 호쇼(寶生)는 사족(士族)에서 평민이 되어 상업을 시작하나 실패하고 농사에 종사하고, 곤파루(金春)는 노에서 사용하는 가면과 의상까지 모두 팔아버릴 정도로 곤궁에 처한 상태였고, 기타(喜多)는 종가(宗家)가 단절되는 상황을 맞이하고 있었고, 오로지 곤고(金剛)만이 간신히 노 종가로서의 명맥을 유지하고 있었다.

이러한 시대와 상황에 놓여 있던 일본에 제18대 미국 대통령 그랜트(Grant Ulysses Simpson, 1822~1885)가 방문한 것은 1879년의 일이었다. 이른바 그랜트-이와쿠라 접견인데, 그랜트는 이와쿠라 도모미(岩倉具視, 1825~1883)를 접견한 자리에서 "귀국에는 고유한 음악이 있는가?"라고 물었다. 이에 대해 이와쿠라는 일본 고유의 음악으로 가구라(神樂), 사이바라(催馬樂), 부가쿠(舞樂)를 들었으나 이들 모두 1,000년 이상 전의 것들이기 때문에 '오늘날 인정(人情)'에는 맞지 않는다고 답하면서 중세 이후의 것에 노(能)가 있음을 설명한 후, 다음과 같이 부연하였다.

막부의 중요한 의식에는 이 노를 사용해왔다. 오늘날에는 매우 쇠퇴한 상태이나, 현재도 아직 전하며 남아 있다. 사용되는 악기는 선미(善美)를 다한다고 할 수는 없지만 주로 가요와 무태(舞態)로 곡이 구성되는 고상하고 우미한 기예(技藝)이다.(『岩倉公實記』 하권, 1906)

그러자 그랜트는 노 공연을 보고 싶다고 이와쿠라에게 청했고, 다음날 이와쿠라는 그랜트를 자택에 초대해서 노 「모치즈키(望月)」와 「쓰치구모(土蜘蛛)」, 교겐 「쓰리기쓰네(釣狐)」 등을 보여주었다. 그랜트하고 이와쿠라가 노를 함께 관람하면서 어떤 대화를 나누었는지는 알 수 없으나, 그랜트와 노를 관람한 후 이와쿠라는 "화족(華族) 중 뜻을 함께 하는 자들과 상의해서 유럽 각국에서 제왕과 귀족들이 오페라를 보호하는 것처럼 우리 일본도 노가쿠(能樂)를 보호해서 영구히 전하고자 한다"는 선언을 하기에 이른다. 이와쿠라의 이 변화가 시대적 상황을 움직이는 큰 동력이 되어 태후(太后)와 화족 그리고 정부 요인들이 중심이 되어 노가쿠도(能樂堂)를 건설하고 노가쿠샤(能樂社)를 설립해서 노를 적극 보호하고 육성하게 된 것이다. 오늘날 사용되는 '노가쿠'라는 명칭도 그 이전에는 '사루가쿠(猿樂)'가 일반적인 호칭이었으나, 근대국가에 걸맞은 품격 있는 명칭으로 바꾸자는 취지에 따라 이때부터 의식적으로 사용하기 시작한 결과 정착한 것이다. 원래 '노(能)'라는 말은 '재주, 재능, 기술'(=わざ)을 뜻하는 말이며, 우리말로는 '연희', '연기' 정도로 해석할 수 있는 말이다. 이 책 제9장과 제10장에서 각각 '덴가쿠의 노'와 '사루가쿠의 노'라는 말을 사용하고 있는데 이는 '덴가쿠 집단이 보이는 연희'와 '사루가쿠 집단이 보이는 연희'라는 뜻이며, 일본 중세기에서 에도시대까지는 이 명칭이 일반적으로 통용되었다. 그랬던 것이 이와쿠라가 "유럽 각국에서 제왕과 귀족들이 오페라를 보호하는 것처럼"이라고 언급한 '오페라'에 대항하는 일본 "고유한 음악"으로서 '사루가쿠의 노'를 염두에 두고 '노(能)+악(樂)=노가쿠(能樂)'라는 조어가 이른바 풀·오케스트라는 위엄을 가지고 만들어진 것이다. 즉 일본의 '고전' 예능·연희인 노, 노가쿠는 천황가 및 그 주변인물과 정부 요인들 그리고 일부 지식인에 의해서, 바꾸어 말하면 '유게이'의 정반대편에 자리하고 있던 사회지도층·지배층에 의한 전략적 접근에 의해서 '근대'에 의해 만들어졌다고 해도 과언이 아닌 것이다. 졸고 「식민지조선과 노(能) : 경부철도개통식전에서 공연된 '국가예능' 노」(서정완·임성모·송석원, 『제국일본의 문화

권력』(한림일본학연구총서), 소화, 2011)에서 1905년 5월 25일에 지금의 서울 역인 경성의 남대문정거장 광장에서 열린 경부철도개통식전에서 공연된 노를 제국일본의 위관(偉觀)을 과시하기 위한 '국가예능'으로서의 자리를 확고히 한 사건으로 보는 것도 이러한 맥락에 의해서인 것이다.

메이지유신에 의한 노를 비롯한 일본 예능·연희의 위기는 바꾸어 말하면 '전통'과 '근대'의 충돌이었다고 할 수 있다. 그러나 그 충돌은 '전통'이 '근대'라는 시대 혹은 그 권력에 의해서 인지될 때, 즉 '근대'에 편입됨으로서 거꾸로 '고전'이 '근대'를 극복해서 '현대'와 '미래'로 나아가는 식으로 예능·연희의 생명력이 되고 있는 것은 아닌가, 하는 입장에 역자는 서있다. 그렇기 때문에 예능·연희의 역사적 연구가 필요한 것이다.

한편 메이지 2년인 1869년에 메이지 신정부는 '수사의 조(修史の詔)'를 발표하고 『日本書紀』, 『續日本紀』, 『三代實錄』 등의 '六國史'를 계승하는 정사 편찬사업 개시를 발표한다. 그로부터 7년이 지난 1876년에는 수사국(修史局) 편찬에 의한 『明治史要』 제1권이 간행된다. 그러나 1877년에는 재정난으로 결국 수사국은 폐지되고. 이를 대신해서 태정관수사관(太政官修史館)이 설치되었다. 1875년부터 수사국 간부를 역임한 시게노 야스쓰구(重野安繹, 1827~1910)는 1880년에 「東京學士會院雜誌」에 「국사편찬의 방법을 논한다(國史編纂の方法を論ず)」라는 논문을 발표하고 청대(淸代) 고증학 전통을 계승하는 실증적인 방법론에 입각한 수사 편찬을 주장했다. 이듬해 1881년에 시게노는 편수부장관(編修副長官) 자리에 올랐고, 구메 구니타케(久米邦武, 1839~1931), 호시노 히사시(星野恒, 1839~1917)와 함께 일본의 수사 편찬사업을 이끌었다. 그리고 1882년에는 한문편년체 수사인 『大日本編年史』의 편찬 작업에 착수하였다.

여기서 이야기를 다시 이와쿠라 도모미로 돌리면, 앞에서 적은 것처럼 이와쿠라는 제국일본의 국격을 높이기 위해서 노를 보호하고 육성하기로 했다. 그 실천의 하나가 정사에 대한 수사 편찬과 마찬가지로 예능·연희 관련 역사 만들기였다. 이와쿠라는 태정관수사관 1등 편수관(編修官)이었던 시게노 야스쓰구와 3등 편수관이었던 구메 구니타케에게 이 작업을 명하였고,[1] 두 사람이 공동작업 끝에 펴낸 것이 바로『風俗歌舞源流考』이다. '重野安繹 稿'라고 되어 있으나, 그 전문을 보면 구메와 함께 작업한 사실을 확인할 수 있다. 전문은 다음과 같다.

> 이 논고는 메이지 13년(1880)에 시바공원(芝公園) 모미지야마(紅葉山)에 노가쿠도(能樂堂)를 건설하려 할 무렵에 본인과 동료 구메 구니타케가 맡게 된 것인데, 노가쿠(能樂)의 연혁에 대해서 조사하라는 어떤 분의 의촉(依囑)을 받아서 둘이서 많은 문헌을 조사해서 이 책을 펴내기에 이르렀다. 노가쿠에서 시작해서 여러 속악(俗樂) 문제에까지 파급되기 때문에 책 이름을『風俗歌舞源流考』라 명명한다.

『風俗歌舞源流考』중 상권에 해당하는 「사루가쿠, 덴가쿠의 원류(猿樂田樂ノ源流)」는 1881년 12월에, 하권에 해당하는 「각종 풍속가무(各種ノ風俗歌舞)」는 1883년 3월에 각각 「東京學士會院雜誌」라는 잡지에 발표한 것인데, 여기서 우리가 유의해야 할 점은 '東京學士會院'라는 조직의 성격이다. 東京學士會院은 오늘날 우리의 교과부 장관에 해당하는 문부경(文部卿)의 발의에 의해서 1879년 1월에 설치되었으며, 4월에는 '東京學士會院規則'이 제정되었다. 초대 회장은 후쿠자와 유키치였으며, 설치목적은 "연구자에 의한 논의나 평론을 통해서 학술의 발전을 꾀하는 것"이었다. 그러나 1890년에 '東京學士會院規程'라는 것이 천황의 칙령으로 공포되는 등 문부성이 관할하는 이른바 관학(官學) 기관(National

---

1   『風俗歌舞源流考』전문에서는 '어떤 분(某氏)'이라 표기하고 있으나, 1879년 5월 13일에 시게노가 이와쿠라에 「猿樂保存起業順序」라는 문서를 제출하고 있으며, 그 후 노가쿠도(能樂堂) 건설위원회 위원 명단에 시게노가 오른 점을 볼 때, 여기 '어떤 분(某氏)'는 이와쿠라 도모미로 보아야 할 것이다.

Academy)으로서의 성격을 더욱 강화해갔다. 실제로 東京學士會院規則 제21조를 보면 모든 경비는 문부성(文部省) 예산에서 지출되며, 문부경 은 투표권은 없지만 東京學士會院 회의에 참석할 수 있으며 토론에도 참가할 수 있었다. 그 후 1906년에는 칙령에 의거 帝國學士院으로 거 듭나는데, 이러한 관학 기관 기관지를 통해서 일본에서 처음으로 서술 된 예능사·연희사인『風俗歌舞源流考』가 세상에 나왔다는 점을 우리 는 주목해야 할 것이다. 일본이 노를 육성하고 보호하는 정책의 사상 적, 역사적 뒷받침이 되었기 때문이다. 근대국가 제국일본의 '국격 가 꾸기' 또는 '국격 만들기'의 일환으로서 관학 아카데미즘 속에서 노를 비롯한 일본 예능·연희의 역사가 역사학자, 국학자들에 의해서 정립 된 것이다. 이러한 시대적 환경과 학문적 배경 속에서『歌舞音樂略 史』는 1888년에 간행되었다.

2.『歌舞音樂略史』의 비판적 수용과 우리의 과제

『歌舞音樂略史』에는 두 개의 서문이 있다. 하나는 태정관수사관 편 수부장관을 역임한 시게노 야스쓰구가 쓴 한문으로 된 서문이고 다른 하나는 도쿄제국대학 교수를 역임한 챔벌레인(B. H. Chamberlain)이 쓴 영 문으로 된 서문이다. 여기에는 동양과 서양을 상징하고 대표하는 한문 과 영어라는 두 언어로 서문을 배치함으로써 일본 가무음악의 우수성 을 강조하려는 의도를 엿볼 수 있다. 그리고 이는 앞에서 설명한 당시 의 시대적 상황과 학문적 배경에 입각한 것이라고 역자는 본다. 특히 시게노는 서문에서 "고대에 당나라와 한반도에서 흥한 악도 그 이후 이 들 나라에서는 사라졌지만 우리는 아직 보존하고 있다. 즉 이는 온 누리의 아름다운 음악이 오로지 우리 일본에서만 울려 퍼지고 있다는 뜻이다. 우리 일본이 온 누리에서 가장 커다란 악부(樂部)인 셈이다"라고 호언하고 있다. 이미 예능·연희에 있어서도 일본이 아시아를 대표하고 세계의 중심에 있다는 이 발언을 통해서 근대화와 부국강병을 추진해서 서구열강에 합류하려는 당시 일본 지식인의 세계관, 국가관의 편린을 엿볼 수 있으며, 이러한 시게노 야스쓰구가 서문을 쓰고 있다는 것 자체가 당시로서는 관학 아카데미즘의 후원을 받고 있다는 상당한 권위였음을 우리는 인지해야 할 것이다.

『歌舞音樂略史』의 저자 고나카무라 기요노리(小中村清矩, 1821~1895)가 시게노가 주도하는 태정관수사관 일을 겸직하여 국사편찬사업에 참여한 일을 여기서 세세하게 거론하지 않더라도, 시게노 서문에 『風俗歌舞之考』(『風俗歌舞源流考』)에 관한 언급이 있으며, 그 내용으로 보아 『歌舞音樂略史』는 아라이 하쿠세키(新井白石) 등 선학의 단편적인 연구도 섭렵했으나, 보다 직접적으로는 『風俗歌舞源流考』를 의식하고 계승, 발전시키려 한 저작임을 알 수 있다. 해당 서문 중 "고나카무라 선생은 그럼에도 졸고를 계속 채록하시어 증거를 통해서 억설을 수정함으로써 소인의 안타까운 마음을 풀어주셨다"는 대목이 바로 이를 뒷받침해 준다. 일본에서 처음으로 예능·연희의 역사적 전개를 담은 『風俗歌舞源流考』하고 『歌舞音樂略史』의 이러한 관계가 바로 『歌舞音樂略史』의 예능사·연희사 연구에서 차지하는 비중이 되고 우리가 이를 검토해야 하는 이유가 되는 것이다.

『風俗歌舞源流考』는 앞에서 언급한 바와 같이 「사루가쿠, 덴가쿠의 원류」와 「각종 풍속가무」라는 상·하 두 편으로 구성되어 있는데, 전자는 "우리 일본의 풍속가무는 신대(神代) 초에 사쓰마(薩摩)에서 행하여진 하야히토(隼人)들이 춘 가무에서 비롯되었다"는 식으로 이른바 '하야히토마이(隼人舞) 기원설'을 주창하고, 노의 기원을 역사적으로 추적해서 노가 일본 고유의 예능·연희임을 밝히려는 글이다. 후자는 "일본의 각

지방의 풍속은 각각 다르기 때문에 지방마다 즐기는 가무도 동일하지 않다. 사쓰마에서 행하여진 풍속가무만이 하야히토를 관장하는 하야히토노쓰카사(隼人司)에서 교습하여 일본 고유의 풍속가무처럼 되었으나, 이 외에도 많은 종류의 가무가 존재한다"고 지적하고 천황가 관련 행사인 유키・수키(悠紀主基)를 필두도 구구쓰(傀儡師), 헤이케(平家), 조루리(淨瑠璃), 가부키(歌舞妓), 고우타(小唄) 등을 언급하고 있다. '각종 풍속가무'에 대해 언급하기 위해서 「사루가쿠, 덴가쿠의 원류」 때보다는 하야히토마이 기원설에 대해 약간 뒷걸음질한 어조로 서술하고 있는 점이 특색이다. 조금은 거칠게 분류를 하면 「사루가쿠, 덴가쿠의 원류」는 '국가예능'에 대한 이론적 입증이 목적이었다. 반면에 「각종 풍속가무」는 '민간예능'을 대상으로 예능・연희의 다양성을 보여주려는 태도가 기저에 있다고 할 수 있을 것이다. 그러나 이른바 관학에 대한 민간학(民間學)처럼 '民' 자체를 직시하려는 시선보다는 근대국가 일본의 예능・연희의 역사 정립의 연장선상에서 '官=국가'의 전통예능의 다양함을 확인하는 쪽에 무게가 실려 있다고 보아야 할 것이다.

이에 반해서 『歌舞音樂略史』는 기악과 아악 등의 가면극과 가무, 음악이 일본열도에 어떻게 전래되고 어떻게 전개되었으며, 중국대륙과 한반도와의 교섭과 교류는 어떠했는가, 그와는 반대로 저자가 '국풍(國風)' 또는 '토풍(土風)'이라 부르는 일본열도 토속의 가무와 음악은 어떠했는가 하는 문제를 상당한 지면을 할애해서 다루고 있다. 뿐만 아니라, 『歌舞音樂略史』가 다루는 시간축은 당악, 고구려악, 백제악, 신라악의 수입과 관리, 교습 등을 주로 다루는 고대부터 시작해서, 가구라(神樂), 사이바라(催馬樂), 아즈마아소비(東遊), 로에이(朗詠), 이마요(今樣), 산가쿠(散樂) 등의 헤이안 시대를 거쳐 중세 가마쿠라, 무로마치의 헤이케가타리(平家語り), 사루가쿠(猿樂), 덴가쿠(田樂), 교겐(狂言), 그리고 에도(江戸) 시대의 가부키(歌舞伎), 조루리(淨瑠璃), 샤미센(三味線), 고우타(小唄) 등에 이르기까지 매우 광범위하며, 거의 모든 장르의 예능・연희를 망라하고 있다. 즉 저자 고나카무라가 서문에서 "각 연희의 기원과 연혁까지 함께 검토하며 그 개요에 대해서 언급하는 서적이 아직까지 없다는 사실은 이 시대의 문제이자 과제가 아닌가 생각한다"라고 적고 있듯이, 『歌舞音樂略史』는 근대일본에서 예능·연희의 역사라는 관점에서 통사적(通史的) 서술을 가장 먼저 시도한 저작인 것이다. 그런 의미에서는 『歌舞音樂通史』라고 불러도 무방할 것이다. 그리고 고나카무라의 시선은 '民'의 영역까지 '이 시대의 문제'로 인식하고 예능사·연희사의 대상으로 포함시키고 있다. 이러한 몇 가지 특징이 노의 역사를 정립해서 노 보호와 육성 정책을 위한 이론적 배경으로 삼으려는 목적이 전면에 드러난 『風俗歌舞源流考』와 차별되는 가장 큰 특징이 아닌가 생각한다.

역자는 이상에서 언급한 『風俗歌舞源流考』(1881, 1883)하고 『歌舞音樂略史』(1888)에 『俗樂旋律考』(1895)[2]를 더한 세 권을 근대기 일본에서 본격적인 예능·연희 연구의 시작을 알리는 3부작으로 인식하고 있다. 근대화를 이룬 지 얼마 되지 않은 메이지시대 당시 예능·연희 또는 '유게이'라는 것은 연구의 대상도 아니었으며, 학문적 영역으로 인정받지도 못했다. 오히려 '유게이'는 앞에서 언급한 바와 같이 일본의 근대화에 걸림돌이 되고 실익이 없는 부끄럽고 불필요한 것으로 인식되었으며, 에도시대 신분계급 '士農工商' 중 '士'인 무사들이 교양으로 또는 오락으로 즐긴 노(能)조차도 당시는 존속이 어려운 상황에 있었다는 사실을 간과해서는 안 된다. 『風俗歌舞源流考』하고 『歌舞音樂略史』의 저자가 문학 연구자나 예능·연희 연구자가 아니라 역사학자이고, 『俗樂

旋律考』의 저자가 물리학자이자 음악이론가라는 사실을 보아도, 관련 연구자가 존재하지 않을 정도의 미개척 분야였음을 쉽게 짐작할 수 있다. 즉 예능·연희 연구라는 시점에서 보면, 불모지와 다를 바 없는 상황에서 비록 정략적인 정책을 위한 수단으로서 시작되기는 했지만,『風俗歌舞源流考』가 간행되고 그 뒤를 이어서『歌舞音樂略史』,『俗樂旋律考』가 간행되었다는 것은 일본의 근대학문체제 확립과 축적의 결과라 하겠다. 그렇다면 이러한 근대일본의 학문과 지식체계 즉 이른바 學知의 산물이라 할 수 있는『風俗歌舞源流考』,『歌舞音樂略史』,『俗樂旋律考』를 통해서 우리는 무엇을 읽어내고 무엇을 생각해야 하는가?

『風俗歌舞源流考』,『歌舞音樂略史』,『俗樂旋律考』세 작품 모두 의미가 있겠지만, 특히 통사적 서술을 시도하고 있는『歌舞音樂略史』을 면밀하게 읽으면 일본 예능·연희의 전개과정의 대략을 파악할 수 있는 것은 물론이고 근대기에 일본이 예능사·연희사를 어떻게 인식하고 어떤 입장에서 서술하려 했고 또한 실제로 어떻게 서술하고 있는가에 대한 시점과 움직임을 읽어낼 수 있을 것이다. 일본 예능사·연희사 연구 입장에서 아니 동아시아 가무음악 연구라는 입장에서 간행된 지 120년이 지난 지금, 그 동안 축적된 연구 성과를 바탕으로『歌舞音樂略史』를 발전적 비판대상으로 삼는 것도 유효할 것이다. 한반도에서 일본열도로 전파된 예능(연희)과 관련한 '잃어버린 교섭·교류사'의 단편이라도 모색할 수 있는 실마리를 찾고 그 원형을 재구성하기 위한 하나의 출발점으로 삼을 수도 있을 것이다. 일본에서는 아악과 속악을 마치 官과 民의 개념·관계처럼 사용하고 있는데 이는 우리와는 다르다. 이 차이는 어디서 유래하는가를 추적하기 위한 하나의 단서로 삼을 수도 있을 것이다. 우리가 경험한 일제강점기 동안 우리의 연희가 왜곡된 단서를 찾기 위한 하나의 대상으로 삼을 수도 있을 것이다.

이번『歌舞音樂略史』의 한글번역과 간행은 하나의 완성된 저작을 한국에 소개하기 위함이 아니다. 가장 중요한 목적은『歌舞音樂略史』을 일본어와 친숙하지 않은 많은 연구자가 공유하는 일이다. 우리의 가무와 음악을 포함한 동아시아 가무음악 연구를 위한 하나의 자료를 제시하는 일이다. 여기서 시작되는 연구는 세부적인 각 연희에 대한 문제가 될 수도 있고, 근대기에 국민국가를 형성하면서 예능·연희를 어떤 식으로 일종의 이데올로기화했는가를 추적하는 연구일 수도 있을 것이다. 그런 의미에서는 『歌舞音樂略史』를 비판적으로 수용하는 일이 발전적으로 수용하는 일이 된다고 역자는 믿는다.